黄毓璜 著

漂泊

中国书籍出版社
China Book Press

图书在版编目（CIP）数据

漂泊 / 黄毓璜著 . — 北京：中国书籍出版社，2018.8
ISBN 978-7-5068-6947-8

Ⅰ . ①漂… Ⅱ . ①黄… Ⅲ . ①散文集—中国—当代
Ⅳ . ① I267

中国版本图书馆 CIP 数据核字 (2018) 第 169950 号

漂泊

黄毓璜　著

图书策划	牛　超　崔付建
责任编辑	张　娟　成晓春
责任印制	孙马飞　马　芝
出版发行	中国书籍出版社
地　　址	北京市丰台区三路居路 97 号（邮编：100073）
电　　话	（010）52257143（总编室）（010）52257140（发行部）
电子邮箱	eo@chinabp.com.cn
经　　销	全国新华书店
印　　刷	三河市华东印刷有限公司
开　　本	650 毫米 ×940 毫米　1/16
字　　数	375 千字
印　　张	24.25
版　　次	2018 年 8 月第 1 版　2018 年 8 月第 1 次印刷
书　　号	ISBN 978-7-5068-6947-8
定　　价	68.00 元

版权所有　翻印必究

目录

家 事

苦涩岁月的记忆 / 002

母亲的名字 / 013

纺车的思念 / 016

娘·舅 / 020

英 子 / 024

银 杏 / 027

伴 / 031

怀念良弟 / 035

打工者 / 040

乡 情

吴 君 / 044

五先生 / 047

秋　儿 / 054
杨老师 / 058
习俗变迁（四题）/ 062
辛国俊同学 / 070
熊喜然校长 / 074
回望丁文江 / 078
"东宫"小记 / 083
年光（三题）/ 086
恋情（四题）/ 093

我和作家的往事

唐达成赠字 / 106
阎纲编稿 / 109
顾骧回乡 / 112
李进的信 / 115
顾尔镡的电话 / 119
老陆的委托 / 122
章　老 / 128
作家高晓声 / 133
叶至诚的感慨 / 138
吾友静生 / 142

渴望交流　／ **148**

艾　煊　／ **151**

海　笑　／ **158**

忆明珠　／ **163**

杨旭的性格　／ **168**

陈辽治学　／ **172**

走近庞瑞垠　／ **175**

也说苏童　／ **181**

叶兆言印象　／ **186**

赵本夫　／ **193**

毕飞宇　／ **199**

豆爷笔记

儿·孙　／ **208**

孙子们或者爷爷们　／ **211**

豆语的变迁　／ **216**

"隔代亲"之研究　／ **220**

果然隔代亲　／ **225**

希　望　／ **227**

送　客　／ **229**

角色位置　／ **231**

迎接爷爷的几种姿态 / 234

梦　别 / 237

怀念是痛 / 240

科罗拉多的雪 / 243

屁大的事 / 246

在美国寻寻觅觅 / 249

异乡之乡

古都碎语 / 254

小镇闲话 / 268

巷　音 / 277

访俄小记 / 280

访巴偶拾 / 292

欧行杂识（十一题）/ 303

旅澳小记（二题）/ 338

日常美国（十二题）/ 347

家事

紫金文库

苦涩岁月的记忆

父亲篇

我出生那年,父亲已六十三岁。这不构成自己对父亲情感浓浓却又印象淡淡的原委 。贴实的关涉还要回到父亲那边——如果他建立过赫赫功业抑或留下过斑斑劣迹,如果他对我有过高高的企求、重重的责罚哪怕狠狠地打过我一次,都会有些刻骨铭心的记忆;但是没有。父亲没有十足的"味儿"、鲜艳的"色彩",就是一个普普通通、规规矩矩的人,一个无求于利禄乃至疏淡于营生的人,一个对自己的儿子从没碰过一指 、骂过一声的父亲,一个对后辈的成长极少干涉而奉行"顺其天性而育"的父亲。

在别人的眼光里,父亲最明白的身份是"前清秀才"。然而,这并不妨碍我认定他的淡泊世事,他并不以为这身份值当什么。文

漂　泊

人的疏狂是有的，要不然就不会像玩笑又像当真地数落几位友人：
"你是第几十名的举人呀""你是个第一百多名的进士呀"。如果不
是废科举前的五六年，逢上我爷爷、奶奶相继去世而奉制"丁忧"，
他还会一路高中的。至今不明白他何以几次说到自己是"朝廷钦赐
的举人"这样的话，跟何事有什么关系不重要，重要的是此类近乎
标榜的言辞后面，除了表明他曾把科举之路看成过"自我实现"的
途径，还分明着没把自己是秀才当回事，或者说，他不以为自己
只是个秀才。我用"自我实现"说事，是因为有把握断定他的应
试只是为了证明自我，所谓"学问在我"，对于他还该加上"我在
学问"；否则，就解释不了其何以始终那么决绝地一次次排拒任何
意义上的"就位任职"和各种途径上的"治家理财"。他既无捡拾
"敲门砖"的心机，又无"学以致用"的务实精神，就是一个安于
以诗为伴而隔膜于世俗也限制了自己的文人。如同其名"贻清"
标示的那样，无衣食之忧的他只想认认真真地写诗、清清白白地
做人。

不难想见，实践这一意愿是有些难度的，因为他的另一个明
白的身份便是承继了祖业的地主，这能"清白"得了吗？好在"限
制"了他的秉性也"成全"了他。父亲那句"身外之物无足恋"的
口头禅，确实不只挂在嘴上，也很可以证之其行。比如，很早以
前，老家的豪宅被付之一炬，父亲异乎寻常地不甚介意，且为其常
说的积善积德一直对纵火者不肯追究；比如，也还在民国时，离乡
客居小镇之后，他就不再回乡，漠然于乡产、地租一类事体。虽无
"毁家纾难""弃产济贫"一类壮举，也就是当个随遇而安的"甩手
掌柜"了。难怪到了土改时，故里以"开明绅士"视之，只是派人
到小镇客客气气地知会一声，竟然没要他回乡接受当时无可规避的

批斗。

　　这也该跟他散淡到没有（政治）"立场"有关。依稀记得，当时在国民党军政服职的几个年轻人慕名登门，他与之有过几度随意的谈诗论文；也依稀记得，家里几次隐匿过一位当新四军的族兄（我喊他"荣宝哥"）；眼见院子里一位新四军干部（我喊他"伯峻先生"）的老母亲备受欺压，便屡屡给予生活上的照应、接济。这些跟"政治倾向"无关，更没有迹象可表明是"同情革命"。他并非是个自觉地、高远地寄梦的人，坚守的大体只是一种世俗意义上的善良。

　　父亲一度日有诗作，如果积存起来，不会下于千余首，未能保留并背不出完整的一首，作为后辈，至今不能不以无知、失职自谴。模糊的记忆中，多数诗作大体贯穿着自然的崇尚、自在的述怀以及自由的向往。只是抗日烽火燃起，到了民族存亡之秋，素常散淡的父亲展示出了其激情的一面：幼时难解的一些律诗无法追寻了，此间连连写下多篇长调，断章残句还记得一点，比如，由"甲午一战海师空／我军势弱彼逞雄"领起，铺排开历史的回望；以"倭奴侵匪我东土／台上美人犹跳舞／下一令曰不抵抗／中原从此失门户"开篇，谴责消极抗日；用"半壁高悬太阳旗／义军一见泪如雨"描状十九路军的痛心疾首，讴歌其"二万雄师御外侮"，慨叹其"独力无援终何补"。他的另一句口头禅"百无一用是书生"，也在此间高频率地出现，他是内疚于难尽效命报国的"匹夫之责"吗？他是在慨叹"吾老矣"的力不从心吗？

　　父亲早年十分乐意接受一位诗友对自己的比称："贻清先生是燕子，不入愁门。"据说燕子在梁上筑巢是会选择环境的，那标准便是安谧、平静的和谐之家。人们可能未曾去想，不入愁门的燕儿

漂 泊

自身原是辛苦劳顿的,须得年年衔泥衔草地做窝、时时飞进飞出地觅食,并无闲适、潇洒可言。人间事亦仿佛如此,不愿"以心为形役"原是须得有前提、有条件的。经济条件并谋生能力的失落,子辈幼小的赡养无着,注定了暮年的"老燕"不能不陷入"愁门"。靠母亲去故里勉力耕织,当然维持不了一个家庭的生计。小时候经常遇到的那种情境至今记得:说不定何时一觉醒来,每每听到父母在有一搭没一搭地谈话,大体是对"坐吃山空"的焦虑和前景黯淡的忧心。焦虑和忧心往往会导致父母的谈心转为让我不安的拌嘴斗气,我知道,这莫名的宣泄饱含了无依的悬悬、无尽的惶惶以及无奈的戚戚。

样板戏风行那阵,我特别容易动情于"小铁梅"的"提篮小卖拾煤渣",就是彼刻不能不联想到当年自家情景而深深自责,以为自己纵然不能"早当家",也不该从没思量为分担家庭重负而毅然辍学。内心自然也明白,果如此,恐怕又无异给父亲造出一道心灵的创痛。就像那一年,初中毕业后我选择中专而未被录取,心安理得地当了小学代课教师。每给家里奉上微薄的工资,父亲初始不无欢喜,继而露出不安,后来有一次,竟久久沉默至于潸然泪下而不能自禁。代课只代了八个月,是父亲坚执要我回家复习,他心心念念于儿子的再度投考。

在历经过科考中式又接受过书院熏染的父亲,把后代立身有本的期望寄托于学业有成十分自然;异于通常的是,为了供我读书,年逾古稀的他节衣缩食到苛酷的地步。记得有阵子,三日两头思量的就是家里可卖的东西,从玩物到家具,从衣饰到器皿,最后,连他视同生命的几箱古籍也变卖一空。

直到自己就业以后的很长一段时日里,我在两种时刻特别容易牵动思情而黯然神伤。

一是偶尔端起酒杯，不经意就想到已故父亲早年曾是位宏量的饮者，家境的拮据使他不得不戒了酒。我接到高中录取通知书那天，见到父亲喜形于色的样子，母亲破例让姐姐打来一毛钱酒，当然就是为他助兴的意思。不想吃饭前，碗底的那点酒被我误当做水，给倒了。虽然母亲不顾父亲的劝阻，再次掏了一毛钱，可父亲饮用间，那显然掺和了为破费而歉疚的微笑，久久地郁积为我心头的一份隐痛。

二是当自己写作间点燃一支香烟，常会想起，为同样的原因，父亲不得不戒了烟。逢上写诗时，偶或想来一支助其构思，就会不无犹豫地掏出三分钱，让我帮他买上五根。这五根烟会应付上几十天，因为他几乎从不舍得一下子把一根吸完。好多年间，及于烟酒，每视为奢侈且每生莫名的罪感；而如今，倒上一杯、点上一支，已很为坦然。可见前贤说时间是"忘却的救主"，是须得我们深长品味的。

我在各级学校当然都在贫困生之列，可父亲从未想过让我申请减免学费、领取助学金。记得读初中一年级时，班主任周老师中秋节前来家访，适逢我们"举家食粥"，唏嘘不已的老师第二天一早便送来两条大鱼，临走前又主动启示助学金的事。父亲感谢着也尴尬着，终究还是不让我提起申请。多少年后忖度过：是"家庭成分"不好奉行"自觉"？是不愿接受"救济"已然自律成性？抑或还有些"君子固穷"一类的原则不愿违拗、有些"文人清高"一类的脾性难以弃置？虽然理不很清，私下却分明做出了一己的领悟且化入了个人的临世态度。譬若至于今日，自问一直注意"克己""忍苦"，一直注重"自守""自立"，应该跟"家风"的秉承、

漂 泊

跟父亲潜移默化的濡染不无关系。

母亲篇

小时候看到过一张泛黄的照片,上面坐着、站着的几位女性都很有风度,明显着那种"民国范儿"。能够一眼就认出坐在中间的那位是母亲,该跟我是她儿子有关;换个外人,不加细辨,怕就难以识别出来。照片上那容貌、气质,跟当下生活里的母亲比照,大为悬殊、显见沧桑了。父亲对这张照片做过一点解说,其时便有一种聆听岁月老歌的感觉,歌声幻出一幅动画:母亲穿着旗袍,臂弯挎着小包,坐在黄包车上,是前往剧院听京戏去。用父亲略带感伤的话来说,那在小城是有些招人眼目的——

父亲这样说,通常会被理解成"怀旧",理解成岁月改写一切、青春不复拥有的宣叙,我却更多地品味出那骨子里包含对母亲的几分歉疚。

父亲娶母亲系续弦,比母亲要长过二十大几。到得我能够有所记忆的时候,他已然年届古稀无力无能营生,加之几十年客居小镇,习惯了他乡的地望人脉无意回归故里;生计一度靠母亲去几十里外的老家务农,两地分居的家庭格局,给母亲带来的负荷自是更为沉重。其时,她也已五十开外,幼年缠过足,体力上的勉为其难势所必然。她老人家对生活的落差异常淡定,硬是默默撑持,磨炼出刨地、施肥、挑水、推磨、养猪、砍柴、纺纱织布、缝衣纳鞋无所不能的身手。从当年看戏需坐黄包车到能推满载的独轮车,完成这一"转型",靠的当然就是比一般劳苦大众更多一些的坚持和努力。在母亲那里,从没有听到一句、从没有觉察过一丝怨悔;在父亲那里呢，就不能不偶或捕捉到些许愧色和不安——虽说老迈了，毕竟家庭角色还是"男子汉"呀。

多少年后，大姐夫跟其寡居的老母到小镇看望父亲，去饭馆一起吃了顿饭，不想父亲回来后异样烦躁，脱去外衣间一连拉脱了几个纽扣。我很为不解：是从不进饭馆茶肆的他为破了例而有所不顺心吗？是因当年去饭馆确实是种"奢侈"而有所不满吗？直到几日后母亲来小镇了，在缝上那几个纽扣了，父亲也一直没做出说明。母亲见我在一边想寻根究底的样子，淡笑着悠悠地说："你爹心气不畅啊，饭桌上亲家母在场，他缘境生情了——想到你妈的日脚，自己揪心呢。"向来安然面对孤寂的母亲，言说间透出受到顾惜的几许慰藉和满足。

特别提及"推独轮车"，与其说成想跟"坐黄包车"对比起来说事，不如说是那些不能尽知的情境中，母亲推独轮车的影像在记忆里尤为深刻。

在收获的季节，小镇之家的后门外长长的巷道里，不准那一天，便会传来吱吱呀呀的车轮声，就知道是母亲给我们送粮食来了。迎出来卸车的当儿，母亲必有一小袋花生、蚕豆一类的小食递到我手里，在那样拮据的家庭里，这无疑算得上"特供"了。我曾在一篇文字里表述过：读到陈毅元帅说淮海之捷是靠农民的小车推出来的那番话时就想过，我们的生存，一度也就是靠母亲、靠了她一次次用小车在通往小镇的长途上推出来的了。

多年以来，我对"吱吱呀呀""嗡嗡嘤嘤"的音响十分敏感，它会把我牵向遥远，去重新丈量母亲走过的辛酸之路。我们那里的农家，如同家家都有独轮车，纺棉车也是家家都有的。记得读初中时的一个假期，我回老家乡下，大概是白天随母亲下地有点疲劳，

漂　泊

抑或根本没疲劳（母亲从不让我干吃重的活计，说是用过了力会伤身体），只是"不知愁滋味"的少年人好入眠，躺倒在那逼仄屋子里的小床上，很快就进入梦乡。一觉醒来，就听到阵阵单调而柔和的"嗡嗡嘤嘤"声；一盏如豆的油灯下，坐在纺车前的母亲，把巨大的身影投落在黯淡的墙壁上。她老人家微低着头，右手摇动着纺车的摇把，左手三指捏着那细长的棉条，从低处转动着的绽针处，慢慢地拉开来，拉开来，手臂一直向后斜斜地舒展开去，直至伸直；随着右手将摇把反向转动，长长的棉线就快速地卷上了套在绽针上的纱管。这反复的动作娴熟而优美，酷似在舞台上看过的相关表演。觉到眼角发酸而泪水盈眶，是清楚地见到母亲几次打瞌睡，几次以手击打前额的情形。白天已然过度疲累的母亲，一定太需要睡上一觉了。邻里乡亲说过，没见你妈消停过一刻，也没见她睡过一个整觉。面对"夜以继日"这个简单的语词，通常会想到那些辛辛苦苦的劳工，那些孜孜矻矻的学者；然而，只是回到自身经验的那一刻，回到纺棉车前的母亲那里，我对这一语词，才有了那么刻骨铭心、牵动肺腑的理解。

多少年后，三位姐姐学业未竟就相继就业谋生，有些微薄的收入了，事亲至孝的她们，分担我和弟弟读书的开支了，乃至先后出嫁成家了，母亲的坚苦劳碌依然如故。她已经习惯了以养家为自己的天职，而且，如同父亲那样，视别人的帮助哪怕是国家的帮助为"无功受禄"。即使对自己的女儿，也以"各家有各家的难，你们过各家的日子，别为我多操心"等等相劝；岂但如此呢，还心心念念于对不起这个、对不起那个，为了没能让她们进入高一级学校，未曾给她们有什么陪嫁，私下也叮嘱过我，不要忘了她对姐姐们的亏欠，她的不顾农活繁忙，主动要姐姐们把幼小的孩子一个个送到她这里来，也该带有些"弥补"的意思。至今痛感，世上还有什么，比竭尽全力养育了孩子反过来怀抱对孩子的"愧疚"更令人为之神伤的吗？

我以儿子的身份回忆母亲时很明白，虽说天大地大不如她老人家养育我的恩情大，可归根结底，跟天下许多母亲一样，她是普通而平凡的人。正是坦然面对平凡的人们，以其默默的善良、仁爱，在生命旅途上彼此推诚，构成人际的暖意和人生的和煦。依稀记得，早年不得不辞退女佣宝儿妈时，母亲与之执手相向，如同亲人离别，好一阵流泪、好一阵嘱咐叮咛。记得很清的就像个故事了：新中国成立前夕，在新四军服职的堂兄荣宝，不知因执行什么任务，几次潜入过小镇，每次都隐居我家"膳堂后"（堂屋隔板后的小房）。我们全家人都喜欢他。其时家境已趋困苦，却在厨房看到，母亲让我把饭菜给荣宝哥送去时，碗里屡屡加上两个我们已不易吃到的荷包蛋。刚刚解放那阵，忽一日家里来了一位军人，告知黄荣宝在淮海之战中牺牲了。哽咽间递上手里的一个小篮，说黄参谋临终前两日委托他，有机会帮他来看望一下二大大、二大妈（我父亲在兄弟间排行第二）。父母看定提篮半晌说不出话，只见到母亲成串的泪水，一滴一滴掉落在篮里的鸡蛋上——那是伤怀于痛失堂侄的热泪，对母亲来说，也还是一个寂寞生命感动于被惦念的热泪。

回望母亲不可以绕过她内心的一份隐痛。对于老实至于朴讷、安分至于拘谨的母亲来说，其寡言少语，其兢兢业业，很大程度上包含了"阶级教育"的结果，包含了无奈的乃至诚服的自卑、自贱。虽说百姓那里自有戥有秤，在故乡的民间，无论是喊她二娘的长辈、喊她二嫂的平辈还是喊她"二大妈""二奶奶""二太太"的

漂 泊

晚辈们，土改时固然没有难为过通常该视为地主婆的她，后来的日子，母亲的坚苦、友善，更是赢得乡亲们的普遍怀抱敬意。然而，毕竟那百姓的戥与秤，自古只在灵魂里定盘、在良知里定星；那"纲"与"线"的举起和划开，却历来要决定身家性命、决定是人生的灾难还是社会的福音。虽说包括依循理论去举纲划线的故乡领导者们，事实上对母亲算得宽厚，只是在刚性的理论面前，谁也无法让母亲自外于派定的社会位置。比如，那些年，在一月一度的"五类人"集中训话的例规中，母亲无由不应制受训。生活上的负重加之精神上的重负成为母亲的宿命。她对慰藉的渴望及其屡屡表现出的那等易于满足，体现的只是属于人生的起码要求和生命的微弱呼唤。

我愿意再度提到自己在一篇散文中提起过的一件小事，它差不多回应了那个"微弱的呼唤"。其时，我刚从师专毕业，分配到外地一所乡村初中教书。正值三年灾害的岁月，为了微不足道的报效心愿，我带母亲到我这里小住。到达的第三天，学校教职工就有了一次从未有过的会餐，从不在食堂吃饭的校长也破例参加了。谁也不知、谁也不问"今夕何夕"、所为何来，可又似乎究属怎么回事谁都心知肚明。我后来把这顿饭存在"主题不明"的缺陷称之为美丽的缺陷，盖因在那个"纲举目张"的日子里，为一个出身不好的教师的母亲"接风"，怎么说也不是一件可以宣扬的事；同事们的心照不宣，显然是认可校长的仁厚并为尊敬的校长讳了。记得母亲在饭局上就悄悄问过身边的我："今天学校有什么事吗？"当时回说没什么事。记不起后来有没有如实相告了。如果没有，真该懊悔不尽。母亲不会想到或者竟然"非分"想过，这礼遇跟她有什么干系，我真该对她说上一句："妈呀，就是为你的到来呢！"须知，对于一直觉得自己是"贱民"的母亲来说，这该是一份多有分量的厚待、一次多么温暖的心灵慰藉。

  时至今日，还十分依恋被自己视为第二故乡的挚爱友朋，为了我们在奔波过的路上曾经的美丽遇逢。

漂 泊

母亲的名字

古时候，男女都是有名且有字的，孩子出生三月或百日给定"名"，"字"则迟些，男女也有别，所谓"男子二十冠而字"，"女子许嫁笄而字"，这自然该是有身份人家的讲究，一般人家未见得恪守其制，把"待字闺中""尚未字人"之类的说法挂在嘴边。随着男权的膨胀，寻常人家女孩没字乃至没名的也就很为普遍。

如今早已恢复正常，若说谁个没有自己的名字，那是不可思议的了。年轻的父母们常常逗牙牙学语的孩子回答：爸爸叫什么来着？在哪个单位？妈妈叫什么？在哪儿工作？达成这种语言的训练，固然饱和了确证孩子能力的愉悦，也不失其实用价值：万一孩子迷途走失什么的，它就很可以派上用场。

我们这些成了资深爷爷辈的人，幼时多数不曾经过这种训练。在那时，子女是忌讳提及父母的名字的。约莫四五岁上，我曾缠住母亲问她叫什么名字，母亲笑而不答，在我孩子气发作而穷追猛诘之下,她老人家神秘兮兮地吐出三个字音:gou lai Wen。当下便记住了。彼时自然没有能力去敲定文字,更没能力去怀疑:格莱温——何以母亲外国人似地取下了这么个名字?还兴致勃勃地去向父亲炫耀:我知道妈妈的名字啦。不料父亲听我说出母亲自报的名字后,哈哈大笑起来:上当了!上当了!你成狗儿了,"狗来问"嘛!原来一向寡言少欢的母亲,竟破例跟儿子来了一次幽默。记得当时非独对母亲的玩笑略无反感,还依稀感受着一种爱怜的温馨,因为我常见一些奶奶辈的人,搂抱、抚弄比我更小的孩子,狗狗、狗儿地喊得充满柔情蜜意,还伴之以咂咂有声的亲吻。

后来进小学读书,知道了母亲确实没有名字,各种簿册、表格之类上,母亲那一栏里填写的都是黄李氏三个字。至于口头上,没人这么喊她的,长辈喊她二娘,小辈喊她二大妈、二奶奶,平辈喊她二嫂(我父亲排行第二),父亲则总是喊文儿妈(我大姐乳名文儿)。

只有一次例外。由于例外记忆很深。那大抵是斗争频仍的年代,我们那个村子几乎家家缺吃的,尤其少烧的。靠母亲的勤奋节俭,我家总算还过得去。比如母亲每次田间劳作归来,都一路从田边路旁捡回一些枯干杂草,屋旁竟然有了一个小小的草堆。这天傍黑,母亲拖着疲乏的身子下了工,刚把一小篮枯枝败草抖落在屋边,两辆自行车便紧跟着飞到门口,车上跳下的人断喝一声:黄李氏!接着便训斥开来,大抵是指控到大田边拾草是挖什么墙脚之类。话音刚落,显然是事先约好的一位社员就斜刺里推过一辆六合车来,由自行车上下来的人指挥,把屋边那个小小草堆一股脑儿叉上车子,吱吱呀呀推走了。

当下除了担忧第二天的烧草问题外,还深深感受到一种大概可

漂　泊

以算作精神上的痛楚，第一次听人呼喊这其实算不上的名字的名字时，竟然是如此情境下的这样一声断喝。多少年后，我只要碰到这种样式的车子，都会从那吱吱呀呀声中幻化出这声遥远的断喝。

再后来我到外地读中学，一次听老师讲课说到旧时中国劳动妇女普遍没有名字的问题，自然懂得了把它作为一个社会现象来认识，就很有点为母亲的没有名字而怅然不平，加上我对积年辛劳，遭遇坎坷的母亲的挚爱，或许还受到鲁迅先生用母姓取笔名的启发，我第一次投稿给一家青年报纸时，鬼使神差般用了李氏这个笔名。稿子寄出后，自然就憧憬着那个日子，好让一直鼓励我读好书的母亲，从儿子能发表文章中得到一点慰藉。没想到文章很快发表出来，更没有想到的是，报纸同时以通栏标题发表了篇相当有名气的理论家的文章，是就李氏同学的错误观点进行评论的。理论家那篇长文的诸多观点，拿到今天来看该在否定之列了，不过他当时还是从指导青少年出发，采用心平气和的说理方式，不像我后来在"文革"中看到的那类大批判文章。我当时之所以着实很懊恼了一阵，仅仅是内疚于自己等于是把母亲推出来代我示众了一回，真不该做这种蠢事。

是的，直至我自己已经当了爷爷的今日，历史早已展开了新的篇章，还偶尔想到该为母亲"正名""昭雪"之类，尽管我知道，在沉重的历史流程中，它已显得那样遥远、那样无足轻重。

纺车的思念

有句类似谜语的话，叫什么车不能乘人。

若是生长于都市的孩子，看过电影《唐·诘诃德》，排除了分明被诘诃德先生勉为其难乘上去过的风车，又没进过革命博物馆也没读过吴伯箫先生的《一辆访车》，这谜恐怕就得费些脑筋去猜。而其时在我们家乡的孩子们的心目中，这句话谜的性质就有限了，那时谁家没一辆纺车呢？这谜面的规定性及其启示性因而都显得太强过露，缺乏谜语必要的模糊度，一如问什么蛇能看家？说它是谜人家是要见笑的。

家家都有就显得普通，即如今之摩托之类，价格不低，有的人多了，也就算不得珍贵。对于当时当地的纺车来说，岂但称不得珍贵呢，恐怕竟是被归入破烂家什之列的。幼时父亲就跟我们谈起过：他中了举人时，前来报喜的报录们，一进门就按例把些罐盆、纺车、织机等破烂家什打破掀翻了一地。当其时家人非独不会见

漂　泊

怪，还喜滋滋地发过红包去，盖因明白这里的象征效应：阁下从此是贵人了，前程自会有一番局面，去旧布新，不再需要在这等琐屑上穷折腾了。

据我所闻，父亲当年虽然离大款、豪富甚远，可是家境还是相当宽裕的，至少比时下的小康基准要高出一两码，何以也有纺车一类破烂家什呢？依稀记得父亲彼时做过解释，说那情境下，必得找点东西来打翻的，当然不会挑值钱的打，看准一些不值大钱的意思一下就是了。至于纺车，只要有教养的人家，即令很富，也往往要备的，那就不在于纺纱织布本身，一来女孩儿家学学，心思、心志上有个寄托；二来，也就是于"一丝一缕恒念物力维艰"有所体悟了。不知道父亲的解释是否有点关涉妇德妇容妇工一类的套套，抑或仅仅是他老人家富于诗意的杜撰，反正若取其精华去其糟粕，就不至于仅仅可提供给女权主义者做靶子，也很可以附会出一点重视智育并德育的意味，至少，不失强过时下某些做派之处，比如有条件的热衷着、没条件的也觊觎着进那贵族学校等等……

时过境迁，家道衰落使超然的诗意渐次丧失，反正等到我能记事，八口之家已生计维艰，那辆几经修改完善的纺车就略无教育工具的性质而实实在在成为生产工具了。

夏日的凌晨，隆冬的夜晚，我一觉醒来时，就常会听到纺车那单调而柔和的嗡嗡声；一盏如豆的油灯下，坐在纺车前的母亲，把巨大的身影投落在黯淡的墙壁上。她老人家微低着头，右手摇动着纺车的摇把，左手三指捏着那细长的棉条，从低处转动着的绽针处，慢慢地拉开来，手臂一直向后斜斜地舒展开去，直至伸直，随着右手将摇柄反向转动，长长的棉线就卷上了套在绽针上的纱管……虽然这反复不已的动作娴熟而优美，不比我后来看到过的舞蹈模拟动作逊色，但，我看着看着，就会眼角发酸，有几次联想到母亲白天在田间劳作时那力不能支的形象，眼泪便止不住流淌不已，我幼时曾偷偷地学挑担子而扭了腰，大体就出于一种分享艰难的素朴心愿，戏文里时兴唱穷人的孩子早当家的年月，我从内心深处予以认同，以为即使当家得不能那么早，懂得生活也会显得早些的。

母亲纺出的纱粗细特别的匀称，织出的布绝对没有家织布通常多少难免的疙瘩。加上染色得体，做成衣服平整大方，质感上显得厚实而粗犷，摸一摸确有朱德先生描述过的铜子儿那么厚。我读小学时一直穿这种布做的衣裤，直到进都市读高中，一般同学都不再穿家织布了——并非什么一年土二年洋，那时市面上学生蓝布极其便宜，生活有所改善了以后不再去费那些纺织工夫，连纺车也渐次废置，记得那阵舍不得丢弃的人家多有把它架到屋梁上去的做法，真正是束之高阁了——可是母亲还是起着早，摸着黑，在那辆纺车前拉着那似乎总也拉不完的线，我也便常有两套家织布的衣裤，这衣服在当时自然就已经有些显土，可是我每学期总要穿几次，回想起来或许是有点心理因素的，以为若把它压在箱底而不成为身上衣，就未免对不起慈母手中线。

没有想到，到了二年级上学期，有次上完一节音乐课，那位新调来的上海籍的宋老师一把拉住正冲向教室外的我，摸了摸我的袖口，问这布在那里买的，听说是家织的，便又像赞美又像失望地啧啧连声："老好咯，老好咯……"

假期回去，母亲听我闲谈时说起这情景，就在我准备回学校的前一天，把一小匹家织布放进了我的行囊。那时候，老师们都像奉行八项注意的军人一样，于是，当我春节回家时，背包里就被宋老

漂　泊

师不容分说地放进了一丈二尺藏青色的华达呢料子，说是带给我母亲的。这段料子母亲一直让它压在箱子里。宋老师可是春节后个把月，就穿上了用母亲手纺手织的布料做成的一套服装，小裤管的裤双线缝，大胸围的夹克衫，装了拉链，宋老师用今天的时兴话来说本来就靓，穿上这套衣服那潇洒的气派真就是盖了。那时的苏南自然没有人用这些词，也还没人穿牛仔服，休闲装什么的。这就更显得很为突出，很为引人注目。几年前在路上碰到一位跟当年的宋老师形貌酷肖的妙龄女郎，着一身牛仔服，还突然莫名其妙地想：宋老师恐怕就是一个超前派、一个我们民族着牛仔服的先驱呢。

娘·舅

题目上的这个分隔号，就说明我写的不是我娘的兄弟，而是我娘和我舅。

娘通常跟妈同义，但我称娘，正是为了把她老人家跟生我的妈区别开来。这在旧时的婚姻中不足为怪，我娘在证实自己不能生育后苦劝我爸娶了我妈。

事实上除了称呼便没有区别，娘待我一如妈。

娘是江苏如皋城里人。幼时一度常盼娘回娘家去，或者毋宁说就盼着娘从如皋回来，因为当其时也，娘必带回一个沉甸甸的包，那里面差不多尽是给我捎的小食品、小玩具。年龄稍长，到了能想见娘捎着那么沉的东西步行六七十里的艰难情景，就觉得盼娘回娘家的心理实在是一种罪过。可以自慰的是娘自己高兴，回娘家高兴，从娘家回来看到我欢欢喜喜地吃着玩着那些如皋特产，更比我还高兴。我感觉得出，娘平素几乎没有属于她自己的企求，若说

漂 泊

有一件，恐怕也就是回娘家。但事实上这事难得有一次。虽说她明显地、有意无意地自己往远离中心的家庭边缘退去，可还是把料理我们的生活看作天职了，离开一天就放心不下，有几次行程都已定好，她想想，还是取消了。

像一切充满爱心的母亲那样，爱得难以言传，而表现出来的又往往大同小异地平平常常，如同日脚总是那样平平常常地过下去一样。及至我开蒙，娘就有件令人意想不到的举措：开学第一天清早，她陪我去学校时就带上了一张小板凳，安放在我的座位旁，坐定着陪我听课，看我做作业，直到放学，带我一起回家。此后，日复一日，无一天例外，整整两个学期。同辈中人，我至今没听说谁曾享受过这等待遇，也没听说曾有哪所学校为哪位小学生特许过这种伴读。

升入小学二年级，娘不再伴我去学校。可就在这时，她又有件举措突如其来：执意开始禁忌荤食，严格地吃起长素来。这里说严格，即不但戒荤食，且戒有特殊气味的蔬菜，包括被佛教中人称为五荤的大蒜、韭菜、薤、葱、兴渠（洋葱）之类。爸告诉我，娘是虔诚地许下愿了，为的是祈求神灵保佑我平安上进。为此，她还坚持每晚诵经这一雷打不动的功课。这也许跟我那一阵常犯腹痛不无关系。记得这毛病被医家称为积滞，虽经父亲的挚友、那驰名全县的周医师几度诊治，仍难以根除，时有发作。每当发作，娘必忧心忡忡，一边轻轻揉动我的腹部，一边反复地念诵："Na mo xiao zai yan shou yao shi fo"。后来，我在回忆中把它译成"南无消灾延药寿师佛"。娘念的这句话是有所本，抑或是她的杜撰？未作查考。

后来，娘还有件举措使我无法忘怀。那天正值我一阵腹痛过去，娘像宣布一项决议似地正色对我说："留虎（这是娘对我的昵称，大概是因我属虎，又唯恐我这条虎留不住——留不住就是跑了，跑了，即夭亡的意思），给你认下干爹了，记住，今后你就是你舅舅的干儿子。"说话间，搁下一个大红拜垫，按着我朝西北方拜了三拜。我很奇怪，舅舅跟我们从未来往过，且从未见过面，连父亲也不知道舅舅是什么模样，怎么突然让他做起我的干爹？不过，有这么一位舅舅是知道的，娘带着几分怅惘、几分景仰说起过多次，而且听起来很像"故事"。

据说这舅舅小娘八岁，自幼古怪，碰上化缘的僧尼就亲热得如同见着久别的老熟人，还喜欢溜进寺庙去玩。平常不管在那里，只要见到佛像什么的，总会愣怔怔地盯着凝神半天，有几次还把省下的零花钱去寺院捐过香火。外祖父留心到这些，说这孩子秉性殊异，未可逆料。果然，那年刚给舅做过十周岁生日，他突然跪在地上向家里人行起大礼来，说是跟亲人们告别了，要到扬州当和尚去。外公外婆因有过预感，自然没当作玩话，认真劝说，百般剖解，终不能使其回心转意，到头来外祖父长叹一声，对外祖母说了一句："前生自有定数，由他去吧。"娘说当年她急得抱住小弟大哭不止，拿走弟弟悄悄收拾好的行囊，藏起弟弟所有的鞋袜，向晚早早把弟弟安置上床后，还在他房间的门上加了把锁，夜间还起来查看过几趟。没有想到，第二天早上打开门给他送早点去时，发现已然人去房空，原来他赤着双脚从窗户爬出去了。

娘那次让我认这位舅舅为干爹时，已是他出家二十多年以后的事。据说这时他早就当上了扬州那家寺院的住持，早就跟家里人不再往来而且不再见面了。我敢断定他不会知道她姐姐家的事，不会知道有我这么个外甥，不会知道自己突然有了个干儿，更谈不上他认可做干爹了。真是可怜天下父母心，娘不由分说地把我强加于她的弟弟，也不过是为能得这位高僧的荫庇，一厢情愿地姑妄为之罢了。

父亲不信佛，还取笑娘说，佛门只收弟子，何曾见收什么干儿子呢？但父亲平常也常说过"敬神如神在"这类话，对娘做的这件事亦不阻止，还讲了些我似懂非懂的话，大意说，你舅认不认你这个干儿子无关紧要，出家人慈悲为本，慈悲者即与众生乐，拔众生苦，你娘爱你的大心，跟舅舅普度众生的大愿该是相通的，舅舅有知，一定是认可这爱心的了。我自然也不信佛，可倒是至今幻想着真有个神的世界。果然，我告别尘世后定能在那里找到早已撒手西归的娘，找到未曾见过的舅父，他们的归宿理应在那里。当然，这还得我余生好自为之，不至于沦入地狱才成。

英 子

也许因了近年常常慨叹老矣，儿子便几次三番把他的朋友们对我的议论传达过来：你爸好年轻，看上去像大哥呢。儿子是在安慰和鼓励了，可这很容易引出我对他的妒意，我可不曾有过年轻的父亲——我父亲晚年得子，具体地说就是跟父亲年龄很为悬殊的母亲生下我时，父亲已是六十三岁。这除了解使我自幼倍受恩宠之外，还享受着小长辈的礼遇。比如说英子，作为父母收养的我那堂兄的遗孤，虽然长过我不下十多岁，却执侄女之礼甚恭，每每大叔、大叔地喊得充满敬意。

父亲是前清末代举子，榜上排名相当靠前，就是说名列前茅吧，这使他有资格对他的一位中过进士的朋友趾高气扬：你是第一百几十名的一个进士呀！乡里中人公认父亲忒出色，连带而来就议论说兄弟间的秀气被父亲独拔了，英子的父亲和三叔就只能一般化了。

漂 泊

可能确有点遗传关系，英子自幼朴实无华，朴实得近于简单，简单得有些木讷，就是在我当时的心目中也透着十分幼稚。她又异常心软，面对我们饲养的小鸟、小虫、小鱼之类的夭折，常要唠叨半天，唏嘘感伤不已。有时还自说自话地把鸟们、鱼们放回大自然去，惹得我们没完没了地责备她。当其时，父亲从不帮我们说话，总是引申出"上天好生之德"一类议论对英子好一番夸赞。

这一些都无关紧要，最要命的是她嘴快得出奇，当然不是快嘴李翠莲那等嘴快，只是不懂得保密。只要被她知道了，我们几个小小的叔叔姑姑们就很难在父母面前保留一点小小的秘密。

这也还不碍大事，孩子家在父母面前还谈不上什么隐私权。最最要命的是这嘴快使我们的有些游戏也玩不成功。我们幼时不像现在的孩子，拥有不断换代的各类高级玩具。利用院子里有限的地形地物捉捉迷藏，便成了我们不疲的乐事。玩这事儿你就必须把英子支开，否则你玩儿不成。担任寻找者角色的即使不去向她咨询，她也会主动提供信息，情不自禁地跟寻找者咬咬耳朵，抑或朝躲藏者的藏所努努嘴。为此我们常常不客气地申斥她，但没用，下一次依然如故。我们为此跟英子闹嚷不已时，父母还是依然如故——不管三七二十一地数落我们几句，为英子辩护一番。我们当时也朦胧地意识到这里面的原委：在母亲，是很细心地防范着一个孤女受到委屈；在父亲，除了同样的用心外，还有点借题发挥教诲后辈的意思在内，要不然，他就不至于常常在这当儿故意夸大其词，用"君子坦荡荡"之类的话来夸奖英子。

这一天，有件突如其来的事情发生。我们一家刚吃过晚饭，院子里骤然响起一阵急促的脚步声，几乎同时传来的是院外巷子里奔驰过来的马蹄声。随着脚步声闯进堂屋的是一个红脸汉子，这个人顾不上说话就直奔内房，躲到床后，向紧跟到房中的我们直摇手，还匆匆作了一揖。我们还没定过神来，马蹄声便进了院子，转眼间就有一名手执腰带、身穿军服的人横在了房门口，操起北方侉腔问：有个夫仔逃过来了？没有等得及父母回话，英子已移前一步对着那个兵朝床后努了努嘴。这结果自然是那逃避拉夫的汉子被抓，而且一到院门外就挨了一阵腰带的狠抽。我清楚地记得那巷子的青石板地上，清晰地留下了几点鲜红的血滴……

　　姐姐们首先指责英子，还"好生之德呀""君子呀"挖苦了几句，瞟了父亲几眼。父亲和母亲这次也一起破了例，很责怪了英子几句。英子呢，当下就像闯了祸的孩子那样发了蒙，且好几天傍晚都跑到巷子里，凝视着那几点发了黑的血迹，看着，看着，就忍不住蹲下去啜泣起来。尽管父母见到她这样，又反过来安慰她，脆弱而单纯的英子还是从此沉默起来，该说的话也不肯多说，变了个人似的，一如我后来在《聊斋志异》读到的《婴宁》一样。

　　直到解放初，直到英子很不情愿地坐上花轿出了嫁，还终日一副愣愣怔怔、木木讷讷的神态。

　　英子出嫁后的第三年秋天，一次放学回家，见英子回娘家来了，斜躺在床上，眼睛红红的，流着泪，原来她刚满周岁的儿子夭折了，母亲把她接回来住些时。她见了我，喊了声大叔之后，就再也没说一句话。尽管母亲颤抖着连说几声：英子你就哭一场吧！她却终究没大放悲声。

　　十年前，现今已故的大姐曾来信告诉我说，英子已经死了，我没能回故乡参与她的丧葬。记得大姐信上说过，英子的儿女们很懂事，能克尽孝道，丧事办得也得体。

漂 泊

银 杏

故乡泰兴筹办市报，拟于"银杏艺术节"试刊，友人特地打来电话，嘱我务必为副刊写篇短文，欣然应命之下，自然便想到以银杏为题。

"树中银杏"跟"花中牡丹""草中兰"并称"园林三宝"，足见世人很为推崇，在树木花草之中也就算得个"明星"了。不过，银杏虽说忝列"三宝"，其知名度毕竟不如后二者。文人墨客对牡丹、兰草自古以来就钟爱有加，吟咏、画绘多不胜举，相比之下，对银杏就很是怠慢。即使在同为树木的松、柏、梧、杨行间，也有点寂寞无主的味儿，没有那种或荫蔽祖宗墓冢，或追陪先贤祠庙，或有择枝之凤来栖，或有名流显达礼赞的殊荣，既缺少文士笔下"广告"似的哄抬和世人心目中的圣化，这颗明星也就更多地显见出世俗化的普通和寻常。

或许正是这普通和寻常，使我这样的普通而寻常的人自幼便对她多所亲近而记忆深刻。

我对银杏的儿时记忆，其实是对银杏树果核的记忆，当初并不知道"银杏"这名儿，只知其俗称"白果"。彼时家境贫寒，父母无力为我们提供吃小食的奢侈，但不知是因为处于银杏之乡的缘故，还是因为亲眷中不乏栽有银杏树的人家馈赠过来，这白果倒是不缺，显得普通而寻常。

每逢深秋，特别是隆冬，母亲于忙碌中若偶得空闲，往往会抓出一把半把白果来，这就知道要炸白果了。白果放进用来暖手脚的小铜炉里，浅浅地埋在火灰中，然后母亲嘱我们离远一点，有时还把炉盖盖上。不久，就会听到炉中陆陆续续发出一声声爆破，开裂了的白果们便一个个"脱灰而出"，带着深浅不一的焦黄躺到灰面上来。母亲便用筷子一颗颗往外夹，她老人家不断地夹，我们便可不断地吃。味道很香，比油炸白果、鸡烧白果以及跟香菇、木耳、金针、豆芽一起炒素的白果都更好吃。其爆破声和一个个往外蹦的情状，也煞是好玩。炸的过程也会出现久久跳不出来的，便用筷子轻轻拔出，发现老黄了，不等炸也就夹了出来，可吃；有时拔开火灰发觉冒烟，那就差不多是焦糊了，偶有不能吃的，便索性埋到下边允做燃料。

除了炸白果外，母亲有时还把白果染成各种各样颜色给我们玩。姐姐们常把它用来"抓幺儿"。抓幺儿是一种要求技术和灵敏的游戏，玩法是把白果等量地分给参加游戏者，藏进各人的口袋，然后从口袋里抓出若干捏在手心，手靠手地摊开看谁的多，谁的多就谁先进行，把各人的白果汇集起来撒在桌上，取一颗向空中抛出，同时迅速从桌上抓起一些白果，然后再将抛出的一颗接住；抓时凡手触碰到的就都要抓起，否则便是"失机"，让别人依次着抓，

漂　泊

直至把桌上的白果抓完，如此反复，看谁抓得多。母亲后来还建议我们设立新规，即必得按照红绿黄的次序抓，这样难度自然加大了，可也更有趣了。

现在的孩子，不会有兴趣玩这样的游戏了。可我对这游戏印象很深，不只是因为当年游乐项目贫乏，也不只是因为它确实有益而有趣，更因为我常常由它而引发对母爱的深味；在那物质条件窘困、家计日见维艰的情况下，几乎常年郁郁寡欢的母亲不只惦记着我们的小食，还考虑到孩子们玩的精神需求，这非独是爱，也就是一种境界了。至今每思此及，都不免黯然神伤而怦然心动。

家乡的银杏树后来渐次少了，是起先战争的原因？还是后来"割"什么"尾巴"的原因？说不清楚。反正我在银杏之乡也很少能品味到白果了。不过还记得六十年代初，我从谋生的异地回乡探亲，母亲竟变魔术似的拿出一小袋不知何时收藏下的白果，要炸给我吃，像我幼小时那样。彼时恰值"自然灾害"，乡人的食物正如"长征"途中那样是包括了"树皮草根"的。这种情境下，实不忍吃母亲用那双浮肿的手为我捧出的白果。然而当下还是从命了，我知道，对母亲来说，没有什么比这种从命更能慰藉她那苦涩的心灵了。我吃着，吃得香喷喷，吃得泪水盈盈。

母亲一定是认为我爱吃炸白果，她的孙子也一定无改其父之好。那年我那大小子三岁上在她身边暂住时，老人家就常念叨"弄不到白果了"，念叨间充满深深的遗憾和无可奈何的感慨。这话是一直跟母亲生活在老家的弟弟谈起的。弟弟告诉我，母亲还叮嘱他在屋后栽几棵白果树。弟弟事亲至孝，从命照办了，尽管在那粮食极度匮乏的情况下，让树木来占了地皮为一般农家所不为。

母亲没等到白果树结实便离开了人世，她不会知道从前年开始，我和孩子每年都可品尝到弟弟和姐姐们从家乡捎来的白果了，不会知道家乡的银杏于今又成林成荫且会逢其盛，成为艺术节的名称，不会知道银杏之乡的银杏已在海内外远扬着盛名，在故乡的富裕之路上做出了她的一份奉献。

漂 泊

伴

　　从"少年夫妻"走向"老来伴",是一种"堕落"还是一种"成熟"?是感情的"颓败"还是感情的"升华"?抑或说唯其堕落方为成熟?唯其升华方见颓败?这在生命法则的弯弯绕里是弄不清的,一如"清官难断家务事",盖因"家务事"总是全方位地在剪不断、理还乱的情感缠绕中陷落。

　　于此,我与"伴"都是有些体验的。

　　我写作,老伴行医,我俩从事的明摆着都是最足以把苦恼带给对方的职业。人说写作的人富于感情,这大体没错。可他这感情往往差不离悉数释放在稿纸的格格儿里去了,留给"家庭生活"的其实所剩无几。写作要求熬日熬夜,要求杜绝"干扰",说不定妻子好心的一杯咖啡送得不是时候,心里还会抱怨着多此一举,打断了"思路"什么的。这醉心写作者的妻子,也就跟木偶为伴相去无多。至于医护人员,那就不待多言,她们的丈夫们的抱怨和牢骚还不够多么?

其实,夫妻也好,伴儿也罢,又总不能不常常内疚于自己给对方带来的苦恼,这给对方带来苦恼总是反过来成为自己的苦恼而不能释怀。我就出于这给了伴苦恼的歉疚,试着去问妻子:"你最苦恼的事是什么呢?"意下是让她说出这个命定的苦恼,好在"宣泄"中有所缓解,我再就此抚慰一番权充补偿。不料伴回答说"我最大的苦恼就是你老干预我做家务。"

原来伴因白天管不了家务,又不愿把家务全推向通常在家工作的我一边,节假日便全栽进不知哪来的偌多"家务";晚间也休无止地拖长时间,锅头灶间、桌上地面、缝缝缀缀、编编织织、洗洗碌碌,必弄得光光洁洁、妥妥帖帖而后已。我看到她成日价疲惫不堪,便着意贬斥那"光光洁洁、妥妥帖帖",以为毫无意义而全没必要,意在打击其家务活动的积极性和主动性。她呢,就处处来个反限制,比如我把锅碗洗了,她必定当我面重洗一过,与其说出于医家的洁癖嫌我洗得不干净,不如说是以此让我领悟:你抢着做也是白搭,不如到桌边爬格子或一边儿歇歇去。

这样我内心便不免又多了些"苦",当然"恼"不起来,唯一的办法就是白天抓紧一切空隙,把家务事择其要者处置殆尽。

这一来的结果又不妙,我的家务多在白天进行,常让邻舍撞见,乃至同事们把单位里为数不多的几顶"家务能手,模范丈夫"的桂冠给了我一顶,排名还相当靠前,就是说数一数二吧。伴得知我荣领这一头衔,表面笑笑——当然也就是苦笑了——骨子里却不能不如芒刺在背,便又增加了一层内心的"苦",但同样是"恼"不起来的。不过既然心里憋着苦,偶尔恼出来也是有的,但伴善于化解,我也粗通和衷,酿不成什么大的别扭。更何况这"苦"原跟

"甜"难解难分,都是一种关爱的必然派生,如戏文上唱的"苦也甜"吧。家庭中因此还都能苦情良多而乐在其中。

外面的事儿就复杂一些。外面的世界虽说"很精彩"却是"很无奈",所谓大千世界无奇不有,难免碰上几桩苦恼事。比如说妻在单位一向克尽职守,颇孚众(病众)望,虽然业务上被视为骨干职称上却干不上去,也略无多大情绪,是个心境平和而"顾全大局"的好同志。可这天忽有一"读者来信",把坚持正确诊断、正确治疗的她,顺带说成支持了错误的诊断和治疗,后经多所上级医院的专家鉴定澄清了事实,事实说明她本该受表扬却陪人家挨了一闷棍。回到家里自然闷闷不乐"苦"而且"恼"。事有凑巧,这天正值我为其书作序的一位作者寄来新书"请雅正"。打开一看,他竟对我的序文先自大幅度地"雅正"过了,原来点出的几颗"缺点"也给妙手回春为"优点",我那被"雅正"过的序因而就很有点瞎三话四,我也无异于给人家来了一次颠倒。"苦"而且"恼"了一阵之后,忽觉得这苦恼刻下正可派上用场,便把这事原原本本地说给伴听,说过后总结说:"这很好,咱们共一种苦,'共苦'即分担'苦',有两人分担,这'苦'就可减去一半。"伴也伴我苦笑着:"看来,你们搞文学的人更靠近阿Q了。"

我有些轻松不起来,心里明白这次妻承受的伤害要比我具体得多,正准备商量一下保护权益的对策,妻却悠悠地说:"我也想过了,不去打什么官司也罢,人家报纸为民请命毕竟是正确的多,失误的少,何况我们病区许多有正义感的病人,得知实情后是那么激愤,还自发推出人来去要求院方促成消除影响,何况这点影响消除不消除又怎样呢?世上因渎职而造成的离奇事儿多着呢……"

我不禁一阵心酸,唉,不是搞文学的人离阿Q也并不远呢!

然而，就个人在家庭关系乃至社会遭遇上的自我解脱和自我协调来说，这又不能不说是一种境界，有了这点境界，人际自可多一点理解和沟通。因而，郑板桥的那句"难得糊涂"得到认可就不是没有道理。这自然只是"一面"；另一方面，"不糊涂"或许比"糊涂"更为"难得"，"难得糊涂"跟"难得不糊涂"结伴而行，或可对付那家事、国事、天下事。

漂 泊

怀念良弟

　　良弟活着时，对他的牵挂常常消释于其实渺茫得很的"来日方长"；三年前他骤然去世，那希望的救主归于烟灭，失却逃路的苦苦思忆郁结了，成为无以排解的伤痛和无法弥补的歉疚。

　　他小我三岁，跟三位姐姐挨下来排行第五。父亲当初据"马氏五常，白眉最良"的典故为之取名毓良，或许并不就是"评价"，只是幼时记忆中，弟弟的聪颖和能耐以及沉稳自强确是过于我们，连长相也比我们好，加之他是父亲晚年所生的最小的孩子，理应得到更多的宠爱与关顾。"理应"的事不能如"理应"的那样，会有些复杂的缘由，而在我们家，这缘由完全可以简单地归结为两点：一是家境的清寒，再一个，便是我的存在了。

　　比较起世代贫穷来，家道衰落的书香门第的贫穷，有一种显著的也是致命的区别，这就是卸脱不尽体面意识以及与此关联的施展不开谋生手段。我是长子，若在没有"前情"的赤贫之家，该是早早有些生活能耐并担当勇气的,就像戏文里唱的"提篮小卖""担水劈柴"那样。然而我不能,家里也不让,岂但如此呢,在属于旧式的、没有泯灭希望而急待改变境况的家庭中,我显然还被勉为其难地摆在了"重点培养"的位置。重点培养云者,亦即少干活、多吃饭以保证"读书上进"是了。不难设想,在艰窘困顿的家境中,要保证重点,那就无异于非重点的牺牲,弟弟便是付出牺牲的一个。"厚此薄彼"给弟弟带来的损失和损伤自然会是很为实际的。然而,他总是跟年龄很不相应地默默着,从不撒娇撒泼,没有诉说抗争,很能体察那些扭曲了的苦心苦衷,颇为自觉地接受这不公的"分工"。

若说孩子通常缺乏耐受力,最不能耐受的恐怕当推委屈。受委屈的弟弟不声不响,日子也在无声无息中挨过。我们一定都有意无意地忽略着一颗幼小心灵贮存的凄苦!少小的许多记忆中,父亲几次万分伤恸地提到的一件事最使我刻骨铭心:那是我们家山穷水尽的日子,微薄的家当渐次变卖殆尽,不得已而不能不有所告贷,虽说偶尔的告贷对象只限于我的一位远房叔父,而且有着早年我家有恩于彼这层理由,年迈的父亲还是拉不下面子当面求助,"当面"的事便严酷地落到小弟身上——好几次由他带着父亲的便条到叔叔家去。于是有了那个父亲一提起来便黯然神伤的场景:早晨从叔父家回来的弟弟愣怔怔一言不发,呆呆地一任泪流满面,继而忍不住抽泣痛哭。父亲几次告诉我这件事都重复着一句话:"你弟弟终究什么也没说。"多少年来,我们都认定弟弟那次是在叔叔家受到冷遇和奚落,直到他去世前两年来我处小住,兄弟间忆及既往谈及这件事,他才淡然着悠悠地说:"其实不是那回事。"他没多说,我也无意多问,这实在说不上是什么谜,我所知道的弟弟在父亲面前唯

漂　泊

一的一次哭泣，不能是为着一时一事，那里面饱和了的被自我压抑了的许多无法言说的创痛和感伤应该是不待言也而不难理解的。

五十年代初我们家的格局是两地分居。父亲陪伴我在小镇居住，母亲则领着姐姐弟弟们回老家乡下种地去。及至我到外地读中学，父亲已因衰老而时时发病，弟弟便代替了我住到小镇照应老父。其时断断续续完成中等学校学业的姐姐们先后从教，有了十分微薄的收入，维持各自家用的同时，继续奉行当年"保证重点"的政策，极力支撑我在外地读书的开支。大家的生活很难说得上多少改善。我不知道弟弟当年是以怎样的辛劳勤苦一面服侍老父一面完成了初中学业，但我知道，当时他在是否继续升学上很有过一番犹疑，他是在姐姐们的敦促下才决定投考的。他选择了中专，而当时考中专是比考高中、考大学难度都要大得多的事，通常的录取比例是十几比一或者几十比一。

我在高校读书时听到弟弟考入一所中专时着实松了一口气。要知道，彼时无论改变命运，即就谋求生计而言，"读书—分配"也是人们心目中一条可靠而上好的路，乃至能不能经由读书而"参加工作"成为世俗对孩子们是否"出息"的评价标准。这就使得弟弟后来的一项举措噩耗似地令全家慌乱不安：入学刚一年多，他未经跟家人商量便办理好退学手续，毅然决然地回乡"务农"了。亲朋大感不解，家人多有责备，他依然默默着无所辩解无所奉告。个中原因知他者其实不难明白：岁月明白，那正值被称作三年自然灾害的年代；乡里明白，那是树叶拌和草根的日子；岁月和乡里中踟躕着母亲，年事已高的母亲一定更能明白：送走父亲的小儿子，又回来陪伴他时时记挂的、苦不堪言的亲娘来了。母亲太希望儿女们能够一个个飞出去，可她身边也实在太需要孩子的帮扶。弟弟在学校里定然时时为这"希望"和"需要"的两难所苦,一定时时浮现母亲到一百数十余米外去挑回饮水的踉跄步履,时时体味母亲去更远的集体晒场运回粮草的超体力重负……责任心必定使他感受到一种刻不容缓,感受到自己做出某种牺牲的必要和价值。这件事诚然说不上什么惊天动地,但它使我时时沉潜向对于弟弟内心世界的深昧,且使我思念及此精神难以安宁,不仅仅是因为小弟又一次代替了我。

母亲去世后,一直谋生他乡的我就很少跟弟弟面晤了,农村的折腾,农村的苦况当然是知道的,对弟弟那边有限的接济与可能的帮助是理所应当的。弟弟却总是几次三番地以"不必""不需"相告,照例的没有诉说,没有叹息。偶尔回家乡探望,还都要极力张罗出像模像样的饮食,准备好让我带走的土产。我很不是滋味,且常常义生题外地想开来:难道还在保证"重点"么?长期以来,我对包括重点学校在内的一切"重点"不以为然而极度反感,大体包含了自己积欠的心病。

乡里对弟弟的评价是吃得大苦的好劳力,是了,在我们村子家家都只能三顿喝稀的日子里,弟弟凭着他的苦干,日子过出了中上的水平,生命为此付出的代价自然也就沉重,他的第一次中风全然是经年积劳过度所致。乡里对弟弟另一面的认定便是他很能透底的见识和颇为超拔的智能。遇到难事找他商量成了公认的有效途径,他也俨然成了为人谋划、为人排难解纷的一方小人物。于此他大概也是有些自得的,我们难得的相见交谈中,他都会不时扯向这家的难处那家的苦衷,有时还不经意地问:你能不能有点办法?

生活有所转机以后,他第一次让我感觉到属于他自己的梦:他要在原先住房的基础上,盖一所宽敞的房子,并说你总要退休的,

漂　泊

回去住住也好舒适一点。我立刻意识到灾难降临的可能，乡里有云"与人不睦，劝人砌屋"，何况他是中过风的人。极力劝阻其实施这一计划便成了以后我跟他通话必有的叮嘱，且不惮以极端激烈的言辞警示于他。未料不幸言中的事来得这样快，几年含辛茹苦、殚精竭虑的经营，他为造房准备了条件，却在房子动工前复中不治，撒手而去了。侄儿弟媳们痛定思痛，没有理由不完成遗愿，房子已于去年竣工，相当体面而称得堂皇，弟弟却是只能在这座房子里以其遗容陪伴亲人了。

乡下的老家不是我的出生地，不是我的生长地，尽管自幼有一条维系生存的线索微弱地、时断时续地通向那里，家乡于我仍然陌生而淡漠得很。乡思乡情被实实在在地唤醒，只是由于三年前弟弟落葬时的丧事。哀乐声中，天空飘落下星星点点的雪花，从灵堂前的广场直到路边，密密匝匝地跪满了一片我熟识不熟识的乡亲，他们不约而来地为弟弟送行。我不知家乡的父老从哪里预备下偌多丧服，当一支白色的人流默默地移向墓地，当墓地归来怅然的人群中出现后辈青年不能自制的失声痛哭，我渐渐地超脱出悲痛而内心充满感激，感激家乡给予一个普通生命的哀荣。

打工者

儿子毅然辞去公职，离乡背井到遥远的南方打工去。这在我多少有些意外，一来这孩子从性格看原本相当恋家，自小就很体贴父母，他妈常说，我家儿子跟女儿一样，顶得上一个"贴身小棉袄"了。再则他在大学读书期间一直被推为班长，毕业后又分配在父母居住的大都市的一个大单位，且很快成了单位的骨干和"培养对象"——从外部境遇看，也并不存在多少"跳槽"的必要性和必然性。

当时我几乎未经犹豫便表示支持，主要是出于对他的尊重和信赖，当然也因为我一直认定，优秀者能够成就优秀，是不能不几经人生道路的自我选择的，包括充满艰辛困顿之路。

这并不意味着我不介意他妈妈的"贴身小棉袄"，更说不上自己是个情感上的坚强者。当儿子岁末回家过春节，带回一批家用电器，突然间就有一阵悲怆袭上心头，以至挤压掉久别重逢的欣

漂　泊

悦——堆放在地上的那几件十分精致的劳什子，一下子模糊起来幻化成孩子的一泓血汗。我好容易才控制住眼中滚动的泪水。

这完全可以从文学工作者惯于想象、易于感伤得到解释，但这"想象"并不是缺乏根据的，儿子手背上新添的那块大疤痕，就是那次夜工打到凌晨一时的当儿，没提防被机器撕裂而留下的印记。当时没顾上去医务室缝——他在中断不得的流水线上——自己掏出块手帕勒紧伤口坚持到完工。

"现在才明白什么叫'流水线'，才真正体味到当年卓别林的创造是'源于生活'的，可以说他推出过的那个把什么都当'螺丝'来拧的银幕形象，实在并不需要多少想象力……"唉，儿子说得很兴奋。

别以为儿子在那里的岗位就是车间，他一开始可就属坐"写字楼"的阶层，起先应聘为工程师，半年多以后晋升为副厂长，八个多月时又晋升为厂长。这一厂之长权力不算小，在厂里说下话来不说讨价还价、连"为什么"你也不必问，赶紧付诸实施就是，他可以随时为工作人员升级降级，可以随时吸收或开除人员直到开掉工程师一类角色。当然，他自己也随时可能被公司的经理、外国老板训斥和炒鱿鱼。厂里的一切他差不多包揽了，可他仍实实在在是一名打工者；突然遭遇的压力和困难有时简直不可思议，但什么困难都绝对不能成为完不成订单规定了的产品质量和数量的理由，任务吃紧时，他这个平常就得每日工作十多个小时的厂长顶上生产线也就是很自然的事。他干得很顺手、很"刺激"，也觉得很沉重、很压抑。

"过去囫囵吞枣读马克思的《资本论》，现在回味起许多话来，真感到无比亲切……"儿子深情地说过这段话后沉默起来。我知道，他此刻又想起了许多事，比如他平时来信、来电话时几次三番提到过的那件事：工人真是苦，厂里工人的平均工资，只抵上香港同种、同等工作量的工人工资的几十分之一。我一时也说不上话来，莫名其妙地担心他这工再打下去，不准会成为什么政治家或什么革命家。我对他的诸多信赖中，唯独不包括以为他在这方面能够称职。

"回来吧，先'赋闲'也不要紧的。"我忍不住试探着说。

"爸——"儿子声音有些颤抖，"我知道您疼儿子，我也有把握说这绝不是您所希望的。您一定理解刚刚开头的儿子，您一定对儿子的心思了如指掌——我讨厌这样的打工！但我需要这样的打工，我必须先当好一个打工者，一个好的打工者！"

是了，无须多说，尽在其中了。那么，让老爸为打工者祝福吧，我亲爱的孩子。

乡情

吴 君

吴君自然并非姓吴名"君",今天回忆起这位几十年前的幼时同窗来,存其姓而隐其名,不过是依循一种惯例,一种文字上涉及真人真事的约定俗成。

在我们当时号称"三十六条街巷,七十二家烧饼店铺"的古老小镇上,吴君的父亲是极为著名的烧饼把式,在强手如林的烧饼师傅中,唯一进过省会、夫过京城的人物。设若你明白战争年代章枚先生的一曲《黄桥烧饼歌》如何风靡一时;明白我们小镇做出的烧饼,如何倾倒国人,如何令"天下烧饼无颜色",你就不难理解:这"著名"不那么简单,跟一名"状元"的分量原是相去无几的。

吴君家的日子自然就过得蛮红火,在我们几个家境拮据的小伙伴眼里,他也就是一位"小开"了。

小学五年级时,吴君跟我们编到一个班上。由于聪明好学,"好侠仗义",吴君算得上我们的"圈子"中人。可至今记得清楚,

漂　泊

虽说他常有"慷慨解囊"之举，常有香喷喷的烧饼带过来请我们"品尝"，终难改变他的"边缘"位置，在我们心目中很有点"统战对象"的性质。"铁哥们"不约而同而又相当自觉地跟"小开"吴君保持着一种说不清的"距离"。他呢，对其"边缘位置"的处境似乎浑然不觉。

个中原委确实很难寻究，反正肯定不是如同现在人们常说的"红眼病"，可以肯定要比"红眼病"更没道理。大概包括了看不惯他头发总梳得齐刷刷，皮肤总显得过于白生生，衣着又过于地整洁，尤其是跟女生"划不清界线"。有次国文教师举办一次在墙报栏上捉错别字的比赛，一位陈姓女孩看到我们都捉到一大堆了，自己好半天才捕到一个，急得淌起眼泪来，这情景给吴君看到了，你知他怎么了？竟悄悄动员我们每个人让几个"俘虏"给她。这本来也属"行侠仗义"的范畴，可她是女生，且由吴君出面，就断然不能成功的。须知，在我们"圈子"里，要不是万不得已，从不跟女生说话的。

班上的女生成单数，分派座位时，跟女性同桌的"不幸"落到小个子李君的头上，抗争无效而服从分配的李君好"痛苦"，刚气鼓鼓地落座就急乎乎掏出红铅笔，在双人学桌不偏不倚的正中划了一条"分界线"。

我们为此对李君好同情，觉得"兄弟受苦了"，觉得好对不起他，仿佛虽说是个头决定了他的"命运"，可既然命运不可抗拒，总要有个应命的，他就很有点代表我们作出"牺牲"的意味。吴君就差劲了，还大惑不解地唠叨："这有什么呢，这有什么呢……"笑话！这有什么难道还不清楚么？

这些细节回忆起来很滑稽，译成时兴的北方口语或可谓"真逗"。二十世纪六十年代中期，我们中间的几个人偶得相聚，谈起这情景来就禁不住一阵哈哈大笑。彼时说到一个个都已经"划不清界线"地成了家，又不约而同地沉默起来，因其时唯吴君还单身着，老大青年了仍无心婚事。客观上有些原因，他因为"言论"和"白专"的关系，在单位处境很为困难。可主观上大概也有些问题。分手时，"侠士"们相约大伙儿都来关心关心吴君的终身大事。

　　直至多少年以后的去年，在深圳搞电子的李君出差北京顺道来访，话题谈到了吴君的婚事。李君颇为高兴地介绍说，吴君后来是在他的"关心"之下，三十六岁上才"成家"的，妻子比他小了九岁，前年双双回过老家，镇上的人对外地归来的子弟喜欢评头论足，对吴君夫妇评价之一是：吴先生老两口真好，像小夫妻那么"缠绵"呢。

漂 泊

五先生

是否在我进入小学前五先生就死了？没推算过。反正我刚进那所有名的初中读到名家鲁迅的名篇《孔乙己》而联想到五先生的行状时，他已亡故多年。模糊的儿时生活中留下的关于他的这点记忆肯定很深，要不然后来我读高中时就不会以它敷衍成一篇作文，更不会至今还来写这篇文字。

在我们房东人丁旺盛的家族中，五先生自然是排行第五了。我们赁居的那几间屋不属于他，属在他长兄大先生名下。正因为如此，当年我跟五先生发生那次冲突，怒不可遏的五先生讨伐到我家门口吼出那个要我们搬走的"滚"字时，我仁厚而寡言的娘竟应对得很有风度："五先生，您不觉得这'滚'字从您嘴里'滚'出来，'滚'得过于轻巧了？您先雇辆车，去跟大先生商议商议，我们在这儿坐等发落了。"母亲有数，大先生跟父亲是诗友，敬重着呢，从不肯收房租不说，偶尔回乡探母，还总给我们家捎上礼物，说我们等于帮他看守了房子，实在委屈得很，他理应感激。然而，我清楚地记得当时并没有为我娘从容的仪态而感自豪，也没为其实很不擅长吵架的五先生当下无言以对的窘态而欢欣鼓舞。

五先生的四位兄长有的早逝，有的谋生在外另有所居，偌多的房子便显得很空，被这些房子围成的足有四百平方米左右的院子，也颇有点苔痕上阶绿的情味了。院子正中是一大片开阔地，铺地的砖面虽有朽蚀却还平整；四周疏疏落落的一些桃树、柿子树、桂花树亭亭如盖，比一般见到的都高大一些；墙角堆有一些断砖残瓦，显然年深日久；窗前、门边还被辟出几方花台、菜畦。"院子"也便带几分古意野趣，显见出"园子"的生机，为我儿时提供了一方嬉戏的天地。扑蝴蝶、逮蜜蜂、粘知了、斗蟋蟀、滚铁环、跳格格、踢毽子、放风筝，在菜畦边埋口缸养上些蝌蚪、小鱼，下雪天约几个小伙伴打雪仗、堆雪人……反正一年四季都有些事儿忙乎。而五先生有时就会神秘地出现在院子里——说神秘，是因为他虽然没有职业，却很少待在家里，说不准他在外边干些什么，也说不准什么时候他会冷不丁出现在你面前——他就那样幽幽地站在一边，以成年人（我不能肯定他有没有五十岁，因为在回忆中认定当时已经蛮老的人，据实推算起来并不那么老）通常已少有的兴致，看我们兴致勃勃地做各式游戏，瞪着一双在瘦削灰白的脸上更显其大的眼睛，愣怔怔看得很入神。有时蓄着短须的上下唇颤动一下，似乎要说什么，却又什么没说；有时就忍不住走上来，帮我们改造一下用草纸、麦秆扎成的简易风筝，调整一下雪人的身姿五官……平心而论，他的指导都很有见地，很为得宜，很为可行。逢他在场，我们总乐意向他征询，要他裁决，他名副其实地成了我们的一位顾问。

漂　泊

　　五先生确实有非凡的能耐，比如说捉养蟋蟀吧，他就是足令我五体投地、顶礼膜拜的一位圣手。理论上固然一套一套讲得头头是道，实际上他调理的蟋蟀也都个个了得。有一回他把一只在撕咬中被咬掉半个牙的送给我玩，见我不以为然，瞪大眼睛说："跟你的将军们试试！"想不到这缺了半个牙的在连败我筛选出的三、二号种子之后，又轻而易举地把我那头号将军拼杀得转身溃逃。

　　五先生肚子里有说不完的故事。夏日纳凉，偶见他从外面回来，总要缠住他开讲。好在他妻子早逝，儿子别居，无所谓家，无所谓家累，一坐下来就会讲上好半天。最能抓住人的就是那些狐狸精的故事了。他讲的狐们，不同于我后来在《聊斋志异》上读到的那些有姿有色、有信有义的痴迷情种，多半是些喜欢恶作剧、逗弄人而又仅仅是并无恶意地寻寻开心的调皮的精灵。我们听得轻松而快活。他有时即兴搬来些古董，比方说看到我手里拿着一个装了几只萤火虫的瓶子，就讲"囊萤"，顺带着"映雪""凿壁""悬梁""刺股"乃至什么"韦编三绝""临池学书""铁砚磨穿""程门立雪"……一拎就是一大串。也有几次他讲着讲着就直打呵欠，说是困了，拔腿就往屋里跑。这时在座的大人们便挤眉弄眼地暗笑。不过我感受到，平时大人们对五先生虽有些闪烁的微词，却并不讨厌听他讲故事，有时还显然被五先生牵入了故事情境，不由得参与进来，插上几句慨叹或点评。

　　我上面用了"闪烁的微词"几个字，是因为当时并不知道大人们对五先生其人何以总有点不以为然，也弄不清他年迈的母亲每次从其他儿子那边过来，何以总像数落小孩一样数落他。有几次老人家一边把拐杖顿得笃笃响，一边痛楚地念叨："我也没有别的法子了。我也没有别的法子了呀……"五先生呢，行动也就越来越诡秘，越来越捉摸不准了。乃至老太太还问过我几次："看见五先生了吗？"

这天入夜，气氛异常。以五先生的母亲为中心的、有五先生的儿子在内的房东家来了一群人，还有两个不相识的壮汉，相继聚集到我们对面的房中，个个都板着脸。一会儿，女人们摆开麻将桌坐下打牌，男的就忙着做一件我当时感到莫名其妙的事：先是把一个小铃铛挂在房门后，接着把一大圈铁丝的一头系在铃上，铁丝展开来穿出堂屋，穿过院子，一直穿到院子的后门口，然后把另一头紧紧地系在关着的后门上方。我跟前跟后地打听这是干什么用的，得到的都是小声而有力的回答："孩子家，别管。"这自然愈发增添了我的好奇心和探究欲，几次溜到后门口开了门向外张望，几次都紧跟着走出那两个壮汉，押解似地把我牵回来，直到这天显得分外沉重的房东太太跟我母亲耳语了几句，我便被母亲提前安置到床上。可这夜总睡不实，不知经过几阵朦胧之后，大约总在后半夜了，我被一阵喧闹声惊起，急急爬起来从窗户望出去，月光下就见一群人正扭着五先生往厨房旁边的一座小屋走去。我正想出门看个究竟，母亲过来把我拉回床上。见我连声问"五先生怎么啦？"母亲叹了口气道："蛮聪明的人呀，就是不学好，白天黑夜在外边跟一帮人鬼混，抽大烟抽得越来越离经，家里一点细软卖空了，又伙同别人回来偷运家具，房东太太发了多少狠，终究不得不下狠心了。"我这才想起，这天傍午房东太太过来，是我把在后门外弄堂里看到五先生和两个陌生人走过门口这件事告诉她的，我还讲了我喊五先生他冲我摇摇手的神态。说不准决定这天行动就是根据了我提供的信息。

第二天我起得特别早，当我从那间小屋的窗户里望进去时，还

漂　泊

是不免吃了一惊：原来他们在五先生的脚上钉了铁镣。五先生手捂着头坐在简易的木板床上，我喊了两声五先生，没有应。只见他一会躺倒，一会儿坐起，一会儿狠揪自己的头发，一会儿趴在地上打滚。尽管我已经明白了他"不学好"，看到他落到这种地步，心里隐约着一种对于他的歉疚。

日子长了，我便习惯于趴在窗口跟五先生说话，有时他也拖着咔咔作响的脚镣移到窗边来。有一次还要我在外边踢毽子给他看，他依然瞪大眼睛，看得很入神，嘴唇颤动几下，手把住窗棂说："这毽子上的鸡毛又宽又长，毽盘嫌轻了，拿副针线来，带一个小钱，我替你加点分量。"我原想回房悄悄找出这几样东西，不料母亲正在房中做针线，只得跟她说了，想不到母亲竟很爽气地帮我备齐了这几件，而且并没有要帮我做这件在她是举手之劳的事的意思，很乐意地让我拿了过去。五先生就着窗台把毽盘拆开，加进了小钱，又歪歪扭扭地缝好，丢出窗外说"试试"！果然踢起来起脚多了。

又过了好些时日。那天，房东老太太心事重重地在我家跟母亲说些什么，我突然插进去说要听五先生讲故事。房东太太看了母亲一眼，母亲放下手中的活说："让孩子进去打打岔吧，五先生也不能这样老关着。"我看着老太太含着眼泪让人打开了小屋的门。不知怎的，我一进去竟好半天说不出话，大概正是因为我过于一门心思地想说那一直想说的话。终于我难为情地用手按在他的膝上，悄悄地、认错似地把那天暴露了撞见他的事告诉了他。他却似乎丝毫没有把我一直当回事的事情当回事，还用手柔柔地抚着我的头，就像长辈们对孩子表示欣赏和赞许时那样。

从此，这小屋的门白天就开着了，但五先生并不出来走动。我便常带点零食给他要他吃，他便常给我讲些故事，像过去那样。跟过去不同的是，狐狸精们几乎全换成了鬼神，这些故事同样有趣，但大多结局不好，若干年后我掌握了几个文学术语，知道那可以说成"带有悲剧色彩"。我还记得他一边像女人玩弄辫子那样摆弄着镣索，一边讲了个学画符的故事。据说这种符画成功了就能招来神灵为自己排险解难。可这个人总也画不成功，弄得他拗劲大发，睡觉也在被头上画，吃饭也在桌子上画，有一次登在厕上，还随手拿起一根细柴棒在地上反复地画，弄到脚麻手酸，烦躁地把柴棒往地上一戳，不料就此成功！平素缺的就是这一"点"。神灵降临询问何事，这个登在厕上的人惶急中竟以"给一张手纸"相求。神灵冷笑一声，愤然离去。这人手上倒是出现了一张手纸，而要命的是他此后数日中总是急匆匆拿张手纸登厕，就像拉痢者那样，直至昏厥、倒毙在厕间。我在读高中时写的那篇作文，写到五先生讲的诸如此类的故事，总想以此推测讲述人当时的心绪，并曾书生气十足地写下这句话："他是认可命运的酷惩吗？他是在品尝人生的况味、咀嚼生命的苦果吗？抑或他是在疲弱的心灵中、在无限的悲哀里缠绕着痛切的追悔和复苏的希冀吗？"其实，五先生也许根本没去想那么多，他只是在那小屋里越来越显得平静而安详了。

五先生获得自由后，气色好转，有了精神。时过境迁，人们都慢慢淡忘了过去的事。他确实改变了许多，但喜欢跟孩子们凑在一起的脾性没有改变。

那次我跟邻近的一个孩子进行蟋蟀大赛。四组蟋蟀经过几番鏖战打成二比二平，最后亮出的是双方的王牌。也许是过分的自信加过分的紧张，我一时竟分不清咬成一团的两个一般个头的蟋蟀哪是我的，以致当人家的那只振翅奏凯时，我还高兴得一声欢呼。当然，这只是一刹那间的事，等到略一比较翅膀的色泽、尾巴的长短，我已经悲哀、沮丧而愤怒地认准了那只败阵之将正是我精心供养的。这时，肯定是我心中那小小的魔鬼把一腔怒火、邪火、占有欲、掠夺欲以及一些原始的恶的本性统统挑燃起来了，我竟丧心病狂的一口咬定那正昂首阔步陶醉于胜利之中的一只是属于我的。双方由此争执而争吵而至于濒临开打。五先生在一旁瞪大眼睛，不解地看定我，以平常少有的口气开了腔："留虎（这是幼时人们对我的昵称）！别混闹！那是人家的！"恶性发作的我反倒像受了天大委屈，当即跟五先生气汹汹地争吵起来。五先生愣了愣神，翻了翻眼，提高嗓门正色道："孩子家，要诚实！"我肯定勃然大怒得不顾一切了，随口而出的就是一句："你不配教训我，被镣过的人！"我看到了他脸上一下子惨然变色，感到了一颗罪过的子弹射进了留有创伤的胸膛……我当即就有点自悔失言，心悸得发蒙。但我当时终究没有向他表示悔意，没有向他认错，直到他又在我娘面前受窘，直到后来好些日子，直到母亲几次就这事深责于我，直到再后不久五先生离开人世。我至今还幻想能有一种能够把五先生从地下召唤回来的符咒，让我把歉疚向他倾吐出来。但我不能。我只有让它永恒地戳在自己的心中。

秋　儿

老家有些乡风很是特别，对孩子乃至未婚青年的称谓上就有些怪异：若是女性，往往被喊做×子、×儿；男性则反而唤作×丫头。这种阴阳大颠倒见个什么道理？我至今茫然。私下也猜度过，这或许仍可归结到传宗接代的期盼，女的唤作子、儿，无非是希望下一胎果真唤出男孩来；男的喊成丫头，则可能就是为保住根苗而故意把名称往贱里叫，类乎北方人给孩子取些屎根、狗蛋的名。这自然纯属臆断，没作调查，或许其中还有些典故亦未可知。

反正你可以知道了，我童年记忆中的秋儿是个女孩。所谓女孩是我现在这么说的，往昔记忆中人不在记忆中长大。不过当年我也没把秋儿看作女孩，她至少比我大六七岁，称得上是大姐姐了。

有趣的是秋儿确实一副男儿做派，不爱妆抹、不习女气，且对女伴多有挑剔、非议和看不惯处，倒是跟小男孩们很来交情，乐于亲近，于我更有些特别，常冲我×丫头、×丫头地喊过来，亲热、

漂　泊

关爱得像对待小弟弟。可绝对不让我称她秋姐，说是应该叫秋哥。我也不感到什么活见鬼，恭敬而且从命，在她面前，略无孩子们常有的异性相吸的自然天性抑或异性相斥的人为别扭。

秋哥心理上肯定有些个以我的保护神自居。只要她在场，碰到父母责备于我，她总会很有分寸地帮我辩解几句；碰到比我稍长的孩子教唆我什么，或有所欺负，她必挺身而出，咄咄逼人地数落得对方哑口无言而后已。有一次还为了我跟一个颇为霸气的男孩发生争斗，大概是那男孩讲了句他自己肯定也似懂非懂却委实不好听的话，争吵遂升级为开打，彼时的秋哥俨然荒江女侠一个，可虽几个回合便大获全胜，其漂亮的下巴上却留下一道指甲划破的伤痕。她自己毫不介意，我却一连几天过意不去，一见到这道红杠杠就觉得很是心疼，直想伸出手去抚摸一下，秋哥灵慧异常，每见此状，便了然我的心情，必没好气地叽咕一句：想什么想？别婆婆妈妈的。

我一度当过秋哥的信使，这信使的性质自然也是后来回忆中明白追认的。当时只知道她常让我把一个叠成方形的纸头送给后街的宁丫头。宁丫头高挑个儿，眉目也好看，大人们谈起来都称道他长得秀气，人缘也好。当时虽然只是一家布店的学徒，却是小镇上的风光人物，那是因为他很会演戏，逢到天南海北的京戏班子来镇上献演，往往会去客串，通常是反串，演过丫鬟，也演过小姐，什么角色的戏重就演什么。每场下来，都会收获几阵带点起哄性质的满堂彩，有时竟会收获班子里领衔者的几分妒意。

我当秋哥的信使必然也就是宁哥的信使，为此宁哥对我就跟秋哥差可比拟，彼此一家人似的显得亲切而贴心。宁哥还很耐心地教会我几个京戏唱段，以至我后来就读小学直到初中，逢上集会后的余兴，总会安排上我的清唱节目。

信使只约莫当了两个月光景，因为后来他们告别纸上谈兵，直接接触多了。有两次秋哥还带上我跟宁哥一块去由城隍庙改建的影院看电影。第一次宁哥买了票，第二次秋哥就掏钱去买，当宁哥抢先一步把票买好时，她竟然光了火，拉着我转身就走了，弄得那部叫《新儿女英雄传》的片子我一直没看到。这不奇怪，秋哥平素总是那么好强而任性的。奇怪的是后来秋哥就常对宁哥发火，宁哥越是赔小心她似乎就越是生气。我至今弄不明白秋哥是否是像今天青年人时兴的那样，在心里呼唤男子汉？但可以肯定，她开始跟宁哥交好，绝对不是如今天追星族的追星，我清楚地记得她曾几次对宁哥的客串不以为然的数落过。

　　事情发展到秋哥不再提到宁哥了，我一旦提到宁哥她总像没听到。有一次我又提到宁哥的什么事，她皱了皱眉头没好气地说：你烦死了，总是宁哥、宁哥的怎么啦？他当得起吗？你该喊他宁姐儿还差不多！我莫名其妙，我不过偶尔提起罢了，何曾总是？

　　五十年代中期我去外地就读高中时，我家也就从小镇别迁，一直没再跟秋哥见过面，只是在向小镇来人打探时，知道秋哥后来当上了一个单位的部门负责人，工作风火得很，其能力、气魄都不让须眉，也就是今天说的女强人了。女强人会得到社会的青睐和推崇，会成为可敬的大腕或可羡的大款；可男人组织家庭多不稀罕这，倒往往把什么温柔、什么善解人意之类推到选择标准的首位，至少在当时，在我们古朴的家乡是如此，甚至女人的收入比男人略高都会成为结合的忌病。秋哥的婚姻因而不顺利，不是她嫌人家女气就是人家嫌她男气。三十大几时，还是老姑娘。后来当然还是结了婚，听说丈夫对她很体贴，家务事也极少要她操心，在当地是颇有名气的模范丈夫。

漂 泊

我听到这个信息时,心里曾隐约生出些判断来,以为秋儿的结婚,怕是非其所愿,是无奈地屈就的。转而一想,又以为这屈就原本就该如此。她既要称哥,实不宜再找个哥们脾气十足的。设若两个哥们做夫妻,岂不难免会有些别别扭扭?

杨老师

进初中读书前后，父亲耳提面命我的许多话里，就有"尽信书，不如无书；尽信师，不如无师"这样一句。我无意以父亲如斯教诲来推诿我的过错，但肯定是少年时代的我理解这层意思时过于偏执，乃至习惯于在课本上、在老师的讲授中多所挑剔，习惯于在老师评批的作业上"反批"过去。豁边的事儿就在所难免，终至酿成那次课堂上发生的事件。

我说的是刚进初中时跟杨老师的一次冲突。那节语文课杨老师讲得一如往日精彩，事情发生在他罗列一些近义词比较其细微差别时。我听着听着癖性发作，脱口吐出一声："岂非吹毛求疵！"事后想想吐得毫无道理但当时却很见效果：全班同学差不多都以我为目标投来各种各样的眼光，有几个女同学还忍不住埋下头吃吃地笑起来。

杨老师顿住了。可以肯定他不会不知道这话是谁说的，即使不

漂　泊

凭现场观察而仅仅凭推断，也可判定干这类事儿的非我莫属。可能他不想点破又不能置之不理，便故意问：

"刚才谁说话了？有勇气站起来吗？"

"有！"我立即从座位上弹起来，还挺了挺身子，像准备受命的士兵那样。我觉得男子汉大丈夫不能没有这点勇气。

"混账！"随着一声呵斥，杨老师手中的一支粉笔在讲桌上碎进开来……

我一时愣了神，估摸着这事要给弄大了。未料，杨老师不但连"下课后到办公室来"这句通常会说的话也没说，还微微埋了埋头，小声说了句："抱歉，请坐。"他真干脆，似乎觉得我冒犯了他，他也骂了我，就此不再啰唆，因为扯平了。然而我的心境终究不能平静，私下觉得还欠着他的，不只因为他对我说了"抱歉"，还因为事后有人告诉我，杨老师的吼声惊动了隔壁，隔壁是校长室，校长在会上相当严肃地批评了他的失态，这无异于还未"扯平"，我又欠上了他一笔。就因为这一点，我小心防范着再有伤害杨老师的行为发生。不再调皮地学他说话、走路，不再参与杨老师是"洋"老师的议论。

平素同学中是多有这类议论的。不只因为他懂三种外语，还因为当时在我们那样的小镇上，杨老师的衣着、风度确实"洋"得可以。全校师生几乎一律着中山装、学生装，唯独他西装领带，裤缝笔直，皮鞋锃亮；走路富于弹性地颤动，遇到学生问过好来，总是"西洋化"地回敬"早上好""晚上好"，而课堂上的回礼又"东洋化"地九十度鞠躬。同学们渐渐都知道了他的来头，有过"剑桥"的学历，有过旧时当邮政局长的履历。这在当时并不光彩而颇涉忌讳，学生议论起来就不能像说某老师出身贫苦、艰苦朴素那样肃然起敬。不过，对杨老师的议论其实也不含多少贬义，因为他讲课异常出色，这常常足以代替学生对老师所持态度的一切。

　　杨老师显然没把我对他的那次非礼搁在心上，最好的说明是事后不久他就别出心裁地在教室一角设置起一个"质疑箱"，还鼓励大家像我那样"善于和勇于发现并提出问题"。有一次他还到我家做客来了，当然不是为了那件不愉快的事，也不是通常那种带着目的的"家访"，更不是现在的老师们常常会向家长告状。可以说跟我无关，只是慕名前来，兴致勃勃地跟我父亲谈了一通诗文，我记得这天是中秋节，大概他看出了我家经济上颇为拮据，来时又正值我们晚饭还没吃完，正围桌而坐"举家食粥"，第二天一早便有了他拎来两条鲜活大鱼的事。至今记得他笑嘻嘻的神态，记得他从西服口袋里掏出手帕擦手的动作。

　　岁月悠悠。由于我从高中开始就到外地就读，由于父亲去世后我们家迁回老家乡下，我实际上很早就辞别了那一度客居的小镇，告别了母校和生活在那里的师友。记不清是哪一年了，反正我已从高校毕业，分配到远离家乡的北方工作。其间有过一次为探望岳父母而去小镇。当晚，初中时的挚友陈君闻讯相约小聚，谈起了中学的老师和同学，提及杨老师时，陈君默然良久，给我讲了一次乘二轮车的巧遇。

　　我们那里的小镇乃至村舍，常有人以自行车搭客来增加进项，称作踏二轮。那次陈君出差到附近乡下，回来时照例去雇一辆二轮车，一抬眼不觉愣住了：天哪，这车夫不是别人，正是杨老师。原来他不知为什么"历史问题"被从学校"清"了出来，操起这营生，这天正是他"开张大吉"。结果自然是陈君让杨老师坐在后面，把他踏了回来。这件事在一些杨老师当年的学生中间传开来，便悄

漂　泊

悄地发起一次接济杨老师的活动。可几次都被杨老师断然拒绝，任凭携款上门的学生如何劝说，他只是坚持地表示："自己的生活自己完全可以对付的。"

"现在还踏车吗？"

"后来年事愈高，踏二轮是难以胜任了，前年年底又改了行，"陈君苦笑了一下，"他算是跟邮局有缘，转了一大圈又回到邮局门口，在那里摆了张桌子代人写信……"

说不清是需要给单位寄封信而见到了杨老师，还是因为想见到杨老师而去给单位寄封信。总之，第二天我去了邮局。在小镇邮电所的照壁前，确实看到了杨老师。他正坐在桌后帮一位农村模样的妇女写信，不时抬起头来询问一些情况。老师神态变化不大，还是笑嘻嘻的，原先花白的头发已经全白，却一路向后梳得整整齐齐；背已不似先前那么挺直，人却还显得精神；只是身上那件泛白的中山式蓝棉袄，虽然相当清洁合身，却成为跟当年"洋老师"的服饰的鲜明对照了。我当时在那张旧木桌前很绕了几圈，还远远立定盯住老师看了足足有十多分钟，却终究不曾有勇气走上前去行弟子之礼，叙师生之情。我后来向妻子转述彼时情景时，曾解释过当时之所以犹豫，是唯恐在那样的场合下相见，会给我爱戴的老师带来羞愧和尴尬。如今回想起来感到自己是何等浅薄而虚浮。

老师已谢世多年，却一直活在我心中。我想过，比较起时下我所跻身的文坛的许多情景来，尤其是比较起时下文士们为什么"赞助"而挤在小轿车里东钻西窜的情景来，老师当年在他的二轮上曾踩得何等坦然，在那邮局门前曾落座得何等堂堂正正。

紫金文库

习俗变迁（四题）

习俗是民族或地域的集体创造和共同规约。它的代代相因，是人类梦幻恒久的演绎，生命意志不息的往还；其与时迁乃至随风远逝者，也常常会带上我们记忆的温度，唤起前尘梦影的无奈追寻——

除 夕

在西方过万圣节，你得准备下足量的糖果，为了一批批前来敲门讨要的远远近近、认识不认识的孩子们；那年在美国，这情形就唤起过自己的记忆，我们幼时在家乡的除夕夜，也得备下足够的糖果糕点，要不，第二天清晨是会尴尬的。

对我来说，除夕的感觉属于儿时。比如，当我享受着现代的便捷一边看春晚一边批量收发短信时，已失落了往昔那份虽然烦冗却

漂　泊

不无亲切的感觉。比如，多少年后，我把一双价格颇高的皮鞋送给儿子做大年礼品时，已失落了那份感觉；再多少年以后，把一双价格更高的毛皮鞋送给小孙子过春节时，也无法找到那种感觉——我指的是儿时记忆中，母亲于除夕之夜，把一双千针万线缝纳而成的新布鞋放在我床头时产生的那种说不很清的感觉。

儿时的感觉，自然包括了欲望的满足感，餐桌上一顿年夜饭、枕头边一套新衣和一个红包包里的压岁钱，带来的都是不同素常的收获的喜悦；儿时的感觉还是一种宽松的自由感，平时父母亲总会告诫"别张灯耗油"而敦促"早点睡觉"，除夕的"守岁"，就成了一年中唯一得到特许的一次尽情的"夜生活"；儿时的感觉更是一种虔诚的神圣感，当门神被糊上大门门扉，当烟香在房室间缭绕播布，当我家的被称作"明角"料的金鱼状、荷花状的彩灯一年一度地在堂屋中升挂起来，我少小的心灵就会朦胧着一种祥瑞的希冀和歆享。

告别了儿时也就告别了除夕的感觉，虽然除夕总在一年一度地重现。我说不透这里的因由而且明白这里的因由原本就是难以说清的。然而，每当给孩子们备年夜饭、给孙儿们发放压岁钱时，还是禁不住知其不可而为，执意要去追寻那儿时的感觉。

除夕的感觉也许是跟童年的无知一起逝去的，但逝去了的无知分明也连同了天真的梦；除夕的感觉也许是跟物质与精神的贫乏一起远逝的，但它或许也带走了这贫乏中生长起来的美好的东西。我并不一般地认同"物质"与"精神"之间的悖论，我只是笃信着某些"保留"的价值：比如说一个民族不必弃置的心灵的梦幻和仪式，一个生命不该凋落的朴素的真性和至情。

踏 青

大姐读简易师范学校那年,写过一篇作文,记得是以"余约三四挚友,作踏青之游——"开篇。刚刚接受了一点学前教育的我,最初就是从这里接触到"踏青"一词。大姐的文笔是极好的,那篇被老师圈点得一片红的作文,我虽不全懂,还是很容易就跟二姐、三姐一起背熟了。而且——我幼时从家庭的院子到学塾的院子,七八岁了,还没走出过市镇一步——在朦胧的意识中,是它最早激发了我对于乡野、对于大自然的倾心。

后来读《岁华记丽谱》中提及的"郡人踏青游赏,散在四郊",才知道踏青之举连同踏青一词古已有之。历代诗文于踏青盛景多有记述描绘,读起来每每想到,那些从城里来到自然景区,在林下、在水畔嬉乐的古人,真是懂得趣味富于情致的。

其实,直到而今,学校仍然保持有一项春天的活动,不过早不称"踏青"了,通常叫"春游"。"名称"自不打紧,问题在于"内容"也有了让人扫兴的变异。虽说踏青也是春游,可当其仅仅成为"发生在春天的游玩",而不涉及"赏游春天的发生",那就全然不是一回事了。你想,学校租上一辆公交车,把一个班的学生塞进去,开到什么展会、中心抑或民俗馆、军博园门口,簇簇拥拥地进去转悠一遭,会获得一点知识、增长一点见识不错,说是春游就很勉强,跟踏青就扯不着边了。

"三月三日气象新,长安水边多丽人""梨花风起正清明,游子寻春半出城",可知那踏青原是要"出城"的。或于山间,或于

漂 泊

水边，去踏访春天的新消息，感受大地的"气象新"，这才贴近了踏青的做派与本意。踏青又称"远足"，可见不是平日里短程散步。当然的，今之城市大矣，离郊野远了，要"出城"，多不能一味靠"踏"，少不得借助代步工具，然则，到得近郊远乡，总该有一番劳动双脚的行行复行行，一路望一望春山一山青，看一看春水绿如蓝，于大地萌动、万物复苏中，体味几许大自然的风韵，倾听一番万物的生命律动，这大概就是名副其实的"踏青"了，它体现的是人类有生以来对大自然景仰、膜拜、亲和与向往的天性。

天性果然是个泯灭不了的东西，如今的城市都在讲究生态绿，密匝匝的住宅里也时兴设计"引进自然"的画框画窗，这该是一种别出心裁，适应了人的那种趋向和依恋自然的天性。可在楼群林立的都市，即令举步就能踏上青绿，抬眼就能见着"山水"，并不能代替那种大自然的歆享。所以，如今明白过来的，不再恋着热闹的市区，多有到郊外购屋而居者，且呈"舍近求远"之势，近乡临野，依山傍水，实乃人性归趋、生命憧憬的自觉。还挤在鳞次栉比的楼群中的现代人，未尝不有所向往，只是一时还苦于一些现实的抑或心理的干碍。在挤挤轧轧忙忙碌碌中，不免会有些"身不由己""心不由己"的慨叹并感伤从"天性"中生发出来，为了跟自然的疏离，为了自然情怀的压抑。

那么，待到草长莺飞春意来，还是踏青去吧！趁几回青青原上草，看几度春风吹又生。自然原是我们的故乡，我们的母亲，我们生命的滥觞。自然的力量、自然的恩泽是无限的。欧文·斯通说过："最伟大的药方就是大自然"，那里"蕴藏着治疗一切疾病的秘诀"；自然也是抚慰和陶冶你的最伟大的怀抱，在那个怀抱里，你被温润了的，可能是恬淡、宁静的性灵；你被提升了的，可能是高情远致的生命境界。

斋　孤

儿时记忆中，小伙伴间最富刺激性、最能振奋神经的邀约，大概莫过于一声"zhai gu 去哟！"

彼时，大大小小的孩子争先恐后地应声而出，手里拎上各自不同的大竹篮，篮里一律盛满卷得长长的纸钱筒，高举火种，奔向沟旁河边，钻进小巷墙角，在那些偏僻背阴的地方，焚烧起一堆堆纸钱。欢呼雀跃间，一张张兴奋的笑脸在火光的映照下愈见光鲜红润。这没什么奇怪，平日里，"水火无情"是大人对孩子们不厌其烦的告诫，"玩火弄水"是家长们对子女决不通融的禁忌，唯独这一天的傍晚，特许且鼓动如此无所顾忌地一路"纵火"，岂能不如开枷放赦——

"这一天"是七月十五，当然是知道的，焚烧这纸钱是让鬼们拿去当钱用，也是知道的，这行为叫 zhai gu，大家也都会这么说，至于"zhai gu"是两个什么样的汉字，我们不知道，没问过，大人也没讲过。

直到我能囫囵吞枣地读闲书了，几次看到"斋僧""斋饭"等等，便悟出那"zhai gu"便是"斋孤"了，是对"孤魂野鬼"的一种体恤和接济。后来读小学期间，接受了一些善善恶恶的教育，对于这一项其实只关乎心灵的善举，就有些肃然起敬，以为很不该把这事当作一种"玩火"的游乐。再去斋孤，就多了些莫名的自觉和虔诚。

须知，"斋僧""斋孤"虽同为行善，毕竟有所不同。僧为佛门弟子，斋僧便有些"不看僧面看佛面"的嫌疑。我佛固以众生为念，可心底里还是更关顾自己门内的徒众，明摆的例子是，据说弄出个"备百味饮食，斋十方僧众"的"盂兰盆会"，就是释迦跟求其救母的目连讲下的一个条件。看佛面自然也不光因为佛会在乎、会计较，更因佛法无边，降福、赐禄、添寿无所不能，斋僧不准就有些乞佛佑护、求佛关照的心理夹杂其中亦未可知。比较起来，在传达人们善良心地上，斋孤之举要显见得更其纯粹一点。孤魂野鬼是弱势群体，无亲人可依，无组织可靠，给这一群体友善，乐于助他们一把，即或有些关乎"治安"方面的考虑，亦无妨扶危济困的宗旨。况且，这种公益事业，大家多让孩子们去干，不管出于何因，效果上就会有些自幼培养怜贫惜弱之心的意味。归根结底这是好事，我们可以从"人格"的意义上非议"施舍"，却并无由从"社会"的层面上否决"互助"。

时过境迁，多年来我饶有兴味地读过不少谈怪说鬼的典籍，只是感到有趣满足好奇，却并不信果真谁谁见过鬼谁谁遇了鬼。其实，当年去斋孤，也就是姑妄为之，没去想象有多少等米下锅的孤魂野鬼跟定我们，高高兴兴地取了钱去。我甚至设想，即或信鬼者，未见得不曾如我一样怀疑过：冥界之鬼跟世间之人阴阳阻绝，何以鬼们的生计还得靠人们去提供和维持？然而，我至今还是为斋孤的习俗深深感动，为了那份人类的情义。几度读到外方人议论中国人时有厚于亲情而薄于社会责任心一说，以为不无道理，斋孤一类的习俗，倒不失是一种反证，它其实不关鬼们的事，也不是人们身外的事：在自我的关注上，它通向一种救赎的自觉，在关注社会和群体上，它不失为一种为见之于行而先得之于心的播种和孕育。

斋孤的习俗业已淡漠远去，无意主张回故复旧，对于它的怀想和纪念，应该是超习俗的。

迎紫姑

　　如同古扬州那个"目能视鬼"的罗两峰告诉我们"凡有人处皆有鬼"那样，在"举头三尺有神灵"的东方语境下，凡有人群的地方也都有神在。各个地域各类门派虽有小异，但大体相同。那紫姑，便是鄙乡一带人心目中分管，或者说守护于厕所、猪圈一类地点的神。

　　这位姑子原先自然是人，生前贫穷惨苦，干了一辈子脏活、累活是可以肯定的，至于是累得倒毙厕间还是被丈夫的大婆子杀死于厕所，存有异说。反正仁慈的天帝嘉感其心性善良而命运悲怆，封了她一个厕所之神。她大概是服从了分配的，不像神通广大的孙猴子那样反感于"弼马温"。

　　在一个官本位的国度里，我们造出的所有掌管一方的神，都会享受到我们的几分敬和畏。即如灶王爷，有幸不管"拉撒"之事，在灶间管个"吃喝"，当的也就是个小差事了。人们还是很买账，一年一度以"灶糖"敬献，无论意在用了糖的味道甜他的嘴还是用了糖的黏性封他的口，都是怕他上天不言好事。唯独劳苦者对于紫姑，只有亲近，说不上惧怕，态度上无涉功利，不存在要她帮我们说什么好话干什么累活的念想。

　　正月十五"迎紫姑"很像接待知心朋友。这天向晚，人们按照自己的想象，用稻草和棉布扎成紫姑的形象，算是把她迎接过来了。迎接她，其实不过是想见见她的面，跟她拉拉家常。通常没有点烛燃香的排场，没有顶礼膜拜的繁文缛节，妇女们就站在她生前常做活的

漂　泊

那些地方，牵牵她的手，抚抚她的肩，倾心而谈，其情切切，其意拳拳，如故知相遇，似姐妹重逢。那些体己的话，或为对其不幸的安慰，或为自身心境的倾吐，动情伤怀之处，直至于潸然泪下。

我一直觉得，善良厚道的紫姑不独是人们喜爱、同情的对象，人们跟紫姑之间的交往也是古者称为"布衣之交"抑或"杵臼之交"的那一种，彼此能够情投意合、无论贵贱地一吐肺腑、一倾衷肠。她的寻常而独特的存在，完全是人们之间亲和力、凝聚力的体现，不妨认作是一种人类平等态度和博爱情怀的体现和寄托，说成是包涵"四海之内皆兄弟"的一颗大心，说成是昭示社会文明进程从"人"的发现开始进步向"妇女"的发现，也并非不着边际。

也许正因为如此，古来紫姑原就不是一位普及到各族各户的神，迎紫姑大抵也就是由"妇女"们去执行的事。也唯其如此，紫姑很可以说是一位最随和、靠我们基层最近的神，迎紫姑很可以说是一项最质朴、最能显见人类良知的神事活动。迎紫姑我们无所求，不似敬赵公元帅想着财源茂盛，敬文曲星君觊觎金榜题名，敬观音大士思念早得贵子乃至敬门神求其看家守室、敬土地求其当好保安。迎紫姑求何事呢？委实要以世间没有无缘无故的情事来问难，大概可答之以"求仁"且"得仁"吧。

于今，在仍旧拿着压岁钱、仍旧闹着元宵节的孩子们那里，在人生竞跑中无暇他顾的青年人那里，紫姑已然外星人似的陌生了，迎紫姑的习俗在我们中间也几近绝迹。时移俗易，原不足怪，只是有了点闲暇、上了点年岁的我辈，怀旧似的怀念起紫姑，怀念起迎紫姑的习俗，应该不是无端的，在一个为"现代文明"所教化也难免为"现代文明"所污染的时代，它大体可以成为关涉人心、人际的一种回望，可以成为关涉世间、世道的一种呼唤。

紫金文库

辛国俊同学

  20世纪50年代中期，初中毕业后去南京投考，取道无锡转火车的当儿，溜达到大洋桥上一番左顾右盼，当即改变了主意，决定留在这座美丽的城市报考。人生遇合充满偶然，如果没有大洋桥上的一瞥，或者，辛国俊不是选择了大运河畔的无锡三中，我们便不会成为在一个班级、一个宿舍共处三年的同学。

  与辛国俊的日趋亲近，要归结到这所老校、名校课余活动异常丰富。有各学科的兴趣组合，有林立的诸多社团："百灵鸟合唱团""海鸥话剧团""天鹅舞蹈团""山鹰杂技团""凤凰管弦乐团""云雀曲艺团"不一而足；学生会还成立了"天下大事""白鸽"以及"五四文学"几个编辑部。擅长吹笛的辛国俊和喜好话剧的我分别参加了相关社团，共同的爱好使我们更其投入两个文学编辑部的事务。辛国俊是编辑部挑大梁的角色，在组版、编、撰稿件中，其能力、活力和热情、才情，深得我们的称道。幽默、讽刺

漂　泊

显然是其情有独钟的艺术旨趣，喜剧大师们的神态动作模仿得惟妙惟肖，庆典、聚会一经他主持必定谐趣横生。突出的印象在于他的一篇篇杂文和一幅幅漫画，屡有别出心裁的奇思，取譬连类的妙想，见人所未见，道人所未道。记得在内部抑或公开的报刊上发表作品，他常用"米岩"这个笔名，大概包含了对"米谷"先生的心仪。在校园，米岩差不多是颗"星"了，平日跟他走在一起，不准会碰到陌生同学指指点点："喏，米岩。"他成为"著名学生"，并非因为后来的担任学生会主席。

可以想见，在一个有那么多社团发现并培养才艺的学校里，学生会要组织"周末晚会"一类活动太不成问题，有时须得争取才能挤进"节目单"。看得出来，大家都希望能给人带来意外欢悦的辛国俊出场。我至今不很明白，他策划了表演节目何以总是一次次拉我搭档，有时会疑惑其故意让我"勉为其难"。那一回，我俩商量在年级联欢晚会上出个节目，他竟提议让我"冒充"一位"苏联专家"与会讲话，由他当翻译。"搞什么搞？"我的各门功课里就数俄语差劲，他可是俄语学科的尖子呀。"谁让你个头高鼻梁也高呢"，理由充分，只好勉力上架。晚会节目过半，作为主持人的他煞有介事地宣布"好消息"：柴油机厂的苏联专家"彼什科夫"来参加我们晚会了，欢迎他。我已换上了从归侨同学那里凑齐的全副装配，在掌声中被从侧幕让上场来。我一边讲，他一边翻译，事先经俄语老师反复矫正的三分钟讲话基本达标；直到脱去帽子、取下眼镜，全场才醒悟过来，爆发开哄然大笑。欢快中，辛国俊挤眉弄眼地嘀咕："你俄语讲得很好嘛"——

我们进入高二年级的下半学期，也就是那个著名的1957年秋季，渐次发觉，原本不知愁滋味的辛国俊发生了明显的变化，向来绘声绘色地谈笑风生的他，少言寡语地沉闷起来，仿佛《聊斋》中那位"婴宁"的前后判若两人。大家不再看到米岩的杂文，漫画新作，爱吹的一把笛子不知何时换成了一杆箫。跟人的交往日渐稀疏，以前节假日回家，曾几次要我同行，此后不再邀约了，回校时给我带两个粽子、鸡蛋什么的，也只默默地放在我的床边。他始终不说什么，我们也打探不出发生了什么。直到听说其在河垺口当教师的母亲被划为右派，才明白了几分原委。我知道，右派的亲人们难以胜计，他们蒙受的灾难远甚于辛氏者何止万千，然而，我无法一般地责之以"脆弱"要求其"坚强"，不只是了解他早年丧父，母亲是他相依为命的唯一亲人；更能体察到这位少年好友未经历炼也未经污染的心灵，深知其对于生活，一直怀抱过于天真的信念和过于美好的期待，唯其如此，这一突如其来得打击，就不能不在他那里显见得分外沉重。

多少年后，当他已经在晓庄师范执教二十载了，"文革"岁月已然远逝了，我们已在"摸着石头"步步向前了，我才找了一个机会去看望他。如果说有什么预期，当然就是想看到，生活是否已经"还原"了我这位少年伙伴。未料见面后略无重逢的惊喜，没有阔别后通常会有的叙说，连把招待我的一钵饭、一盘菜端到桌上，也仿佛当年悄悄把带给我的食品放在床边。一个多小时他说的话寥寥可数，说得平稳而寡淡，说得中规中矩而无神无彩。唉，这是辛国俊吗？是我那位气韵飞动的少年同窗吗？分别期间我诚然获知过，他工作十分认真负责，几度被评定为先进教师，但，我期待于他的，不止于此，不在于此——我努力不暴露内心的怅惘，可老同学毕竟明白而敏感，临别时，他忍不住幽幽地说出那句话："黄毓璜，你对我失望了吧。"一时找不到应答的话语，只觉得百般滋味一拥

漂 泊

而上，如雷轰顶。

母校三中七十校庆时，他到南京来参加活动，依然寡言少语，对来我家小酌的邀约推以时日，显见得淡于交往的样子。此后不久，老同学给我寄来一本自己的著作，关于陶行知的研究。当然欣慰，赶紧披阅一过，却仍感到没找到心目中的故人。我是想到其显露过的禀赋和才华，想到其激扬过的发现能力和创造精神，以为睿智如当年的辛国俊，绝不该只是成就为一位积累丰富、思路清晰、立论工稳而文达意顺的学者。

出于老年人的怀旧，月前打电话去陶行知纪念馆，他退休前在那里主持工作。接电话的是现任馆长王先生，王先生问明我跟辛国俊的关系，哀婉地诉告：辛先生已于年前去世。

魂兮归来，我所敬重的少年同学。

熊喜然校长

20世纪60年代初，我被统配到一所农村中学教书，时任该校校长的熊喜然先生便成为我的第一个上级。"上级"固属是"领导"，却也并非一码事，区别大体在于我们一生下来就在许多领导之下存活，而若然启用上级这个称谓，则须得自己有了"职级"之后。

我们的生存环境里，有了"上级"便算"有福"原不难理喻。只是那灾祸普降的特定岁月，有还是没有上级，在"须得挨饿"这一点上区别不大。

也许因为记忆往往容易在"区别"处驻扎，对第一个上级的难以忘却，恰恰因为他经营出一种区别：区别于国人的普遍饿瘪肚皮，我们幸免此难，小小校园平静而和煦，不曾有过饥馑一类的记忆。至今想到那个年代内心不能不屡生"先天下之饱而饱"者的愧疚；当然，也不能不深深感戴造福于一校的第一个上级。

漂 泊

国家制定"低标准"时一定仍不失体恤之心，特殊行业的口粮供应可以略高这一补充政策便是明证。在学校，体育教师属此列。那时候，小的中学通常缺少专职的体育、音乐、美术类教师，负责排课的教务因而被一校之长告知：给年轻的老师每人分配两节体育课。当下我分得两节，口粮上调了十五斤。高兴之余想过，有关部门核准时，不见得不知道"兼两节体育课的教师"跟"体育教师"之间存在的区别，他们不顾忌"问职"的可能而"稀里糊涂"地通过，肯定包含一种理解与宽容，包含了一种缘自信赖的底气——校长向来以正直、秉公著称一方，不必怀疑其决策离谱、行事孟浪，何况，来上这点小小心计，"事出有因"且"无伤大雅"。

这自然也得助于学校极小。小单位不像大单位那样，上下级之间还有"中级"，小型中学的校长，事无巨细得直接面对，明显多了些繁杂。可学校人少，也有"好办事"的一面，加之学校在农村，更有一点小田地可供经营。那年月，这点显见得很为重要的"有利条件"，可算被熊校长用足了。他一手抓教学、一手抓生产地操心劳碌，事必躬亲而不惮担待，彼时我们感慨过：温文尔雅的熊校长，连同"生产队长"的职事一肩挑了。

一如差不多每天要进教室听两节文化课，校长差不多每天也会介入一个班的劳动课。那一阵，我们的劳动课其实也不妨称为"农业生产课"。跟旨在锻炼的劳动课有异，"农业生产课"是要出"农产品"的，不能毕其功于"课内"。于是，你不准就能远远地看到学校的一道风景——不定什么时候，便会看到校长独个儿在地里"补课"。上行下效，住校师生饭后自觉到地里补点水、肥什么的也就成为习惯。为改善伙食，学校砌起猪栏养上了几只猪。那年代，把猪养肥了乃至要养活了太不容易，为此实施师生员工轮值照料。

出于体贴事事躬亲的校长，大家一致反对他参与轮值。他总算不辜属下的好意，却仍放心不下；几次风雪交加、寒潮袭来的深夜，值班人员抱上稻草走近猪栏时，都发现更有早行人，熊校长已先期到达，忙着给猪栏铺草——

"农副并举"有效地丰富了食堂。记得员工和住校学生早晨的稀饭那一片诱人的奶白，米粥里足量投入了用学校收获的黄豆研制的粉末。还记得，在那个票证金贵的年代，学校的食堂竟然渐次取消了"饭票"与"菜票"的区别而共通使用，这在粮食日趋紧张的当时，确实就是令兄弟学校羡慕不已、让友邻单位讶异莫名的举措了。

　　有一件令我一直铭记的事关涉到母亲，那年寒假后，带上母亲路远迢迢去她儿子工作的地区小住。到达第三天，逼仄的食堂摆下了三桌饭菜，在当时，就是待客的规模了。坐在身边的母亲悄悄地问："今天学校有什么事情吗？"我一无所知，学校按部就班过日子，从无会餐一类的事，不知"今夕何夕"。不在食堂吃饭的校长破例参加了这顿饭局，却也一直没说有何主题，同仁间似乎也有不谈所以的默契。只有一位同宿舍的老教师，事后跟我不着边际地说了一句"老黄，校长器重你"。略一回味，便觉是了，那顿饭，除了为母亲，没有其他原因了。这未必合乎时宜的安排，该是出于对一个饿乡来的老人的顾惜和尊重，是对一个尽心尽责于教学的下级的关顾和垂青。校长的不露声色，同事的心照不宣，造成"主题不明"的缺憾，这缺憾是美丽的，也是必要的，在物质极度艰窘的日子，在那个"人"的意识被"阶级"观点所简化并取代的规定情境里，为一个地主出生的下属的母亲"接风"，怎么说也不是一件可以张扬而不须顾忌的事。

漂　泊

　　校长一家住在学校的两间草房里，公私分明达于苛刻。"生产自救"多所补益于师生的伙食，他家里却从来不到食堂打饭买菜，自己也不肯购买食堂的票证。在校园，偶尔看到他妻子单薄的身影，看到他一双小儿女多少显见营养不良的瘦弱，我们议论起来都有种难以尽述的滋味，带有几多酸楚、几多感动和几多敬仰。

　　后来，熊校长被组织上调到一个演出单位任指导员，非关升迁却表明充分信赖：那一阵，说这个很有水平的团体也不无"危险"之处，是指在这里历任领导的爷们曾屡因男女之事出些麻烦，有意派去一位外貌上偏丑的，到头来也未能"全身而退"；熊校长仪表堂堂而始终"安然无恙"，不负组织上的"特选"。再后来，校长调进了组织部，基层有言，跟着宣传部，常写检讨书，跟着组织部，不断有进步；校长有没有"进步"了呢？一直没有打探。

　　前些时听到两位老同学相继去世的消息，还萌发了解一下老校长是否健在的念头，想想还是作罢。故人的"两茫茫"原系无可奈何的世事之常和人生定数，思量不思量无关紧要，能得一份忆念活在心里，就不枉彼此的江湖一度遇逢。

回望丁文江

幼时住在家乡泰兴黄桥的藕池岸,跟古镇典型的清代建筑"丁家花园"近在咫尺,知道那是镇政府所在地,后来又知道成了黄桥战役纪念馆,却懵懂于那里也就是丁文江先生的故居。

丁先生是开创中国地质学的第一人,开办地质科学研究机构的第一人,绘制了中国人自作的第一幅地质图,做出了中国地质工作第一份野外调查报告,培养了中国第一批有为的地质人才——国人向来推崇"第一个",地以人传的事亦系自古而然,但是,我们黄桥的名气跟丁氏无关,先生远不如"烧饼"来得响亮。几代人茫然于一个时代自己民族的顶级精英,是先生的悲剧呢,还是我们的可悲?这该是故乡人林任申、林林父子为丁氏立传的心理动因,也正是一本《丁文江传》的材料搜罗须得历经十年辛劳的缘由。

说来惭愧,我是读了这本书,才真切感受到:文江先生广博的学术造诣、自觉的责任意识和卓越的办事才干,是如何受到过国内外的广泛瞩目和高度评价；时任中央研究所总干事的他，在亲自赴湘考察煤矿储量与开采现状中的殉职，或者毋宁说是殉国，在学界引发过何等痛切的哀思和追怀：

蔡元培："——精于科学又长于办事，如在君（文江字——笔者）先生，实为我国现代稀有人物——"

傅斯年："——我以为在君确是新时代最良善最有用的中国人之代表，他是欧化中国过程中产生的最高菁华——"

翁文灏："——我亟盼他的治学精神与做人的准则能长留在后辈心中任我们的楷模——"

到了先生去世 20 年后，胡适在《丁文江传》中写道："在君是为了'求知'死的，是为了国家的备战工作死的，是为了工作不避劳苦而死的——""20 年的天翻地覆大变动，更使我追念这一个最有光彩又最有能力的好人：这个天生的能办事，能领导人，能训练人才，能建立学术的大人物——"

哲人罗素在英伦说过："丁文江是我所见中国人中最有才最有能力的人。"多少年后，更有美国学者弗思夫人出版了丁氏评传，称"丁文江所渴望发挥的这种作用——科学家作为文化和政治的领袖——在中国的历史经验中是前无古人的"。

严谨的中外学者们在评说他时不吝用上"稀有""最""前无古人"一类字眼，足见其人于科学、于社会之价值；无一例外地称道其办事能力、做人准则，亦可知先生被称为"行动巨人"是当之无愧的。然则，时过境迁，比较起与之多有交往的同辈名流来，丁文江实在又是被遗忘、被冷落得"最"彻底的一个，不说运动接踵、斗争频仍时期的情形，直到 20 世纪 90 年代之际，先生担任过董事的黄桥中学，为该校的一座实验楼是否命名为"文江科学馆"，还上上下下很费了一番周折。无怪乎至于今日，国中知丁氏生平者固属"稀有"，家族成员之间对先生的事情也语焉不详难于提供了。

这就凸显出一本《丁文江传》的意义。在我看来，先生离开我们120周年的清冷中，有故乡人推出这本书，也就非独代表了历史记忆在家乡的苏醒，也昭示了时代前行中历史真实地去蔽、科学史观的皈依。

毋庸讳言，丁文江的被"搁置"，跟他一直是位"有争议"的人物有关。

自幼遍读国学经典的丁文江15岁便出国留学，深受西方思想文化的熏染。在"五四"科学文化前驱者们的行列中，他是更其符合西方语境中关于知识分子本质规定的一位，亦即"超越自身所属专业或艺术门类的局部关怀而参与到一些更具普遍性问题的探讨中来"的那种思想者并实践者。从这个意义上说，相对于"专业"和"职业"，"思出其位""不安于室"，原为体现知识分子社会良知的精神品格。丁氏作为名重位高的科学家，先后就任过科长、所长、经理、总办、总编、教授、总干事等等职务，于政治、学术、行政、实业倾心劳力、多方建树，或被人视为"学术界的政治家"，表现了的正是那种"普遍"的社会关怀和强健的"参与"意识。

问题在于他毕竟并不是那个"乱世"的、"革命"的政治家，他选择并为之努力的是坚持"少数人的责任"、冀望"好人政治""好人政府"的改革探索和社会建设之路。在革命高涨的年代，这就"不合时宜"，加之"上海联手孙传芳""南京面见蒋介石"，让当年的革命者和革命情绪昂扬的青年有所非议原属自然。只是后来者如果不失历史的眼光和科学的态度，就不会如同我们习与成性的以一时一地"跟"过什么人、"站"过什么队去"定性"，功过是

漂 泊

非的论说当去看"为了什么""做了什么"。即以决定应孙传芳之聘就任淞沪商埠总办("市长")而言,就不能撇开形格势禁的个中原委和造福一方的实际业绩,不说当时关涉民生的"救援江苏运动",单就提出"大上海计划"、创构"特别市"的蓝图,单就极力收回事关治外法权的公共租界"会审公廨"等事项来说,就堪称其善其功大焉。

当然,如同徐复先生所指出的:"真正的民主自由未实现以前,所有的书生,都是悲剧的命运。"丁氏在呕心沥血主持一方政府的任上不能不矛盾重重左右支绌,他后来去职后的反省中,在友人间用了"治世之能臣,乱世之饭桶"来自嘲,在《麻姑桥晚眺》的诗作里,以"为语麻姑桥下水,出山要比在山清"来即兴抒怀,该有几多感慨几多清醒包含其中。可贵的是,在那种心欲奋飞又举步维艰的情势下,他未曾退缩,无所怨尤,只说"目前不是建设的年代,不妨留以有待"。不料天不假年,这位带领学子走遍西南、中南、北方大部分地区,集理论、实践、教育三任于一身的巨匠,在含辛茹苦、事必躬亲地上山、下洞的考察中,遭遇"谭家山"一劫,未及天命而孤寂地长眠于岳麓山下。"好人不长久"——家乡这句武断的俗谚岂丁氏文江之谓乎?他是将生命集中地提前燃烧了,为了求知,为了科学,为了他挚爱的祖国大地,他燃烧得是那么炽烈,他发出了足以长照后人的那份光和热。翁文灏先生当年那番平实的"楷模"之说,是对先生情动于中的褒扬,也分明寄寓了对一种伟大精神和健全人格得以薪火承传的殷切期待。

如今,当年先生谋划经营过的上海,一批学者在介绍民族精英的"印象书系"中,已有《丁文江印象》推出;跟当年先生担负过实际领导的国家研究机构相应的国家科研单位,也已经将"丁文江研究"列入重点课题；当年先生献身于彼的湖南，已经拨出款项，再度修葺被毁败的丁文江陵墓；先生的衣胞之乡，有《丁文江传》付梓，有为之出版专集、开辟展览、浇铸铜像、恢复故居之举。原不该"冷置"的文江先生开始了"回温"诚为社会佳像，一方乡土懂得爱护自己的骄子，一个民族知道尊崇自己的英杰，不是关乎别的，关乎的是我们的自觉、自重并自信、自强。

漂 泊

"东宫"小记

曾经在一些不称为"宫"的宫中小住,如北京颐和园、南京总统府,一度躲进那里读些书、做些事、写点文稿;也曾入住过那称"宫"而非宫的处所,南京的"东宫"便是。

20世纪50年代中期初游南京,与"东宫"便有过匆匆一面之缘。那是去明孝陵的路上,车近中山门时从左侧的窗外瞥见了它。屹立在路边的四柱三门洞的牌坊,与纵深处一座三层的宫殿式建筑呼应,组合出庭院深深、古色古香的韵味。彼时虽不知系何宫阙,却一见倾心,几度回眸间颇为心向往之。未曾想,到得20世纪80年代中期,神差鬼使,竟于此居住了近两年之久。

其时,我奉调从小城到中国作家协会江苏分会服职,这单位尚居无定所,借租的军事档案馆,恰巧就在30年前那座"宫殿"之内。因单身无住房,便于二楼东北一隅隔出的一小间暂住。真正的"斗室""蜗居",领导说"委屈了",我却并不介意那六七平方米的逼仄，反以为得其所哉，此生能得"二进宫"，实为天假良缘。

"东宫"只是南京人以貌定名的俗称，系民国建筑，原为中华民国中央监察委员会公署。之所以仿古宫殿型制，应该跟1929年当局定下的一份"首都计划"有关，内文称述："——中国固有之形式最宜，而公署及公共建筑尤当尽量采用。"这显然从客观上促成了南京民族形式建筑的追求，成就了建筑物中众多参酌古今、兼容中外、融通南北的佳构，凸显了西风东渐时期中国传统建筑向现代建筑演变的气象。应运而生的东宫正可谓中西合璧：门庭台阶、落地敞屏颇类西式；翘檐屋顶、画栋雕梁则显见传统风致。东宫因而极富情趣，十分宜人，置身其间，可兼得传统与现代建筑优长带来的几多惬意。

惬意的感受更在于夜晚。下班之后，除了大门口值岗的士兵，偌大院子便沉入无人的空寂，良辰独享那份宁泊、安谧，也难免带来黄昏乃至中夜的寂寞，尤其是那点点滴滴的雨夜。但人所共知，寂寞正是读书的最好伴侣、写作的绝佳情境。江苏主要作家作品的工作性阅读，西方文论补课性的择要浏览，就在那些万籁俱寂的夜晚得以阶段性完成。

每当累乏袭来，通常会转出斗室，沿二楼的回廊漫步，或从楼后设有别致护栏的阔大台阶走下来，穿行于绿树之间的甬道，在花圃边缘流连，去大门牌楼内外徘徊。由于身在此中已然司空见惯，大体只是漫不经意地信步，好些时日之后，才发现大门门柱内侧的镌刻，是蔡元培先生的八字手迹"刚亦不露，茹亦不吐"。往白处说，就是"软硬不吃"的意思了。这告勉，自然是先生对当年最高监察机关寄托的理想。其实，这非独是执法者该恪守的清规，也是我们民族历来推崇的一种境界，一种刚正不阿的人格操守和行为准

漂 泊

则，即便我辈舞文弄墨，也免不脱面对这戒律的拷问和检验。

我每天躺到床上必在午夜之后，通常不马上关灯，盖因久久仰望头顶的浮雕彩绘已习焉成性，出神间总有些历史的沧桑感并艺术的辉煌感悠远地滋蔓开去，回过神来，冷不丁也会有种"罪感"生发出来，为了这等去处被间隔到如此支离破碎，为了自己在这里占有一方个人生活的天地——

我那小小空间，除了自己的单人高低床以及写字台之外，还安放了一个小钢丝床，是为正在南大读书的儿子所备。儿子偶尔会在周末到东宫来到处走走，间或会睡在这里"过把瘾"。过把瘾之余，又不准会叹一声"可惜了"。他是学城市规划的，我知道，他那"可惜了"云者，跟我的"罪感"在同一向度上。

这是旧话了，如今已阔别东宫二十余载。前些年，它已经跟南京许多民国建筑一起，列为全国重点文物保护单位，倘若旧地重游，该是另一番景象了。唯愿其得到整旧如旧的善待，复现出早年固有的风貌。

年光（三题）

失落的童年

先前国人治家，长期奉行长者本位，"孝"的位置提得极高，列为"百善"之先，连生孩子也纳入这"首善"的题义，视为奉孝的需要，所谓"不孝有三，无后为大"便是。

从孟宗的"哭竹"、王祥的"卧冰"到老莱子的"娱亲"，自然不光是编给孩子们看的，可孩子未及长成便该懂得报恩尽孝，懂得承担义务和责任，确是性急的长者们对孩子的热切期望。

长者也有爱幼的责任，但这主要表现为"教"，表现为把孩子及时推出去接受"磨炼"。"养不教，父之过""棒打出孝子"之类的说法似已不再时兴，可"穷人的孩子早当家""有钱难买幼时贫"等等还绵延着，奉为至理名言的信条。听到这些话，我总是感觉不

漂　泊

无道理，但也不免疑惑：您自己不当家让小孩子去当家做甚？您不去积极为孩子创设一点成长的物质条件，偏得去买那"贫"干啥？甚至想到，这种过早地把本是成人的义务和该属成人的准则律之于孩子，无异于剥夺孩子作为孩子的权利，无异于"役使"年幼力弱的童工。我华夏一代代的孩子们，怕正是在这种冷漠剥夺和"役使"下，失落了许多天性、天真、天趣，失落了本该无忧无虑、自由自在的童年的。

我因而十分受鼓舞于时下的转变——从长者本位转化到幼者本位，以为这一变革不啻我们生活变革中最伟大的变革。孩子中心位置的确立，至少表明我们对人类繁衍义务的自觉，表明我们已放眼于社会历史的未来和发展。

然而，这转变又导致几乎全社会参与的讨伐——关于"小皇帝"的各种警告持续不已。真个是如哲人所言，"一种倾向掩盖另一种倾向"了。据析，这根源主要在"独生子女"上，唯其独生，就至少集中着五六个老少爷们、老少娘们在孩子那里制造"倾向"。当你看到一些孩子怎样超常地肥胖起来而失却健康之常，看到一些孩子怎样被安置在钢琴、画板前愁眉苦脸、勉为其难，看到一些孩子怎样涨红着小脸互相比赛食品的昂贵和玩具的高级，你不能不感到孩子的童年正面临着另一种畸变和失落。

可见，长者们对孩子依旧是一厢情愿地投注"我"的"情欲"，实施"我"的企求和铸造。真正科学地、有效地实现幼者本位的转化，还得少一点盲目，少一点愚蠢，少一点急功近利的浮躁和揠苗助长的蠢笨。同时，这不能不是全社会的事。时下社会上很有些令人不解的事：诱惑孩子的广告层出不穷，孩子的食物、用品价格一律昂贵，为孩子的服务机构漫天索价，孩子阅读的精良的书刊奇缺，而旨在掏家长腰包的粗劣读物铺天盖地……这等空气给孩子们稚气的童年带来什么就不难想见。

想起这些，也就想起了鲁迅，想起了他的《我们现在应该怎样做父亲》，想起了他曾藉狂人之口发出的"救救孩子"的呼声。针对社会道德水准下降的局面，道德教育要"从小孩子抓起"，确实也亟应引起全社会的重视。四肢发达而无高尚道德情操的孩子（下一代），并无补于社会、民族和国家！

尴尬的中年

年龄本身自无价值可言。十八岁上便"少年得志"，跟八十岁上"大器晚成"，孰高孰低？实在说不上。它只是表明多大年纪上取得了一种什么成就，价值的大小仍得看这成就，并不能说因为年龄的关系这"得志"与"成器"有什么价值上的高低之分。

不过年龄通常又会用来为价值加码，如老郎中、老教席、老艺人、老革命就多些个可敬可信的分量；青年作家、青年军官、青年演员、青年官员又有点前途无限、潜力无穷的意味。可见年龄作为价值的砝码，多在老、少两头现出作用。

这结果便是处于"中间"的中年跟价值搭不上界，不老不少地尴尬着。于是有了"人到中年万事休"之类的叹苦，连带而来的现象就是人们总爱把"中年"向两头推拉过去，当然，多是为了"增加"些价值或感情分量。"减去十岁"（"文革"十年）的年龄计算法不去说它，四十大几还称之为"青年××家"不去说它，报纸上也常常随手可摘得这类词句：如"×××年近半百，仍以旺盛的精力从事创作"，"×× 未及五十，便英年早逝"，两个句子放在

漂　泊

一起便很能说明问题,你说这"近半百"的"×××"跟这"未及五十"的"××",不就是同一年龄层次么?或者便是同龄亦未可知。可前者语气上分明说其年事已高,后者却分明欲其年纪尚轻,这无疑是在以年龄为实现具备的或失落的价值服务了。

我因而总有点成见,以为人们多不情愿面对处于中年的事实,以为喜欢早早以"老夫""老朽"自称者,或迟迟不肯免弃以"后生""小子"自谓者,或许不见得是故作姿态,不见得是什么伟大的谦虚,竟不过是这种向两头拉的手段罢了。

不能妄言越过中年的心态就是逃避责任,但中年人责任最重确是事实。如果你不想彻底背弃"旧道德",那么,对健在的或虽不"健"而尚"在"的长辈就得尽心尽力地侍奉;如果你又不想无视"时尚"而在包揽子女的一切上有所落后,那你的操心劳碌也就无穷无尽。至于社会上号召爱护青年、帮助老人,公务中鼓励承前启后、双肩挑担,更是中年人不该推诿也推诿不了的。担子得拉过来挑,"好事"却只能向两头让。因青少年是"希望",来点重点培养不失道理;老年又是"财富",实施额外照顾亦属人情之常。历史上有个在皇帝面前陈词的人,说过"先帝"重老臣、"今上"重年轻,使自己终究一生官阶不高这样的话,他自然是慨叹自身,其实也无意间为中年鸣了不平。老、少爷们不在先时志得,便在现时意满,唯中年总轮不着份儿。这很容易生出一些弊端,比如说对有心名利的人,常会思量该趁早"抢班夺权",或干脆消极等待"熬成婆",生命也就容易形成"断裂层"。

何谓中年?古者界定为人过四十。如此说来,断言"四十而不惑"的大成至圣文宣王是不薄中年的。但唱反调的更多,日本兼好法师有言:"寿则多辱,即使长命,在四十以内死了最为得体。"20

世纪20年代我国知识界更有名流主张四十便可枪毙的。这些说法的理由正是不以"不惑"为然，以为中年以后人"私欲益深""人情物理都不复了解""大抵糊涂荒谬的多"。其实，果真有鉴于此，倒正昭示了免于深陷荒谬的清醒，昭示着"不惑"的希望，很可好自为之，努力"承前启后"，不必为尴尬叹息。中年之前不是有过青少年吗？之后不是将有个老年吗？生命法则面前原是人人平等的。

无奈的老年

"老有所养"最能透出理想社会的温馨。即令仅为理想，也会让人感觉上有些暖和。而就老年人这一边的心理来说，只要不是真正一点动弹不得，这被"养"就很不理想。你几曾见过老年人服服帖帖、安安生生地被养着的？怕是很少很少，绝大多数都像"犯贱"似的，哪怕"没事"，也得"找事做"，且一边做着还总生出些不满足，不如意。"老而不死谓之贼"之类的说法，大体倒不是青年人的诅咒，而是包涵了一些不甘被养的老年人自己无奈的慨叹和深层的牢骚。

我们早有离、退休制，尽管这"离""退"之间等级森严，总算是老有所养了。如今又日臻完善着社会保险，自然更为合理。但人们少有乐意离退、乐意领保险的，倒是乐意接受编外的留用、返聘什么的。至于南方有些省份组织离退人员去海外服务，更为内地老人们为之向往不已。不一定是"恋栈"，不一定是自以为"余热"太多，它实在是一种参与社会生活的人生愿望和生命需求。

然而自然法则是无法抗拒的。尽管老年人注重晨起去公园打拳，到路旁做操，在阳台上练功，希望着身体健康。可这于延年益

漂 泊

寿或不无帮助,却很难保证老年人永保足够的工作精力,退而休之终究无法规避。同时,"大江后浪推前浪,世上新人换旧人"的"推""换"法则,也注定着这休息的必要、必然和必须。

这就会有些矛盾生发出来。因为彻底的休息只能是长眠之后的事。虽说"伏枥"的"老骥"不一定个个"壮心不已",但即使一点不能干,总还能看,能想;由于跟"现场"拉开了距离,这看与想在可能"旁观者清"的同时,也就可能会有些旁观的隔膜,有些朝野的异见,有些新老的分歧,有些两辈人的"代沟"等等。通常情况下,处于优势的少壮者较能大度通融些,老人们中听不中听的姑妄听之;处于劣势的老者则多一点坚执,自己认定的就不惮同义反复、再三再四。但再三再四之后,那一头也就只是表面上姑妄听之,无可奈何。

老年人对此多有不解、不快、不平甚至不能不发怒,较少想到自己当年对父祖辈一如今之晚辈对自己,反而有些年轻时如何如何美好的回忆滋生出来。

人说青年人爱往前看,老年人喜好往回想。这大体没错。并非老年人想倒回时间之轮盘,也不见得就是不自觉的回顾总结。——当然也有不少老人回首往事,写一点回忆录、笔记之类的文字,总结一生的功过得失,以便在面见上帝之前,对世人和后来有个交代,著名的如巴金老人的《随想录》和西方人的《忏悔录》等。——这里主要是表现了老年人对美好生涯的一种眷恋之情:一来经由时间筛漏,情感重铸,回忆就都是美好的;再则美好存在于参与中,即工作着便是美好的。一旦这美好在自己的现实生活中日见淡化和消逝,热衷于从过去的沉醉中重温这美好,就极为自然。

所以,这往回想跟向前看虽说反向运行,一种眷顾美好、追求生命之情却是共同的。明乎此,"夕阳无限好,只是近黄昏"或可不至于仅仅成为一声无奈的深长叹息,更可启示一种生命价值、生命法则的深刻品味;生命无悔而耐得"无奈",宁静而坦然地迎接生命的黄昏,正可构成老年人超越徒唤奈何的安详而恬适的境界。

恋情（四题）

物之恋

对"爱物"迷恋到如醉若痴，乃至由此而成名成家抑或家破人亡的事，古来其例比比。此等事情我向来取"一分为二"的态度，以为若在包括文人在内的一般人，原无所谓，他弄成酒仙茶圣、弄到梅妻鹤子的地步，既于己无损也碍不着别人。即如今之爱足球，只要不弄得精神分裂弄成足球流氓，别人不必置议。至于帝王之家权势之门，则确实有些不同，须得留心一点，免得造出"好细腰"以及"花石纲"一类的后果。

这自然只是大而化之的一面观，并非说一般的物之恋就不存在真假美丑善恶之辨。一如前些年都市兴起宠物热，不妨视为一种表征——跟物质生活一起高涨的精神需求的一种表征；可把它一概说成是人类心灵向大自然回归的现象还是未免过分武断了一些，足资证明的，便有在某些城市广场放养的鸽们的坎坷遭遇，离跟人"和谐相处"的境地还远哉遥遥得很。更无论老少爷们提个很古典或者很现代的笼子，让那笼中鸟因犯似地蹲着，芳官棋官们似地唱着："自然"么？"和谐"么？还是扭曲自然、扼杀那自然天性呢？

这就不如古之雅者来得明白。他们欣赏的是"鸟鸣树枝间""月出惊山鸟""古木鸣寒鸟""鸟来鸟去山色里""白鸟一双临水色"……若是提到笼中鸟，都会有些微词横在其间的。李笠翁主张爱鸟"则先鸟而起"，自然是到自然间欣赏去；郑板桥告诫"养鸟莫如多种树"，明白宣称"不得笼中养鸟"。或以为这不切实际，今之都市人岂能自说自话地去随意"种树"？岂能有条件"起早"远涉郊野去"爱鸟"？言下便有了"余不得已也"的意思。于此，昔日对"提着鸟笼的""看了最不喜欢"的周作人先生，就准备好了答词似的发过话："作不必要的恶事的人比为生活所迫不得已而作恶者更为可恶。"话是说得"稍有火气"了点，可你不妨一直怀疑到这句话里包含的某种哲学或参与过他自身悲剧的酿制，却难以否认其对笼中养鸟的訾议，难以否认"笼中养鸟"实在并不是什么"迫不得已"的事体。

我们如此，西人也好不到哪里去，他们对环境的作践造成鸟们、鱼们集体自杀的事也并不鲜见。只是比较之下，究属有明白的一面，比如他们的阳台上或有各种鸟类飞来飞去，只因阳台上虽无鸟笼却有鸟食备着。这样说并非主张"西化"，并非主张大伙儿立马开笼放生，对于一些在笼中丧失自食其力能耐的鸟们，这放生或许无异于"放死"。我只是觉得如果社会和个人都来积极地为爱鸟、为跟鸟的自然和谐相处创造条件和气氛，笼中养鸟这一"历史问题"该是可以"历史"地得到解决的。

养狗是有所不同的。自从狼性转化成狗性之后，这被畜养、被豢养就本不悖拗其天性。为狗者本就要求仗仗人势，成为无人养的野狗，倒反而显得很为可悲，弄不好还会因丧家而扰乱了治安，做出些损害人类的坏事来。所以对于宠狗热的兴起，是该有些"区别对待""商量着办"的余地，未可一概明令禁止。

但时下养狗似不完全等于爱狗，正如时下许多女士先生嘴里冷不丁就会冒些个"OK""Bye-Bye"，却并不等于酷爱英语一样。大体有种"赶时髦""摆味儿"的潜在心理支配着。

旧时十里洋场不乏一些夫人小姐抱着、牵着一只小狗招摇过市，我们的电影电视里表现某些人物就曾风行过这个"小道具"，久而久之，这在人们的心目中便成了一种"身份"的标志。过去我们看不惯，用了"土冒"的眼光；如今眼界拓宽了，实力和身份也上来了，便"跟着干"，花四位数五位数购一宠物的大有人在。对这种现象你大可不必置喙，难道我们会背时到据此去批判奢侈的资产者思想去反修防修么？

我之所以提到这等事，是缘自大街上的一次邂逅：那日有位从头到腿一律名牌包装严实的妇女——我所以说"从头到腿"而不用现成的"从头到脚"，是因为她脚下穿的是双拖鞋，这鞋看不出是不是名牌——手里牵着一条小狮子狗，看上去原蛮气派的。不料这狗不争气，不是训练有素的那一类，一路走一路东嗅西嗅，一路很不得体地吠吠猖猖不说，碰到路边的一只清洁箱竟死赖着不走，直要往里钻，惹得那女主人破口大骂起来。顿时感到很煞风景，那看上去像只灰狗的白狗固然让人觉得缺少一点绅士的文明，那一身珠光宝气的主人也实在失落了许多"有产者"的风姿并华贵气度。当下就想，宠物即使仅仅作为外包装，也并非不可以的。问题是外部包装跟"内部治理"有时是应该配套，需得"一起抓"的；否则，那内里的东西一不小心也会向外面戳出来，弄得里外不是味儿。

我们不需要非议物之恋，不需要扯到"玩物丧志"之类的古训，虽说"玩物"跟"丧志"之间的壁垒有时真个不那么森严，但玩物跟丧志之间毕竟没有多少必然联系。目下从集古玩、集字画、集火花、集石子、集邮票，一直集到内外历代钱币、古今各色鞋帽乃至各大宾馆的信纸信封、各处酒家的餐巾筷套，都不失意义。撇开认识历史、丰富知识、增进见识不谈，单单让情感有个寄托也就算得一件好事。问题恐怕还在于"真"的考辨和"度"的把握。身外之物的兴趣跟自身建设的要求有时并不总是同步共荣，更何况失度的物之恋有时竟能致疾呢？"嗜异症"不就是一种"物之恋"导致的需得就医的疾患么？社会并不一般地鼓励物之恋，人们常常以淡泊身外之物为高格，大体也包含了这点因由在。至于时下商家把孩子的文具也造成玩具，造成诱使小学生把玩不已的"爱物"，事情就更有点超常出格，怕是含糊不得、该诉诸法规的了。

老之境

享有过金色童年，抒发了少年壮志，蓬勃出青春朝气，品尝完中年滋味之后，人的老之境大概就会渐渐接续上来。

从年岁的层面亦即从自然法则的层面考虑，进入老境是会生发出一些慨叹来的。这里自然并不包括三十出头就把"老了"挂在嘴边的女士们，不包括吃"青春饭""英雄饭"而提前发作老之思者，也不包括嗜好叹老景、惊白发的诗人们：比如辛弃疾先生在写下

漂 泊

"今老矣,搔白首,过扬州"这等句子时,他才39岁;苏东坡先生高唱"老夫"——"老夫聊发少年狂"——时,也正巧是这个年龄。如果按古人以"人过四十"来界定"中年"的办法,此刻二位中年都尚未开始;若比照西人"四十岁是年轻的开始"一说,当年他们还处于"前年轻阶段";放到我们现时的单位,也正在承上启下的位置上担重担、挑大梁呢。所以,这"叹"的后面,其实分明是一种生之恋,一种岁月的追挽方式和生命的紧迫情怀。

真正的老之叹恐怕只发生在自然法则逼人太甚之际。如幼时在乡下,常听到一些描述社会人生境况的顺口溜,虽不登君子庐大雅堂,却很为生动形象,至今仍能像背唐诗三百首那样背得不少。其中就有"年老气力衰,尿尿浇不开,迎开淌眼泪,一咳屁下来"。这老年人的咏叹调无非说老年人肌腱整个儿老化松弛,也显见出过去乡间"自然派"老人的消极顺命。如今城里的老人多有取积极抵抗态度的,比如晨起在路边跑步,傍晚到公园做操,夜来于家中练功等等,不一定求到鹤发童颜,却仍可算得一种生命的爱恋之情。

若从人生层面来讲,老之境就更能见出许多姿色。比如在我们故乡,你请教资深的、七老八十的老者"贵庚几何?"她(他)会很精神地回答:"小着呢,才七十八呢!"再如,你在自以为是的年轻人抢白老人的场合,冷不丁就会有句"我走的桥比你走的路还多哟"之类的话从老人嘴里冒出来。

我所以举这两个例子,是因为这样的情境特别能牵动我不绝如缕的思绪并特别能令我深深感动。前者对后面还有很长的路的自信以及对生之趣的执着固然溢于言表;后者呢?虽然通常会以摆老、卖老视之,其实,这对先前走过的路的自信之中也该是包含了自审的,至少是对自己拥有的经历并经验的一种守望和认定。挫折是痛苦，痛苦以后就留下了智慧并财富。这里的自信和认定很可以说是一种顾问后辈、发挥余热的前提，事实上老人若没到卧床不起的地步，这"顾问"和"发挥"的情结就总会张扬，常常"没事"也得"找事做"，生出一些枝枝节节来不免是会有的，可"生姜还是老的辣"、"不知老之已至"乃至"老骥伏枥""老马识途""老当益壮"一类的话语也并非凭空造设。现时更有办老年报刊、入老年协会、进老年大学乃至组团去海外服务之举，在昭示我们"人"的观念的进步的同时，也显示着老年人生命意识的弘扬。我的一位诗人朋友曾著文《老之种种》为"老"张目，文章里顺手牵来一双老旧皮鞋作比，说是老皮鞋耐穿，雨里蹚得，雪里踩得，抹抹可穿，擦擦再穿，缝缝还穿，补补又穿，经拖得很呢。虽然显见着诗人的浪漫，也实在是流露了不甘弃置的心态和经世致用的赤诚。

以上就自然、人生层面看取老之境，是贴近着生活实感的。若是稍稍向"艺术"和"抽象"来点延伸，则又可从精神的宁静部位生发出一些感触来。或许可以想到国粹中的山水画，于领受"自然崇拜"的同时，常常能触摸到一种"老龄崇拜"。君不见那硕大无比的山水树木之间，常常会点缀出两三个小小的人物，其间充当主角的必为捻须、拄杖抑或背手、骑驴作"信天游"的老者，那稚嫩鲜亮的孩子，大体倒是书童幼仆之类。盖因在画者的心目中，唯那宁泊悠然的老者，能够与自然般配，绘画语言大概是叙说着：那垂垂老矣的形象，已幻化成为一棵大树、一本大书、一派天籁、一泓情韵、一脉繁复的历史并一部宏观的哲学……每读于此，多怦然心动，并生发几多奢望侈想：伟哉老者，此岂为我辈之楷模乎。

漂 泊

月之恋

那个晚间，我们赴约归来的途中，四岁的孙儿豆豆从楼群间发现那轮圆月，脱口喊出一声"啊，月亮"的时候，我着实激灵了一下。

生长在都市的孩子对月亮的新鲜感是不足为怪的，他们不能像我们小辰光那样，大凡晴天都可见到圆缺着的月儿，乃至学语伊始，就把一首关于月亮的儿歌顺口溜似地背得透熟。至于豆豆对月亮的亲和那就更非意外，这孩子有点特别，两岁那年就对各色玩具一律淡漠，更无论主动地要什么，唯独屡屡要人抱他去阳台看月亮，一经看到就投入得很，赖着不肯回房间去，仿佛要的只是她。

我感到意外的仅仅是他冒出"啊，月亮"这样一种句式——在我的印象中，总觉得类似的句式被一些未见得一律平庸的诗人反复使用过。

事实上不仅仅是句式，这个句式产生之前，诗人们跟月就一直黏糊得紧。仅以唐宋论，涉及月的名句其数量至少就可跟涉"山"、涉"水"、涉"花卉"的比肩。"池月渐东上""四更山吐月"，情态上固可谓痴心望月；"明月隐高树""江清月近人"，俯仰间也都跟月套着近乎；早上出行遇见"鸡声茅店月"，晚上回家感受"山月随人归"，睡不着觉呆看"月移花影上栏干"，连睡梦里也吟出"夜凉吹笛千山月"这等诗句来。至于牵扯上月儿来抒发离情别绪的，那就多到不可胜计。

也许因了我生长于苏中平原的小镇这一地理人文关系，缺乏

"西山落月照柴扉""云边雁断胡天月"一类感受,又是相当粗疏的俗人,未曾经历过"思君如满月""永夜月同孤"这等体验,爱月的素质就不济,儿歌虽然背得,也就是"有口无心",与月终究有点不甚介意的隔膜。对月的兴致,倒很可以说是被小孙儿调教出来的。

我不知道能不能表述清楚,或者毋宁说我不知道该不该去想清楚,豆豆的一声"啊,月亮"何以使我心动?可以肯定的只是:我当时由此感受他充得一位诗人时,确实认为恰恰也是这没有下文的三个字,使他跟一切诗人区别了开来——诗人往往从"啊,月亮"开始,而豆豆却分明只在"啊,月亮"这朦胧得非常正宗的一句诗之中。一如相爱常常经由表述,而爱恋本该前表述地叠合于对象之中。

豆豆的下文自然也是可寻的,我是说此刻我想到他平时再三再四地要"爷爷抱宝宝看月亮"不算,还万物皆备于我似地陆续提出过许多问题来,"月亮能不能拿下来给宝宝呀?""月亮想不想陪宝宝睡觉觉呀?""月亮怎么跟宝宝走呀?""宝宝好不好住到月亮上去呀"……这样一些问题当然一无例外地化入过诗人们精妙的抑或粗陋的想象,但它们从我的孙儿那个小脑瓜里生发出来,似乎就更贴近了生命的真谛和原始的真实。它固然不如广告役使孩子们喊出的"我要、我要"那样"所指"明确而执着,也没有诗人们奉行的"我寄、我共"那样"能指"富丰而深沉,他一个连一个地提出这些问题似乎并不要求你认真回答,或许他提出这些问题之先早已觉着这些问题确实只是个问题。以为这是究天人之际的"思想"显然不对头,倒是可以看作"中止思想"的"思想";把这看作不着边际的撒娇、撒野也离题甚远,此间分明有种隐秘的倾慕和"直达"

漂 泊

的希望在……

这常常使我于莫名中萌生讶异：成堆的现代玩具何以看得略无颜色而偏偏欲上青天揽明月？温馨之家众星拱月似地相依相伴何以还向往那不胜寒的高处？这里总该有些比李白先生"小时不识月，呼作白玉盘"更为天真、更为隐蔽的东西，莫非人与月（说成人与自然也一样）的联系果真并非诗兴所至而早就存活于人的天性？莫非这"联系"云者也竟然就是错觉，而天地与我本就并生、万物与我本就为一？莫非人爱仰望天空果真如同人起源于外星论者所说，是一种本能，一种对于遥远故乡的眷恋？

我无意凑向哲学家们的玄思，我只是觉得自己确实被我家豆豆调教了。调教云者自然不是他自觉地"授"，也并非我自觉地"受"，这里倒确实用得上那暧昧得很的"授受不亲"。而作为这授受的一个结果，恰恰就正是让我在月亮和豆豆之间歆享这"不清"的"暧昧"。当这暧昧中激扬起天高地迥觉宇宙无穷、地老天荒感此情不泯的情怀，我无须再读诗，我只需读我家豆豆，因为只是在这里，才构成一种排解纷扰绝少歧义的直达和走出世故回归天真的悟觉，才构成一种爱的简朴和爱的纯真。

作为补充的还有惊心动魄的一幕：彼时豆豆忽然眨着小眼睛傻乎乎地问："爷爷喜欢月亮还是喜欢豆豆呀？"（回答说豆豆就是月亮）"爷爷怎么喜欢豆豆的？"（回答说爷爷本来就喜欢宝宝）"爷爷是不是早就认识宝宝了？"（回答说爷爷好久好久以前就认识宝宝了）自知回答得十分蹩脚，但好的回答大概很难，狡黠的诗人或许有办法敷衍，诸如"相见何必曾相识""相爱毋需复相问"之类，那不同样苍白得很、蹩脚得很么？

乡之恋

对于乡村的恋情,大概是如今置身都市文明中人的精神悖反之一。然而细究起来,恐怕也算不得"新体验",倒很有点"历史现象"的意味。

即从古今吟咏看,及于深宫深闺多"怨",及于豪门富室多"讽",及于劳苦贫贱多"悲",及于家国身世多"叹",赋揽物事多"感伤",悟觉时序多"惆怅",系念亲朋多"别恨",追思故地多"离愁"……即或未经识得"愁滋味",一旦要写诗,往往也多"强说愁"的做派。这就显见出那"不称意",实乃诗情之普泛和诗人的常态。

永远不称意的诗人,唯指涉"自然层面"之乡村,吟咏间常常流布怡悦之情和倾心之意,构成诗国一道清亮澄明的风景线。诸如"绿树村边合,青山廓外斜""前村深雪里,早梅一枝开"……非单自然层面的乡景,系结于自然层面的乡人,也多和易可亲,传导诗人的融融依恋,所谓"田夫荷锄立,相见语依依""开轩面场圃,把酒话桑麻""我醉君复乐,陶然共忘机"……

诗人的"乡村情结",大体是对自然、土地、风俗的铭肌镂骨、神往意趋。说那里"生态环境"良好,不只指自然的保护和生命的营造,也包括为土地、为自然孕育熏染了的人情的真实温馨和人性的善良纯朴。特别是尘嚣中历经了"喧喧车马度",领教过"长安名利客",那乡村就更被对照出地偏心远,对照出各种恬适宁泊和诸般令人心仪诱人流连的真善美。

漂　泊

现代文学史上,多有从乡村进入都市的文士,笔下流露出跟都市格格不入的意绪,而把钟情和纪念以及追寻和向往送回乡里去;现代生活中,多有被好心的儿女从乡间接进城来的父母,犯贱似的左右不如意横竖不顺遂,心心念念要回到自家世居的闭塞山村,不能释怀于那里的一草一木。未见得就是鄙薄和对抗都市文明,未见得尽然安土重迁,内里还有相当深层的、生命对于土地的趋鹜、对于自然的憧憬在。而且,旅人的归心归意,游子的乡思乡恋,作为一种"精神活动",往往经由过对"乡土"的"诗化",对风物的提神,通常并不栖息于、左右于物质因素,华亭鹤唳、千里莼羹之思固属真切,穷家难舍,热土难离的说法也是十分可靠的。

这样说自然不意味着漠然于"物质"的第一性及其坚硬性,事实上求生存谋发展常常就会背井离乡,当乡村的贫病碍及生计,流向城市也就成了一条生路和逃路,城市的莫名傲慢,或许也就建立在这样的基础之上,被"包围"的处境也就联系着能"包容"的性质。然而,这通常并不能泯却精神顽强的反弹,"往回逃"又成了跟城市史相始终的现象。及于而今,不只有了"精神界"感受城市压抑、感受城市污染、感受城市苍白、感受置身城市的无"根"漂泊,也有了"实践界"到乡村、到城乡接合部筑室而居的,有了都市女郎"下嫁农村"的举措,且自然坦然着并无"上山下乡"的悲壮。作为消息,明显地昭示着乡村那份宜人的优越,并不能一概以农村出现大户人家论之。

当然,城乡之间行色动人的"对流"总在进行着,未可据流向论智愚。人不能只活在精神之中,虽说物质的城乡差别在缩小,而就普遍言,城市究竟还优长着诸多现代的丰富和便捷。所以,不但打工妹们多有以定居城市为理想归宿的,农村"城市化"还在继续成为一些乡村建设者们的目标和口号,竭力参照着城市的包装、吸纳着城市的文明。相形之下,倒是城市还矜持着迟钝,虽然也不乏消息,诸如规划者设想着"园林化",环保部门执着于"生态绿",OK厅里投入地歌唱对乡情村俗的神往,店铺门面参照"稻香村"之类去创意装潢。然而从一般实际观测,城市还在继续着自然生机的流失和绿色土地的陷落。这或许包涵了许多无可奈何,包涵了许多生活和生命的悖论,不必也不能跟农村去"对着干",生发城市"农村化"的浪漫和奢想。只是以为人之习性,人之生命不只需要社会的锻造,也需要"土地"的滋润和"自然"的调适,为此,向我们实力日益强大同时也日益被高耸的楼群分割和充塞的城市发出呼唤,呼唤多几片高远的蓝天,多几块开阔的绿土,多几方花圃几条林带,就显见得很为迫切而必要,其意义也显然并不止于呼唤某种"精神",某种"诗意"。

我和作家的往事

唐达成赠字

20世纪70年代末到80年代中期在苏北小城教书,曾几度应召去文艺报打点儿临工,知道编辑部先前习称的"二唐"和后来所谓的"四条汉子",唐达成兼列其中。四条汉子云者,虽非纯然"以貌取人",究其所自,却正是模样上的组合——那日,个头一律高高的谢永旺、唐达成、阎纲、刘锡成不约而同,着一式黄卡长风衣上班,有人戏称过去,原就无须循名质实。把唐因、唐达成呼为"二唐"有些不同,我读过二位的文字并感受过二位的处事,知道这姓氏组合是指向职事与才干上的齐车并驾。

达成先生仪表堂堂、才干称佳,一手好字更招人喜爱。我不解笔墨,先生的书法家学渊源而功力了得,只是听行家们这么说。不知好歹便不事收藏,友人为我讨得的名家墨宝,也陆续转赠了雅好者。唐先生当年寄赠的一幅字,却一直十分珍惜地保留至今,不是懂得欣赏了,也并非只缘景仰其人;或可说,令我至今感动不已的，是当年那有乖素常的馈赠过程。

  20世纪丙子年的烟花三月，唐先生一行下扬州，一起公干之余，复伴同客人去几处园林，盘桓间赏心悦目的惬意自不待言；唯独一种情形下稍感不安，我指的是，到得略事休憩的处所，热情的主人奉茶之后，屡有求唐氏留墨之举。单位主事的、雅好书画的、接待陪同的，多不忍错失机缘。索讨者如愿以偿地收获，旁观者饶有兴味地分享，书写者心神贯注地挥毫，迁延既久，陪同者顾惜到书写者的疲累，属职事亦系常情。无奈这当儿除了自己不去凑热闹，说不得什么，谁来扫兴，无异犯二。不合其时有位朋友好心发问："老黄不求一幅？"唉，当了先生之面，这不成了难答的问题？只好不着边际地说些"来日方长"呀，"日后选定成句再请先生书以教我"呀——唐先生冲我一笑，没有接话，像未曾经意，又似乎了然于推托者的用心。

  没承想，别后一个礼拜光景，便收到一份邮件，是唐先生寄来的手书条幅。掐算起来，他该是一回京便忙着写就、付邮的了。先前虽几度领略过先生的洞明练达，这不期然而然的事体仍然费我猜详，是顶真务实者着意搞定那虚应的"来日"和缥缈的"再请"？是至诚重情者有心回应那点微不足道的体谅？

  更没想到，这说不清是索求的还是主动赠予的字幅，写的竟就是弘一法师以"长亭外　古道边"开篇的那阕送别词。体察精微的他知我钟情此作？是了，记得告别晚宴上给客人敬酒时，那句"一瓢浊酒尽余欢"脱口而出，唐先生接以"今宵别梦寒"，举杯尽饮间，竟有些莫可名状而不能自已的思情涌动起来。后来更义生题外地忖度：达成先生选择这一凄迷词作，以行草绝尘挥洒间，是否也伴同了些许眷怀追挽和无奈告别的意绪，为了早年秉笔直书、挑战威权的那等青春风华？是否融渗了形格势禁下，那些自我审度的痛楚并自我失落的怅然？众所周知，从文之初，他曾以"挚"自名，后复屡生自怨自艾，自嘲唐挚已不复存在。

唐先生日见位高后，偶尔相见，依然如逢故旧，攀谈不避琐屑，叙说无拘无束，且有择日南下之愿，再聚金陵之约。都道来日方长，未觉人生苦短。1999年10月5日消息传来那一刻，展读所赠字幅，至于"知交半零落"，不觉潸然泪下。自度云泥殊路，毋庸谬托知己，只是为心向往之的贤达们又弱一个而黯然神伤罢了。

岁月经冬历夏，斯人辞世已过十五寒暑。日前整理旧物，想到把这幅字装裱张挂出来，并非有改于"莫将粉墙轻与人"的一点矜持，实乃睹物思人，想见唐氏一生，无论是以挚行己还是以挚责己，都出自忍苦负重、抱一求真的赤诚。一帧撩人寻梦追远的遗墨，适可铭之座右照我余生。

漂　泊

阎纲编稿

　　我比阎纲年齿小不很多，资历却相距老远，过从难说密切，却又因缘几度遇逢；见了面抑或打个电话，称呼上就屡犯踌躇。称阎老不得体，你知道的；呼老阎不合适，你会理解；先生吧，显得生分些；同志呢，过于严肃了。嘴上没喊过老师，乃避装嫩之嫌；心底里早经认定，在我从文之路上，他是实实在在的老师。
　　从阎纲的论文到他的散文，几十年一路读来，固属有种人格并文格魅力的双重领略；那等挤不出水、点得着火、扬得开血性、撑得起傲骨的文字，固属为之倾心；只是我愿意说，更为亲切的记忆，存乎作为编辑家的阎纲。
　　先后在八家报刊当过编辑的阎纲，其时在复刊不久的《人民文学》，那次从寄达编辑部的来稿堆里，选出了我的一篇文字。收到署名的信函已属望外，发到他主持的"学点文学"专栏，就该说"莫名惊诧"了。须知为这一栏目撰文的皆名气大大的学者，让我这个在偏远小城的小教员跻身其间,这"格"就被"破"大了去了。

或许这只是一位正直编辑"不问门第、不计亲疏"的品格,可对一个普通投稿者的鼓舞非同寻常,内心感戴不言而喻。后来自责过,当时真不懂事,愣是没再联系,连封信也没回复过去。阎纲自然依旧对这个投稿者陌生,不知是老、是少、是男、是女,乃至日后还弄出点笑话。

"日后"云者,阎纲已到了《文艺报》。编辑部为组织培养批评力量,策划举办长篇读书班(后来一期期办下去而被戏称为文艺报的"黄埔军校")。我在小城收到邀约通知,第一次进京也是第一次面见阎纲。上面所说的"笑话",是几日后从他那里得知。"知道那日你来报到,我和刘锡成为什么'相视一笑'吗?"原来,确定与会者名单时,"顾名思义"把我当成了女性,安排房间时门上贴的两个名字,另一个便是位资深女士。亏得那位因事未能出席,避免了会带来的一阵尴尬。应该说,显然为阎纲造成的笑话,源自一个作者的默默无闻,也包含了一个编辑罔顾文外、唯发现培养以求的那份精诚。

事实上,读书班实到的八个人,名分无可稽考者占了多数,唯其如此,大家都有些兢兢业业的珍惜并心心念念的认真。在装甲兵司令部招待所的近四十天里,读了各大出版社新出的长篇,包括几部还没付印的书稿大样,隔几日便做些不拘形式的交流研讨。期间,分别参加或由报社领导和部门负责人、或由首都各出版社的资深编辑、或由许多"复出"不久的文坛宿将们出席的座谈会。回望那段紧凑而宽和、激越而素朴、属于文学而多所体悟的日子,至今眷念不已。

漂　泊

　　读书班也是写作班，虽然没有硬行规定，大家都交出"结业论文"似的自觉去完成一篇评说文字。我在一篇忆旧文稿里记述过：

　　可能选题偏大驾驭乏力，我写得很不顺手。勉强成篇后自知不能及格——未料回来不久，那篇文稿被寄了过来——阎纲执意由他动手修改这篇作者自己否定了的稿子，而且每一页都密密麻麻地添加了许多文字——曾读到阎纲的一篇文章，说当年侯金镜先生"为了修改我的一篇文章，他熬得两眼红肿"——我不知道阎纲那回是不是也为我熬红了眼，却清楚地记得：把那改得一片红的稿纸一页一页翻过去的那一刻，想见到一个编辑心血的倾注——

　　当时，细研过多处改笔，真就是删则令繁缛尽去，增则使生面别开。那等竭智尽力，与其说让我一度收获度人金针，不如说从为编之道、为文之道上给我高标了风范。却顾所来径，深以为若说自己在文学批评上做过努力、有过长进，诸多动因不能不先自归结向那个"黄埔一期"的策励和熏染。

　　多少年来，阎纲在《评论选刊》《文论报》《中国文化报》以及由他编选的丛书中多次选编过我的文字，知道他一直有所关顾却依旧疏于联系，偶尔见面也绝口不道那些扶掖于我的往事。只是在他那篇《文艺报四条汉子》里，提到"黄埔军校"并开列出一些名单，"这批中青年评论力量在新时期为创作披荆斩棘，蔚为大观"，他如斯评价一个批评群体的时候，该是流露了作为编辑家的一泓守望精神和几多心灵慰藉。

顾骧回乡

近些年来，比我年岁稍长的师友辞世，原已不那么意外；今年轮到顾骧，还是感到突兀，前一个金秋在南京小酌，他仍风度依旧，相约过今春南行再聚。一月初消息从我孩子的微信里传来，第一反应就是再不能巴望老顾践约，他的活着，永远只能在忆念中了。

与文史哲上涉猎广泛的顾骧交往，习惯上会自觉不自觉地保持一点以尊敬为实质的"距离"。他的书香门第、少年从军、长长的从文履历和一本本跨界著作，特别是与另两位大笔为晚年周扬起草文稿一事。这些，只能从他陆续赠我的几本书中感知，无意也无力去述说。至于他跟我的交往，比如初识于庐山，再逢于金陵，为评茅奖在北戴河带领我们读书，为主编那本《散文家喜爱的散文》向我征求文稿，数度应约跟几位文友小聚，岁暮每收到其自制的贺卡等等，除了觉到他于我有些抬爱，都是普通范围里的事体。算得特殊的，是我工作二十五年的旧地，正是他的故乡。于是，有了那年相约伴同的苏北阜宁之行。

彼时，我在阜宁刚从学校调到文化局，顾骧在中宣部文艺局工作。那次在南京包括在作协的活动结束后，顾骧按计划要到老家一带走一趟。省宣部那边原有过派车的表示不一定是客气话，作协办公室的同志说派辆车送一下就不一定不是"客气"了，那时作协俭朴，几个头儿每日上班都是挤在唯一的一辆车上呢。顾骧的坚持不肯用车，不必说到恪守规矩、通明练达上去，我能体会，对向来谦和低调的他来说，这选择是自然、必然的。

跟顾骧一起乘上长途公交，原就有机会畅聊，只是他忆恋中的故乡存乎我陌生的早经逝去的时光里；我虽在阜宁待过多年，可长期在学校教书短缺社会交往，并不能为其提供多少他故乡现时的情况。及于当时文艺形势一类话题，他明显有些谨言慎语的样子，聊上一阵我便建议说今天赶早班车起得早，我们闭目养养神吧。还打趣说能睡熟了最好，别担心错过进入家乡地带的观光，幽默的阜宁乡亲自嘲过，说你在车上假寐，不必计时、不用看窗外，一旦感到车身大幅度起落，就是进入阜宁地界了。就这样，顾骧和我一起颠簸了七八个小时，回到了他多年没回的故乡。

他此行是公干还是私访？我不清楚也没必要弄清楚。总觉得一个在中央机关工作的干部、一个知名度很高的学者回他自己的家乡，由我私下安排食宿行止不甚得体。临离南京时，江苏作协办公室主任也说过给阜宁县宣部打过电话了；下车后便站里站外地寻寻觅觅，没见有车也没见来人。顾骧见我东张西望有些局促，似乎怕我尴尬，当即上了一辆脚踏三轮，两个人在车上摇摇摆摆地一路奔县委去时，我忍不住像玩笑又像叹息地哩咕了一声：看来，顾骧的故乡对顾骧这位老干部、大学者还缺乏认识。顾骧却微笑着喊了声"毓璜兄——",说,你别书生气了,县里的同志是实干家,忙起来会不可开交呀——

在阜宁的两三天期间,我无由一直陪同,他礼节性地安排到我家小坐片刻,却婉言谢绝有所准备的留饭;答应我为县城文艺界做一次讲座,却只讲了不到一个小时且没见出我所期望的精彩——

我如此叙说顾骧的一次返乡,或者毋宁说在忆念顾骧时特地选取了他的一次返乡,多少有些感慨夹杂其中,不是以为其故乡在接待一位有声望的游子上显见得淡疏了,更不是冀望他的一次返里该有什么"衣锦还乡"的"热闹";而且,我知道,一如顾骧对其衣胞之地的关顾眷怀,故乡对这位子弟的护爱和推重都是可以证之于具体记载的。义生题外的感触云者,是以为它似乎恰恰是顾骧境遇的一种象征——常常被大块文章推向热点的斯人,其实是有些索寞的。

在同辈人里,顾骧实实在在是位独立思考而见解稳定的理论批评家,包括一度为人操刀,并无改于坚守真理而勇于担责。他未见得介意因涉及敏感话题而长期坐了"冷板凳",只是对于一个潜心于马克思主义真谛的研究者,一个屡屡以重头文章为解放思想突破禁锢的评论家,一个从人的高度而不是仅仅从社会政治需求探讨于文学的思想者,我们原可以在他那里有更多的期待。

漂 泊

李进的信

在江苏文艺界担负过领导工作的老一辈作家中，李进是我接触最少、近于陌生的一位。虽说很早便知道有个作家"夏阳"，知道他的《在斗争的路上》是新中国成立以来江苏出版的第一部长篇，《红色的种子》（和人合作）拍成电影、《雨花台下》（和人合作）上演于舞台，都产生过较大的影响，理论著述和诗词作品也颇受注目；可我跟其人从未谋面、素不相识，连夏阳就是时任江苏省文化局长的李进也是很迟以后才知道的。

这就不难想见，20世纪70、80年代之交在苏北小城教书时的我，忽然收到他的一封来信并题赠一首七律，是如何倍感意外——彼时我刚开始发表了几篇稚气的评论文字，自度没有给他留下印象的必然性。当时的未曾"回复"是以为他并不一定须要我回复、回封信去他也并不一定有必要去看，如今想起来自觉有些不合礼节不近情理。

五六年前的这个日子，李进去世了；其时对他已不再陌生并心存感激，打算写篇文字寄托思念时想到那封信，可总也找不到。后来发觉搬家时丢失了一只小皮箱，才记起有扎信放在那箱中。信是找不回来了，那封信包括那首诗写了什么也从记忆中失落，可我对李进的追怀还得从那信说起。

李进是"居庙堂之高"的长者，给我写信应该是出于关怀，可仍能记得的是信里面其实没有谈任何具体问题，没有"鼓励""希望"一类的套话，我想，那是一封相当"纯粹"的信，纯粹是一位文艺部门的领导者跟一个初涉文事者之间的普通"联络"。

坦率地说，那封信当时让我感动之处，只在于李进的"工作精神"。及至后来，才被别人陆续告知：在那封信之先，李进已然多有不为我知的关注和关心，比如，他在一次各市文化局长会议的会场上做报告，谈到"发现作者""发现作品"时，特地向我所在地区的文化领导问及是否知道我的情况，嘱咐关心我的写作；比如，他在担任文联主席期间，又几度提起调我来省文联的动议——仅就他给我的那封信中丝毫未透露这些事，就不能不让我生发一些"工作精神"与"组织原则"之外的联想。

到了那年我应邀去参加《文艺报》组织的读书班，回来经过南京，在《雨花》当编辑的好友刘静生君说：李进一直关心你，是否该去看望一下？这就有了在静生伴同下第一次也是最后一次的登门拜访。记得复成新村那个独门独院幽静中略显古旧，让我感到"规格"不低却并无"深几许"的感慨，摆满书架的客厅里，有以稻壳为燃料的火炉装置，暖和中多了几分亲切；夫人送上沏好的茶水，清澈着散发几缕幽香。可没有想到，面对面了，他依旧如同没有发生过那些惦记、关顾于我的事，淡淡的交谈几句后，便是沉默无语。这让不善辞令又不懂"汇报"的我很为尴尬，也让我进入对于那"沉默"的品位。沉默原是难以捉摸的，但我分明从中品味出了几许属于一种人格的简朴和美丽。

我调到省作协时，作协已跟文联分了家，跟担任文联领导的李进好多年一直没什么接触，没想到过了几年，作协的一位领导闲聊间跟我说起，晚年的李进在组建班子的考虑中，提到调我去文联任职的事——是希望我为文艺工作多做点事吗？他似乎总避免当面跟我说什么，他的"不露声色"的关注和期望，也让我无法向他表达什么。唯其如此，有种感情就差不多成了内心的"郁积"——回想起来真有些后悔，总以为来日方长，也总以为无事的造访差不多等于打扰，直到他去世，竟就没再去探望过他，没有能够对这位事实上促成了我的职业和专业方向的前辈说上几句话。

话是说不上了。对李进似乎仍旧"陌生"。唯有一些零散而深度的记忆还鲜活着：记得在进入"新时期"思想解放之初的一次聚会上，针对文艺界"心有余悸"、踟蹰观望的状态，他有一番妙语，说我们别成了一篓子螃蟹，你钩住我，我钩牢你，谁也动弹不得，剩下嘴巴里吐白沫——还记得一次会上谈创作问题，他抨击概念化、非议"三突出"、"高大全"，说得兴起，竟猛然站到身后的座椅上，嘲弄地摆出一个当时舞台上"英雄人物"习见的动作架势，引出全场会心的热烈掌声和哄堂大笑——

时过境迁，在时光的流水中，逝者如斯，谁也免不了淡出公众的记忆。对于李进来说，其角色位置注定某些身不由己的同时，还不免造成几许"争议"。只是人们在不无道理的往事梳理中，并不可漠然于必备的历史态度。

我无力也无意去"鉴定"历史抑或去做出"历史的鉴定"，李进也应该还不是什么"历史人物"。于他离世多年之后,有时仍会像寻找一封信之类地寻寻觅觅,大体是忘怀不了一些好的精神、美的情操——前年有机会读到几篇缅怀李进的文字,了解到他的一些很见精神而不为周知的情事,感受到他作为当年的文艺领导者和文艺创造者的品格,还"双重"地活在不少人的心中,能够如此,就已经够了。

漂 泊

顾尔镡的电话

记得顾尔镡给我打过那次电话,是因为那是他生前跟我唯一的一次通话。彼时他已退休有年,我们没有什么"工作关系"了,素来也并无个人之间的交往,这足足一个小时左右的电话,不能不有些始料未及。

那么长的时间谈了些什么,已无法具体追忆,能够记得的是,自始至终谈的都是文学上的事,中心意思是对文学现状的不满,中心要求是"你要出来说话"。当时自然想到,用上"出来说话"这样的语词,来表达对一个能力有限的、普通文学批评者的"要求",过于"大词小用"了。然而我知道,老顾说事总是那么大大派派而指涉全局的,他其实是有所痛感了,痛感于批评未能"出来"的"缺席"和说不出"自己的话"的"失语"。

这让我感动,原以为他已从文坛"淡出",没想到竟还读了那么多作品;原以为他该退而含饴弄孙、享其天年了,没想到他仍旧是那个无法休止的顾尔镡。在我的有限的接触和零散的印象里，"仍旧是"云者，大体主要指作为《雨花》总编的顾尔镡。

那是《雨花》的"鼎盛时期"。那一阵正值"思想解放"之初，文学的事体跟社会的事体空前地"同步"，在"标准"上正历经着"凡是"与"实践是"的较劲。彼时，比较起求真的"能力"来，求真的"勇气"更显见出先决和前提的意义，"顾大胆"对《雨花》的造就该是包涵了一些风云际会。

我正是在这当口从这本文学期刊学步于文学批评。此后便多有接受"组稿"、应约"与会"的事。那时的"稿"和"会"多体现解放思想的鼓呼，老顾于此风发着敢为天下先的劲头。记得他在一次会上风趣而正色地说：解放思想要有股一往直前的冲劲，万一有什么声音传来，让"停！"，你不妨还是向前冲几步再说，你可以声明"刚才没听到叫停呀"。谁都不会以为他是"大话戏说"，是"唆人作恶"，充分反映了的，是其固有的那种排难解缚的急切心理和不避险阻的精神锋芒。这样一个老顾后来遭遇"突破"带来的麻烦，让大家为他捏出一把汗，乃至需得当时的总书记做出批示才得以解围，实在是不足为怪的了。

说老顾在工作中常会"雷霆"似地发作顶顶撞撞的脾气，人们纵然未经亲历也不难想见；然而，要把他跟诸如"小情趣""小儿女"一类"细枝末节"联系起来，那就很有难度了。没有想到他也有"玩物"的兴致，算得个小小的、不成气候的收藏家。记得早年有一次没头没脑地问过我："你们那地方会不会有些古铜钱？"彼时没当回事，并非因为我于此一无所知，只是不了解这原是他的一项收藏，是一个"收藏家"对于一个在偏僻乡镇有些根系者的咨询。历代的瓷器、瓷片也为老顾所好，估计藏品不多，品类亦不

漂　泊

详，却不乏爱不释手的。"爱不释手"的一件明瓷瓶被孙子拿出来让小朋友传阅，摩挲间不小心跌碎了。老顾事后告诉别人说："你猜小家伙怎么了——他倒哈哈大笑了。"说完自己也好一阵爽朗地大笑，笑得开怀，笑得能让熟悉他们祖孙不少"生活故事"的人品味出这样一层意思：用件爱物换来爱孙一次天真的绽放，值得——这样去"品味"自然已经搭进了我的遐想，想到面对"孩子"的"老人"通常会有的那种"精神回应"与"心灵交感"。说"童心""童趣""童真"是饱经风霜的老顾的可贵保留，不如说是一个作家必要的品格。所谓返璞归真，是生命的自然现象，也是一种人生的境界和艺术的追求。

依我看来，老顾固然在他的创作中投入了他赤子般真诚、真率，只是相对于那些剧本、小说呈现的精彩，更能让后来者长相忆念的是其作为（文学）事业家的精诚。在那次电话中感受其热切关注、苦心叮咛的时刻，我一下子想到了许多，想到他在文学与社会的结合部上殚精竭虑的思考，想到他为当年江苏创作、批评队伍的重振付出的心血，想到他曾经为一份刊物注入的分量、承受的压力，不能不由衷认同一个富于才情的创造者用了质朴的言语吐露过的心声，他说过："一个人一辈子只要办成一两件有益的事情，就算对得起自己了，个人作一点牺牲，值得。"

老陆的委托

虽则是泰兴老乡，虽然我在县里教书时，适逢他下放到"鸡犬相闻"的邻县当"新农民"，虽说爱读其小说还写过一篇关于他的"作家论"，可跟其人既没联系过更未见过面，这就没承想到，20世纪80年代中期，我会在小城收到老陆寄来的一封信，并附了几本题签过的赠书。其时，他早已从种田地回归写小说，《美食家》《围墙》《万元户》在同一年度的《收获》《人民文学》上相继发表，《文艺报》计划发篇评论文字，要他自己找个写的人。这封信是说明想请我，征询"是否有意"。也提到了那篇"作家论"，说艾煊让他读一下，确实不错，不是一般地说说情况捧捧场。还就"人为的间隙期"跟"自为的休整期"说了些关涉其写作情况的话，因为交代过"请不要公开引用"，就至今未去违约。当时，以为这样的选择并委托有点"破格"而不失真诚，自然不会去介意说话时用了什么姿势，只是看那信上不能恭维却又笔笔工整的字迹，如同认真作业的中学生在作业本本上的书写，心里曾怀疑过：这不能是陆文夫的字吧，难道写信还用了"秘书"？多年后有机会读到他的一些手稿，才知道那正是他的亲笔。通常写信时原不必如此，然而，他就是这么认真地写字，向来如此、始终如此。

感受到老陆的信托，其实还可以追溯向 80 年代初，记得那次应邀去苏州参加他的一个作品研讨会，一进吴县招待所就遇到范伯群先生，这并不奇怪，他主其事。奇怪的是范先生的第一句话竟是"好了，专家来了"。一个著名的专家对一个小城来的教书匠如此招呼，应该是一个随意而善意的玩笑，不必介意的。让我有些介意的是，事后会务上的同志告诉我，确定与会者名单时，最后请老陆定几位，他沉思有顷，就点了一个黄毓璜。虽说会务上已经把我列入名单，老陆的点名，无意间便有些"抬举"的效果；范教授的玩笑，大概免不了包含了这点因由。不难理喻，早先参加研讨会、后来撰写批评稿的邀约，都出于也大体仅仅出于对那篇"作家论"的认可。这与其说让我感受到一种"知遇"，不如说让我领略到一种"气度"。须知那篇论稿虽无"不怕虎"的故意，却多有"初生牛犊"的孟浪，奉行无忌无讳地既说了所长，也说了所短，既说了时代的局限，也说了作家自身的缺失，乃至编发稿子的编辑有些感慨："还没人对老陆这样'说三道四'过"，未见得只是开个玩笑。私下以为：没有理由要求一个作家去一味认同"说三道四"，却有理由认为：能够接纳"说三道四"并借此反躬自身的作家，一定昭示了某种襟怀的宽裕，某种求索精神的强劲。

事实上，随着老陆作品的不断问世，我们愈来愈能够认识到他是一个并不多见的忠贞的探索者，他把艺术的探索跟社会的探索、人生和人性的探索一体化了，时时让人感触到对于艺术和社会人生的一种坚执，一泓深情，一脉贯彻始终的顶真态度和不肯妥协的求索精神。论者们在充分注意到老陆的小巷格局和平民意识的同时，多少忽略了他深广的浩茫思情和坚执的问题意识。他的问题意识常常不体现为现实的被动反映，在其艺术运筹中，常常构成一种"反拗"和独到。当社会正忙着为知识分子、为资本家"落实政策"的时候，他以他的艺术创造痛切地为坐而论道的一群画像，以荒谬的"反吃"与同样荒谬的"倡吃"，为我们总是自搬石头自砸脚的愚蠢写真；当表现富裕之路蔚成文学的大观，他发人深思地表现了一个被掏空的"万元户"和一个万元户的被迅疾掏空。从社会角度看，也许我们看到的只是作家的超前意识及其跟时尚对视的姿态，而从作家主体和艺术本体看，我们都分明可以触摸到一种独立的精神和一种指向社会与人的终极追问。他确乎总是以一个质疑者、抗争者的姿态，把以忧患为底里的问题意识贯穿整个创作思想和艺术实践。我想，大哉老陆，面对社会的前行，正是由此不断求得了思想和艺术的拓展，真正地趋向了思想的前锋性并艺术的前卫性。

老陆的创作不能不有不可避免的局限，他是一个极富自知之明的作家。记得在一个外地的宾馆里喝了点酒以后的老陆，执意拉上我到他房间聊天。谈了好一阵单位里的事，包括一些说不清的矛盾纠葛，大概有点希望从中做点工作的"委托"，见我拎不很清也不想拎清，没头没脑地说了句"是我挡了你的官路"。对他几次反对让我担任行政职务的动议略有所闻，知道这没头没脑的话不言自明的意思是"挡得没错"。当初"挡"的理由非独为保证我的业务，更有不该用我所短这层意思。接下来就转入论文说艺，热烈而松爽起来，成为我跟他在创作上唯一的一次促膝相谈。他说，他知道，自己终究成不了大家，因为大家是一座山，基座很大，我们有多

漂　泊

大？他说，他知道他的作品很难留之长远，摆不了多久。当下不免感觉着他有点求之过高，责己过苛，可并没有觉得这是他"伟大的谦虚"，他是否有感于自己一直不能不专注于"现实问题"而影响了超越的气度和力度？一时说不准什么，只是慢不经意地问："《美食家》呢？"他微微一笑说："哎，那篇还可以。"

也许由于《美食家》的影响极大，圈内圈外的朋友便有意无意地把这篇小说的名目跟作家其人联系起来，人们似乎把老陆其人跟其笔下的艺术形象一锅煮了。老陆虽然毕竟是懂得吃的，一次在苏州王四酒家同桌进餐，就见过厨师拿着一碗不知是豆腐还是什么的来到桌边，恭敬地向老陆征询烧法。可依我看来，把老陆看成吃的精灵是大谬不然的。那年作协大年初开主席团带上书记处的会议，彼时南京还如小城那样，饭店大年不开伙，从外地来与会的只有老陆，吃饭得有个着落。到了中午，我随便说了声到我家（其实是我在作协机关内的临时住处）去吃饭吧。老陆随口答应了。声明没什么好菜是必须的，他只问，花生米有吗？我满口说有。就这样，包括两位作陪的，每人摊不到两样家常菜，拿上一瓶低度双沟就吃了顿饭。熟悉的朋友都知道，老陆吃上不讲究，带上他吃饭很可放心对付。酒和花生米似乎必备或者毋宁说只要有这两样就成。我们家乡有"花生米子搭搭酒"的说法，老陆在吃上保持了老家素朴而洒脱的传统风格。

老陆生前婉拒了为他编纂出版文集，却鉴于老作家出书之难，带着病弱之身，为去世之后的高晓声多方张罗出版文集。我记得他的认真，记得他两次当面要我为老高的文集写篇序文，说老高是有分量的作家，从评论的角度写得详尽些。彼时的一再推辞拖延，是因为老高声望高的同辈朋友都还健在，自度由我来作序非所宜当。

可老陆顶真异常，不肯通融，文集付印前又派人几次三番来敦促。回想起来，终究应命，其实是不忍辜负了他那感人的信托和期望。

　　这件事就是他对我为数不多的委托中的最后一次委托了。如今，斯人长逝，再怎么希望老陆来委托我一些什么，哪怕是让我有些犯难的事，也已然没有可能了。好在老陆要托付于人的，大体都只是他生前宣称过"九灾十八难，不死还要干"的文学上的事体，活着的人不难领悟，去努力把他无声的委托办理得妥帖一些。

　　老陆病危那阵，我不时打探，却没有去看他，不是不忍面对英俊的老陆完全脱形的面容，只是感到没有很大的必要了。在我的想象中，关心和探望老陆的人一定会很多，会络绎不绝。几次抑制去苏州的冲动时，都想到一件事：那年跟作协的两位前任领导去苏州办事，顺便去看看病中的老陆，临时想到买点水果带去。不料，车子刚在一家水果店前停下，就有一位警察走过来"开票"。这是我第一次（也是最后一次）登门探望老陆，觉得"晦气"间鬼使神差地念叨了一声：对不起，款照罚，我们急于去看病人陆文夫，请允许买好水果。不料，老陆的名字一出口，警员愣怔了一下，竟就合上票本扬长而去了。到了老陆家，闲话间不免把这细节讲给他听。老陆笑起来，说还有更有趣的，便讲了一件冒名顶替他的家眷而让罚款的交警不了了之的事。

　　老陆去世那年，我去参加了告别遗体的仪式。其时，细雨淅沥，灵堂的里里外外挤满了人，不只有官员，生前友好，更有不少向记者自陈跟老陆素不相识的读者。联想之下，感慨系之，苏州警民对老陆关爱若此，说明的已经不只是文学的力量。老陆创造一生，临了终究未能如我们期盼过的那样，再创造一次属于他自己生命的奇迹。然而，他该是走得坦然的：他走之先已然留下了，留下

漂 泊

了他生命的重量。年前,去家乡参加"陆文夫研究会"成立典礼,得知家乡的党政部门正策划一条"陆文夫路"的命名,我更意识到他其实还活着,还在以他文格和人格的力量嘱托于后人的前行。

章 老

  我到江苏作协时，年岁已然不轻，也便无所顾忌地依循机关里彼此称谓的习惯，同事之间无论老少与职务，不喊"老某"，便喊"小某"。唯独于章品镇先生，当面背后必称章老。按说他当时在职，年齿不数最大，职级不算很高，声望和位置以及过往相交上并无什么突出和特别的地方，何以于他习惯似地一定要把"老章"两个字颠倒过来，应该有些跟世俗相关的心理因素使然，却也不能条分缕析地尽然说得明白。

  无论是从"追随革命"还是从"追求学问"来说，章老都可谓资深者。如早年在敌占区参与对敌策反，在政治交通工作中负责一方诸多交通站的建立。如早年进外国语专门学校专修俄语，对十九世纪俄罗斯文艺发生很大兴趣；在无锡国专以一篇《论桐城派阳湖派的异同》的命题作文大得师生激赏而小有名气，文字间的褒扬阳湖而贬抑桐城，其中虽不免书生意气，也分明透露了一个青年人对

漂　泊

于"自立""世用"的崇尚。一如在其读书生涯中，从极为感动于《黑头魂》(《汤姆叔叔的小屋》)，到深有领悟于《资本论》，注定了他对人性和人生的关注，也注定了他不能自安于书斋而隔膜于世事的具体和社会的变革。

堪称知识分子者，这种双重的追求原本是必然的品格，只是维艰的世事使其跟大多数人一样，每受掣肘而多所失落。加之章老是一位透明而心直口快的人，有时见解稳定得不无"偏执"，处事顶真到难于"通融"，好恶褒贬间无所"遮拦"，形格势禁下不惮"受命"，难免多所担当也多生无奈，过于要好而每不"讨好"，倾心求全而终难遂愿。前些年，曾几度与之长谈竟日，最为深切的感受便是：这位博学广闻、饱经世事的老人，结识的政要、文豪都在不同程度上"功成名就"，他自己的精力和生命更多地投入于、耗损于那些正常与非正常的文学和非文学的工作了。

我想说的是，章老作为一位资深作家，原本可以留下更多的作品。他自幼博览广思，且十三岁那年便开始有作品公开发表。到了抗战期间，更成为一家报纸的副刊《诗歌线》的主要作者之一。这个副刊实际上差不多成为地下党一个文艺阵地。章老当年用了不少笔名发表的批量诗作，很为"现代"，读起来不太容易一目了然，除了个人风格与审美取向使然，也许还有"地下"这层因由。前几年热心人把当年那副刊的作品集印出版，有机会细细品味过，以为章老以及彼时常常同期发表的卞之琳、沙白、耿林莽等先生之作，很能体现出艺术的前卫性、思想的前锋性，非时下某些徒以形式标榜的"现代"可比。只是战争年代的颠沛流离，章老后来搁笔多年，新中国成立后则在出版社、杂志社长期主持笔政，又到作协党组任职，主管机关期刊，忙于工作，调解矛盾，所写不多也一直无意出书。淡于名利的章老谈起来无怨无悔，不在乎"为人作嫁"者并没有几件自己的"嫁衣"。

直到20世纪80年代起，早经离休了，用他的话来说，"工作不那么具体了""纷如雨点的声音敲打着我的记忆"，当记忆中"有人竟呼号着要破我心防奔腾而出了"，才终于有了一些"伴随着悲伤与怅惘"的记录，积累到90年代初，有了本记人的《花木丛中人常在》问世，为十五位去世的文坛精英留下不为人知的记载和不刊之论的评介。人事代谢中的感旧之哀，或凝为一泓情爱，或拓出时空沧桑，字挟风霜的记叙屡屡令我怦然心动而中心摇摇，再三再四地掩卷深味。我在《文艺报》发表一篇文章：鉴于其腹笥之广、文字之美，鉴于其功底和识见，特别是有鉴于一些未必会进入史册的文事、文士的追忆，无异于历史的"打捞"与"拾遗"。议论之余，禁不住越出事权，以续谱新篇、形成书系奉劝于他并有所期待。等到新世纪过去数年，终于等到赠来一本薄薄的《自己的嫁衣》，耐读耐品却也不足以反映其积累与才情于万一。

近十年来，章老腿脚已大为不便，平日多数时间卧床，住病房的日子愈见频仍。只是思路却一直清敏，写作的愿望屡有萌动，那年住院期间还托人带来病床上写就的一篇卞之琳的诗歌论，要我提提修改意见。那大几千的文稿多有令我击节处，那分明可以见出书写不甚便捷的文字，更让我内心感动莫名。

在江苏文艺界，若有称得"活字典"的二三子，该首推章老。每次探望，听他如数家珍地谈论掌故、梳理文坛沿革，无所讳忌地臧否人物、评说过往事件，都不失启智开塞的受益。我曾在人前慨叹过"章老如矿，一肚子的人和事"，文界诸公皆深表认同。其实，就世界态度而言，还不妨借用朝云对东坡先生的理喻，章老也可谓

漂　泊

"一肚子的不合时宜"呢。也许跟生性坦直而历经过多的委曲有关，章老对共过事的同辈既不失宽和更不无苛严。私下每以其知人论世间未免求之过高、态度过激，同时也深有感触，若要了解"真相"和"实情"，与他倾谈，大体能得贴近本真的领悟。

在我的印象中，章老于人、于文眼界颇高，而对于后辈新进，却满腔热忱而不辞辛劳地多所关顾扶掖。早年主持《雨花》期间，他就为改变刊物作者多"老人""老面孔"的局面，在刊物上特设《雨催花发》的固定栏目，专事发表新人新作特别是处女作，发现、培养了一批批新人，开了《雨花》"重新人"这一传统的先河。新时期前后，为年轻时即罹难的作者"复出"，他更是殚精竭虑、不遗余力，为其作品得以发表谋划奔走。

有件事关涉自己而至今难忘。彼时，我刚从小城调到省作协。那时离退休年限不严格，章老是早已"超龄"的党组成员。我生性慵懒，且"不愿接近"或者说"不愿打扰"领导，跟章老同样接触极少。不料忽一日章老找我说，某人（一位资深、早年顶撞过其任职地苏联驻军司令而有名的领导人）关心到你，有见面聊聊的意思，我带你去拜望一下吧。原来这位领导离休后关心"理论"，在《人民日报》看到我两篇其实很为稚气的文章，跟作协几位领导说到"该培养"一类的话。至今不知章老何以就当回事，并认真约定了那个礼拜日的某府之行，可以估摸到的无非是他自己对"培养"人的看重了。领导的住宅格局以及闲聊了什么已然淡忘，记得很清的是那天章老早早地在一个公共汽车站等候，和我一起登上公共汽车前往，后来又一起登上公共汽车回来的如在目前的情景。这件小事与我的人生道路略无关涉，然而，至今每登上公共汽车，冷不丁便会想起当年年事已高的章老，不辞辛劳与我在车上一路站立的情景，并由此"抽象"出"人在旅途"的生命题义，江湖的一度遇逢，常常十分偶然并无干"机遇"，不过你如果曾感受过几分热忱、几分关爱，也就会在心中留下久久难忘的一份温馨。

漂 泊

作家高晓声

　　高晓声去世已然十二个年头，我时时会想起他，并非因为关系有多密切，可他确实是我接触不多而印象最为深刻的一位作家。

　　20世纪50年代我还是懵懵懂懂的中学生，那时好读却热衷于经典，还没读到高晓声，知道其人只是因了他是"探求者"事件中蒙难者之一。听说被发配回乡的日子过得极苦，冤案固属最冤，婚姻也属最惨，加之疾患缠身，肋骨也被折去了两根，形体上便出现了两个肩胛一高一低的倾斜。

　　到了20世纪70年代末第一次见到他，果然就是这个样子。其时作协寄居在"总统府"内，我因从小城来宁参加《雨花》的一个会议，会后留下为编辑部起草一篇文稿，住在门楼上的"招待所"。那日他跟陆文夫同来入住，该是刚刚"出土"，感到其"土得掉渣"不足为怪，外貌上要比彼时的农人更像农人是不难理喻的事。他不可能认识我，只是淡淡地打了招呼，悠悠地从老棉袄的口袋里掏出一个皱巴巴的烟盒，默默地递给我一根。记得接过烟时一阵心酸，很想抚摸一下那被历史定格了的倾斜的肩胛，这是因为其时已读过他早年的《解约》《不幸》等短篇，感受到眼前之"人"与昔日之"文"的反差——这个形容憔悴的苦人儿，就是那个曾经以富于才气、不失"洋气"的笔致传导出了人物心理深度的高晓声吗？

应该说，生活让他付出沉重代价的同时，也给予了丰厚的报偿，二十余年跟农民的相濡以沫，成全其可以把他们"从呼吸声中一个个辨别出来"，成就其复出以后很快进入一个创作上的井喷期，那瘦弱的躯体内似乎有释放不完而亟待释放的生命潜能和创造活力。

先期堆出的《李顺大造屋》问世那阵，我正应邀在北京参加一个长达一个多月的文学活动，其间新侨饭店的一次座谈会上，公刘先生义生题外地谈起这篇小说，并"提请注意"高晓声这颗"新星"；冯牧先生充分赞赏之余还说，这期评奖如让自己投票，"第一票将会投给《李顺大造屋》"。 此后，如同文学界都注意到的，从《79小说集》开始，他连续多年地一年一本小说集问世，特别是随着《漏斗户主》中的"陈焕生"一步一步地往前走，这颗"新星"的亮度与日俱增起来。

后来，我跟他住进了作协宿舍的一个单元，进进出出间见到他倾斜着肩胛走路，心理上关心他受过重创的身体要超过关注其写作。或许因为如此，多少年来从未跟他谈及写作，偶尔扯扯生活起居，知道他注意规律却不善治理生活，吃上称不得在行却也有些招数，还给我介绍过一种鲫鱼的烧法，那烧煮的程序过分特殊而闻所未闻，至今不愿如法炮制。偶尔也跟他开开玩笑，比如就其一成不变的浓重乡音，说"阁下的常州话比常州还常州呢"。记得那年他

漂 泊

应邀出访美国，预定半年，不想老先生三个多月便提前回来了。我便跟他打趣，说亏你早年还是学经济的，即便仅仅从多挣一点美元考虑，也不该早早回来的。想不到他认真地说：你晓得吧，在那里做点讲学一类事体，能讲出多少东西不说，往往还得请上两个翻译，先让一个懂常州话的翻成普通话，然后再让翻译译成英语。拿点钱付给两个翻译的工资还不晓得够不够。记得那年他的一本散文集《寻觅清白》刚刚出来，送书时不说别的话，只说"请你帮我写篇评论发发，好让书能多卖出一点"。老高就是这样，生活中的谈吐总是那么认真坦直，朴实得近乎拙呐，比较其文字的书写上随处可遇的涉笔成趣幽默风生，可谓判若两人。这大概也正从一个方面揭示了"真"与"美"的内在辩证。

同住一个单元近十年，却不曾有过互相串串门的事。有一次去我家小坐，为的是向我当医生的妻子咨询服药的事；至于我为他带过一件东西，也只在门口交接，并未进去过。唯其交往如此寡淡，他那年南下病发前不久，忽有电话打到我家，邀约"有空下来坐坐吗？没有什么事体，喝点黄酒"，当下就不能不感到有些意外。不巧其时正准备出发去南大南园看望北京来的一位友人，只能表示歉意。事后又未能主动再约个时间聊聊，更没料到后来就在外地听到他去世的消息。至今想起来还难以释怀：既然彼此从未有过两人"对饮"的事，那回的邀约，必定有些什么要说说的事，可不得而知了，成为永久的遗憾。

一般人会以为高晓声有点傲气，比如为坚持自己的文学观点而不惮让别人难堪，比如从不肯为他组织时兴的作品研讨会。其实，他不是一个不介意读者和评家的人，他甚至说过，一个作品的价值，是作家跟读者共同创造出来的。那一年和老高一起在友人家吃饭之间,他突然对我直呼"理论家",说他去年连出了两部长篇,"怎么一点反应也没有呢?"是感到"寂寞"了,还是有了点责怪的意思?未便接话。后来想想其时不该不置可否,内心便不免又生出几许歉意。

在江苏的"齐名作家"中,高晓声跟陆文夫是一对。老陆以"小巷文学"名世,老高则以"小村文学"蜚声。从他的"陈家村系列"走出的"李顺大""陈奂生"们,在当代小说人物形象中是有数的重量级人物。老高去世以后,老陆婉拒了组织上为他出文集的打算,说自己留了二十万元让女儿去张罗了,却带着病弱之身,为给高晓声文集的编辑出版尽心费力,并两次当面要我为高晓声文集写篇序言。我说如要写序,也该你写,或由其他健在的同辈好友来写,我资历浅,让我做这事非所宜当。他却坚持说"老高是有分量的作家,你从评论的角度写得详尽些"。直到付印前,几次三番让人来催促。最终还是应命勉力,是却不过一种信托,也还搭进了借此顺表对老高心存的歉疚不安。

这其实也就成了自己回顾老高其人其文的一次机会。依我看,高晓声不是一个严谨于结构、满足于出示"场景"的作家,他叙事上的随机性,他的意到笔从的散漫铺陈,正是一种过多的心理郁结需要不断寻求释放的表征。他不是一个热衷教喻的作家,不是一个激情的现实批判者,在其现实的认同中,分明着现实的离抗,在其无奈的顺应中,分明着凛然的对视。乖张的世情以及荒怪的心理,一旦进入其描述,常常巧发奇中时代与人生的症结。从这个意义上说,高晓声是一个坚执于自我感受方式的、主观抒情性很强作家。对于在客观实然性上封杀自我的作家来说,他是"张扬"的,对于倾泻激情的作家来说,他是"节制"的。他就是在这张扬与节制中协调出了自身。其作品算不得黄钟大吕，其所以能赢得读众，不只是因了艺术的独特性，更因其思想、情绪的独步、独到，启迪并接通了最为广泛的普通人共同的思索和共在的心声。

私下以为，十多年来，当文坛历经过几度转折变幻、文学历经过几番不失成效的开拓和不无莽撞的奔突之后，会出现一种反照——我们回过头来缅怀当年的高晓声，反而更加清晰而更加充分地理解了他，感受到他的价值所在以及他的创作可能给我们留下的启示。

叶至诚的感慨

那年那位主持人一一介绍与会者,轮到叶至诚时,不合扯上乃父,引发了他无奈苦笑下的一番自嘲,说要人家知道他是何许人,注定得有所借重,先前是"叶圣老的公子",婚后,加之以"姚澄的丈夫",现在,还该补上"叶兆言的老爸"了。在座的一笑了之,我却不以为是在搞笑,不以为是什么自我贬抑的谦逊,倒是有些莫名的酸楚掠过心头。至诚的老叶看上去是个不会介意什么的人,可这里还是介意了,要说其人有什么不能释怀,大概就是那"自我"未能"实现"的心志,可以很有把握地说,"自嘲"流露的是"失落"的慨叹,他分明从须得"借重"中感受到自己的"失重"。

当时联想起了与叶至诚同车出发时的一幕:我跟他的座位紧挨着,彼此闲聊过一些什么记不得了,记得的是有过好一阵沉默,记得很清的则是,久久看定窗外出神的他,忽然悠悠地飘过一句话来,"老黄,数量很重要啊"。并不感到这话说得没头没脑,知道指的是创作上的事。当下的没有接茬,非因出于"不能苟同"——虽然我向来有点唯"质量"是举的偏向,还有过一些"举例说明",比如以为,陈之昂即令只有那首"独怆然而涕下",也不会比不上那位"日作千行"的毛奇龄先生——而是很为明白,叶至诚并非要提起"数"与"质"的话题,他只是在那里自说自话地感慨,不能消解的仍旧是那一份心头的痛。叶兆言说得真切:"我爸一辈子最大的遗憾是没能写出一大堆东西。"在文学的场合如此这般地介绍他,就无异于触动了终其一生的憾事。

如今说到叶至诚,或有称之为"编辑家"的,诚然,他确实是一位很有眼光而眼界很高的编家。他主持《雨花》笔政时,我刚调到作协,没有住房,一张"卧榻"一度就搁在总编室的内间,每有机会听他谈文论稿,包括其时的一些获奖、走红作品,臧否间偏于苛刻,"怎么这样写呢""怎么写成这样"几乎成了口头禅。在一种"真伪"须得拷问、"善恶"须得究诘、"美丑"须得辨析的年代,他的苛刻,他的"宁为'丐'不为'娼'"的宣言,他的在刊物上开创"新世说"一类准文学栏目,他的抨击与呼唤,体现了的其实就是一个拒绝与世偃仰的办刊人属于自己的艺术追求和社会良知。

编辑家叶至诚当然也是作家。自打"参加工作",他凭的就是一腔热诚一支笔,不说编了些颇有影响的剧本,不说后来出版的那部很有分量、很能见出其风骨的《至诚六种》,单单早年那曲吴语山歌《啥人养活仔啥人》,就曾风行一方、家喻户晓。记得从小就爱唱,视之为诗经上那篇《硕鼠》的现代版,乃至到了20世纪80年代那阵,跟叶至诚夫妇从外地返宁,车上兴之所至,禁不住当了作者和"锡剧皇后"的面,放开喉咙,用自以为能凑合的吴语献了一遍丑。前几日在网上闲逛,还碰上一位海外华人有感而发,说面对时下一些情形,"真需要再唱唱小时候唱的那支《啥人养活仔啥人》"了,足见作品的生命尚存。只是叶至诚向来绝少盘点"少作"的兴趣,创作上严于"律人"的他,同样苛严于"行己",当其为没写出多少东西而苦恼的时候,那原本不多的东西,一定又被他在自我反省中有所否定、有所"删除"了。

或许会把"写东西"的终究没能写出"一大堆"归结向形格势禁,在叶至诚,这自然是没错的,一方面,作为"探求者"的成员继之以"右派"的分子,注定其未见得没有必要的束马悬车;一方面,作为无法绝裾而辞的文学死友,也注定其有意无意地"奉命""就范",他失落的是不复可再的青春时光,更是难以苏醒的创造活力。时过境迁,昔日的同道们多有很见光彩地"复出",叶至诚自幼便酷爱文学并以出手不凡多得前贤激赏,他的终未"出"得来,依我看,与其说成是短缺了勤奋、失落了才气、钝化了能力,不如说是较真至于无所通融、求真至于漠然世故、顶真至于异乎寻常的品格使然。如同他在那篇《假如我是一个作家》中所陈:"必须严格地说自己真实的话","必须披肝沥胆地去爱、去恨、去歌唱——把自己所见、所闻、所感、所思,真实地一无保留地交给读者;把我的灵魂赤裸裸地呈现给读者"。冰心先生对这篇文章推崇备至,说得到她"心弦上最震响的共鸣",说"至诚同志却要努力于做一件今天并不容易做到的事",说要做到"真是谈何容易"——这里在赞赏其文的同时也不啻解说了其人,叶至诚现象包括他的没有能够写出"一大堆东西",反映了一种难以化解的"秉性"干碍,一种"知其不可"的踌躇,而归根结底,是很为典型地反映了我们遭逢的、关涉"时代与人"的诸多题义。

虽说一个"写不出"却"很想写"的作家能够给予我们的启

漂 泊

悟，不一定比一个创作丰富的作家更少，然而，一个作家的生命并不就是一个自然人的生命，它是跟其作品同生共长的。叶至诚逝世那阵，我想过，他是带着那个遗憾的了，如果死亡不是烟灭而是去到另一个世界，他该继续其文学之梦的吧。

吾友静生

　　早想写点关涉刘静生君的话,权充合影留念。题目上斟酌过,觉得虽可称"吾师"却不如称"吾友"。明白人都知道,有还是没有"名分",贤者还是愚者,长者还是幼者,亲者还是疏者,他"认"还是"不认",都不失可引以为"师"的或一资质;"友"就有些不同,若非如同"我们的朋友遍天下"那等泛称,便不宜谬托。虽然向来以为,前贤"得一而足"的高论,不过是一种说法,堪称朋友者,其实任谁也多不到哪里去。

　　相识之初,静生在省城当编辑,我在一座小城教书,因为业余写点文稿,有了通常所称的"文字之交"。不曾想到而分明感到的是,他对我的稿件竟会有些偏爱,不久便有了署名的复函,有了些专稿的交付撰写,有了"虽无花径可扫,尚有蓬门可开"的邀约,后来,还有了为约写需得商讨的重头文稿,长途跋涉到我所在的偏远小城来,惹得别人不无道理却也不怎么容易回答地发问:"什么

漂　泊

稿子在南京就找不出个人来写？"

　　私交的日深，也就是十分投契于无拘无束的谈文论世；至于"淡如水"的一面，倒不是去恪守什么"君子之交"，只是作为一个资深编辑跟一个普通作者之间，彼此大概都不免有些"洁身自好"的考虑。要不然，初次登门并计划小住两日，就不能只以家乡新产的几斤花生做"见面礼"，他也不至于要特意买了果点、拿出珍藏的一袋雨花石来"加倍奉还"。稍感不安且以为不必如此"见外"之余，也很能理解他一定还顾及一种世俗眼中的"位置关系"。

　　在学习作文的路上，多次编发过我稿件的报刊编辑，至于今，该有不下几十位了；可在彼时，静生是唯一的一个。那年忽以"多向外地寄稿"相劝，自然被我理解为刊物上不宜过多地发一个作者的文章。未料几年后约略得知，其中还有些小小的"隐情"——编辑部对一个稚嫩作者的评估不可能划一，同人之间通常不免会发生一些争议，向来自信的他，是孩子气似地想做一次证实自己判断的游戏呢。难怪了，那一阵我在哪个刊物发表了什么，他往往比我更早知情，"全国性"报刊上看到我的文字，每每显得更为开心，在他，当然不止于"确证"了自己。

　　当年是否有人会疑惑到"偏爱"于我的静生会有些"偏私"？不能也不必去妄加推测。不过，我对静生的诸多敬重，恰恰就有处置稿件不问出身、无论亲疏而唯文是举。那时《雨花》刊出理论、批评文章，作者多为"新面孔"是个特点。他当年就来稿谈及的一些"苗头很足"的新人，固有后来投笔弃文的，更不乏渐次成绩显著至于蜚声文坛者。有件事至今记得，那次编辑部组编一个专栏，我应其所约、费心尽力写就的那篇文稿，被他退了回来，没有朋友之间原不必有的客套，只说"正巧收到一篇自发来稿，适合所组栏目，写得比你这篇好"。会注意到"没有客套"其实正说明我们之间还是有点"客气"的，我把它理解成朋友间"相敬"使然。很不客气的是那一次，见面时异乎寻常地"严正告诫"："你也会写出那么大失水准的稿子？还寄到编辑部来——"显然动了气，不屑具体去说也就是"说不上嘴"的意思了。见我有点莫名尴尬，又说了"会不会不是你——"这半句话便岔上了其他话题。我有点回不过神来，也不便拉回话题去赘问。回程的长途车上回味起来：自度水平有限态度却向来认真，我写过什么竟然让他动了气的稿子呢？事关态度即便是关涉了操行，还是要弄明白才好。未料回到学校，一封意外的信为我解开了困惑。那是一封"道歉信"，那位陈姓的学生为"盗用"老师的名字给《雨花》寄了篇稿子，事后深感不安，不好意思当面"请罪"而用了书信的方式——

常有文章见诸报刊，在小城会被当回事可以想见，不曾想到的是，省里的有关单位便相继要调我去工作。这消息由静生传递过来，当然有些意外而惊喜，不独因为大家都说，搞批评的人待在县里限制很大。只是虽说当年省文联早有调我的动议，团省委以及独立建制后的省作协更先后付诸过实施；可县里既"当回事"就不免有所重视，令我感动也让我无奈地坚持于不肯放行。我不清楚"组织原则"的具体，却能够明白，调动一个普通教师，不可能去动用那坚硬的组织原则，更何况，其时"稳定教师队伍"的相关规定，也给予了拒绝协调以坚实理由。这就有了绵延近十年之久的协调马拉松。北京的朋友怪我不顶用："人家只有在找个要自己的单位上费力，没见过你这样，有地方要还没个法子成行。"省里文学界的领导艾煊先生、海笑先生、顾尔镡先生，更先后征询过："是否要我去（斡旋）一下？"自己的当即表示不愿也不必劳动大驾，固属

漂 泊

出于实在不想去让德高望重的长者屈尊,也包含了内心已然不存多少希望。没有想到,静生私下里却"锐意攻坚"似的一次又一次地"劳动"起来。大概由于对我的办不成事有了足够的领略,他的操作多在我不知情下进行。至今不太明白他如何调动直接间接的力量搞定了一些"关系",竟先后熟识了我所在地的主管县长以及所属市的组织部长、主管市长等要员,而且,几度往还,差不多就成了可以长叙的老熟人。我知道,事情得以结果,不是借助了别的,只是依靠了"熟人好办事"的硬道理;更能体察,作为这个"硬道理"的前提不是已有的而需得"创造"出来,我的朋友不是一个能够得心应手于场面应酬并以此为乐的人,在这种"创造"中,他在劳了力的同时,一定还在委曲以求上"苦"了"心"。

于此不很得体地去约略这件事的过程并自己的感受,并非出于表白通常的"感戴"之情,只是觉得对于静生的一种品格,它不失为一个例证。我指的是他常常说及的一句话:"帮助别人是愉快的事。"帮助别人在他屡屡见诸行,不独对于朋友和个人,不独"行己"而且"律人"。这样说的时候自然想到了许多,也想到了那件动人的事——老家的贫困是其深深的惦记、久久的心病,这就有了几度私下里让儿子路远迢迢去老家考察之举,为了"看看能否帮助上点什么项目"——

结识静生至于今,已然是一个漫长的过程,几十年来的相知相识、相切相磋,我从他那里得到的教益在于"为学",也在于"为人"。他在理论研究中常取的"逆向思维",强化了我对于"学则须疑"这一古训的理解;在创造上的奉行"从别人结束处开始",敦促了我追寻"新质"、追求"发现"的执着。静生诚然近乎透明,却不是一个容易被认识的人;甚至也可以说他并不容易被"圈子"

所接受、为"世俗"所理解，虽说他是学界中人、性情中人。"文乎乎"与"野豁豁"、"桀骜不驯"与"顺时应变"的集于一身，或许可从生活道路得到某种界说：一方面，作为早年中文系的高才生，后来的中华书局编辑，再后来的李商隐研究家以及近年来的文艺理论客座教授，一条书山学海的求索之路，相应地造就了一种学者气质；另一方面，幼年的乡村见闻，后来的背井离乡以及上海滩上的"提篮小卖"，再后来的文革"逍遥"，还可以包括其间上影厂的编剧生涯，那江湖风雨、人情世态的体感身受，铸成了一种民间意识和"草根"情结——在"学问"与"尘世"的历练中，协调出了属于自身的精神气质和世界态度，或许可以说，正是终极思考跟世俗情怀的接通并伴同，构成其优势也构成其创作与研究相生互动的可能与便捷。

打从有了一部"揭秘"于江湖的著作问世，继之以应北京电视台邀约，做了演绎江湖气功之谬的专场，流传开了"南刘北司马（南）"之称，圈内人士谈起刘静生来，大体便会以"介入江湖"说事。这很自然，只是以此为怪、以此论其人的"转向"，就很为不得要领而不及其义。他是理论家，也是创作家，"介入江湖"跟"介入学术""介入创作"在他是相互为用的事，他的选择对应了他的优势，体现为一种学术意旨、创造意识在生命意绪中的整合和融通。记得有感于其阅历与识见，曾几度以多事小说创作奉劝于他，不想多年后，真就有了那本《江湖十八年》问世，这是一本集风情、思情于一体的长卷，一部以苍凉凄丽的人生情韵、妙曼精警的议论风生走进并打动了读众心灵的书，在老老少少的读者中反响强烈。惜哉，批评界或为视野所局限，或为成见所羁缚，其独到的思想价值、特异的美学价值远远没有得到应有的阐释和开掘。时下，

漂　泊

作家伍中如静生这等"双栖"而"两能"者已然鲜见，我愿于此再度冒昧进言：吾友体格尚健宝刀未老，何妨激扬优势续谱新篇。

回首调来省作协最初几年的日子，跟静生一起在创作研究室上班，一起开会、一起研讨、一起出差、一起吃饭、一起聊天、一起撰文的机会良多，唯独登门的事却较前大为减少了，不像先前在偏远县城那阵，到省城、经省城的来来去去中，他的家就是个驿站，一个食宿的场所。同事间或有"对比"起来看的，生发过一言半语的"议论"，自能理解这出于人情之常。私下也反省过，是否表明自己确实于"人情味"上有所疏淡和欠缺了？能够得到慰藉的是，静生和嫂夫人对议论者回答得一致而直白："三日两头见面，他来干什么呢？"虽然，有时还是不免去想，朋友之间，"自难忘"固属可以在无欺于心上安宁，而"不思量"，也不是不可以做出检讨的。更何况，彼时接纳于我的，非独其个人，还连同了一个家庭。记得那年静生母亲去世，我在灵前吊唁间就想过，他那句直白的话，也许多少包含宽以待人、为我"辩解"的成分吧。

渴望交流

渴望跟俄罗斯作家们交流文学情况，一方面出于早年就有个俄罗斯文学情结；另一方面，则缘于自己对当下俄罗斯的文学情状已近乎无知。此次来访的十多位俄国客人中，俄罗斯作协主席加尼切夫、俄罗斯作协共同主席拉斯普京虽然是知道的，也就是略知一二了。这很让人感慨不已：虽说俄罗斯苏维埃文学史上灿若星河的作家，我们可以如数家珍；虽说在文学史的当代延伸上，文学的包括超文学的原因会使我们对蒲宁、帕斯捷尔纳克、索尔仁尼琴、艾特玛托夫们留下深的印象和大的尊敬；然而，苏联"解体"乃至还可以上推到"解冻"以后，俄罗斯这块土地上的文学事实和总体风貌，我们还是所知太少。对于互为最大临邦且历史渊源深厚的中俄两个文化之邦，这差不多算得是文化交往上的一次小小断流，显见得不太正常。

因此，当座中的评论家邦达连科先生希望我们列举一些当下

漂 泊

中国文学最杰出的领军人物时,我似乎得到了一个表达的机会。我说,邦达连科先生提出的要求也正是我想向他提出的要求——我其实只是想说,我们彼此之间需要提出这样的问题,或者说需要这样去提出问题,说明我们之间已很为缺乏起码的了解。接下来便转着圈子讲了些"答非所问"的话,并非以为正面回答这样的问题"吃力不讨好",只是觉得用"杰出"一类字眼来说事还有些碍口,同时,如果我们彼此之间的了解尚处于一片空白,一些名字即或是响当当的名字的列举实在于事无补而缺少意义。

两国的文化人也许有鉴于此,时下有了"中俄文化年"这一举措,有了一本译过来的《俄罗斯当代小说集》,有了俄罗斯作协的给15位资深汉译者的颁奖,有了此次来访者给南京"译马"的颁奖,这很对头,很见章法。普希金把译者称为"文化译马",文学的交流是需得"译马"先行的。没有疑问,这些应该看成是一个好的开始,当然,也仅仅是开始。拉斯普京在会上说得实在,我们的联系不能只是叙谈叙谈友谊、介绍介绍情况,中俄年过了,一切又回复如旧;他冀望文学的真诚的、实质性的对话,是的,文化的交流不能靠了过"节日"的方式,广泛的介绍和深层次的研讨这一共同心愿的实现,还有待长期的、切实的共同努力。

有趣的是,几年前在俄罗斯作协的会议室,一位女作家也向我提出过跟邦达连科同样的问题,这不约而同不由让我想到,除了说明彼此的隔膜外,大概也透露了"寻找大师"的共同困难。当下交谈中就义生题外地说到我家的墙壁上悬挂的十多个相框,那上面全是我的家庭成员,只有两位不是,一是普希金,一是老托尔斯泰;也许正是他们以及可以编成一个加强班的俄罗斯作家们的坚实存在,才使我们用"杰出""大师"这些字眼去称谓当代作家时,总是不能不显得十分拘谨和吝啬。

我们到底缺失着一点什么呢？我们这代人的那点俄罗斯文学经典的情结，到底系结于什么呢？这不是一个容易回答的问题。只是有一点可以肯定：通常对俄罗斯大师们的崇尚，并不全在于艺术和审美，更多的是那样一种倾心，我指的是对于大师们表现了的那等要为全世界受难的弥塞亚精神，那等对于人类道德良知坚毅的探索，那等近乎迷狂的宗教式心灵虔诚。曾以"肩住黑暗的闸门"自勉的鲁迅先生，当年显然深深感受到这虔诚和精神对于我们的重要和必要，他据此慨叹过："俄罗斯式的知识分子，中国还没有。"至于今，我们已经拥有了很多，可当年那个没有的已经有了吗，还是仍然没有。我的渴望交流，大概也包含了很想知道，在文学的世界走向中，在传统的现代延伸和现代变异中，俄罗斯还有"俄罗斯式的知识分子"么？他们的文学实践，是否还会以不同的方式和途径跟斯拉夫民族那种伟大的传统精神相遇相通呢？在他们那里，还可以给我们提供几多启示和借鉴吗？

漂泊

艾 煊

我所熟识的已故作家中,艾煊是勤奋多产的。在我看来,他的偶或屡败屡战地下下围棋,与其说是爱好,不如说是读书、写作间隙中的稍事休憩。这成就了他的知识面、思考力,成就了其在长篇中篇、散文随笔以及电影剧本等样式的丰厚创作。

我读艾煊是很早的事,彼时,从文笔上直觉到一种"江南秀士"的气质。《碧螺春汛》一类散文,虽说写的是特定年代实际的生活,艺术软体上不免隐约几许"时代"的硬块,可整体上着力于人与自然的情韵,能见出活的灵气和真的性情。某种漾乎其里的通脱和平静,逸美并雅趣,容易调动人的艺术记忆,比如连类到黄公望的《富春山居图》,那份翠微杳霭的江南风光,让读众于热烈宽厚中领略些许萧疏,几多恬淡。

那一阵我在小城读书,对省内文坛诸公一律隔膜而又无意打探。对未经谋面而几度见诗的艾煊,其人其文的对位上就有些径庭,虽未把他设想为江南少女、惨绿少年,却一点也没料到他继戎马倥偬的军旅生涯之后,又以官员的身份于世情变迁中历经一番坎坷。

岁月经冬历夏,游子秋风生鬓,我认识人的能力却略无长进,不一定尽是性情孤僻使然,也该跟自己一直谋生于异乡小镇带来的孤陋有些关系。等到我能为艾煊其人"定位",他早已定位在省作协主席的位置上。既然我已忝列作协会员,知道作协主席,也就跟公民知道国家主席那样十分自然而又十分远哉遥遥。

并未想到不久主席会留意到我且有了调我到作协工作的动议。"留意到"云者,是从陆文夫的一封信中得知,陆先生说艾煊看好我写的一篇评论文字,推荐他看看。等到20世纪70、80年代之交,我应邀去北京参加一个多月的活动回来,省作协已为我的调动做了不少工作。经过南京时,这才第一次见到艾煊。艾先生文静平和,见人没什么客套寒暄之类,老熟人似的,没谈几句就说,开了这么长时间的会,信息一定不少,别忙着回去吧,明天跟我们说说。在他的感染下,我也没说"正该汇报"之类的套话,第二天便在作协党组说了半天,艾煊跟时任《雨花》总编的顾尔镡又一起要我下午再跟《雨花》的同人说说,便又在编辑部说了半天。临别时艾煊表示希望我来作协工作,要我争取所在地放行。并问是否需要他去通通关节做做工作。

几经周折被调到作协之后,我很少想到似乎应该想到的"知遇"一类字眼,以致朋友间或有以为我内向得近乎清高的。其实,自己明白倒是出于一种可以称为自卑的心理,历来以为,"知遇"的受动者,如同"高山流水",属于人杰们的事,非像我这样的等闲之辈可以受用。同时,照我看来,艾煊并非一个在个人的交往上

漂 泊

厚此薄彼、亲疏分明的人，人际的事体在于他，常常被相当纯粹地指向作为为文者的交流关系和作为办事者的工作关系，并不介意我的从没礼节性的登门拜访，倒是至少有过三四次来"登门"找我。第一次到我的临时住处，就很是推心地就"任职"和"写作"谈了些通常朋友间才会谈的话，让我体察到一个长者的有益而必要的告诫。记得我定居不久，他的一次登门，竟是陪同一位青年作家来的，要我看看他的一组作品并发表一点批评意见。其时我正"高卧"未起，弄得很为惶恐又十分感动。作为年资上的后辈，平时会对艾煊有些执弟子之礼的做派，比如出差时，见他有重一点的东西，总会执意想要帮助拎一拎，可总是遭到同样执意的拒绝，后来也就不再为这等事罗唣，开一句"马屁拍不上"的玩笑了之。

由于工作需要，到作协的最初两年我比较系统地读了江苏一些主要作家的作品，才知道早年以散文蜚声的艾煊，在那些蕴秀喷香的散文问世之先，就开始了长篇的创作，后来更有《大江风雷》《乡关何处》等部陆续问世，有的还在海外学人那里赢得"卓越的小说"之赞誉。在我看来，由于那个时代及其政治因素的干系，他的长篇创作中，虽极力保持一个作家的独立精神，却无法不在历史深度、人性事实的掘进、开拓上受到一定影响，有的作品在出版时，还不能不进行了许多非艺术考虑的修改，乃至较之原初的定稿无所补益而多所损伤，多少年后与之谈及于此，还明显地感受到其内心的无奈和疚痛。当然，即使如此，为后来人们强调的主题的多义性、性格的多重性等等特质，也已经在他的作品中端倪可见，不失为历史骨架和形象血肉相表里的有机体。尤见特色的自然就是"江南"韵致，那些气势堪称雄浑的长卷中，也往往透出清新淡雅澄明，以细腻的描述和明秀的江南风情取胜，其艺术分量往往不是靠汪洋恣肆的挥毫、纵横捭阖的挥洒，倒是那些富于地方色彩的风物和具备时代容量的细节，以及那些轻灵而凝重的心灵摹写和氛围创造，播布开浓烈醇厚的生活气息和呼应历史节拍的生命音响。

艾煊晚年创作的丰赡，在通常称为老作家的行伍中不说仅见也无疑堪称罕见。我也多有机会私下里抑或在文学的聚会上听到他发表高论，各种会议都乐意邀请这位自称退役的执拗而随缘的老主席。从他那些推出的作品和发表的议论中，可以发觉他后来对散文愈加钟情、专注并推重了。这或许正是其一以贯之的审美选择。早年他的《风雨下钟山》获得地方和军内的双奖后，他就说过这是他第一个也肯定是他最后一个电影剧本这样的话，后来又曾以这样的方式告诉我说："最近没事干写了个小长篇——"这当然不意味着他在各种艺术样式中有所厚薄，但确实也流露了对散文的情有独钟。事实上，他最后一下子赠我的六本书，也都是旧选、新著的散文结集。

散文是老年人的文体一说未见得确切，但老年人的散文常常勘破、疏淡"历史"而感悟、皈依"自然"可谓相当普遍的现象，且分明构成文学史上的一道景观。艾煊晚期散文迥异其趣，他诚然执着于心灵之域，然而其心灵却令人感动地有别于大而化之的"天人之思""物我两忘"一类"超凡离俗"地高蹈尘世，往往以双重情结呈示于读者，既是一个"巡天"者又是一个"坐地"者，宇宙的感悟和历史的审视构成他高远的憧憬和现实的关顾。多少年前，我曾尝试过梳理艾煊散文的走向，以为他经由漫步江南水乡的茶山竹海、橘园梅林，转向更见广袤的时空，从秀丽的匡庐山城，到苍茫的小兴安岭，从淮上老区，到大漠南北，拓展了抒情寄意的天地；经由热衷于在湖光山色、风物土俗采撷、发掘生活美质，进而把视

漂 泊

点转为俯察历史的宏观走向和现实的飞瀑旋流，质朴的生活沉浸中溶渗进凝重的思情和婉而多讽的针砭。并由此认定他从诗质、美质的经营到理性、悟性的贯注，意味着一种情志的升华和力度的张扬。这种演进，可以说一直延展到他的晚年之作。只是及于晚年，这种延展已发生了一次高远的跨步，我说的自然是他一方面更为趋向冷峻的彻悟之境，而另一方面，又更为勃发了火辣辣的生活激情。就此我曾在一次闲聊中戏谑于他，说你艾老年岁与火气俱进了呢，文质彬彬的江南秀士也学会狠狠地"骂人"了，足见我们这世道实在有了些不能不骂之处了。

艾煊的精神悖论其实正昭示了文学发生发展的某种根由。文学其实并非别的，本就是现实跟理想之间构成的痛苦的撞击和撞击的痛苦。艾煊在这种撞击中乐此不疲而精神抖擞，他确实有过来人的彻悟的一面，但这并不导致其远逝于徜徉于不可期的彼岸，并不走向那种时尚得紧而又滑稽得很的伪禅伪道，他实实在在地回了过来，回到彼岸和此岸之间，回到属于文学自身的那个自由而尴尬的位置。他晚年推出的一套书，包括《人之初》《茶之余》《海之潮》《绿醉天涯》《海内存知己》《醒时的梦》六本散文集，总题虽为《江南烟水录》，却并非一味散淡地寄情云水，恰恰展现了他对人间烟火、生命潮汐、历史意绪的不能释怀。我赞赏那些智者的遨游，赞赏那种雅人的观俗，赞赏那等醒时的忆醉和梦醒后的勘梦，赞赏那般花月的玩味、艺文的品哑，更赞赏包含其里的那种生命的鲜活状态和不妥协的人文执着。

作为一个批评者和批评工作者，我所操办抑或出席别人操办的文学研讨一类会议可谓多矣，私下明白，此类会议都是要有"组织名义""经费来源"和"会务班底"的。比较起来，老主席生前的一次研讨会就有些"山寨"式的另类,他自己寄发的一份"预请柬"便能说明问题。收到这份请柬后我将它公开发表过,如今执意要再度摘录推出,实因以为在那些愈演愈烈的会议势派面前,其价值也愈来愈显见得突出起来:

预请柬

艾煊敬启:仅以个人名义,敦请友人参加本人散文作品的评议会。时间约为春节后之某日。特为预先周知。

(略)

纯属文友小集。竭诚欢迎箴言峻语,真话实话。若有大话套话空话假话,偶然落入贵口袋中,也请勿陈之会场,本人实在无福消受。恳请将这些珍宝,让宇宙飞船就便带到天庭,奉献给上帝,或由下水道传递至地府,馈赠阎君。

(略)

洗耳恭听诸公之高论。但与会诸公也可有话则长,无话即无。可一泻千里,也可啜茗喷雾,悠悠默然。若只听只看不说,亦决不强索金口之珠。

君子之交淡如水,会上会后,既无酒宴,也无水果糕点,更无拎包红包。清茶一杯,废话一篓,龙宫鬼蜮,艺苑凡尘。会开至午,意绪阑珊,即请起驾回府。若意犹未尽,午后续谈。中午则向诸君子呈上快餐一盒。

(略)

一切随缘。礼仪从简,办事崇实,不来也可。若不来，不必打招呼，无须说明原因，毋须解释理由。文友小集，任性之所至。到会准时更好，迟到早退也无妨。会如流水，率意进退，坦然怡然。

此会绝非庄严庆典。开幕式和剪彩，属于太尊贵的礼制，太高档的消费。于穷文学，于鄙陋文字匠，皆甚不相宜。此高档消费性之礼制，只应出现于满腹经纶，代拟御旨的翰林公之府。

会场不设主席台，不挂会标。人无尊卑，座无贵贱，进入会场，随意散坐。

（略）

于今若如此邀约，未知能征得出席者否。

彼时确乎应者颇众，高朋满座。记得不乏带来鲜花献之于艾煊者，为了对老人的"不合时宜"表示一份敬意。

海　笑

20 世纪 50 年代在无锡读中学那阵，对当地报纸的副刊很感兴趣，特别爱读时评、随笔一类精短文字。海啸为这个栏目写得很多，记住了这个名字，知道该是个人物，却不了解也没打探海啸系何许人。多少年后，海笑的长篇《春潮》《红红的雨花石》等陆续问世，是广有影响的著名作家了，才知道这"海笑"便是那"海啸"。当时没去思量两个名字之间会有什么讲究，记得还胡乱臆测过：以为两个谐音的字，那意思也不无相通之处吧，不是有种"脑筋急转弯"式的提问吗：为什么在海边不能说笑话？——你在哪里说笑话，惹得那海大笑起来，不就会发生海啸了？

后来，听到海笑作为中国作家代表团成员出访日本时的一则佳话，才知道他的更名并非随意。彼时坐中那位岛国作家对其名字善意而好奇地发问，他即席作出的坦直而得体的应答，已然为众所周知，无须在此赘述。我只是由此想过：在这里，固属表明了外交场

漂　泊

合上的一种慧敏，表述了海笑于中日建交后"相逢一笑"地交好的心愿，只是如同"国度"意义上的交恶跟"民众"之间的友善不可混为一谈，"相逢一笑"跟"前事不忘"也并不是一个层面上的事。少小便于抗战烽火中"冲冠怒发"地从戎的海笑，无法淡漠那些刻骨铭心的灾难记忆，他后来对于参拜"神社"、对于狡赖大屠杀行径的极度愤慨，对于在我们这个蒙难的城市定点立碑、定时鸣笛的极力倡导，差不多又让人领略到一个昔日的海啸。从这个意义上说，海啸跟海笑倒真是一回事——恰恰从无可通融地善其所善、恶其所恶的临世态度上，体现出了这位作家人格的两个侧面。这样说不是就事论事于一时一事，它更是再后来我成为他的部下、在作家协会的多年交往中形成的一种相当真切的感受。

我所熟识的老一辈作家中，要数会"发脾气"的，当推海笑。有机会跟他一起与会者，不至于没有领略过他在讲话中，及于民生，及于吏治，及于时弊陋规，说着说着就会有些痛心疾首起来，有些"雷霆之怒"呼啸起来。于此，人们或许会感到"突如其来"而"无补于事"，却不会不有所理解：他是十五六岁便执意加入抗日队伍的海啸呀，他是满腔悲愤写下过《燃烧的石头城》、别具衷肠写下过《青山恋情》、怀抱忧思写下过《白色的诱惑》的作家呀，一个亲历过鲜血染红的岁月，参与过生死度外地抗争的人，无法面对那些不该淡忘的淡忘，无法释怀那些不应抛弃的抛弃，无法容忍那些不该滋生的滋生，大概也就是一种"余非好怒""余不得已也"了。那次听他发言，忽然联想到一句不知所出而颇为流行的话，叫作"屁股决定嘴巴"，意思也就是在什么座次上决定怎么说话了。这一想便想远了，想到少小便有过"情报员"后来又有过"译报员"履历的海笑，该最能懂得"管住嘴巴"的重要，想到除了文革一度被"当农民",他在许多行业一直都是"屁股"坐落在领导位置上,不会意识不到用"原则"管住"嘴巴"的意义。私下便以为,对于他知人论世间的某种动情纵意,某种无所讳饰地实话实说、真话真说,大体正就是体现责任和担当的"位置意识"、体现道义和良知的做人准则。为官也好,为民也罢,这原是起码的,而在时下,这起码的确实已经成为可贵的,已经成为须得极力倡导、须得努力抵达的境界了。

　　我所注意到的许多关于海笑的访谈、记事中,比较充分地凸显了的,是其实与此互为表里的另一个侧面,是与之接触过的人普遍可以感受到的那种"平易可亲"。包括他那常驻的笑容,包括其跟来访者交谈的倾心,包括对初学写作者交流的恳挚。他在职和离休期间,多有机会与其同行,一起参加文学活动、一起在国内外旅游,有一些细节让我为之感动而被我归结为"平民意识",我指的是无论是入住旅店还是在路边小憩,他跟服务人员、跟途中邂逅者,都会生发交谈的兴趣,且往往热情和真诚溢于言表。尤其是对于孩子,至今记得,在瑞士一家旅馆的厅堂里,我们忙着拍照留念的时候,他跟几个外籍孩子一起嬉戏、一起学习用汉语问候的那份烂漫纯真,记得在卢森堡大峡谷边,他跟几个放学路过的孩子热情招呼,并用画图跟那个在他身边依依不舍的学生交谈的情景。省里有关教育部门去市县学校调研考察,常有要他同行的邀请,不只是因为他是《红红的雨花石》《那年我十六岁》等作品的作者,还因为他是为孩子们熟知、为孩子们心仪的海爷爷。我知道,他欣然应邀时几度拉上我同行,是因为我有过二十多年在学校当教师的生涯,希望着能给孩子们说点贴实而有所助益的什么。我想过,在海笑的创作上,少年题材占有的比率不算很大,可无疑是其很为倾心、很为着力的部位,这在创造旨意上显然包涵了一种苦心:一种善良者通常会有的对于孩子的亲和与关爱,一种前辈人向后代、向未来传递一点、留下一点什么的希冀与热切。

作为海笑的一种品格,称之为平民意识不只是指别的,它应该跟"人的意识"同义,应该是一个作家须得秉持的对于普世的关怀和对于生命的爱恋。这种品格反映到创作中来,就是总不能不注重"世界"与"人"的双向照察和相关思考。记得早年读过他的《职女和书记》,为《文艺报》写的一篇评介文字中,说过一些感受,指出作家真挚讴歌为之敬重的五十年代纺织工人劳动热诚这一作品主调的同时,着重说到这部长篇让自己体验出一个解放了的社会的勃发生机跟一种收紧着的社会链条的掣肘构成的失调,体验到人的主体价值跟社会客观要求之间发生的时代错位。跟许多老一辈作家一样,他诚然不是一个能够在技法上出新的好手,不是一个可以离开"社会"去穷究"人性"的作家,可他的歌颂和批判,总是能够从不同方位让我们感受到一个作家对于社会与人的由衷呼唤。事实上,这种呼唤作为一个时代的题义,大体可以看成海笑作品潜在的一个母题。对于生活的感受力加之对于艺术的忠诚性,他的作品常常能够把我们的思绪引向时代与人的底里,即是像《部长们》这样的批判性作品,官场也只是作家借助的一个"形象世界",而在作品展现的包括情感倾向和语言情绪在内的"艺术世界"里,分明可以触摸到的是那些关涉时代的纠结,是那些更及于普泛的人的处境、人的扭曲、人的失落和追究。

我所尊敬的江苏老一辈作家中,海笑是我接触得较多的一位。每逢春节,除了自己有意早早地"抢先",都是他打来贺岁的电话;每每得到他题款馈赠过来的书画作品,却并非都须我登门讨要,那年鉴于物性高扬、精神流离蔚成世风,他便有"宁静致远、淡泊明志"八字墨宝寄来,大概是包含了老书记一点叮咛与互勉的用心。多年来,应邀在他家中喝过美酒,几度去他那里赏过奇石,几番跟他一起去外地访友;我那早经去到国外的孙儿,至今记得海爷爷,记得十多年前的一次路遇,海爷爷抚爱间将自己随手把玩的爱物送给他的情形。

  由于自以为探望病人跟打搅病人庶几相近,偶逢师友卧病只是从旁询问而不作探视。几年前听到海笑住院手术,一来知道那病有些险恶,二来为"艾江南"一事得赶紧了却为自己的差错而向他致歉的心愿,我带上花篮去到病床之前。他谈吐一如既往地和煦,只是不能不听出手术后的虚弱了。所幸天公有眼,他奇迹般地渐次恢复如初。如今,把85岁的老人家跟当年15岁的小战士联系起来,自然不免生发历史沧桑之感。然而,彼心依旧,依然有不能释怀的社会关注,依然有无法漠然地发发"脾气"的心志,依然写字画画做文章,依然以明朗的笑容和健朗的谈吐,接待着造访的旧雨新知。他无意"寄情山水",却多有对于大自然的恋情,离退休的同人们还期待着他的相约,期待今年跟他一起去云南作一次山川之行。

漂泊

忆明珠

忆明珠早先因诗名世,后来又以散文蜚声。到得早过花甲之年那阵,竟走火入魔似地沉溺于书画。

忆氏原本一手好字,尤其那遒劲中透出的几分飘逸,足令崇尚"潇洒"的青年人倾倒,乃至周围一些准备结婚的男女,于诸事皆备之余,总想到还缺哪一样东西,求他写副对联者一度络绎不绝。他也有求皆应,只是多不去"杜撰",随手拈来杜氏所撰之句:"香稻啄余鹦鹉粒,碧梧栖老凤凰枝"挥笔间还生发一通议论:老杜没想到,他这两句竟就是留给我送给青年婚庆的呢。凤凰自不待言,这鹦鹉何等光彩鲜亮,再配上玲珑剔透的红豆,算得上楚楚动人百媚俱生了。这一来,找上门的更几无例外点名要写这两句。一时间,鹦鹉、凤凰纷纷飞临许多洞房的门庭。此系旧话了,未曾想到的是,这鹦鹉,于今又已然跟许多花、鸟、人、物一起,在忆明珠的画笔下鲜活起来。忆氏往昔没有作画经历,虽说感受到他的晚

163

年"学画"并非心血来潮一冲之兴,然而,其画事的"突飞猛进"确实为我始料未及。回想在其"学画第一载"便有些不以为然的轻慢,还不免多有惭愧。

我与忆氏有过一墙之隔比邻而居的机缘,蒙其不弃,彼此多有隔三岔五地串门,任情纵意地聊天。那一阵见到他家常年铺着稿纸的写字台,一变而为终日蒙块毡毯的画案,很有点投袂而起、改换门庭的架势,弄到好一阵画稿越积越高而文稿愈欠愈多。

其时,原先就被他搞乱了的生物钟,也更其颠三倒四起来,真正的"废寝",画案前常常从入夜至于鸡鸣;真正的"忘食",几粒红枣、几颗花生米便将那"天"大的事打发过去。更有甚者,于朋友行中几乎到了逢人说画的地步。每当造访,未及落座,他那千篇一律的开场白就脱口而出:"看我今天的画!"说话间就忙着东一张西一张地凑集拢来,铺展开去,或指指点点或坐待评说,眉飞色舞间显见得其意殷殷、其情切切而其乐融融。谈说间如果转移话题或议及其诗文,他就不管不顾地把话题往回拉:"嗨嗨,在下多所好焉,然文不如诗,诗不如字,字大不如画,画所逊者,唯与诸公聊天耳——"真真假假、莫能究辨。不过有一点明确得很:来人聊天,好不过聊画。

这等痴迷,委实骇人。难怪他夫人一度担心不已,背地里就曾告诫于我:"您可不能夸他的画呀,这人伢儿疯得厉害,朋友一夸,劲道更足,越发不能自休了!"我知道,他夫人兰女士对画画素无成见,只是舍不得老伴那样"以命相许"。当然,也不无些许视诗人、作家去作画为"不务正业"的心理夹杂其中,不无些许嘱托我帮她家先生"拨乱反正"的意思。我生性简单,便有意助一臂之力的领会,准备着帮助打击打击忆氏作画的积极性。

漂　泊

于是，隔日忆氏又让我看他刚画好的一幅画时，便"居心叵测"地一板一腔地缓缓发话："这牡丹呢——""牡丹"若何尚未出口，兰女士即刻在一旁更正了："黄先生不识花，是芍药。"我只得改口说："这芍药呢，不见精神了。倒是这边上的小虫儿——这三只苍蝇还说得过去——"兰女士又急忙插话："怎么是苍蝇呢？明摆是小蜜蜂儿！"语气间大有责怪"有眼无珠"的味道。忆氏何等明白之人，见状禁不住哈哈大笑："老黄，老黄，受人之托忠人之事的君子人，可你真是吃力不讨好呀！"

彼时，当然未曾料到，三五年后，忆明珠的书画就突飞猛进到大器晚成。我的一位在艺术学院任美术史论教授的朋友，几年前看他的画还说"格调高雅，功力尚欠"，几年后再看时，沉吟良久，说出的一句话竟就是"可以卖大价钱了"。

忆明珠集诗文书画于一身，可他归根结底是个诗人，我在为他的一本小品写的序言中说过，他称得起一个巨别于一般"写诗的人"的"诗人"。在我看来，诗常有而诗人不常有，在我们置身的这个时代，亦即人际空间距离被前所未有地拉近而心理和情感距离日甚其远的电子传媒时代，尤其是这个样子。我们读忆明珠的诗文，通常比较容易从那里领略那种属于民族文化的根底；如先秦之简约素朴，魏晋之思辨通脱，唐之心与物游，宋元之风致韵味以及明清的自然平淡等等，却比较容易忽略一个简单的事实：他的跟我们相近，正因了我们总不难从他那里触摸到一颗属于诗人的挚爱心灵。有了这份爱，心灵才有了家园，有了这份爱，诗人才在终极意义上成了献身而不委身的诗人。读者不难从他那里寻摸出几分莫名的感愤，感伤乃爱之派生，悲愤是爱的极致。读他的《沉吟集》《天落水》《小天地庐漫笔》《抱叶居小品》等诗文结集，会时时品味到多重意义上的心灵疚痛，《抱叶居小品》就给我们呈示了这个山东硬汉生命历程上的几度失声——曾经有过，伏在母亲膝上的伤怀大哭；曾经有过，驮在战友背上的痛心号哭——我更知道，面对那一个特定事件，小天地庐里有过他无法抑制的一次仰面长哭。这些属于人类良知、饱和生命震荡并历史意绪的哭泣，当为诗人的一种注疏：诗人，就是把希望和绝望的心灵跋涉化为声声歌哭的人；在形下的世俗情怀，它是对于人生的大悲悯，在形上的终极关怀，它则是对于生命的大品味、大悟觉。

大的悲悯、大的悟觉造就了忆氏的诗性，成就了其饱含智性的心性写作。他流连于诗国，从素朴的生活依恋，到人文的历史叩问，从浩茫的心灵独语，到妙曼的画边沉吟，字里行间涌动的是智者的灵慧、勇者的抗击，更是仁者遍披普世的爱心。诗人少年坦露过心迹："我的心跳跃着／像一只血红的鸽子／将要冲胸而出——"人生易老而鸽儿未老，跃然依旧而血色依旧；"抱叶"而居的诗人，还正该有一番与生命共在的诗情放飞吧。

前些年，当各地出版家以"中国当代才子书""中国名老头图文"等等推出的忆明珠卷本陆续问世，忆氏却正经八百地宣称"封笔"了。其实，那支笔向来何曾搁置过呢？当年搁下诗笔，拿起文笔，如今闲置文笔，又操起画笔，画之不足，复继以歌之咏之。他曾跟我说起，了却一集小品，便去一门心思写字作画了，他大概越来越醉心笔与墨在艺术传导上直观而浑成的力量了。可诗文书画本为一体，这句号是否画得成大可存疑；且句号者，一个圆圈而已，中国先哲以圆为象，无起无止，圆运无穷，无造而化。更况忆氏向来耿耿于现实与理想之间那个永恒的距离，彼岸在彼，此岸在此，注定了诗人的感世追梦，注定了其习与成性的愁至望生，他到不了

漂 泊

"千了百当"而闲步水边林下的地步。那一天心血来潮兴之所至了,又弄出一番"打破圈圈春满天"的绚丽亦未可知。

杨旭的性格

我从小城调到省作协之先,于何时因何事初识杨旭,已经说不很准,记得真切的是那一次,因奉命来宁起草文代会的报告,住进当年作协机关所寄居的军事档案馆近旁的招待所。整天看文件、读材料的枯乏中,忽一日魏毓庆、忆明珠和杨旭三位结伴来访,来访云者就是小坐片刻闲聊一阵。记得魏氏说"辛苦",忆氏称"苦差",是热忱的慰问和体察了;唯独杨旭,似乎想着该为我手头的事提供一点什么,我指的是当下他便说了一番话,大意是江苏作家打"团体赛"说得过去,"单打"的成绩应该比较一般吧,列数作家作品会多些难度的。是了,在阵容比较整齐、作品相当繁复而力作比较匮欠的当时,作家作品的"列数",确为我这个业余批评者把握和取舍的难点。为此,我又请资料室送来一些材料,补读了一批有一定影响的作品。当时,自然并未把这跟杨旭为人处事的认真态度联系起来,然而,事后却品味出,这细枝末节上其实也反映了

漂 泊

一种性格使然，甚至忖度过：他一定想过，这当儿看望一个在"受苦"的人，必得说上几句能够有所助益的话。

这样去论定其人的处事态度也应该不是即兴而随意的，至少我当时就联想到那个关涉杨旭的佳话。那一阵他在《雨花》主持笔政——我这样说他肯定认为不严谨，顶真的他必定会纠正：是在《雨花》担任"上面还有个副主编"的副主编——碰到一件难缠的事，那是一位教授被控把一个作者的一篇小说自己署名在刊物发表了。几经了解已能论定，可杨旭还是决定亲自去跟教授当面核实一下。教授当然摆了些这样那样的情况，说到后来直截了当起来，拿起桌上的一个茶杯问杨副总：比如，这只杯子是人家的，他送给我了，请问，能不能算是我的了？分明有些强词夺理，而在这样的情势和语境中，却也不能不是一个难答的问题。可杨旭略经思索即脱口而出："是的，归你所有了，可你不能标称，说这杯子是你制造的呀！"不失一个经典的回答，针锋相对、直情径行，其语言之机敏、逻辑之严密，也足以把对方"顶"到墙角无以遁身。

跟杨旭接触多起来，是在作协组建了创作研究室之后，他当了我和刘静生君的顶头上司。研讨会是创作研究室责无旁贷的工作，他对会议的各项准备工作异常较真，弄得我们频频奔忙不说，连会议主持这等在我看来大可随意的事也多所讲究，三人轮值过几次，就总结似的说，我们都不咋的呀，我是"东扯西拉"，老刘是"嘻嘻哈哈"，老黄是"结结巴巴"。虽然明显带有调侃的玩笑性质，也就是贴近事实的"自审"了。后来在"主持艺术"上认真对待并有所长进，大概跟他的触发不无关涉。

在作协，在年齿稍长于我的同辈同事中，连同家庭一起成为熟识并友好的不多，杨旭是其中一位。他夫人董蕙兰女士时任省医院的领导，我当医生的妻子随我调来南京时，落实单位等等事宜多得其帮助料理。我不能免俗，总想有机会"聊表谢忱"。这就有了那次乡里带来两只活鸡实施跟他分享之举。都是朋友了，这算得了什么吗？未料两位一定把这微不足道的"心意"跟其属于一份"谢意"过于紧密地联系了起来，好一阵子批评数落不算，后来更带上几尾养在水中的大活鱼登门，显然就是"奉还"的意思。老实说，这通常会让人感到一些不爽，只是对这方面较真到近乎古板的性格而言，你实在说不出也不必去说道什么；何况，这里面一定还有些并非不必要的彼此"位置"上的考虑；更何况，如同哲人所言，"人的性格就是他的守护神"，我对这个家庭的敬重，要点之一，不正在于对那份认真做事、清白做人的精神守护吗？

　　这点精神，我在杨旭办刊中有所领略，也在阅读、评说其作品中体味良深。无论是报告文学还是小说作品，他的着眼点和着重点都在于那些人的价值部位，无论是"检察官"还是"冒险家"，无论是事业成败还是命运穷通，莫不以人生的价值痕迹、人格的自我实现为出发点和归属。私下以为，在林林总总的文坛，杨旭肯定不是一个行时走红者，也还不必说是一个超众轶群者；可同样可以肯定的是，在人的精神守护上，在人的光荣和梦想的追寻上，他突出地表现出了于今已然难能可贵的执着和坚持。

　　不用说，在创作上秉持这点精神从艺为文，很可以顺理成章，也不用说，在做人上以此"行己"，很可以独善其身。只是在时下的风向标中，若是以此"律人"，就难免会有些"自寻"的"烦恼"滋生出来。这样说事的时候想到叔本华氏的高论："在一些区区小事上更容易看出人的性格。因为在大事面前，人们往往谨小慎微；而在区区小事上，他们不假思索的率性而动。"我不是想去说大事，

漂泊

说在一次"风波"后,他曾在会议上奉劝大家对组织上给他处分投赞成票;我想提到的只是在一件"区区小事"上他的"率性而动"。

那是一次愉快的旅游中发生的不快:几位漂亮的女孩做出了不漂亮的举止,她们罔顾包括许多老人在内排开的整齐队伍而强行插队。你知道,国人对此类事不说"司空见惯",大体也就是发出些不满的议论了事。不意杨旭不肯妥协,坚持理论引发争执,乃至面对对方的满不在乎、不以为耻,气得手臂颤抖,向来绅士风度的他,还忍不住"率性而动"地爆了"粗口"。同行的朋友始料未及,他夫人一边担心地安抚他一边轻声地批评他,我未曾说什么并非无动于衷于明摆的是非;只是知道,在一种刚正不阿的性格那里,痛感的一定已经超离了"区区小事",不能耐受的已经是"人"的状况、是几位女同胞那种不知自重所包含的"人格"沦落了。

这大概就是杨旭为之顶真、为之"行己律人"的原则。不知者,或以为其人耿介中少了些通融;作为交好的朋友,我于此却是多所遭遇下屡屡感动的。我们自古便有对朋友的分类法,在这种分类上,我愿意把杨旭称之为"诤友"。他对我的种种"客气"中也多次有过"不客气"的发问,比如,早年谈到我出的两本书,有所称道之下贸然发问:"集子里你是怎样处置跟刘静生合作的部分的?"当下立即明白其意,是因为自己已然意识到一种不妥——未按例规在一本书目上注明系"合作"。有朋坦荡若此,你不至于不会珍惜,因为其无疑会有所裨益,提醒和敦促自己时时检点反省,努力在处事做人上不断好起来。

陈辽治学

我在小城教书时,隔三岔五地在报刊看到陈辽的名字,其文章那可真叫"满天飞"。多少年后至于今,当他的著述以超过五十余本的数目诉诸统计,便不很感到惊人和意外。

陈先生何时到《雨花》主持评论组,直到现在未去查考,反正我是在20世纪70年代后期的雨花编辑部初次见到这位前辈,那时他负责编辑部理论组,我正成为该刊积极的投稿者。没有想到的是,不多久便有了那次机缘,作为江苏文艺理论代表团的成员,在他的率领下一路访问了山西、河北、湖北、江西等地的文艺界。

我说"没想到",自然是因为团里的预定名单中,唯有我是初出茅庐者,余皆资深、知名的理论、批评家(后因有几位高校的老师因故未能出席,实际上成了三人行)。这次活动对偏居一隅的我来说,自然开了眼界。

那年月不似现时,批评家为参加各类活动满世界走动,那时候省际的组团访问就算得大事。所到太原、石家庄、郑州、武汉各处,创作界和批评界的重量级人物差不多悉数出场,马烽、西戎、孙谦、胡正、李国涛、铁凝、冯健男、郑笃、苏金伞、于黑丁、南丁、孙逊等诸位都在那次初识,交流相当广泛,陈先生对所到各地的作家作品如数家珍的侃侃交谈,也让我初步领略了其见识之广、腹笥之深。更没想到的是,一路偶有随机变动行程,比如去庐山参加那次文艺理论的年会,票务一类的事陈先生都主动亲自去办理;还记得在回宁的长江大轮上,他不由分说地跟我讲"你躺一会,我把给单位的出访汇报写一下",约莫一个多小时,他就把一份"汇报"写好了——须知按照世俗常规,此类事体,通常是该由我这个年纪轻而资历浅的后辈来办理。这与其说是一个组织者的尽职,不如说是一位长者难能可贵的品格。私下以为,其知解、谈吐特别是对信息量的拥有,固非一般"学有专攻"者可比,其世事通明、人情练达,更有别于通常"不涉庶务"的矜持学人。

我到江苏作协时,陈先生早去了江苏社科院文学所,那是他该去的地方。我这样说的时候,当然是认定了相对于"编辑家","研究学问"更加适合于他。可以设想,如果一直从事期刊的编辑,凭了他那等恪尽职守而事事躬亲,要能推出偌多著述将是难以思议的。须知那五十余本论集,研究对象涉及了的是古代、现代、当代以及世界华文文学的诸多作家作品、思潮流变,包括带有开创性的《文艺信息学》《文艺情报学》一类专著,文艺史论之外,还不乏历史文化、政治经济的相关研究。就学科门类跟论、评、史、传诸多样式来说,他的涉猎之广著述之丰,在国内不说仅见至少也是极为少见的。

有一阵子我甚至有些迷惑:一个人一生的时间和精力有限,有过"三起"的陈先生又经过"两(度)落(难)",他何以能如此跨时代、跨领域、跨学科地取得多方面的发言权并不时推出新人耳目人的卓见呢？多少年后，读到他的一些回顾学术生涯的文字，才知道原系一种不懈不屈不移的精神使然。

不懈的阅读使他的知识面和信息域得到持续的积累和广泛的开拓，多少年来，他从未间断一种功课，即每月月底把当月主要报刊关于文史经哲论文的重头文章标题浏览一遍，有未经阅读的当即补读一遍，至少保证对学术的新知新见大体把握无所阙遗，为其下笔为文时的学科融通性和整体包举力提供了方便与可能。如其所说，"在我看来，现当代文学、近代文学、古代文学是整体；中国文学、外国文学是整体；而且文史哲也是整体；社会科学更是整体"。难怪他除却文艺论著之外，还发表了许多关涉经济和社会生活的论著。

不屈的独立人格及其求真精神使他跟并不鲜见的随风向标左右的为文者判然有别，无论当事者地位高低、成就大小，举凡他认定为谬见和误解的，都欲罢不能地为文商榷，无所顾忌地引发争论。20世纪50年代以降，他跟陈其通、姚文元以及郭沫若等人就都做出过思想、学术方面的著文异议，近期，对作家莫言的荣获诺奖等事项，也从一个方面发表了自己的思考和提醒。在我的记忆中，早年思想解放之初，他曾跟几位文友被称为"四条汉子"而被地方权势者内定为"三不准"的控制对象，即不准在报刊发表文章，不准在文艺会议上露面，不准在广电节目中出现。当然，这并未使其沉默隐退，并未能阻遏其在全国性报刊上相机发声。

如今，陈辽老矣。他跟我隔院而居。每见其行走已趋迟缓，很难设想其何以还那么敏捷于思维，还能那么辛勤于笔耕，还能那样频频地发表煌煌论著。这该非独体现了一位学人的执着，也分明昭示了一颗挚爱心灵所涵茹的生命意识和人文精神。

漂 泊

走近庞瑞垠

庞瑞垠如今年届古稀了，年轻一点的文学朋友称呼他"庞老师""庞老"是很自然的事。可记得我们认识之初，亦即其主持《江苏文艺》（系《雨花》的一度更名，以下统称《雨花》）工作那阵，编辑部的同人都是称其为"小庞"的。这也很自然，编辑部的属下多为年长于他的资深者，且当年作家协会这样的文人圈子，彼此之间不喊"老某"就喊"小某"，简单而亲切，不像政界、军界、商界那样，通常须得带上头衔。我不习惯也从未用了"小庞"来称呼于他，除了彼此同龄而又陌生，还该出于自己的谦谦习性，也该有一个小县城人"仰视"于一位"少年得志"者这层因由。

"少年得志"的庞瑞垠不会缺少年轻人的脾气和文学人的个性，包括能够被理解的和并不被理解的，包括可以归结为缺憾和不必归结为缺憾的。然而据我的感受，不无少年意气、不避显露锋芒的他，其实也不失老成宽和、不失通常体现于老编辑那里的一种唯文是举的平等态度和求真务实的顶真精神。那年我投寄的一篇文稿，大样排出来两页挂零，编辑按常例把那挂零的两三行处理成"下转某某页"。他看清样时，觉得把那几句话下转到另页，版面上难看也不便于阅读，让编辑删去几行。这在道理之中，未料就出现下列对话：编，"试过了，不好删呢"；庞，"什么经典，几句也删不了"；编，"不信你再试试"。当下，庞瑞垠接过来连看两遍，边笑边念叨"还真是——"，就不再坚持。

几年以后听说了这件小事，当然有些意料不到，却并没有什么"自得"的意思，也没有去多想：一个无名的业余作者的一篇普通文字居然"删不了"几句话，是否真有点活见鬼了。当下的第一反应，便是对两位油然而生几许敬重；特别是庞公，在那情势下，该是"赌"了点"气"的呀，怎么说也不至于真就删不了几行字吧。"还真是"云者，不过是出于文理上的过细审慎，出于对作者及其文字的充分尊重、高度负责罢了。我历来不介意编辑改稿，从未有过"请勿改动"一类声明，以为"文责自负"没那么简单，人家除了文字上的"改进"也还有非文字的"需要"；只是有几次文稿被报人根据需要弄出前言不搭后语的情形，便想到这件旧事，想到那种时下已并不多见的务实与顶真。

在我"从文"的路上，有些"第一次"跟庞公主持的《雨花》有关，比如文章第一次在期刊上刊出，第一次发表可以充作"评论"的文字，第一次接受编辑部的约稿，第一次应邀参加座谈会。谁都知道这不过是很平常的事，不一定谁都知道的则是它对于一个寻摸于文学之门者的意义，特别是对于身处文学偏土瘠壤而又操持"文学批评"者。多年以来，很为赞赏什么名家显贵的稿件都叨得到手的那些编辑人，常常为组稿不避"降尊纡贵""委曲求全"之

漂　泊

苦劳；可私下里更为尊敬的，是那些在来稿堆里苦苦扒梳的寻觅者，他们未见得是名编大编，可他们造就的"第一次"，分明成就着文学的姻缘、文学的发见和增添。记得第一次去六合参加"座谈"，跟庞公初次相识，连几度选编了我文稿的静生兄也还是第一次见面，那与会的七八人，也差不多都来自基层而名不见经传，足以由此看出编辑部有意为之的良苦用心。来的人中间我该是文界最为陌生的一个，不免有些缘于自卑的腼腆，加之大大咧咧的庞公一经而过，没有个别交谈也没留下印象，乃至以为我之来大概就只是理论组不经意的"圈定"。后来跟静生闲聊中才约略有知，出席名单也是经过"过堂"的，"过"到我时庞公就说：省内搞评论的不多，尤其苏北基层，正该提供培养的机会——我知道这确实是一次机会，心理上也便对他有了一次亲近。

众所周知，新时期前后之交，文艺刊物面临的困境是多方面的。编辑部人员特别是主持笔政者，须得识力还须得胆力。当时的《雨花》在培养作者、推出作品上可谓有胆有识、不遗余力。许多现已享有盛名的优秀作家，于今那个编辑部约得其稿件，大概会怀上几多感激；可他们至今没有忘记并深深感谢当年是《雨花》从来稿堆里发现他们的文字。比如，小说家王安忆、诗家贺东久、剧作家江奇涛、散文家赵翼如等人的处女作，都是由该刊发现而发表的。庞先生主持刊物的五个年头里，参加过编辑部举办的读书、学习、研讨班的业余作者达到近300人，更有省内势头好的几位作者，如现今蜚声文坛的省作协副主席黄蓓佳，以及张宇清、徐朝夫、成正和等，被想方设法调来编辑部，或一年或半载地边工作边写作；编辑部经费虽不宽裕，却勉力发给他们双份工资（一份交所在生产队），以取得所在地的支持并解除本人的后顾之忧。

尤为感人的是，为让作者安心写作，举凡生活安排、个人婚事、工作调动以及病中关照，编辑部都把力所能及的帮助引为己任。那年，患了癌症的青年作家李华岚缠绵病榻又单身在单位宿舍，鉴于其行动已然不便，庞先生便悄悄地携同妻儿，去陪伴这位人品文品兼优的作家，一家人似的共度了一个中秋节。

到了"四人帮"虽已垮台而"两个凡是"却还构成束缚的时刻，《雨花》更有率先为一批"打倒"的大作家亮相、为一批蒙冤的刊物和作品执言平反之举，其中非独有庞先生的极力策动，还有其亲笔撰写的锐敏文字。这些在今天看来已属平常的事，可在那乍暖还寒的日子里，不只需要一腔热血，也还需得不避繁难的工作精诚和敢为天下先的胆力支持。

时过境迁，往后的庞瑞垠，继离开编辑部之后，又离开作协去了文联从事专业创作。不知离开编辑岗位是否系他所愿，因此成全了他的专心于创作却没有疑问。他的作品应该是可以编成厚厚的十大几本的，仅以近年来选定出版的八卷本文集而言，就并非一个要尽心尽力于编辑者能够在业余完成得了。我的进一步走近庞瑞垠，固属跟来宁后几度一同开会、一起出行而多有交谈机会有关，更主要的还是靠了读他的作品。

在熟识的不少作家里，有的"为人"跟"为文"很难对得上号，庞瑞垠则属于读其"文"可以想见其"人"的一类；在堪称优秀的作家里，或可从一种角度以"智性"与"心性"加以区分，在这个区分上庞瑞垠该属后一类；在以"史"与"诗"为作业区的作家里，有一类是把"史"作为"诗"的一种触发或者一点因由，庞瑞垠则属于奉行"史"与"诗"结伴而行的一类。这样参照"左邻右舍"而不惮片面地"区分"，在这里自然还不只是为了给庞瑞垠

漂 泊

作品印象的表述提供一定的范畴与便捷，主要仍然是服膺于概略其人的需要。

在盛行"巧智"抑或"反智"、崇尚"唯美"抑或"审丑"的文学生态里，一个强劲着"身心相许"的投入意识、追求着"大含细入"的史诗情韵的作家，需要一点坚执的艺术良知并"守旧"的艺术勇气。说进一步"走近庞瑞垠"是靠了读他的作品，不是指读他那些广有影响甚至引发过"文学事件"的佳作，主要是指断断续续地读了他关涉秦淮、故都的一系列长卷，特别是被人们誉为文学"清明上河图"的《秦淮世家》三部曲之后——我从这里读出了作者自己。

论者不会不注意到家族、命运、成败兴废、悲欢离合、生死荣辱这些演化于中外长篇的传统关目，不会不注意到文本对一个城市历史人文与地理人文相得益彰的传导和入骨浸肌的描摹，不会不注意到作家于时代、社会、人生、人性一体化的经营中表现出的融通性和包举力；从而由此充分体认一种传统艺术的修炼和"现实主义"的功力；却比较容易忽略，他在大制作中恢宏开的大气势，在历史与生命的哀婉中流淌着的国族关爱，在社会与时代进程中表现出的人文憧憬并文化批判，连同其艺术追求上的"我行我素"，大体都注疏了一个"心性"作家自己的精神家园。尤其容易忽略的是，在庞瑞垠创作历程的纵向疏理上，分明可见的一种创造意识的觉醒和提升。我说的是这里发生了艺术运思和艺术把握上的某些演化，由"时事"而进入"世事"，由"事件"而进入"事情"，由"情感"而进入"情绪"，由"意思"而进入"意味"，其表现机制及效应生成的可能，包括那种浓浓酽酽地流布全篇的沧桑情怀和生命意绪，恰恰只是以作家的刷新历史观与强化主体性、亦即以实践"现代"与"自由"的双重进入为必要前提和可然途径。我始终以为,"现代"云者,并不是"手段"和"技法"的命题,艺术的"手法"乃至"主义"永远可以出新也永远只是选择的题义,以现代的精诚和自由的心灵去感悟古往今来,才是一个作家抵达艺术真谛和生活底蕴的无可规避的要点和法则。无须就庞瑞垠几十年的创作做远程比较,仅就"故都"系列跟"秦淮"系列的题材取向到文本建构做一番衡度,这点意思当不难理喻。

庞瑞垠选择了文学,文学也成就了他自身。七十初度的人也许多了些宁静和淡泊,然而,修改过他人生的岁月无改其心志,这些年还跟他的同人一起,尽心尽力浇灌过"为大众、写大众、大众写"的一方园地,这很可佩也很为平常:生命的法则会提醒人们的自身调适,精神的法则却提醒人们拒绝止息地追寻。

漂泊

也说苏童

说一个人不易,想说的对象若是"公众形象",尤然。该坦白承认,私下曾颇为不敬地怀疑过:公众人物们或许原也有鉴于此,不乏有意去打点自己以与人方便者,比如做些儿女态、深沉状,做些装傻卖痴的天真、倚风作邪的怪癖,以便给述说者一点方便和兴致。

说苏童的困难因此多一层,他缺乏各种意义上的自我"打造",没有提供什么高雅、高俗的特行和逸事,去让说者津津有味听者兴味盎然。苏童只是很为"名"副其"实"——苏南型的务实、认真和孩童般的明亮、纯真,大约就是他作为一个文学人的底色。

认识苏童的人一定会觉得我这样说不够全面也一定会认可这足够准确。只是对苏童其人的印象仅仅如此简单地下结论是交代不了也说不过去的,对于他尽管还不免感觉些个"面目不清",可毕竟算不得多么陌生特别是对他算得上一词莫赞、十分推重。

早年彼此尚居无定所,就曾挤在一套房子里栖身足足两年的时间。两年的时间里天天见面天天打招呼，天天要在一个水池里刷牙、在一个煤气灶上烧饭、在一个卫生间方便，然而竟然没有发现任何"故事"和"细节"，连那些共着的"池"与"灶"与"间"的使用，也仿佛有种没有约定的默契，没有发生过一次使用时间上的相遇；同时，一个从事创作的跟一个摆弄批评的在一套房子里三日两头有接待来访者的事，却从未惊扰过对方拉扯上对方，逼仄的空间始终宽裕着适宜的距离。这情形使我忍不住要问一声：你会以为这可以思议而不难理喻么？事情不仅恰恰就是如此，且他那种说不清是不是"客气"却肯定可以称之为"腼腆"、称之为"羞赧"的举止神态，就不折不扣地一直保持于相处的两年。有时想到他在非正式的亦即可以"不做记录"的情境下的即兴高论，比如他会冷不丁来上一说："在作协，最怕麻烦别人的，长一辈是老黄，小一辈的呢，就数我吧。"我并不以为苏童的随意道来只是拉上我做他的铺垫，但同室共处的岁月使我深深地、很有把握地感受着这话更加适宜于他自己。这自然有些"绅士"，有点欠缺我们东方的"潇洒""倜傥"，但我历来不可救药地固执着一己之见，认定保持做人上的这种"欠缺"，实在要比放浪出个潇洒模态来困难许多。

此后还有过一些机缘，使当年同室而居者走到一起。比如偶尔碰上两个家庭结伴去外地疗养：我跟老伴加上个孙儿黄豆，他和夫人魏红加上女儿天米。故事仍然是没有的，大体是些鸡零狗碎，一起去散步、游泳，一起去景点走过，去玉器或什么市场买点东西等等。比较让我感动也让我尴尬的也就是他的存心照应，到得一个景点他再三再四地抢先买好门票，孙子说走不动了撒娇要爷爷驮，他便执意要为我助一背之劳。魏红大概是察觉到我们有些不安，还变着法儿一句半句地说些旨在宽慰的笑话，天米这不声不响的孩子显

漂　泊

然有她的特定个性和属于她这个年龄层次的兴趣，却很为得体地屡屡接受"陪小弟弟去玩"的差派。这些细枝末节的情形通常会从年龄的距离以及"实力"的悬殊上得到归结，但我的体味不能不多一点，相处时间的长度和淡淡之交给予的审视距离造成了一种"由此及彼""由表及里"的可能，包括整合许多具体印象从总体上体味到一个家庭良好的教养。

同在一个单位就多有一同随团观光一类的事，更况我们原本就是需要观光如同需要工作一样重要的一群。旅途历来是故事的多发地段，而且，长途待在车船之上还渴望贩一点、编一点故事小段来寻寻开心填补填补空寂。苏童于此往往能不负众望，一下子造成个轰动效应，乃至为鼓励大家再创新高而立项评奖时，进入最佳、雄居顶级的往往非他莫属，大家都羡慕他人气旺运气好。不过他大概只能"主讲"并不能"主演"，从没有亲自出任角色，主演诸如出洋相、吃瞎亏、迷途走失、丢三落四以及风流一度之类的喜剧，让人疑惑着他很有些见识很有点精明。不过，能够在"深度"上给人留下印象的情事每次也还有一些，比如那次去香港，导游把一行人带进一家好大的珠宝首饰商行。天下的导游千差万别，但他（她）们会带你去一两处购物点的做派却如出一辙，说法上也趋于划一地坦诚："帮帮小 x 的忙啦，进去一下子，买不买没关系啦。"这个忙是要帮帮的，没有谁死板到拒绝帮这个忙，如同没有谁白痴到以为这里的东西又好又便宜。情况的发生全出于店主的功夫：大群的先生小姐们跟店堂的珠宝一样亮跟外面的天气一样热，又是请坐，又是奉茶，春色满面、谈吐不俗，十七八个人差不多受到一对一的接待。货品一个个地从货柜里取出，全方位的介绍一遍遍地不辞辛劳，解说金石的成色、渊源间还不介意从源头上叙起了同宗同乡。

这阵势不能说生疏，只是兴许出于人的弱点和我们这类人的特点，竟久久被罩控在一种定力之中，大家都心照不宣地明白：此情此景之下，扬长而去跟充当冤大头同样是不体面不地道的。此刻便有了苏童认真的窃笑，我听他小声嘀咕了一句"我来当一回雷锋叔叔吧"，随手挑上件价格居中的成交。接下来又一位不知是否受到眼前这雷锋叔叔的感召，也挑上一件，成交。成交了就好。

由此去认定苏童很为随顺、很能顾及情面，说对也对，说不对呢，其实也没错。苏童至少还有很执拗的一面。听说过他曾经多次很不客气、不容分说地拒绝过采访，话说得不太好听，让一些记者小姐们极为难堪不好下台。听说的事算不得数，可后来我得到过证实。一位从邻省电视台来的小姐，带着采访几位青年作家的任务，少不得先跟江苏同行们商量对象和日程，说到苏童便卡了壳，被告知这太不容易，刚刚发生过几起拒访的事，多半会吃闭门羹。采访江苏作家放过苏童不成笑话了吗？商量之下便被建议找黄某人先疏通一下。碰巧来人是我一位好友的得意弟子，临行前吩咐说："有困难，找老黄。"套用的是"有困难、找警察"的说法，我当然不能不当一回帮助"开门"的警察。事情是通过电话得知又通过电话得到解决的，解决了就好。只是为此总是觉着有些难为了苏童，内心有些浅浅的惭愧，不仅仅因为他曾置我于最怕麻烦别人者之列。

离开苏童的创作去谈苏童是不对头不应该的。谈苏童的创作这难度就更大。他不是一个在"提要"和"定位"上提供了多少可能性的作家，他的作品之丰富、形态之多样常常使我思绪纷纭而眼花缭乱。

苏童拥有的读者之众连同对他的阐述品评之多，在他这一辈作家中该属罕见之列。如果留心一个细节还可以发觉：并没有领取过任何通常称作全国大奖而能在文学公众中受到如此关注和青睐的，

漂　泊

并非依凭通常表现为"派遣"而频频"走出国门"的作家，苏童差不多是仅见的。他不是一个因其爆发力而一度轰动的作家，不是因了一些世俗关涉而走红一时的作家，不是那种时代按自己的要求所认定的"重要作家"，不是那种被思想、艺术观念的极端走向、被索隐行怪其实也就是反径行权造就了的"异类作家"；尤其是，他具备姑苏情致，守定着的是"南方写作"，但他归根结底不是一个属于"地方"的作家。因地理人文的守望跳脱而出的作家不少，可以编组成"派"列队成"军"，可苏童不是。他不是"特质鲜明"的"特色派"，特色派是用了"减法"减出来的"差"，而苏童是"和"。在我的视域里，当代中国没有另一个如同他那样让我深深感受到创造激情的恍惚与汗漫，感受到"虚构"的浓烈兴味和虚构的"没有影子"；也并无那位如同他那样足以让我怦然心动于那么多"没有影子"的影子。那是纷至沓来的古今中外一系列短篇大师的姿彩，是蔚成大观的园子和神秘莫测的城堡，是专注于"人类堕落与腐败的现代史诗"的福克纳们，认定"造就艺术家的特殊的情况同病理家相差无几"的尼采们，提起"犯罪的诗学"、宣告"为死而在"的福柯们、海德格尔们的身影，我们甚至可以从那些影子里具体寻摸到为鲁迅描述过的给人"不舒服"的"捣乱"乃至契诃夫的一个喷嚏以及"你在哪里"的一声呼唤……或许可以由此认定苏童就是那一类——那类在艺术积贮并艺术释放上常常被称之为"实力派"的作家。这种实力提供了"继承"和"创新"的可能，保证了心理时空的缈远拓展和艺术意志的运行裕如，保证了苏童的叙事革命、语言实验始终内在着"传统"与"现代"的融通超越；并从而支持了他有效的占领和想象的飞动，支撑起他那凝重而轻灵、完美并自足的艺术世界。

紫金文库

叶兆言印象

那年跟叶至诚先生闲聊间,说起过兆言名字的来由:言是那"诚"字的一半,兆则为其母姚澄姓氏的一半。这样命名其情感含量是显见的了,却并不知道这"兆言"是否包含了一种预期,比如寄望这孩子如其家族那样,在"立言"上有所努力有所建树。设若果真寄予了这类希冀,兆言大体算得不负所望。一来,在我所认识的年龄不很大的作家中,推他读的书多,学识上对得住他那文学硕士之"硕";再则,当写小说成为他"主要的毛病和极大的快乐",写出几百万字于今或许不能说很难,能够从普及到遍地开花的小说男女中跳脱而出、出落到有那么多人买他的书、有那么多人谈论他和他的作品,就实非容易的事;同时,大家都明白,在文学作坊日见无足轻重地热闹又日见行不由径地寡薄了"文"与"学"的年代,我们会多么看重于、期待于那些有文化、有学问而又不犯糊涂的作家。

漂 泊

在难免浮泛的印象中，家庭环境和个人出身之于这位小说家其实并不那么重要，从他那里去探访"家学渊源""学院惯性"大体会是无益的徒劳。人们喜欢参照了书香门第、学人出身论其"书卷气"，其实这名目说不很清，说那些"书"有"书卷气"，固属有逻辑上的问题，说什么"人"有"书卷气"呢？至少于创作不很搭界。用雅与俗之类去衡度作家也并无意义，俗可俗到下作，雅也不是不能雅成酸腐的。兆言很能让我另眼相看的，倒是他始终普通着，平静着，不随从也不摆谱，不像可疑的"弄潮儿"，热衷于弄出些怪模怪样，不似时式的暴发户，爱去出示什么"学人"状、"学院"态。这人异常习惯把实实在在的话往明明白白处说，他甚至于把自己读书写作的驱动力向"赌气发愤"做过归结，比如说谈起读书——在那举国无意于书且无书可读的年代何以能读上许多书——他竟就具体化地忆及一位表兄，这位表兄的侃侃而谈总是不能自休地广涉中外文学经典，令其气馁也促其发愤；比如谈起写作——何以自己的一些短篇还多有发不出的情况下便写了长篇《死水》——也坦陈过"赌气发愤"这一层因由。我历来不太介意作家们的自白，以为或则会有些名士派似的率性和随意，如福克纳的宣称想写作的人没时间去读评论；或则会有些由刻骨铭心的痛而生发出的"极而言之"，如鲁迅的告诫青少年不读或少读中国书。兆言不属此列，照我看来，在当今有名气的人物之中，他倒是一个异类，连在身价飞涨、大伙儿都乐意挤进去的屏幕面前，也恨不能打上一道堤坝。私下以为这该是事理通达之后修炼成的一种心气平和，在平和的心气里，不会有多少"文人脾气"，也没有那么多的"愤世嫉俗"，他那些应对别人打探过来的话，显然只是执其一端，在"全面"和"深度"上讲究不起，可他没有造作敷衍的故意，完全是坦诚地、贴实地自说自话，显见他作为苏州人的实诚和作为南京人的本色，也很能透露其勤奋自强不甘后人的一种执拗。

不知何故，我一度在面对一些江苏年资较轻而量级较重的作家时，一下子就会把他们跟某种动物对应起来。在那些没多大道理的"对应"中，兆言便是"羊"。这是感觉，感觉通常无法化为道理，一旦化为道理就"大不是那回事"或者至少"不大是那回事"。当然，我原本就是以在"道理"上折腾为业，企图去化解过：跟他早些年留过一撮山羊胡子有关？跟通常有种走在群体前面的"领头羊"有关？跟童话中的羊往往都很有学问有关？仿佛有这类意会，也好像并不是那回事。

比较能够肯定的是，我想到人们在说"猛如虎、贪如狼""纠缠如毒蛇、执着如怨鬼"的同时，说了"狠如羊"。兆言的狠劲十分了得，他的一种定力狠得厉害，在追求特异性的时尚中，在铺天盖地、此起彼伏的潮流面前，在艺术家的身后一群恶魔不停追赶的情势下，他保持了强大的沉稳，在永恒性、自我性的文学执着上，他不露声色地以化为绕指柔的力度融通进世俗和他者的关涉，跟一切标新立异绝裾而辞地标立出自己，这不能不向"狠"上归结。兆言吸引了众多评家的关注这一事实，也许要比他拥有众多的读者更为重要。我指的是，论者谈"传统"说"现代"，议"流派"论"风格"，差不多要言说什么、列举什么都可以扯上他的名字以及他的作品，他似乎成为麻将桌上的一张"百搭"，人人爱他、可以拿了他派用场，却又分明不曾有过说到"底"说到"家"乃至说出个然和所以然来的。从这个意义上说，广受评家瞩目的兆言其实遗落于"评论"之外，"恋家"的兆言说过很希望有读者评家为之归归类，他似乎并未意识到，给论者造成智慧和语言的痛苦就正是他

漂　泊

的荣耀，本身就很能昭示其艺术经营上的包举性与亲和力。在我看来，对于文学人和文学产品来说，没有什么比可以被轻而易举地分门别类更糟糕的事情；当然，也就没有什么比给有分门别类癖性的评家带来困难更"狠"的了。

还可以肯定的是，羊的比喻也从另一个向度指向生活中的兆言。生活中的他当然跟余华笔下胆小的男孩不相干，只是一如经过文化圈养的人再狠也狠不出多大野性来，经过充分文化圈养的兆言，也难免胎里带来似的，流露出文人的弱质，比如文人常有的过多的担心、顾忌、赘执、唠叨——那次从西藏返还南京，和我同车顺道回家的苏童，谈起一行人在高原的"表现"时，对兆言就"出言不逊"，说这人是个愁子。我说你这像是说我呢，他说你放在心里没讲呗，这鸟人讲个没完没了。这大概只是一同外出时总跟兆言一室而居的苏童的感受，别人的心目中，兆言没唠叨到那个份上，倒是被归于场面上怕"发言"的一类。忍不住要插上两句的情况不少，大体都是出于纠正和拯救的目的。那次会上，潘向黎女士不肯"发言"，我把话筒送到她面前时想到我所敬重的潘旭老，随口开了句玩笑："说说吧，不告诉你爸。"兆言立马纠正："该说不发言就告诉你爸。"在一些小场合，诸如此类的被纠正有过几次，每每觉得这人太认真嘀细，又每每不能不佩服他的精当和周详：不是么，"告诉你爸"是得体的幽默，"不告诉你爸"就有点伤人。

记得早年送我那本《死水》时，彼此还陌生，肯定出于年齿的关系，题签上用了"老师"；多年以后，我们已很为熟识、有时竟能三日两头地见面了，他就又曾一本正经地对我说：对你的称呼有些难处，称老师显得生分，称老黄又老相了。老相什么呢，我向来除了在学校教书时无可规避也心安理得地被人称为老师，在其他场合对这个称呼特别不受用,更况兆言已庞大起来,你若称老师,真会让我吃不准是不确当的抬举抑或是"确当地揶揄"了。换了别人去这样穷讲究,我大概会视为矫情,可对兆言,并不作如斯观,这确实就是他的一种心理,我当时的解说也许"解决"了他的"心理问题",没想到前一阵一批人外出游玩,大概是同行的夫人称我"黄老师",他也妇唱夫随,言语间又冒出一声"黄老师"。一个不涉实际内涵的称呼,自然没必要去讲究去纠正,只是再一次感到他太过认真,认真到了顶真。一个人做人的太过认真是一种秉性和修养,一个作家为文的太过认真呢?太过精细和精致呢?是否会产生出些个利弊上互参的可能?比如,有余的沉稳会不会导致"冲力"不足,过于精致的艺术追求是否有碍视界的开阔和思情的放达。

原先我相当坚执,在群体的层面上爱用"多了些什么、少了点什么"去议论江苏作家,自然也包括兆言。后来便有些底气不很足,觉到自己多少有些把两个方面的话语混为一谈了。作家如有"不足",大体都是由其"优长"造成的,用了一般而泛泛的说法去要挟具体而特定的作家不成道理,作家的事永远只是他自己的事,一个作家可以像海明威说的那样"毫不留情地把自己贬低""强迫自己尽可能写得更好",但一个作家并不能去服膺别人的理想和谋划。论者对作家不妨苛求然则需要有点"相知""相识"作为前提,避免像混沌的朋友那样,干出为之"日凿一窍,七窍成而混沌死"的事体。这点悟觉也多少受启于他,兆言跟其他优秀的江苏作家一样,不是理论兴趣很浓的那类。在一些公共场合没有听到过他有什么长篇大论,许多研讨会上也让人疑心其书写功夫挤兑了说话能力。为数不多的话中给我留下印象的是他常用到的几句:"林子大了,什么鸟都有""真正的作家是挡不住的"——在他看来——我想——作家的存在是种自然而必然的发生，好恶褒贬纵不失道理却非独无可奈何也无大必要。

在我看来，兆言的很难被"归类"，很大程度上正是由其并不在"技法"和"题材"上提供多少言说可能决定了的，传统遵奉的技法固然为其不取，现代盛行的招式也跟他无甚干涉；他的故事林林总总，他的人物形形色色，其小说世界的纷纭杂沓一如生活本身，其叙事体制也依托了生活自身的模态。他是一个典型的跟生活相一致的作家，也是一个典型的跟小说相一致的作家。用了新历史小说、新写实小说以及后现代小说去说他，如不属误会，那就是扯淡。他无意于新旧，如同不介意技法，生活不断重复的"自然状态"才是他的目标和追求，他诚然总是在他的故事中注入自己的"自由想象"，而这想象，归根结底，都是在激活那"自然状态"上落定。

我不知道兆言是否有这样的自我意识，我以为他不是一个在"写什么"和"怎生写"上煞费苦心的作家，上面用了"自然—自由"，前者说的是他的故事的生活本真形态，是对于文学"世俗性"的服膺，后者说的是文本生发的内在旨意，是对于文学"终极性"的实践。兆言的一个可贵之处就在于，他不同于在世俗流连忘返的作家，也不同于高蹈形上不肯着陆的作家，他实际上是为数已经不是太多的文学守土者，他以无所不在的世俗日常的演绎，给读者带来固有的而又久违了的文学温馨，以几分微笑、几分苦涩、几多平缓、几多沉闷，提醒人们通常视而不见抑或忽略不计的常识。

据此，我常常以为活得仔细的兆言内里有种大明白。当然，这种大明白只是在他进入小说艺术时，才有可能得其所哉地张扬开来。这样的感受我在阅读另一些作家时也有过，比如苏童。在江苏，苏童和兆言往往被并提，一如一些"齐名"者。彼此确实不乏一些相似之处，两位眼睛都有点毛病，前者近视后者弱视，"眼光"的穿透力却都足以到达"世事通明"的地步，能让我相信他们写小说，是去"彼岸"悟过再回过头来看"此岸"的。当然，就各自提供的文本看，两个人是很不相同的，那些不同在这篇短文里说不周详也并非本文的任务。若按照本文的体式诉诸"印象"，便可借助生活"细节"说事。其一是，那次几个人一起洗桑拿，苏童在水气朦胧中眯起眼，脸几乎贴到我的脸看上好一阵，沾沾自喜于终于看清楚了："是老黄，栩栩如生嘛。"其二是，一次研讨会上随便谈论，记不很清当时何以带出一句"我爱江苏作家"，记得很清的是，兆言马上瞪大眼睛审问似地追究过来："你爱谁？"把这两个细节比并起来看，就能说明一点问题：苏童常常"眯"起眼看世界，多了些"朦胧"和"诗意"；兆言往往"瞪"起眼看世界，力图把人生的故事看出新意、看个究竟。

这当然只不过是"打个比方"，并不涉及评价和褒贬，也不是想说苏童更"美"、兆言更"透"之类不着边的话。倒是准备就此打住时，发现说了半天有个重大的遗漏——说兆言不充分赞美他的"叙事"是说不过去的。我喜爱他的叙说，尤其是伴和智性和灵性的叙述语言。进入他的语词、语式、语调、语流包括语气和语义，感受间就用得上那句"如行山阴道"，像小溪欢欢快快地淌，不准又如大河气气派派地流。一律朴实又不失豪华，一路顺畅而下又时生浪花涡漩。我有时会疑惑，他宣称过的"不重结果"，怕是竟也包含了些许"不能自休"，他在叙述的"过程"和"过程"的铺叙中，让人很容易触摸到他那"春风得意"的洋洋洒洒，触摸到一种得其所哉的左右逢源和驾轻就熟的游刃有余。

漂 泊

赵本夫

在我的感觉上，赵本夫也许不像我们那么看重他的处子作《卖驴》，而文学界确实由此才知道了他。彼时，全国两年一度的短篇获奖名单给予了它显著位置，无异于隆重推出了一位陌生的小城作者。当然，事实上获奖作品进入记载跟进入记忆并不全是一回事，一般的出手不凡也未必一定昭示可望的前景；《卖驴》一下子走进广大读者并频频走出国门，归根结底，不是靠了其他因素而是以其相当纯粹的艺术"硬功"取胜的。语言、细节、场景的出色经营固然新人耳目而不让小说老手，知人观世间更闪烁着一种可以称为"大气"和"独到"的东西。据此，当年我就笃信不疑：这个泥土气息浓厚、乡味乡情醇酽的年轻人，更让人另眼相看的，是为其出手相透露了的"积蓄"和"底气"，如果他的写小说不是偶尔为之逢场作戏，那么，"好戏还在后面"。

我们的推测得到第一轮证实以后，作协已经有了调他来机关的动议。当时，我很乐意受命跟老李一起去他所在的丰县例行"考察"。短短的接触，就能感觉到这人有档次、有能力，进入作协的领导层是适宜的。我跟他有些个不言自明的"默契"大概从初次见面就开始。只是后来他既为领导了，在我，就习惯性地与其保持一点必要的或者不必要的距离。这原本正常；作为被领导者，为工作的事对他有过一些顶顶撞撞也没有什么不正常；只是在我几次有理或者并无多大道理的发作面前，他总很有修养似地保持十分的宽容、平和，至多叹口气了事。这在事后多少让我有些不安，须知他是个个性很强的作家，是个有脾气的徐州人，在我面前的"克制"，不会仅仅因为我在年齿上长过于他，多少会有些出于"领导身份"的考虑而奉行"自我抑制"吧。

像对一切领导我的人一样，我跟他接触并不很多；但我知道，他对我有足够的尊重和信赖，甚至常常高估了我，比如，总以为工作上还有些可以发挥的"潜力"，几度跟王光玮同志分别劝说过我担当自度不能的"重任"。碰上酒喝得稍多一点，每每会人前人后冒出一句"老黄是好人"什么的；前些年还屡屡半调侃半慨叹地说"老黄是大龄作家"，这话我懂，也就是一半"哀挽"一半"不平"了。记得这些是因为我很受用，人即是如何散淡、如何不失自知之明，大概总免不了这样的弱点：不会反感于被人惦记着，不会不乐意被人称为好人。

被领导通常是无法去"关心"领导的，更何况我向来以为，跟领导，工作上不能"离心离德"，但交往上以"若即若离"为好。唯一惦记于他的是：当了头，千万别过多挤兑了创作时间。好在本夫明白，他归根结底是个小说家，几十年来没有稍懈于此。

比较起一些西方作家乃至国内许多特别卖力的作家来，他算不得高产。可在我，更愿意把这看成是一个不肯轻率动笔，因而也极少造出平庸之作的小说家的自我把持。事实上，他确实可以说是于今已为数不多的、能够以自己的基质和底色沉稳而又灵动地显示出自己的作家。其处子作之后，那种或许可以归结为土地情结、民间情怀、历史意识以及生命眷顾的心灵潜质，在一系列的中、短篇章中得到长足的灿烂释放。无论是较早的孙三老汉（《卖驴》）、黑嫂（《狐仙择偶记》），还是《绝药》中的崔老道、《绝唱》中的尚爷以及《斗羊》《寨堡》《土地》《进城》《远行》中特质鲜明的人物和摇人心旌的意境，都经由传奇人生、跌宕命运、自然性灵、社会内情的铺排，伴和不绝如缕的生命律动，饱绽牵动神思的历史意绪，注入催人遐想的事外远致。从这些作品联想到古代笔记小说、联想到话本传奇一类，也许并非不着边际；然而，比较起精妙、奇幻构成的可读性来，比较起乡土、风物传导的独异韵味来，本夫更能让我倾心的特点在于飞动的想象和与此相应的艺术延展力。他往往以虚实互补、真幻相生的笔致，拓展开充满真实感、张扬提挈力、饱含思索性的情境。

  论者比较热衷从这类小说发现传统的、地理的基因，发现一种对于乡村生活和传奇人生的历史性开掘，却一律忽略了他笔下那些普通"人""物"独异奇谲的神采提挈，那些寻常"事""情"匪夷所思的演绎，总是为文本构成着一种超越的可能，为读者提供由故事向"故事外"自由驰骋的广袤时空。透过那些悟觉到的和迷惘着的，透过那些莫测之变和不解之谜，你总会怦然心动，放飞思情，借助眼前景的触发，去到那些很远的地方。这鼓励我如斯描述：他十分介意给短篇以"长度"，化"意思"为"意味"，让人物特定遭逢叠印"人类"普遍运命，赋予事件具体性以"寓言"的抽象品格。这一些，使本夫的创作迥异于乡村书写的传统，内在地挟带了文学的某些"现代"命题、"现代"思考，很可以说，从创作之初，本夫的小说就潜在了某些属于"现代"的精神，而且，从某种意义上潜在了"关注"走向"关怀"、"小说"走向"大说"的趋向。只是愈到后来，才愈加明朗、愈见深广起来。

江苏作家在一起一般不聊创作。比较起来，还是跟本夫聊得多一点，且谈起来往往认真而投入。"所见略同"的情况居多，"不能苟同"的一般不争论，彼此间渐趋明白："不置可否"便差不离等于"不能苟同"。你知道的，写评论的人多有为作家"分期"、为其作品"分类"的癖性，那一次在同车外出的路上，跟本夫谈起他的创作，我说到从《白驹》《涸辙》《走出兰水河》几篇开始，可以看成其创作路数上的一次"转折"，意谓从"传统"转向了"现代"取向。他沉默着，"不置可否"，当然明白是"不能苟同"。这自然并不妨碍我在不久以后的一篇文字中如此立论。至今不知道他对我当时的说法如何想，想到了什么和什么。只是去年他将历年短篇精品收到了一个集子里，重新一一细读之下，自己才感到了"转折"一说需要再度审慎。我想说的是，转折云者，仅仅是依据了"手法"的运用，那几部中篇还可以包括此后的长篇《黑蚂蚁蓝眼睛》《天地月亮地》，明显的采用了象征、隐喻、反讽、荒诞以及模糊把握、不确定把握等等为"现代派"常用的手法。而其实，就应对世界的艺术精神而言，跟其早先的短篇，跟他固有的艺术态度和审美旨意是一以贯之的。与其说"转折"，不如说是借助于形式因素，他释放那些固有的生命体验和固有的心灵系念，更加得其所哉、更其从容不迫也更其表面化了。甚至可以说，这不过是他为自己要表达的找到了更能相应的"形式"。

漂 泊

  当然,我们也由此更能接近本夫的心路,理解一个执着于乡土、眷恋于大地的作家,何以总是在他的世界观照中、在他的艺术营构上,采取了俯视的姿态和宏阔的布局。在上面提到的一些中、长篇中,还可以包括后来广为流传的短篇《天下无贼》,我们分明都可以读到一些潜在的"主题词":自然与社会,人类与物类,文明与蒙昧,理性与野性,善良和邪恶,友善与争斗,财富与权力,发展与迷失——这些大的关目愈演愈烈地纠缠着他,愈来愈成为这位置身现代的作家的浩茫心事。我在评品他以《地母》总其名的三部长篇时说过:"——它是'浩茫心思'蓄之既久之后在小说领地的一次着陆,是他的心灵宿求历经辗转反侧而在艺术国土的一次偿愿。"他显然在现实与理想的碰撞中更加痛感于"社会"的羁绊和"人性"的畸变,更加以一颗素朴向善的心,冀望于自然的复归和良知的复苏。这成就了《地母》三部曲的酣畅淋漓,也会从多重层面上给其书写留下一些颇费考量的思想课题与艺术课题;特别是,对于"自然"与"社会"、"现实"与"理想"乃至"小说"与"大说"之间的内在辩证和艺术融通,都留下必须面对的难度和无法规避的干碍。他自己关于《无土时代》之后的超越很难这一表白,很能说明他的清醒。当然,唯其如此,也寄寓着读者更多的期待。

  这样去说赵本夫和他的小说时,我觉得已经顺便说清楚了一件事,我指的是,何以在我近年来用了"仿生学"的做派去戏说江苏一些中青年作家时,会把本夫跟"猿"联系起来,且自以为这样的联系很有意义——它颇能帮助我们从总体和深层上体味其小说的艺术精神。其实,我对"猩""猿"的脾性并没有多少了解,大体是古诗文里对它的规定影响了我。"猿声天上哀""空山啼夜猿""嗷嗷夜猿鸣""两岸猿声啼不住""风急天高猿啸哀""江上荒城猿鸟悲""猿鸣三声泪沾裳"——猿为人类远亲，猿喜山间攀缘，或有"古猿""高猿"之谓，盖因它总是出没于悠久而空旷的时空，从那里容易诱发独立苍茫、历天地久远、阅古今变易的遐想。本夫小说的俯瞰姿态、宏观寄意、悠远纵情，与"高古"之猿给予人们的意会差可比拟；而猿之啼啸，多于落寞旅途遭逢，多自荒山野岭传送；林寒涧肃、空谷回响，给行者带来哀思愁绪，此境此情，适足以跟本夫小说连类取譬——他常常如同寄生天地逆旅的过客，究察于天人，往还于今昔，以几分古道、几多热肠，去感受世事沧桑，品味人生寒暖，在生命和终极的意义上呼唤于群类并族类，憧憬和寻觅其心向往之而又难以名状的精神家园。

当然的，相对于人类悲壮的行进，"途中"是我们永远的位置，"乡关何处"是我们永远的提问。本夫无意以他的小说去演绎人类的历程，他只是热衷于在一个宏阔的背景下，触摸那些记忆的温度，追挽那些失落的岁月，凭吊那些不沉的灵魂，倾听那些杂沓的足音。这使他的小说常常具备"人类风景"的品格，也使他在艺术占领的欲望中守住了小说的"本分"。

漂 泊

毕飞宇

　　毕飞宇是条汉子，明明白白、爽爽脆脆的那一种；附带一些孩子般的率性，通常没多少思前想后的忖度和左顾右盼的掂量，不准什么时候还会有点顶顶撞撞的情况发生，让你由相貌到谈吐感觉些许"生猛"。可这跟他可以说成冷面的温存、大大咧咧的精细又分明相表里，往好处说就是兼容了北人性子与南人脾气之优长。这于我颇多相宜，如同自幼很能受用鄙乡黄桥那酥而不松、细而不腻的脆饼。私下以为，他后来能写出《哺乳期的女人》一类刚劲韧毅又柔肠百转的文字，可算他开始找到并传达出了自己。

　　如果要再往好处比说，那就是到了再后来我设置"作家动物园"时给予了他的"蛇"这个称谓。这称谓应该是称许，跟"农夫"无关，跟"伊甸园"呢？或是有点干涉吧，多年来一直以为那园子里的那条生灵该得到昭雪，凭什视它为"教唆犯"呢？这不公正，它不过是干了一件让人成为人的事，与我们那位同为"蛇身"

的女娲异曲同工而殊途同归，你该把它看成人的设计师、"人事"的"启蒙师"才对。毕飞宇的小说扯不上"禁果"，只是他的越来越专注于人的具体审视和内在释放，他的潜心于人性包括自然人性的掘蘖，无疑对人的认识自我、回到自我并舒张自我这个古老而永远的题义做出了启示。

当然，这不过是"写到这里"时难免牵强的"忽然想到"，那一阵从他那里生发"蛇"的联想，主要缘自"纠缠"这一特性。纠缠不放是蛇的做派，也是执着、韧毅的表征。飞宇是苦吟派，不会率尔动笔，也不是一个善于轻描淡写的作家，我想，正襟盘坐、久久凝眸对象该是他通常的写作姿态。虽说未见得去把一个思想想到底，总必得弄出点子丑寅卯来；虽说不一定会把对象看个透，总是想要握住些要点要领及要害然后"张口"。那些支撑了他声名的，以"大吞大吐"展现了宽阔艺术幅员的，充满土性、灵性饱和临场感、思索性的中短篇章，诚然写得从容，可分明是一种"步步紧逼"的从容，诚然写得单一，可分明是一种"杂多"的单一。不必夸饰地说，他就总是去从别人"结束"处"开始"，却可以感受到，他的"结束"处，常常会给别人再度地重新"开始"留下很大的困难——当"深度模式"一度被弃若敝屣，当"猴子扮苞谷"一度成为文坛时尚，当紧紧抱牢并极力穷尽"对象"的兴趣和力量在作家们那里普遍滑降和流失，他却以属于自己的方式，调整并逼近文学固有的目标，以生存境况和心灵诉求、命运肆虐和生命抗力的接应互动，以拒绝"评论"、伴随"平等"的叙事姿态，让读者领略一种令人窒息的真实并一种令人感动的真诚。

有时候，我会把他的创作成绩跟求真立诚联系起来。文如其人的事未必尽然，但我知道，在他，艺术追求跟其人生信守是一致

漂 泊

的，为人处事上甚至于有些太过顶真。记得多年前他跟外地朋友电话聊天中，兴之所至就一次球类赛事"打赌"，原是说说玩玩，不想事后那朋友就收到输了的他汇给的几千元。飞宇彼时远没到可以"挥金"的份上，且正为一项开销犯难。然而这似乎就是他惯常的原则和做派，如同他总是记得我是"第一个"——是第一个评论他的人，乃至多少年以后，他壮大得作协不能不开他的"作品研讨会"了，会务上的人还跟我说事：为确定与会者邀请名单征求他本人的意见，他说了，两个人要请，其他由你们"钦定"。那两个人一个是他大学时代敬仰的老师，另一个便是那"第一个"。"恩师"是一回事，那"第一个"不是什么"冠军"，况且，写作的人都不会不明白，如同没有什么东西能够挡住一个优秀作家一样，也没有什么东西能帮助一个平庸作家，一切"酷烈抨击"抑或"隆重推出"，都近于瞎起劲乱忙乎；评论者们也不会不明了，评论固然不指望创作来就范，也未见得就是为别人的文本创造价值——我干的其实是我自己的事，"感戴"似地记得这件事，除了说明他良性的记忆力和怀旧病，本身没多少实际内涵。当然的，这毕竟是事实，一个没有多少实际内涵的事实。

还在20世纪90年代开头几年，我读到毕飞宇初始的几篇小说，觉得正有些那个年代的感触可以在说他的作品中说出来。形成文字后，请编发者敲定了题目，编发者是有见识的聪明角色，从文稿里择出几个中心词，连成为《春意阑珊半山腰》，很贴合我的意思。其时，我正为"现代派"新潮的某种夭折而感怀，为"后现代派"新新潮的某些不堪而茫然。"春意"云者，表明了我对现代新潮的几分热忱，"阑珊"自然包涵了它落潮后的几许惆怅，"半山腰"则寄寓了我对文学包括毕飞宇小说的一种反思和期待。

这样的思路自然也不妨说是被毕飞宇那几篇小说整理出来的。既然他当初的《祖宗》等篇可以归入相当"现代"的作品，既然他的崇尚现象又垂青本质、倚助空间维度又偏重时间维度，很足以使他成为"现代派"中的"这一个"，就不能不激发我固有的热忱而给予我所乐意给予的充分肯定，我甚至不惮"功利"之嫌，为一个其生也晚的新秀、为其"不逢辰"地拖在了"潮尾"而有所惋惜；同时，我历来认为"现代""后现代"的症候，从表现机制上看大体在于前者的一味"高蹈"与后者的一味"匍匐"；既然我们已经可以从新潮的衰落看出几多"自身的因由"，既然我认定飞宇不是那种极端派，认定他其实有种"站在'特殊'和'普遍'之间，站在'现象'和'本质'之间，站在'偶然'和'必然'之间"的潜在艺术意向，那么，设想他进一步自觉调整，在"中间位置"上"陈力就列"就是顺理成章的事。为此行文中请出过尼采，求助过他的话："切勿停留在水平的低地／切勿攀登至山峰的高顶／只要在半山之巅／世界将完全呈现在你眼前。"大概在向头角初露的飞宇进谏的同时，也包含了我的一种古老的艺术理想。

此后很长一段时间，直至飞宇推出几部赢得普遍关注的作品而名气日见响亮起来，我们一起聊天、一起活动、一起吃饭的机会虽然很为不少，却没去读他的作品。跟要读的东西太多、丧失了"追踪"的兴趣与可能有关，跟认同孙犁先生关于"一流作家"无须评、"三流作家"不必评那番话有关，或者也包含了心理上的一点小家气的偏私：在我的偏见里，评论者（区别于"研究者"）不必趋骛当红的、顶级的作家，并以为盯牢这一类去"对阵"也好，"对话"也罢，容易招引"捆绑式"广告之讥。更主要是一度热衷于写些"散文""随笔"而一发不可收，再后来便是心理和身体上

漂 泊

的劣化。那一阵，飞宇至少两次跟我说"你别写了"。这太容易引出歧义的话换个谁都不会说，他知道他能说，不光是向来以晚辈自居的他知道我能受用。心底里也确实明白他是要我珍重病残的身心，为他那一份暖意而感动；如同面对我孩子的劝告：都接连几次住进医院的老人了，写点无关紧要的东西是多大事，比"健康"还要紧吗？

也许是后来看到我"健康"上并没多大事，忽一日坐到我办公室来，没头没脑地说，"你看看哎，我变咪"。知道他是说他的小说变了。平时已经从粗略的浏览中感到昔日激进的先锋们相约似的先后发生着变化，只是文学的守护者大体安土重迁，多没"变"到足令刮目相看的地步，也就不以为飞宇能变到那里去。想来要惭愧，我是到他把那"我变咪"说到第三次，才耐不住找来《玉米》、《青衣》等篇。一一读过，第一印象便是"变脸"似的变大了，身子骨都变了，整个儿的脱胎换骨。如果仅就一个向度而言，说不少同类作家都在"蜕变中"，飞宇不妨说是"一步到位"。还是"第一印象"，我记得我被他的变感动了。这年头，包括读小说，要说感动实在不容易，要那些高深莫测的评论家说感动，更无异让人家掉份儿。偌多年来，我们大概也是从这里弄岔的：我们一味向文学作品讨"哲学"内存，要"文化"蕴藏，要一切的什么什么，却唯独不介意其"文学"含量；我们热衷于考量文学是否"提升"了我们，是否"丰富"了我们，却全然弃置可以看作这一切的前提和途径的先决性追诘——文学是否感动了我们？飞宇的感动我们，大大半在于他的小说"变本加厉"地把久违了的文学性还给了文学，在传统与现代的撞击中，扣其两端，真实地重建了"人"的图景、真诚地重奏了"人"的情韵。

作为读后感，我跟飞宇说了一层意思：较之先前，这类小说是更需要"硬功"的。毋庸讳言，我一直以为，寄寓一点"哲学"、注入些许"文化"，对小说文本来说不很难办，而且笃信：在通常情形下，当文学作品中"哲学""文化"高扬之时，也便是"文学"萎缩之时。很长时期以来，我们高蹈"哲学"、高倡"文化"而怠慢了"文学"，小说处于文学的无能状态业已旷日持久。飞宇之变的要点，首先就在于"回到文学之家"。从"玉"系列乃至整个"王家庄"系列看，他有效地实施了几个方面的调控，一是有节制地"迫降视点"，一是有选拔地"呈现形下"，一是有约定地"演绎人性"。这是否就是文学回"家"的必由之路没那么重要，我们甚至于还不能查户口似的对这个"家"的"组员"去——指认；重要的是飞宇的实践表明：文学构成其包容性的同时，也并不含糊地构成其限定性：文学关涉"精神"的同时必须关涉"世俗"，文学无法离开"想象性"的同时也无法离开"现实性"。似乎可以说，在多大程度上偏废了这些关系，便可能在多大程度上导致"文学"的寡薄和失落；在什么水准上体现了这些要素对立统一的运筹，就在什么水准上体现出小说家的文体自觉和艺术功力。

早年的"现代"思考、"现代"表现形成的认知方式和俯视姿态，为飞宇后来的调控积蓄了能量、磨砺了能力，也为其传递艺术体验、艺术感知的缺失和偏颇提供了自身的参照。很可以说，实际上体现为"增添"小说元素的艺术"调控"，乃是文学失落的发现之后对于文学失地的收复。用"转向"来为飞宇之"变"说事不贴切，至少有失准确与全面。他其实只是跟用了"排除法"来"出新""求变"的时尚迥异其趣，在艺术的接纳和扬弃中实施了"叠加"，鱼和熊掌都要。这种亦此亦彼的兼得无疑在创造和表现机制

上增加了整合的难度，可也无疑为"文学性"的生成提供了优化的途径和实现的可能。

　　长篇《平原》应该更能于此做出阐释。作者称这是他为70年代写的一本书。那个年代就是我青春蹉跎的岁月，那个年代"平原"的情形为我所熟识。我不能也不必估测在那个时间那个空间里，这位小朋友有多少有意味的亲历和体验，我只是对读完这部书便想到了果戈理以及泰纳的话颇感意外，前者自白说"我创造人物形象是根据综合，而不是根据想象"，后者论及巴尔扎克说"他不描写而解剖"。想到这两句话自然不是以为这部长篇缺少"想象"、不事"描写"，我只是对"综合"与"解剖"两个语词饶有兴趣，它们正可用来表述《平原》生活调度和艺术结构的精义，正是借助铺排与集约、离析与遇合的辩证与互动，汇聚了"平原"的生命性相，袒呈了"平原"被遮蔽的真实内情。

　　在这部长篇里，我再度觉到被我喻为"蛇"的飞宇那"蛇性"的彰显和高扬，他以其"吞吐量"和"缠绕力"从方方面面紧逼向异化的人性，无所孑遗而无意松动。

　　从当初那一批"现代性"小说的写作迄于现今，飞宇的创作进程大体表现为一种"爬坡"，这或许在一定程度上影响了论者的立论，对初始那类小说无所分析地贬低跟对而今诸篇"过度阐释"地哄抬，让人疑心着不是细读了作品只是参照了"知名度"。我惋惜过他先前那一批小说生不逢辰，但至今仍然认为，它们放在被称为"现代派小说"的那些作品中并不逊色。而且，如前所述，他在那里的某些受益泽及于今，《平原》和后来的《推拿》就很可为证。

豆爷笔记

紫金文库

儿·孙

　　儿子出生后他慈祥的外公为之命名时，没有寄托什么高远的期望和高雅的追求，给定"宁汇"二字只是记载了一个事实：彼时我在江苏阜宁谋生，妻在上海南汇供职。可见女儿、女婿婚后劳燕分飞，天各一方，一直是他老人家的一桩不能释怀的心思。

　　两地分居当然使孩子少却了许多应有的照应和抚爱。也许正因了这一点愈来愈成为突出的现实问题，孩子刚过五岁，妻就从她伟大的母性中生发出一项很为当时的人们怪异的决断：从那繁华的都市调到我所在的穷乡僻壤。

　　然而儿子并未因此享受多少父亲的恩宠。说起来很可以冠冕堂皇而其实是十足的愚不可及，至少可以说自己目光过分短浅，以为那荒诞岁月就会那样一直荒诞下去，时时为自己这臭老九的孩子的前途担心。这结果就是儿子五六岁上就被逼着学琴、学画。一方面是我急功近利地要让儿子及早掌握一点日后谋生的技艺，一方面是

漂 泊

　　儿子对这些既少耐心又缺兴趣；打骂的事时有发生不说，还常常有些挟带威胁的"前途教育"，向一颗无法承受更无法理喻的幼小心灵压迫过去。我因此而受到报应：至今背着沉重的、难以偿还的心债；为了我曾给儿子的童年蒙上手造的阴影，儿子失落的童年加倍地转化成了我的心理负荷。

　　我不知道很为普遍的一种"隔代亲"的心理现象，到底在哪些方面见些什么道理。但我明白，在我这里，在我儿子又有了儿子之后，我对出生几个月的孙儿的超常怜爱，确实是包含了对儿子的"补偿心理"的。早在儿子进入大学以后，我就曾希望过让日子倒转回去，好让我还给儿子一个他应该享有的童年。多年来很为这事的全无可能所苦。如今儿子有了他的儿子，这在我与其说是获得一个孙子不如说是获得一次机会，所有的爱心还不赶紧地、加倍地倾泻过去么？这太正常了。同事们或取笑于我，或正色告诫于我：别过分。我则一律疑心他们太糊涂，难道不知道对孙子这"过"了的"份"正是赔给儿子的？

　　孙子的外公也许因为一直处于单位的领导岗位，给他外孙起的名字口气就大得吓人："荫寰"，简直有点"为人类谋幸福"的意味。儿子则又走了另一个极端，给他儿子一个乳名竟然是"黄豆"。也好，黄豆适应力极强，生命力健旺，哪儿都能生根、发芽，哪儿都能成长、结果的。不过这普通的"豆子"在我心目中可是金色灿然的，只要小宝贝在身边，家里便有了阳光的明媚、喜庆的闹猛以及生活的重心。其一恼一笑，一舞手一蹈足，总会促使我关注之，揣度之，领会之，并在推测得"精神实质"后立即采取相应的措施。

　　这孩子许多招人疼爱之处，莫不得到全家人的赞赏，唯独这天有件事情例外。那日我正抱定他坐在沙发上，忽见他别转过小脑袋，盯上了茶几上的一本书，当下随手拿给他玩，不料他竟伸出刚能勉强拿住东西的一双小手，稳稳地捧定了书，目不转睛地、煞有介事地、一个劲地看起来。惹得在场的他奶、他爸、他妈异口同声地笑着喊："坏了！坏了！将来又是个穷书生了。"

我们这类人，乃至工农商学兵、党政团工妇的各色人等，对这"坏了！坏了！"绝对不会莫名其妙，虽说它实在有点"莫名其妙"！我当然也不例外，但还是禁不住脱口冒出一句"穷书生有什么不好"。当然，"脱口而出"之后也就立即打住了，再说下去恐怕又不免横生出些"教育"来，岂非旧病复发？况且，难不成儿子们至今日，还用得着我来向他们解说"穷当益坚"之类的劳什子么？

当时能够及时"打住"，还因为我那一刻很快联想到儿媳妇告诉过我的一件事，说的是儿子那次为一个单位审计一项工程，帮人家发现了一处差错，足足避免了二十多万的损失。单位因此派人悄悄送来个鼓鼓的信封以示谢忱，几经推却，来人仍纠缠不已。媳妇讲到这里问：您知道宁汇怎么了？——他竟不耐烦地拂袖而起，丢下一句英雄模范人物于此种时刻常用的话："你若不拿回去，我就只好交给我们头儿了！"媳妇说这件事时有些得意之色，我更暗暗有些"自豪"之类的感觉隐约生出来。

我也因此而相信，小豆豆在他爸妈身边长大起来，该不会需要动用多少干枯的说教。况且，日后若果真能成为"书生"，也未见得一定是个"穷书生"，因为我看来看去终究看出了一些希望，只要世道正常下去，星月运转起来，别说孙子会有一片星月之光的临照，即使儿子们这一辈"书生"，也不见得会跟这"穷"字结合多久的。

漂 泊

孙子们或者爷爷们

刚刚有了孩子的男子汉大丈夫们，一来血气方刚，二来"少年夫妻"还没堕落为"老来伴"，对孩子那一头通常就不会太多地温情，倒是多有一些不切合年龄特征的训诫实施过去，显示着急功近利和愚不可及。做母亲的有些区别，除了天性之外，往往还不能不在夫、子间克尽周旋、缓冲的职能。古来也就有了"严父慈母"一说。所以，当初赵太后冲着触龙的那句"丈夫亦爱怜其少子乎？"问得就不算离谱。至于有把男性领袖称为慈父的，那是另一范畴的另一回事，该另当别论，且顶真不得，再说跟我辈凡俗之人也没有太大关系。

"概莫能外"的话说不得，鲁迅当年对儿子的温情就曾招致"客诮"，因而有了《答客诮》："无情未必真豪杰，怜子如何不丈夫。知否兴风狂啸者，回眸时看小於菟。"

祖辈的感情有异于父辈的感情，或者说对儿子的心态跟对孙子的心态是大不相同的。我自己于去年做了爷爷后，对此更感受良深而笃信不疑。

我对儿子历来绝少温情，友人刘君有感于此，曾抬举我为"活脱脱一个现代贾政"！可自从儿子又生下他的儿子黄豆，我对这颗小豆豆就全然是另一番情景了。虽说我跟时下有关"小皇帝"的非议共鸣过，轮到自己头上便大不能免俗。豆豆一旦出世，就一下子无可动摇地坐稳了家庭的"中心"位置。家跟国无法比拟，但在心理上，这"中心"跟"龙庭"其实也相去无几。

首先是家庭成员的称谓来了个"改朝换代"，一律以豆豆为坐标中心重新给定：我当然自称"豆爷"，喊吾妻则用"豆奶"，以此类推，儿子便唤作"豆爸"，媳妇便是"豆妈"，小儿子自然就被叫成"豆叔"，连小儿子的女朋友也被提前予以晋级，呼之为"豆婶"。接着是我那一向被组织上认定为弱项的组织能力也得到充分发挥而空前加强。家庭分工日趋明确、日臻完善，大刀阔斧砍去了许多未见得完全不必要的家务之后，中心得到保证和突出，谁值日班，谁值夜班；谁负责选购婴儿食品，侍候婴儿进餐；谁负责为其洗澡、洗尿布……一起进入了秩序，广为发动而巧为安排之下，围绕中心运转出一个热热火火的喜人局面。当然，由于我的上班有弹性，便多有"抢班夺权"、主动顶替的条件，弄得"豆奶"很有些羡慕之情和妒忌之意。有一次豆妈曾就一个统计数字跟豆奶咬过耳朵："不得了哟，豆爷抱着他孙子不放手，最长的一次达三个多小时呢！"豆爸显然怕老子累坏，忘却"爱你没商量"那句时髦话，以委婉的口吻跟我商量，说孩子得放到床上多睡一会儿才长膘，说了几次惹得我无名火起："睡什么睡？你看不到吗，这圆滚滚的后脑勺不是给睡得扁下去不少了！"

漂 泊

这类情况，我在给一家晚报写的篇短文中提到过，友人杨旭君看到后，特地打来电话批评："老黄，你也太不行、太不出息了，怎么婆婆妈妈到这份上？"我不禁窃笑，冲着话筒喊："喂，彼此彼此哟，'大灰狼'呀，'H 睡觉觉了'呀！"我很得意，因为听到对方传来一阵尴尬的笑声。我这答非所问的暗语，原是用来"反唇相讥"的。杨君军官出身，对儿子也差不多像对他的士兵那样威严，可有了孙子，也就跟有了一位自己的"元帅"差可比拟了。乐呵呵让出"正房"给孙子，自己向朝北的小房间"偏安"过去，这等事儿不去说它，单就平素跟朋友们谈起孙子时，那甜腻腻、笑眯眯的神态，就大不类其固有的"狂啸"者的风采。

孙子刚牙牙学语，杨君便以少有的耐性教会他识得二十六个英文字母，接着又去让孙子认汉字。一次写下一个"工"字准备施教，不料孙儿未等开讲就噘起小嘴喊："H。"爷爷循循善诱地纠正："不对了，H 可是那样站着的呀。"孙子随即又嘟嘟囔囔道："H 睡觉觉了。"引得爷爷大笑不止，那笑声里充满了赞赏与柔情。

怜爱之情付出去后，还期待着有所交流和回报，于是就有了另一些启发式的问话："喜欢爷爷吗？""喜欢。""爷爷好吗？""好。""喜欢奶奶吗？"孙子翻着双大眼，委屈似地小声说："不喜欢。"原来奶奶一直担任着一个大单位的领导工作，近年又被派到南方去开拓新区，奶孙情长的事便不免疏淡了。杨君与妻一向患难与共且一直相敬如宾，岂能独享爱孙之爱，就准备从中联络感情："奶奶叫什么名字呀？"孙子犹疑着摇摇头。"记住，奶奶叫董惠兰。""奶奶叫大——灰——狼。"孙子吐词不清地重复一遍，竟又逗得爷爷大笑不止。"小家伙鬼灵精得厉害，他知道大灰狼不是美称，说过后自己也诡秘地笑了。"杨君向我们津津乐道这些事时，总是要附之以此类评价，述评间笑逐颜开，眉飞色舞，其喜洋洋，其乐融融，这样的人，能有资格用"婆婆妈妈"来批评我么？笑话！

不过也难怪，不是自身体验、自身感觉的东西，你是无法真正理喻它的。要不然，那些理论家们就不会那么强调感觉和体验。我在缺乏这种感觉和体验时，也曾像杨旭君嘲笑我一样，暗笑过顾尔镡君。比较起我们来，顾君是位资深的爷爷了，可宠孙子之情亦大同小异，他公子小虎也曾感慨过："我爸在我面前是'主子'，在我儿子面前则是道道地地的'仆人'。"熟悉情况的朋友都确认此言不虚。记得有一次，我跟几位朋友去拜访顾君，正津津有味地听他洋洋洒洒、纵横捭阖地侃侃而谈，他老先生突然若有所感、戛然而止。连说对不起、对不起，孙子回来了。接着就撇下我们拔腿直下楼去，过了一会果然把孙子接了上来。在座的人都面面相觑，讶异不已：我们怎么一点声响都未听到？我还取笑道：莫非顾君祖孙间真有种心灵感应？

孙子对顾君当然也自幼就亲热加崇拜，喜欢向小伙伴们"炫耀"爷爷，虽然还不懂得爷爷作为一个作家的价值，可爷爷那些心爱的"玩具"是完全可以拿出来让伙伴开开眼界的。一次爬上小凳把古玩架上的一件明瓷取下来"传阅"，不料一个小伙伴于摩挲间失了手，掉在地上摔成几瓣。你道这时他孙儿怎么了？竟然举着几块碎片哈哈大笑了好一阵，你道顾君把这件事告诉人时又是怎么样的？竟然在连说"这小家伙倒哈哈大笑了"后，自己也好一阵哈哈大笑。

这笑声很见个性，也曾使我若有所悟地想开去，似乎还从中参出些许爷爷们的奥秘：大凡熬到爷爷的辈分上，接近了"结局"也

漂 泊

接近了"成熟"。差不多阅尽人间春色，也不免历尽人生苦寒；差不多了悟于社会人生，当然也就包括了对世间心机和无谓纷争的悟彻。到了这种修炼成精的地步，恐怕非但能堪破尘世，连自己的心斋也早已有部忏悔录了。唯独再回过头来面对孙子们的稚气笑脸，不能不为那种不省世事的天真，不存心机的烂漫，以及无思无虑的真性和无牵无挂的纯情所怦然心动而神往不已。"返老还童"因之就非同小可，成了一种鲜亮无比的精神现象。不少大家往往呼唤着、赞美着、憧憬着童心童真，大体也包含了这点因由吧。顾、杨二君不失于此，所以佳作联翩而声名卓著，我虽不才，有了这点感悟，倒也添了些许"尚可努力"的信心。

豆语的变迁

豆豆学语伊始，三个字的词组还说不来，通常就向两个字简化，如把要爷爷抱说成"爷抱"，把要吃东西说成"宝吃"。当初据这一特点戏立"豆语"一说，显然包含了我们会把话说得完备一点的成人居高临下的傲慢，全未想到孩子"语言的痛苦"。我这样说的时候，眼前已经重现出那幕情景……

彼时豆豆食量颇大，每让"宝吃"，很少拒绝。可那两日有异，或许因为前日多吃了两只饺子，有点伤食，喂饭时任你追着他"宝吃""宝吃"地喊，就是无动于衷，有时还不耐烦地小手一挥，弄得满地饭粒。这样的情况持续到第二天晚，依然如故。我摸着他瘪塌塌的小肚皮犯起愁来，乃至夺过小阿姨手中的喂饭家什，第一次对豆豆摆了眼色，自觉脸绷得很紧，眼瞪得很大，声音响得很沉："宝吃。宝吃——爷惯。"豆豆第一次看到我这肯定有点吓人的样子，小眼珠盯牢我好一阵，小嘴角抽动了一下，似乎要哭出来，接

漂 泊

下去竟成人似地顺下眼去，小脚巴在地板上扭动着搓了两搓，抬起眼来委屈地看了看我，勉强吃进一口鱼汤泡饭，可旋即又用小舌头推着把饭吐了出来。同时仰起头，递给我一个似乎带点歉意又带点委屈的眼色。按说我完全应该从这无声的"豆语"中有所领悟，可一门心思怕孙子饿坏，仍回敬一个不高兴的脸色，重复一句"宝吃——爷惯"。

豆豆一定觉得我不可理喻而又实在无可奈何，扫兴地走开了。兜了两个圈子后从沙发上拿了张报纸来，顺着眼说"爷看"，我装着不睬，他默默地硬把报纸朝我手上塞了几下，一改平时不达目的不止地"爷爷""爷爷"地嚷嚷，自顾玩他最爱玩的小拖把去了。爷孙像进入冷战。可我见他横七竖八地学着拖地，一面还不时偷偷瞟我一眼。这样僵持了足有五六分钟，当默默地推着小拖把的豆豆打了一个跟跄又一次向我投来一瞥时，我忍不住走上去一把抱起他来，脸颊贴住他的小脸时泪水就禁不住流下来，豆豆愣了一会，也终究把小手臂箍住了我的脖子，连说："爷抱、爷惯……"斯夜，我的梦境中完完全全地重现过这幕情景的每个细节，只是梦境中的豆豆首次吐出了4个字："宝不想吃。"不知怎的。我听了竟然放声大哭起来，直到身旁的妻呼叫着将我推醒。

这件事使我好长时间不再用豆语一词来调侃谈笑。乃至一年多以后，豆豆有点"能说会道"了，连"可是""然而""那么"都运用得很为准确而熟练了，重新启用的"豆语"其特指性就发生了变化，大体用来指称那些谁也听不懂，他自己显然也无法阐释的语言。比如，他"呀呀唏啦啦啦哇""哈咕卡艾呀呀吧"地嚷嚷起来，我们便笑："又说豆语了。"

我自然没以为可以去研究这豆语的语义，可是鉴于以前对孩子缺乏体察的忏悔心理，我不免多些留意，倒是慢慢掌握得一些"运用规律"。

比如说，碰到下列情况，屡屡便有豆语出现：一是成人顾了自己说话，他被"冷落"一边了，豆语便会频频干扰过来，可能就是一种"抗争"，出于"自我中心"的欲求；二是逢到我们批评他把纸笔摔得遍地都是，说"乱摔东西是好宝宝吗？"他眨眨眼睛之后，不准就来上一段豆语，或许就是"自我掩饰"着打岔了，一如成人的"顾左右而言他"；三是碰到问及"豆豆长大了干什么呀？"之类"难答的问题"，豆语不准也会脱口而出，算得上是一种"自我解脱"的对策吧……这自然都不过是些未见得"深刻"却肯定"片面"的推测，概括不了豆语微妙而繁复的心理内涵。

后来，我们扩大了豆语的区划范围，有些明明语法上比较规范，语义也比较明白的言语，也归进了豆语，"宝宝能不能爬到电视机里去呀？""老虎的宝宝会不会唱歌呀？"总之，一切被我们归入"异想天开"的话，全以豆语视之了。

也许出于职业习惯，我对现在大一点的孩子多操广告话语，向来有些反感；对豆语的孩子气和想象力，就多了些保护意识和赞赏心理。未曾料到的是，前些时豆语中多次出现这样两个单句："爷爷把房子掀掉哎！""爷爷去喊老狼来把宝宝捉去！"这超常的要求使人惊骇，捉摸了半天方似有所悟：莫非咱豆豆不满足于一天一趟"下去玩"，不满足于在老人面前"绕膝"，在这五层楼上憋得慌，"绿党"似地向往自然和外边的世界。"现代派"似地向往"原始野性"、向往寻找一些新鲜的"刺激"了？

再想下去忽然害怕起来，随着孩子思想的丰富，表述的精确以及欲望的发展，这豆语大概终究是要被渐次告别的了。这"成长过

漂 泊

程",在带来一些东西的同时是注定要丢失一些东西的呀,比如率真,比如幻想,比如不囿一隅的体悟,不循规约的自由等等。人们在挣脱"语言的痛苦"而滔滔不绝、唠唠叨叨起来的同时,是否终究难免宿命地陷入永远的智慧痛苦呢?要不然,何以西方的上帝于人一开口时就"发笑",而东方的佛祖干脆"不语",只是"拈花微笑"呢。

"隔代亲"之研究

孙儿出世以后,家庭生活进入"新状态",多有"新体验"。那次副刊编辑来约稿,我竟觉得唯孙儿题材新鲜,余皆陈旧不堪。当然,彼时以《果然隔代亲》应命,也有一点适应"晚报文体"的"消闲"和"娱乐"的意思。没承想一发而不可收,"新状态""新体验"层出不穷。写孙儿的文章就联翩而发,两年下来不下20余篇,"月月红"似地开得欢。

这结果,至少已从两个方面形成戏剧效果。

一方面,我家豆豆差不多成了"著名孙子"。电话里老友、新友、外埠的本地的往往要插上一句"豆豆好吧"不说,雨花社那位不苟言笑的梁晴女士,便几次通知说要到"府上"看看"豆豆";广电报的陆菁菁小姐来访,也为豆豆正巧去外婆家而"虚却此行"似地扫兴;广播台的肖林则说,干爹的文章虽不少,给她留下"深刻印象"的,便是写豆豆的几篇,特别是为豆豆受了委屈而梦里老泪纵横的一场大哭；这意思也就近似文联庞瑞垠先生所言：阁下散文若说或有可取，也只是在写豆豆的篇章之中了……

如果仅仅是在同事、同行、朋友以及干女儿们知道豆豆，那是不能称著名的。咱小豆豆足以跟苏童、兆言这些大叔比肩之处，在于菜场上、公共汽车上冷不丁就会有人提到大名。如每次经过肉案，那卖肉的师傅都要冲我这老主顾喊过来：不带点回去给豆豆吃吗？他大概是听我说过抑或看过我那篇写豆豆爱吃红烧肉的文章：豆豆秉承乃祖之风，一天没肉吃便让喂饭的阿姨捧着碗满屋里追他，他则游行请愿似地边跑边喊"肉肉！肉肉！"有时跑得跌趴于地，还拗起头喊"肉肉！"必得一再许诺"爷爷明天买肉肉"，才肯勉强让人帮他爬起来。更足以说明问题的是一次在公共汽车上，碰到一对抱着孩子的小夫妻，男的说，老爷子对孙子是不错，可跟报纸上那个豆豆的爷爷比，还有差距；女的便笑，说你把那篇小文章给爸爸看看嘛。另一回在煦园，有小两口拿着张报纸，坐在那石舫边沿有一搭没一搭地聊，差不多说了同样意思的话……这些虽使我反省过自己文章的负效应，可并不妨碍作为我孙子具有知名度的佐证。

另一方面的戏剧效果，便是我俨然成了"隔代亲"现象的研究者，文朋武友间闲磋牙，就多有跟我作"学术讨论"的，我也注意极力把"现象"上升到"理论"。这其间无疑有些"自我实现"的考虑夹杂其中，盖因我在"文艺理论"上折腾了大半辈子终没"理论"出个什么来。隔代亲理论在一些文章中零星抛出，倒招来更多切磋琢磨的，还有两位大学研究院的学子打来电话"相与析"，很是促进了我研究的进展。只是至今虽已立论不少，却很难完全经得住自己实践的检验。

如"补偿论"。我曾以为刚有了孩子的青年夫妻,一则血气方刚,二则事业进取,三则"少年夫妻"还没堕落成"老来伴",儿辈那里的温情就难得到位。年纪大起来以后,"悟以往之不鉴"而无法实现"来者可追"。终不能让儿子再小回去让你补偿。等到获得一个孙子,就无异获得一次机会……这在理论上未见得站不住,可实际上就有些相反的情况。如儿子屡屡怪孙子把东西摔得满地,我便不以为然:"家里就这大地方,不'摔得满地',你叫他摔到哪里去?"儿子要抱孙儿下楼走走,我还是不以为然:"神经病么?这么晚了,外边凉飕飕的!"孙儿要"爷爷抱",复要"爷爷抱好",调整个位置后还要"爷爷站",继而喊"爷爷走"。见我踱来踱去儿子便好心地喊:"下来!爷爷抱不动!"我便未见得不是好心地发火:"瞎操什么心!就累死了?孩子这点要求还不够可怜的?"如此这般,儿子动辄得咎,这"补偿"想来很为"够受"。

如"补白论"。以为老年人事业到了尾声,心理上少有追求,社会家庭都可视为"闲散人员",然精神不甘寂寞、生命不甘空白也就以老年人为最,空落落的感受中孙儿便成了有效的填充和补白。这原也不失道理,可在我的实际上并对不准号。非独我尚在职,还有些积压经年的约稿信函,有些外地什么研究讨论会的邀约,实在还处于空白不多,倒是常常自觉排开一些不紧要的邀约,来突出服务于孙儿这一中心。有时刚伏案,孙儿跑到桌边,小手拍着膝盖,小脸仰得高高:"爷爷你干什么呀?"两声一喊便深感歉意,忙不迭抱起他来,逗弄得其乐融融。通常是陪伴到他"觉觉"了,才笑眯眯地亲一下小腮,再去填补那稿纸上的空白。

又如"返老还童论"。说的是一种童真、童心的交流和向往。老年人接近"结局"也接近"成熟",体味过人间温馨,也品尝过

漂 泊

人生苦寒，虽说修炼成精，毕竟忘不得那些历经过的人际隔膜和人间心机，回过头来面对孙儿那天真烂漫、稚气单纯，自然就倍感亲切，憧憬着回归。这一说，对照实际可差强人意，虽说你有意"老来娱孙"地"还童"，孙儿那边却不乏"自高自大"地"充老"的做派，譬如你喊"豆豆乖乖"；他便喊"爷爷乖乖"，还顺带"奶奶乖乖"；你举着他逗笑，他便喊："豆豆比爷爷高！""爷爷小不点儿！"可这仍然就天真得可爱。只是由于自己神经过敏常会从稚气的脑袋去透视成人，如他学上唱"世上只有妈妈好"后，居然会即兴改词，爷爷面前是"世上只有爷爷好"，奶奶面前是"世上只有奶奶好"，他爸笑称他是"小骗子"，我那"过敏"的"神经"竟真个绷了一下。肖林提到的那篇梦中大哭的文章，题名《眼色》，也就包含"神经过敏"到孙儿似乎学会"察言观色"……

再如"距离效应论"。这是指在我们"一代管一代"的基本格局里，当初对儿辈因了要管吃管拉管住管用管教，使命感、责任心太沉，到了孙辈面前，固属更为关爱，可毕竟责任上可进可退，毕竟拉开了一种距离，这点距离反而保证了亲近，其实是保证了一种审美化，使隔代之间足以构成着一种超功利、超现实的"审美态度"和"审美情境"。举例说，孙儿那天调皮地站在床上尿尿玩，看着他那乐不可支的"使坏"像，我竟也乐不可支地好一阵嬉笑。假如没有一点距离感，洗被子之类的实际问题还得我来负"责任"，恐怕多少会影响那份审美的从容。

余例不赘。我推出的10余种"理论"中，数这"距离效应"最切实际而无懈可击。诸多理论，在诗人忆明珠那里陆续阐述过，他因为尚未进入"新状态"而无从"新体验"，领会上不怎么样，且无端会从鼻孔里"哼哼"几声，唯独对这"距离效应"说没有"哼哼",可算是默认了。不过,别人确认也好,否认也罢,总只能从正反两个方面激发我的研究热忱。前些时我已下定决心把涉孙文字系列化,争取搞出一本"豆爷笔记"来,以就教于海内大方之家。幸已蒙一出版社承诺接稿,且很为客气地说"翘首以待",不胜鼓舞之至。

漂 泊

果然隔代亲

《红楼梦》中的贾母对孙儿宝玉的疼爱，显然远远超过对她的肖与不肖的儿子们。为了儿子对孙儿施行一次家法，她老人家竟悲愤交加，斥责、数落、连讽刺带挖苦地弄得儿子诚惶诚恐，连连赔不是，作保证，几至"无立足之地"。对此，学者自然可做出一串关涉社会容涵的探究，而我辈普通人，恐怕就只会归结为一种属于人之常情的社会现象：隔代亲。

这在我刚刚当爷爷的今天体会尤深。自从儿子、媳妇生下这个胖乎乎、粉嘟嘟的小豆豆回来暂住后，我竟一下子改变了许多根深蒂固的习惯。首先是一改离了烟不行的癖性，在家里绝对不再抽烟；接着是一改家务不沾边的老例，什么关涉到孙儿的活计包括每日洗澡、洗尿布全部包揽过来；再则一改不爱抱孩子的脾气，一有空就把豆豆抱在手中，还颠来晃去，嘴里噢噢喔喔个不停。

妻子对儿子撇撇嘴：瞧你爸这样子，当初对你可没到这份上。

儿子呢，也蛮高兴，说豆豆可成全了爷爷练就一身"抱"功了，可有时不免来点干预："爷爷您别这样老抱着还颠呀晃的了，弄成习惯我们可就难带。"而我的回答虽然未必"理直"却很为"气壮"：抱孙子、抱孙子嘛，孙子就是要抱！

这类小小的冲突多了，我就疑心儿子对我爱孙儿胜过爱他有点醋意，连带着也就有点歉意，便发宏论给他听：其实，爱孙子也包含了对儿子的一点补偿，为了儿子当初没享受到的待遇。

儿与媳大概是对放在爷爷奶奶身边的孩子容易骄纵、任性多有见闻，几次半玩笑、半认真地叽咕说：豆豆一懂事便不能放在爷爷奶奶身边，也不能放在外公外婆身边，否则，真会出个小皇帝，还介绍说，他们一个同事的儿子，刚学会说话，发起脾气来就喊口号：爷爷是个大坏蛋！那爷爷呢，还乐得抱起他来在脸上亲。

我能体察儿子们的远忧，便扬言道：豆豆的爷爷是搞过教育的，中、外教育理论都有一点的啦，对吗？小豆豆？说着，忍不住在豆豆的小腮上亲上几口，亲得啧啧有声。

漂 泊

希 望

　　自从日子开始过得松爽起来,我就萌生了一个奇特的希望:希望着时间的倒流,让已然参加了工作的儿子重新进入襁褓,进入童年。虽然我知道,儿子如何"事亲至孝",也无法帮我实现这个荒诞的愿望。

　　荒诞愿望的由来跟那荒诞岁月不无干系。彼时"革命"闹猛,山河火红。自度无权无位的臭老九的孩子将来深造固然无望,就想趁早让孩子学点技艺,长点心智,日后好谋个生计。这样,儿子五六岁就被施行了强迫训练,先是学胡琴,后来学画画。无奈孩子毫无兴趣,免不得受打挨骂的事,还得忍受那幼小心灵无法理喻的"前途教育"的穷唠叨,恨不能一下子就成人似的老成起来。折腾了好几年,担任义务指导的老师忍不住婉言相告:"老黄,你是内行呀,这学艺的事得孩子有兴趣呢!"

　　好在不久便斗转星移,世道归于正常。这就好,对一个自幼品学兼优的孩子的"前途",我很可以恢复和确立自信了。可有一层难以释怀:孩子金色的童年也已经被我蒙上过手造的阴影。虽说"来者可追",但"以往之不鉴"终究落下笔沉重的心债。每当周围的人们慨叹自己青春误过时,我总是不能不更多地为孩子被我摧折了童年而黯然神伤。儿子一直对我"敬畏"多于"亲热","规矩"上绰绰有余而"冲力"明显不足,我真憧憬那种儿女跟父母谈笑风生乃至能够很随便地拍拍父亲肩膀的情景。

如今,子又生子。我这当爷爷的对孙子便有些异乎寻常起来,引得杞人们忧天不已,以为爱到这份上不甚得体。

我对孙子弄到"这份上",儿子会不会妒忌他儿子?我肯定潜在有这点念头,要不然,那天就不会一面亲着刚能笑出声来的豆豆的面孔,一面说出这样的话来:"豆豆你懂吗?爷爷疼你也是对你爸爸的一点补偿呀!"

孙子是听不懂的,于是我又在心里希望他快快长大,好懂得我的爱抚,好代表他爸爸来接受我偿还的心愿,并比他爸爸成长得更为自然茁壮。

漂 泊

送 客

　　五岁的孙儿一直奉行"每事问",这算不得特别,有些特别的是冷不丁就会冒出那一问:"爷爷,今天怎么没有客人来呀!"而每有客人来,他那"人来疯"便发作得令人感动不已,而且每每于客人刚坐定不久,便忙着叮嘱"叔叔你别走噢""阿姨你在我家吃饭""爷爷你就住在我家"。待到感觉客人势在必走了,便不得已而求其次,坚持要送客至楼下,这便成了被孙儿促成的我们家的一种待客之礼。

　　为此,若是豆豆在身边,我心理上就有矛盾:一方面想趁着这机会请难得见面的朋友们带着孩子来聚聚,也好让豆豆高兴一番;另一方面,又每每疑难——我实在不忍心看到散却那"没有不散的筵席"时,孩子稚嫩的脸上流露出的那份怅然若失,那份近于沮丧的失望。

　　那晚几个老同学相聚,规模稍大气氛热火,加之有位老同学带来了小孙儿，这使得在这边过假日的豆豆兴奋到了极点。席间频频举起杯中的雪碧跟大家一一碰杯，照例不时穿插进那句关于"别走"的叮嘱。因为其中的两位临时接到电话，有事需得处理，其他几位答应稍作逗留。不知是否存了"客去主人安"的传统心理，"稍作逗留"后便坚持一起告辞。结束得未免太早。豆豆先是重复那句叮嘱，看看委实无望便履行跟爷爷送客。没想到中途变故，从五楼送至三楼，他便忍无可忍似地在楼梯上起了毛："不送嘛，回头，不送哎——"连哄带劝送至楼下，看着远去的爷爷奶奶们，豆豆突然哇一下放声大哭起来。边哭边任性地喊："不送嘛——不要送哎——"像抗议又像祈求，真个用得上那句"多情自古伤别离"了……

平素豆豆难得一哭，这次破了例，回到家里还伏在我肩上哭个不停。

其实孩子一番激动以后已经很累，入夜，微弱的灯光下，看看那张红红的小脸蛋，我分明感到他是带着令人心酸的不满足入睡的。他太缺少伙伴了，他一定希冀着更多的友好、温馨和乐趣进入他的生活。我甚至义生题外地感触到人类与童年，感受到幼小的生命正是浓缩了人类历史、饱绽了人类天性的……

当豆豆猛地翻了个身，睡梦中再次喊出"不要送""我不要送嘛"的时候，我的眼睛也禁不住湿润起来。

漂 泊

角色位置

　　有了孙儿黄豆，就有了豆爷、豆奶、豆爸、豆妈——的名称，也就有了一家人角色位置的思考。

　　排除一些特例，我们普遍的情况是忙碌的爸爸妈妈们在照管孩子上要借助一点相对空闲的爷爷奶奶——这里包括了外公、外婆，参照了英语 grandparent 的含义——连带而来，又有一种普遍的担心：以为爷爷、奶奶通常对孙儿、孙女会有些"过量的爱"，怕把孩子"宠坏了"。曾向一位年轻的爸爸请教其女儿何以能特别优秀，他沉思有顷，介绍的一条经验竟就是"尽可能不要把孩子放到爷爷、奶奶的身边"。

　　这位年轻的爸爸用了"尽可能"来说事，很客观也很妥当；不只考虑到"现实性"——在孩子的照应上，爷爷奶奶是需要借助的力量，也是会主动参与过来的力量；同时也不失"分寸感"——爷爷、奶奶那里原本也是孩子的"生态环境"，奉行不了也奉行不得

"隔离政策"。如果我们排除了"溺爱"的情形，就不难看到这"生态环境"不可或缺。你想想，老大不小了、都成为什么"家"了的爷们、娘们，不是还神往那儿时的"听爷爷讲故事"么？不是常常还被"摇啊摇／摇到外婆桥——"牵引出几多温馨和无尽思绪来吗？可见很有些美好的情愫、依恋的情怀，不是爸、妈所能供给的呢。其中原委非止一端，说是爸、妈忙得顾不上孩子的一些什么了，没错；要不然，怎会老有当爷奶的抱怨当爸妈的"不管孩子"？说是因为"严加教育"的担子主要落在爸妈身上，也对，要不，也不至于有"养不教父之过"一说而并没有"养不教爷之过"的说法。

然而，在我看来，还有些主观方面的原因在，我说的自然是体验"爱"需要"能力"这档子事。爱是需要学习并体检的，这方面，当爸当妈的还嫩点儿，当爷爷奶奶的虽不尽然"望重"，总可以说是"资深"者，他们年轻辰光也不甚懂得孩子们的一些事体，老来才发觉，自己当年轻的爸妈那阵，忙于生计，忙于功名，粗疏了孩子，粗疏了爱的学问；这结果就是对儿女总不免怀有当初留下的某些歉疚。这当然是没办法的事——不可能要子女再小回去让自己来补救。等到子女们有了他们的孩子，爷爷奶奶与其说得了一个孙辈，不如说是得到一个弥补的机会——对孙辈的"过多的爱"，"多"出的部分其实是补给儿女辈的。对孙辈来说，多出一些固属不一定好，可只要没走到"溺爱"的地步，也不失为对于父母那一边爱之不足的一种"补足"。应该不难理解，在人生的慰藉和激励中，我们既需要母亲"刺字"于背的回味，也需要"摇到外婆桥"的回味。更何况，孩子的人生的领悟原本包含了至为重要的爱的领悟；孩子品尝人生百味的需要，也拒绝把"环境"划一起来、包括

漂　泊

了把爷爷奶奶"统一到"爸爸妈妈上来的要求。

　　问题的要点应该更在于它的现实性。当下普遍的情景是我们的孙辈，正被种种"需要"拧成的一股绳索牵着拉着；被种种"要求"汇成的一股蛮劲催着赶着；去"竞争"，去在"上进"之路上疲于奔命。他们正在遭逢爸爸妈妈们未必遭逢过的童年重负，正在失落孩子们的天性天趣，正在被扭曲自然的生命。唯其如此，爷爷、奶奶们"过多的爱"更容易被反激出来；也唯其如此，我们就不妨说，爷爷、奶奶们不被看好的"爱"，倒是不失为一种"缓冲"的力量，为孩子保留一点"生态平衡"，不必要求把爷爷、奶奶改造成爸爸、妈妈。我愿意不惮"跛足"地打个比方：设若《红楼梦》里的"老祖宗"跟"政老爷"去"统一起来"，那宝玉要不被搞死，也难免会被搞成"禄蠹"一类。这一点，当年曹先生是明白的，我们活在现在了，都当爸做妈了，也该有些明白。

迎接爷爷的几种姿态

孙子是个情感重的孩子，不跟我们住，不天天见面，这很好；或许唯其如此，那"隔代亲"的事于他才更多出几分因由。

记得在幼儿园小班的时候，偶见去接他的是我，就有点喜出望外。从园门前便张开两臂，顺着斜坡飞也似的扑过来；那光景，不赶紧迎上去接住，说不准便会栽得鼻青脸肿。

若是听说这天要带他去爷爷奶奶家住一日，那等雀跃就宛如成人捞到个出国的机会。若是把他送回家准备告别，景象就凄惨了，眼看挽留不住，就一脸无奈地说"爷爷再见"，刚说完便赶紧跑向后窗口，扒住窗台等我出现在楼下，加大音量喊"爷爷再见"，有时还追加一句，"爷爷你再看我一眼"，嗨，倒仿佛此去不知何日再重逢。

我知道，这实在让人心酸的镜头有些反常，不免在脑子里一再回放、一再寻味。只是后来不再出现了，打从孙儿进入小学低年

漂 泊

级，情况就发生了令人怅然的变化。问题就出在总是做不完那许多作业，三日两头会被老师"留下来"。起先，从教室的门窗看到是我去接他了，还像见着"救星"似的从座位上蹦跶几下身子；后来，大概知道了我"救"不了他，而且回家时，每每要批评其不该不抓紧完成作业，远远见到我等在外面就有点怯怯的，有点不安，是否带点歉疚说不准，反正在迟回的路上没头没脑地问过："爷爷你还喜欢我吗？"得到肯定的回答并不怎么放心，或自言自语地冒出句话来："可是老师不喜欢我——"我知道，而且路上几次碰到过小朋友"告状"，说他又挨老师批评了……不必说，老师的喜欢不喜欢在幼小的心灵里自然是件无比重要的事。我有意安慰说，你学好功课，老师就会表扬你的。可他总是疑惑着，似信非信，很难提得起精神，更无昔日那种无思无虑的欢快。

现在，孩子上四年级了，有些长进，如酷爱课外的广泛阅读，知识面确实比我要广，做事也麻利，几次被评为班级"关心集体的标兵"……唯独做起规定的作业来，赶不上趟，完成得慢，且逼紧了更会发懵，被"留下"的事仍经常发生。这样，回家晚了，家庭作业一多，就得拖到晚上十点以后。爷爷辈通常总有些对孩子放不下心的毛病，有时忍不住还是要用车子去学校接他回来，确实只是帮帮他多争得一点写作业的时间。这孩子尽管看上去单纯得比实际年龄小得多，"自尊心"却也开始形成了，那次见我去接就发话："爷爷你怎么老是来接我呀？爸爸、妈妈、老师都说要培养我们自理的能力哎！"可是看得出，说归说，骨子里还是希望有车子代步的，他并不情愿每天都要熬夜。孙子的心理上肯定有些矛盾。我自然也便有些尴尬。

真得感谢"抗非"，防控"非典"期间，学校的措施中，包括了减轻作业的负担，特别是不再布置那些带有惩罚性的、没完没了的抄词、抄书之类，我也很可以不必为抢时间去接送一个原不必再接送的四年级学生了。"六一"节前的周末去接他，仅仅是为了践约——直接请他去趟肯德基。不料他一见我就兴奋异常，呼口号似地连声喊："没有作业！没有作业！老师没布置家庭作业！双休日可以不做作业啦！"不知怎的，我也跟着高兴了一阵，可旋即心里又犯起了嘀咕：没作业怎么就像逢上了盛典似的呢？孩子呵，何日方能让这作业不成为一种苦叽叽的负担呢？我从不一味反感"压力"，哪怕是对于孩子；但我更为赞赏学校倡导的快乐教育，期盼果能如此，让孩子们能从老师布置的作业中体味几多乐趣，为广泛阅读、学习社会赢得必要的时间。

漂 泊

梦 别

梦境历来成全天各一方的离人，所谓"相见唯梦中"。昨夜的梦却做出了关涉离别的情景，醒来便怀疑是梦，我指的是它清晰得离奇：时间清晰，为亲人欢聚的春节；地点确凿，在浦东国际机场凭照入口处；人物也分明，是一个年逾花甲的老爷子和他那十岁出头的孙子。

人在梦中会那样去忖度别人的行动原委和心理情绪么？会的。我于梦里便忖度：这孩子签证的理由大概是到国外比如到美国去探亲，而他爸当初出国的缘由或许倒正是为达成这种"探亲"——让不适应于国内学习重负的孩子去换个学习环境。要不，他妈妈和他随身的行囊怎会也那么大呢？送行的人怎么会多到那么一大群呢？

那孩子略无跟妈妈一起去探亲通常该有的兴奋，似乎沉浸于跟亲人离别的怅惘。他最割舍不下的肯定是那个双鬓染霜的爷爷，不然就不会在十多个送行者中首先选择了爷爷，一头扑进其怀中久久地拥抱着。那一老一小，显然都有些男人在场面上该有的顾忌，不停地眨动他们的眼，为了保持那"不轻弹"。孩子继续走时默默然，一直没吭声、没回头，但似乎有把握知道爷爷一定紧跟在他的后面。临进去了仍没回头看，只轻轻问了声："爷爷，你什么时候跟奶奶一起来看我呀？"这是我在梦境中听到那孩子开口说出的唯一一句话。

从入口处到出关口隔着一堵长长的墙壁，爷爷见孙子进去了就赶忙向墙壁的另一头走去，光景想再看上一眼那母子俩。但迟了，等他蹒跚到那头，行人已拐弯进去。那爷爷下意识地轻轻跺了下脚，忖度他会责怪自己老迈迟缓，或许还在心里诅咒那堵很不人性的墙。

梦中有关切地跟踪虚幻人物的事么？有的。事实上我分明随着那爷爷一起回到他孙儿住过的房间里。那老爷子有点失魂落魄的样子，先在长长的书桌上以及十多个抽屉里没完没了地整理孙儿做过的无数本作业，后来又在桌前的椅边蹲了下去，抚摸着椅子前下方完全磨白了的地板。这期间，他当然不再顾及男人的"不轻弹"，以至一张又一张地用光了孙子桌上留下的一盒"洁云"纸巾。

我一下子觉着触摸到这爷爷的五脏六腑，觉得这爷爷简直就是我。他一定像我一样对待过孙子，他心里一定埋了无可奈何的痛与悔。

我很感激我的孙子，他让我懂得并学会了爱他。但，我没有办法，我制造过许多的无情：比如一次次数落过他乃至多次让他泪汪汪，为了促使他"三更灯火"地坐定桌前，去完成那些必须完成而总难以完成的该死的"家庭作业"。

我不再顾及那位伤心的爷爷，自管自地失声痛哭起来。直到妻

漂 泊

在一旁将我推醒。知道刚才在做梦,也愿这仅仅是梦。要命的是梦境并非虚幻,并非"现实的补偿",只是严格地写实,差不多复现了我昨天的遭遇——昨天上午九时许,正是我送我的孙子跟他母亲登上西北公司飞美航班的时刻。

怀念是痛

记忆是往昔的储存，逃不过时光年深日久的冲淡；为教谕来者，我们常得假以"记录"和"纪念"，以弥补记忆的无能和时光的无情。怀念呢？自然是记忆的追寻了，免不脱牵肠挂肚的郁结，为舒缓计，往往反而去求助"忘却的救主"和"自慰的权宜"。那里有歌儿唱道"只要你活得比我好"，也算是聊以自慰吧。然则，在艰难人世间，谁活得比谁好用什么尺子作何种意义上的比较呢？非但不大好衡度，且原本各有一部难念的经，见不出多大区别；更何况，事情并不取决那被怀念的如今若何——怀念如果释然不得，大体只是怀念中埋藏了自己一份无法消逝的愧悔和歉疚。

鲁迅怀旧的文章，令我深深敬畏、长长太息的多了，但，若要我推举出一篇最能"乱我意"而"动我心"者，我会不用盘点就选中《野草》里面很可以看成眷怀弟弟童年的那篇《风筝》。儿时折断、踏碎弟弟的一个风筝这件事，随着年龄增长，先生懂得了那实

漂 泊

属一次"精神的虐杀",懂得了"玩具是儿童的天使",弟弟面前的那次施暴,便成为伴其终生的一份刻骨铭心而无法救赎的感伤。

通常是具备与之相类的境遇,才使一种情怀的真切品味成为可能;《风筝》牵动出不能自控的纷纭心绪,一个重要因素正是它对应了我自身的经验——

孙儿去地球那一面的国度时,恰巧也在先生的弟弟悄悄忙着扎风筝的那个年龄。对他异乎寻常的怀念,被亲朋归结为儿女心重,没有人想到,怀念自然延伸向异域,那怀念的因由和怀念的痛楚却分明盘结在我的身旁。身旁发生过一幕幕"精神虐杀"的惨剧。比如,这孩子自幼爱好"搭房子",有时候感到积木不够用,会把书本、药盒、写字板、沙发垫———一起调动起来。出于那些"出息不出息"的愚蠢、麻木而昏聩的理由和念头,我曾一次次声色俱厉地向孙儿指责过去:"又玩这个、又玩这个啦,你说说看,到底为什么老是玩这种没意思的玩意儿?"临出国前几天,在"抓紧学英语"的间隙中,他又情不自禁地抓紧搭起房子来。我至今后悔,不合临别的当口,还把那种不成道理又不合时宜的指责,最后一次施加过去。对于这个"难答的问题",孙儿平素从没回答过,也没辩解过,总是报之以一抹羞赧的微笑;这一次,好像存心要在临别之际有个交代,他一下子停止了兴致勃勃的"搭建",求助似的躺到我的腿上,仰起头却顺着眼:"爷爷,我实在不知道为什么总爱做这些'没意思'的事"。

诸如此类的怀念追向远方,跟惦记孙儿在父母身边生活得怎样无大关涉,我的怀念在我这里,我的怀念是自己心头的痛与悔;为了我的手造,也为了他在亲人、师长们,那些老少爷们、娘们对其幼小心灵一次次的扭曲和挫伤,包括对于他的自尊心,对于他的自主性，对于他无可指责的生命需求和可以理解的心理情绪；大家一律持了"为他好"的充足理由，没有理由的到头来都是他——我无意一一呈示出那些扭挫的场景，无力代替别人或社会做出反省。然而我知道，周围的虐杀仍在进行，"从孩子抓起"么？没错；可我知道实在更需要先"从老头老太抓起""从老爸老妈老师抓起"。我也知道，在我的怀念中，已经铸就的不能消融的沉重无法补救，改过了，自新了，拯救的仅仅是自己，充不得弥补。弥补的希望是渺茫的，一如我用国际快递寄给了孙儿一盒最新一代的积木，一面付邮就已经一面自问：他还需要吗？还会喜欢吗？他是否竟然就"知道"了，他会不会对我说"爷爷呀，我现在知道了，玩搭房子实在是件没意思的事"？

漂 泊

科罗拉多的雪

科罗拉多的雪任性地下，纷纷扬扬，铺天盖地，不知道都遮没了些什么和什么。可以想见的是孙儿黄豆那兴高采烈的神态，越洋电话里传来激动的叙说：丹佛通往大学城 Boulder 的高速公路上，妈妈的车开到半途碰上封路，折了回去，爸爸的车则开出了路道，陷进深深的雪中——

彼时，该有的几分牵挂之情，显然被大雪扬起的大兴奋盖过了，追述间还流露出对爸妈遭逢的深深艳羡。第一次寄宿到邻居家的那一个夜晚，豆豆定然迟迟不肯就寝，会久久在夜幕下的雪地里欢快地蹒跚。这孩子，太爱雪、太盼雪，雪的情结太异乎寻常了。

这异乎寻常其实也不违人情之常。科罗拉多，乃是雪之恋情的易发区，从极少降雪的中国南京，到雪量极丰的美国科州，这落差引发的新奇感本身，便足以构成孩子爱雪的第一个理由。第二个理由呢？豆豆说："下雪可以不上学校呀。"这也不违人之常情，即便圣贤也不会例外,其"学而时习之不亦乐乎",亦并非说乐不可支于天天背负书包上学校。况且,我想,以不上学校为乐,大概就正是"学校"使然。

　　学校在幼小的心灵上留下的印象一定很深,那里系结着太多令其黯然神伤的记忆——彼时豆豆在国内读小学,近五年的时间真算得上一段"苦难的历程"。面对铺天盖地的作业、无穷无尽的训练,面临频繁的各类考试继之考分上的排名攀比,爱读"闲书"而不喜"作业"、长于"思考"而不善"应考"的豆豆,会陷于何种境况、会遭受何等"待遇",不难设想。到美国去的安排,原就无异于策划一次"逃亡"。

　　三年前的那个场景如同发生于昨天:在浦东国际机场,即将登上西北航空公司班机的豆豆,并无远行的孩子通常会有的那种兴奋,就要走进检票口了,突然冲过来,一把紧紧地抱住了我,跟爷爷再次告别。那一刻,原本"如愿以偿"的我,禁不住感伤起来,一个不乏情商与智商的孩子,我们何以竟必得为其做出如此选择?到大洋彼岸,成长的路上将会有一番怎样的遭逢?

　　周末的电话铃声成了惊心的期盼,孩子在电话里大体谈天气,尤其是关于雪,"还没下雪呢""前天下雪了""雪下得好大好大""这里的雪跟南京的雪不同,像粉一样又细又干"——怎么总是雪呢,爱上"大自然"了呢,还是幼年的心灵上留下了什么——我知道,我们施加过压力,为了考试排名的上不去;我记得,他稚气地说过"老师不喜欢我""同学不喜欢我",我说你考好了大家就都喜欢你了呀,记得孩子还疑惑地问过:"爷爷你还喜欢我吗?"——莫非幼小心灵上的那点阴影,也像科罗拉多的雪那样难以化解?莫非对自然的亲和,竟是跟对人的疏远、跟在人面前受到冷落而失去

漂　泊

自信有些因果？

"要多交朋友"因而成了每次电话里必有的嘱咐。最称心的事也便成了渐次听到他说起"雪"以外的事，说起那里的老师很"客气"，说起跟美国的、非洲去的、北京去的某某、某某孩子成了要好朋友。那次又提到跟某某同学成了新朋友，高兴之下忍不住用了句英语称许过去，他认真起来，说"爷爷你说的是俄罗斯英语吧"？当时没回过神来（这孩子知道爷爷早年是学俄语的），自嘲说爷爷说的是"中国英语"。不料他一本正经地纠正说，不是中国英语呀，当即喊"爸爸你过来，跟爷爷讲两句英语"，讲过后他接过电话："爷爷，这才是中国英语。""美国英语呢？"豆豆便把他爸讲的重复了一遍，俨然是"示范"了。

当孩子用那纯正的"美式英语"做出"示范"时，与其说是欣慰其学习的进步，不如说是看到了一种生命的"转机"。愿自信并自强永远伴随他，伴他融入科罗拉多、融入他所在的那方天地，伴他去跋涉那风雪漫舞抑或艳阳高照的人生之路。

紫金文库

屁大的事

孙儿到那边经过一学期的语言适应，功课上竟大有应付裕如的样子。加之学校不断组织一些切合孩子们天性的社会的、野外的"仿真"活动，这小子真个是"得其所哉"了。

在国内，由于拖欠作业一些事，"理所当然"地遭到老师、家长不断的严厉批评，提心吊胆的日子里，养成咬手指的习惯，越是紧张咬得越凶。几年来，十个指头至少有六个一直皮开肉绽，说惨不忍睹并不为夸张。连带而来的是，这孩子消化功能好，容易饿，大概自度作业做不完总会被"留下来"，留到多晚说不准，如同想为跑马拉松储备能源，中午那顿饭便总是使劲地吃。饱、饿不匀，常闹胃疼，饮食过量，也便会有冷不防放出屁来的事情发生，若是声、味俱备，又在公共场合，无疑有伤大雅。三番五次告诫别多吃，他却总是眨巴着眼睛重复那句话："不行哎，到时候会饿得慌的。"说话间，那自知理亏而又无可奈何的神色，让人觉得心酸。

漂 泊

到了美国,初进学校的几天,那放屁的毛病便不可避免地带进了课堂。未料两度发生后,老师的电话就打到了他爸爸就读大学的宿舍,就屁大的事寻根问底,说是必得弄清原委,尽快改变情况;要不然,同学会取笑他,还有可能给他取绰号,那就必然会伤害孩子的自尊心;自尊心事关重大,万万忽略不得。接电话的是他妈妈,当下有点尴尬,好在不缺乏应对能力,一言难尽之下,立马用一句话来回答:"可能是不适应美国的牛奶。"这可好,第二天,全班同学自然照例喝学校供应的牛奶,唯独他的饮料换成了豆浆。儿子在电话里对我慨叹:老美真是顶真得动人。

顶真的事再度发生——此后数日,老师按学生在学校不能戴手套的规定要求,让他除去白手套;那一刻,发现了"指头"的问题,当日晚间,家长便又一次接到电话:

"黄先生吗?"

"是的。"

"我是您孩子的老师,您孩子的手指是怎么回事?去医院看过吗?"

"前天去看过。"

"在哪所医院就诊的?……替他看病的医师叫什么名字?……对不起,我们只是想跟医院交换一下情况。"

"情况"肯定很快就"交换"了,而且紧接下来就有兴师动众的家访。孙子在越洋电话中兴冲冲地告诉我们:"爷爷奶奶呀,我们家昨天来了九位客人呢,是为我来的哟!"九位客人分别是学校的校长、老师们和医院的医师们,"两国三方"对孩子好一番心理疏导、好一番鼓励慰勉、好一番嘱咐叮咛……记得那天孙儿的电话打过来时,我正在看电视,恰巧是介绍斯霞老师的专题节目,彼时，正沉浸在为那一代名师的伟大爱心而深深感慨之中；接了这个电话，想见孙儿在关爱中成长，原已湿润的眼眶里，竟愣是止不住流下了泪水。

　　谢谢儿子、儿媳的体察，他们知道我们最放不下心的两件事，曾像报告重大新闻似地报告过："黄豆已经不再闹肚子，手也好了。"还传来了那一双手的特写照片，我下载这张照片时，兴之所至地为之命名"漂亮的手"。"漂亮的手"跟孙儿的其他照片一起，至今仍保存在我的电脑中。

　　过多的批评曾使这孩子颇多自卑，提起学习就有些怯生生，更谈不上"自我扩张"，前次电话中竟有点趾高气扬，那一定是明白了什么能给我们以慰藉，一定是欣欣然于能够给予我们以慰藉了："爷爷奶奶，知道我考多少分吗？100分呀；知道我作业本上老师给的等级吗？是A+……"。

　　我曾思量过：如果孙儿学业未竟而中途回国，跟国内学校的课程怎么能接得上榫呢？自从有了这次通话之后，摒弃了这层忧心。我想说：孩子，其实，分数不那么要紧；重要的是你已经开始恢复失落过的兴趣，开始确立人生奔竞的信心，即使仅仅收获了这一点，也就可以说：很够了，不虚此行。

漂　泊

在美国寻寻觅觅

　　孩子们漂洋过海去异国求学谋生，我们常会借助那句"只要你活得比我好"来聊以自慰。其实，这抵挡不了无法排解的思念和牵挂，无奈的"冷冷清清"中总会有些莫名的"寻寻觅觅"。

　　虽说思念和牵挂引发的"寻寻觅觅"常常是无端的；可既然彼岸的一封邀请信传来了，应邀成行的一道道手续被国内外的孩子们协同办理得妥妥帖帖了，顺利地抵达美国了；看着就在身边的儿子、儿媳天天早早上班迟迟下班，感到了他们并不缺少积极的生活态度、认真的工作精神和良好的应对能力；那无端的切切拳拳便本该安详地着陆。不意一种"寻寻觅觅"竟又系结向具体——美国的探亲之行差不多成了一段苦苦地"寻觅孙儿"的历程。在美国的日子里，比较起儿、媳来，孙儿黄豆自然更多地在场。时隔三五年，原先智商挺高的黄豆，知识面、记忆力、理解和思考的能耐更让我们刮目相看；其心理状态、社会感知上，仿佛于原先，显见出比同龄人小几岁的样子；这些该是发展和发育中的"自然状态"，"寻觅"云者，大体是对他成长过程中某些心理变迁的"寻迹觅踪"。

孩子明显地长"脾气"了。增强了些个"叛逆"意识，形之于外的激烈方式让人感到突如其来。通常只从"青春""发育"等等方面做出解释，容易忽略所谓"突变"，大体都不能不是经过了日积月累的"渐变"过程。

回溯国内的十多年岁月里，这个善良、温顺、心存明白而憧憬和顺的孩子，原本不是没有一些不能化解的"不解"和未经消释的"抱屈"。"教育"心切的成人，如或屡屡越过事情本身的曲直而直奔相干不相干的"道理"，设若忽视其心志和意愿而合理不合理地要求"统一"到自己的好恶、取舍上来，扭伤的情形便可能发生，无法得到排解的心理死结就有可能潜意识化为某些"病灶"。我们可以在"承受力"上要求于孩子，却不能不细致于省度：孩子在"顺应""承受"中是否形成过这样那样的心理郁积——

到美国跟十六岁的黄豆在一起生活的日子，正值其敏感于压抑反弹、执着于自我意识的"青春期"。我盘点过，他或然会有的情绪及其表现方式的无法自控，大体发生于这些情势下：

当成人的争执造成他的不安和烦躁；

当受到委屈而无法诉告或诉告无效；

当没有得到尊重而遭遇刺激性的言语；

当谋求和解而遭遇无法理喻的拒斥；

当反复指出别人的行事不合规范而别人不能诚恳接受并反唇相向；

当一次失察屡屡被提升到原则上笼统否定；

当以为合理而可行的要求被别人用不和适的言语反复排拒；

漂 泊

当以为过高过细的要求被反复地、联手地、由此及彼地加以训导。

黄豆见之于行的烦躁，其实多系所来有自而止其当止。一如冲我而来的几次"发作"，并非只缘"意见分歧"，多因我当下心情急躁导致言语粗疏、失却宽厚而起。他不能自制于一时的冲动过后，又会立马自省，特别是弄清系误解了别人的原意，当即释然开颜。事过之后没有什么"计较"和"记恨"，他其实已然知道隐忍，已然不是不懂得从终极去领悟"道理"，只是容易被具体的刺激引发出潜在的"情绪"，情绪通常大于情理。情绪自然不会没来由，他流露过内心苦闷，向往着"自主"的可能。为情绪发作所遮蔽的是对于环境的不适、不满和恐惧。我们作为孩子的亲人，作为其最贴切的"环境"因素，其实亟须有所改变了，或者说，他需要换一个恢复、调适自身的环境了。

黄豆原是一个情商很高的孩子，从表面看，如今形于外的"反抗意识"会让我们做出跟亲人之间感情上有所淡化乃至对抗的判断，其实这孩子内心的深部"重情"依旧。有两个细节令我感动不已：一是我们回国前几天，跟我们同室并床而卧的他，入睡前突然伸过头来在我面颊上亲了一下，默默地什么也没说；一是送我们到机场的情景，直到我们拐进登机过道，他一直向我们频频挥手，擦着眼泪的老伴走出一段忍不住又折回进口处再看一眼，不曾料到这孩子还一动不动地站立在原处，怅然若失地盯牢我们消失的拐角——

我向来并不介意孩子们对自己有多么"亲昵"的表现，这不重要。甚至凭了自己的人生经验，并不一般地认为过高的情商、过多的情感，是有助于人在世界存活的正量因素，有时还会恰恰相反。为此,早年这孩子对爷爷超常的感情曾导致我内心的矛盾:孩子普遍会存在情感倾向是无可非议的,只是私下以为:一方面,浓到"化不开"的感情很可能成为"感情用事"的渊薮,不利于进入社会的临世处事;另一方面,若是有意地去"弱化""纠正"这种已然形成的感情,不只是乖情悖理的,还有些无法规避的利害关系在——作为爱心的一支根系既然深深地扎在这里,从这里动摇就可能无异于"拔根断须"。或可说家庭的"亲情"并不恒等于社会的"爱心",而对于一个孩子来说,大的爱心从亲情开始、由亲情激扬则是没有多少疑问的。多少年来,我对这"化开"和"激扬"寄望良深,期待其经由适应"社会"、广泛"交游"来强健自身。

　　不能就此多所助益于孩子的无奈中,我再度寻摸向"环境",环境是成长的"摇篮",也是成长的"炼狱",环境会滋生一些东西,也会泯灭一些东西。在一个利益关系日趋高扬、人际隔膜日见深重的时代,他者的关切、交好与融入不能不更多几许举步维艰。我们走过的路,也许已然不是孩子们脚下的路,抵达"爱"这一人类共同的良心、社会共通的良知,也许不再表现为古老的方式和划一的途径。唯其如此,体现于社会生存状态和个体生活法则的"爱",才更须得以爱去呼唤。为孩子的立身处世计,我们难免种种忧心与焦虑,但我们无须悲观,我们无法代替孩子们走路,能够付出的是更多理解的细致与培植的精心。

　　并非因了陌生,故而新奇,因了新奇,故而向往。行者无问乡关的随遇,盖因天地原本逆旅,异客亲善异质,只缘天涯处处芳草而足令中心摇摇……

异乡之乡

古都碎语
——为《闲说地域人》书系而写

江苏历来是"人文荟萃之地",都这样说,没有错;进而认定这"荟萃"之盛首推其首府,也错不到哪里去。当然只是"历来",不特指当下,当下"人文"淌得很,再不济的省会也不妨凑合着这样说说;同时,也就是"荟萃"罢了,那"人文"并不似庄稼般一茬一茬从南京长出。自吴大帝孙权向下历数,过分短命的不计在内,也是十朝都城了。古代帝王、现代总统不下五十位,在这里为过大善、造过大恶、办过实事、创过大美的顶级人物,可以列出一个加强营,记载起"世家""列传"来文稿要装上几十筐;若都去建故居、陈列馆什么的,市民的住房便会受挤兑。然而,稍加排查,于此定居达数十年者不乏其人,真正土生土长的土著,原没有几个。精英们多从别处"荟萃"过来的道理,自有南京的历史地位、地理特质方面的关涉,包括"帝王之宅"的优越,山林湖川之优胜等等,所谓渊深而鱼驻、山深而兽往是了。

漂　泊

　　南京好说而南京人难说，因而就不仅在于城市生活的现代趋同。一则短命王朝更迭频仍，酷烈洗城数度发生，社会人群无以稳定，区域风习碑难定形，连语言传统也无从寻究，原先的地域性吴语，早衍化成不西不东、非南非北的蓝青方言。南京的斗转星移而"物不是而人亦非"，原较之其他任何地方更甚。再则，别说帝王将相，精英们跟百姓也向来总有些隔心隔肺隔情隔性，文人雅士来南京吟诗作文一律抚今伤古，百姓多没这份情怀，紧要着柴米油盐之事，并不会被"人文"一律化为"文人"，以为南京党政群工妇，工农兵学商都浸染得文质彬彬，是大不切实际的。

　　不过，至于今日，南京魅力犹在而未可言风流云散，除了江山依旧、胜迹遍布，这民风、民习的杂沓，地域特质的疏淡，正是因由之一，且为十分重要的"之一"，这成就了这座城市的包容性和接纳力。偶尔陪同西安长安来的朋友到处走走，都说"南京真好"，取的或许也是人文视角。而依我看，这地方的好处很可以俗白一点说：它是个适宜各色各类人居留的处所。在国外碰上几个小住过南京的外国朋友，言谈中夸赞我们这个城市之余，都忘不了提及夏天的酷热、冬天的阴冷，但众所周知，天时地利都不如人和来得重要，南京人好结识、易相处，无须三缄其口之虑，毋庸入国问俗之劳，三教九流都不难于此安身立命，居家处常，南京确乎比其他地方多些乡村式的亲和感和人情味。

　　不知始于何年何月，亦不知由本土人还是外方人原创，南京人跟"大萝卜"搭上关系；提到南京人，"南京大萝卜"便会脱口而出。什么意思？没见确切解释。南京特产中萝卜若算得一种，就在它又长又大，一个够吃上好几天。但大家都明白"南京大萝卜"跟"天津大麻花"不在一个意义层面上，它非指特产乃是比称这方人的秉性。初听有点刺耳,听惯了就感到有那么点意思,细想起来竟能觉出几分惟妙惟肖。

这宝号首先该是指向南京人的"大",大大咧咧、大而化之的那种"大"。南京人心境平和、处变不惊,对王事帝业、金粉烟水、风物流转见识得多了,皇家宫阙的毁弃、王室陵寝的冷落,"四百八十寺"的兴替、"桨声灯影"的变迁,跟普通人的生存原无多干系,芸芸众生就有些满不在乎地看透和漫不经意地随遇,自己的城市做不做京都固然懒得计较,自家的生计如何编织也有些随随便便。这"大"就大得非独显见豁达,也分明显见不上劲的散漫、不上进的安分。说南京人大大咧咧、大而化之,只是一个方面,是往"大"处看的,往大处看还能看出南京人对大自然的倾心,这是有点根柢的。旧时南京人向往山川秀色,依恋自然怀抱,即令想不开寻短见,也多选择像栖霞山、燕子矶这等天高地阔、江山苍茫的好去处。陶行知先生题签"猛回头"三个字的石碑至今仍立在燕子矶的崖边。往"小"处看就有另外的情景,并非不能看出某种严谨的顶真劲。我巧遇过一次问路的喜剧:北方的一个青年人向在门口晒太阳的老太请教去鸡鸣寺的走法,开口喊了声"请问大嫂子……","大嫂子"把对方上下打量一通然后发话:"你家有我这把年纪的'嫂子'?"青年人连忙改口称"大妈","大妈"这才给他指点起来,指点得认真仔细,从那儿可以走,从那儿走也可以,从那儿走近,但从那儿走路好认,到那儿看到什么大楼再向那边拐弯……一副恨不得把问路者送到目的地的样子。我在一旁立定良久不是好奇而是走了神,想到自己少年时去三山街向一位老太问路,老太好一阵指点后见我仍愣头愣脑,骂了声"真笨"便向屋内喊"小三子",说"把这个小哥哥领到内桥让他往前直走"。

漂　泊

　　称"萝卜"指认着"土气"是不言自明的。是褒是贬很难说，往好处想是"朴实"，往孬处想呢？就是"粗糙"。据我领会，两者兼而有之。比较起"洋气"来，"土气"明显少点尊荣洒脱，却同样明显着多点自然性与真实感。面对南京人，不会像碰上自贵的巴黎人、矜持的伦敦人那样，免不脱几分格格不入的尴尬，面对我们南京人绝对不会。概括得抬举一点：南京人不卑不亢，主要是指异常的不自大、不自谦、不排外、不欺生，多世俗心理和平民意识，有点孙文先生倡导过的"天下为公"的样态。

　　要命的是，朴实常常是骨子里面的东西，粗糙却往往溢于言表，暴筋露骨地易于触摸。我向来不太欣赏北京大爷夹带阴损的"幽默"，不能认同上海阿哥们拌和自大的"海口"；南京人的直来直去、直话直说差强人意，唯独疯出一股子粗劲来令人不堪耐受。在街头巷尾，如果你遇上几位操南京腔的人，在那里"×人""呆×""×你妈"地你来我往，嚷嚷得不亦乐乎不可开交，忍不住动了上前劝架的心思，得赶紧打住，真个付诸行动，不被看作神经病才怪——人家没吵架，是在亲亲热热地说事谈心呢。外地朋友讲过，到了这里，对苏、扬多美女的说法就会存疑，敌不过"贵地"的，南京不只姑娘靓小伙子也俊，只是最好别轻易开口说话。我知道这不是指方言，红楼里的熙凤妹子出场时一句"没得迎接远客"，把"没有""没能"说成"没得"便是道地的南京方言，喜欢不喜欢她的今人都不曾嫌她讲话不好听。"别轻易开口"的告诫，系指开了口往往有些不清洁的话，一如随口吐痰。出于地方荣誉感，我曾发过奇想，以为南京该多一种特警，专管嘴巴，管住那随口吐痰和随口喷出脏话。不过，鲁迅先生虽住过南京，他的嘲讽"国骂"不见得缘自南京给他的痛感，南京人似乎不必特别地为此自惭形

257

秒,干碍的毕竟也只是"市容"而已。

　　我看得比这个紧要一些的是,南京人容易为点小事抬杠顶牛,激化起来开骂开打的事也是有的。这多半也导源于粗糙,不会"打招呼",尤其对致歉一类的语词极为吝啬。你在南京称得宽阔的慢车道、人行道上骑车走路,冷不丁就会有骑车人从后面"哎"呀"喂"地吆喝过来,眼睛的余光里还会瞥见回头责怪的神色,光景不是他要抢你的道,而是你挡了他的路。一次我骑车经过北门桥地段,后边冲上来的一辆自行车愣是把我的车撞倒在地。扶起车来没有吭声,心想既然人没伤、衣没破、车没坏,等待句道歉的话算了。谁知跟肇事的青年四手扶车四目相对,足足十多秒钟过去不见他开口。哑巴?忍不住问一声:"会说话吗?"那边终于开口:"对不起就是了。""就是了"是南京话常有的"复合语尾助词",用上它有"就这么回事""不必当回事""毋庸大惊小怪"这等潜台词。当时吃不准偌大年纪的人执意要等声道歉是否小题大做,只肯花十几秒钟去等是否还是缺乏耐心;吃准了的是这人并非哑人,不过懒于、吝于道歉而已。不肯道歉不只是日本当局者的陋规,也是国人的习惯。当时反省过,可能彼时正去过几趟欧洲,用了西方的参照。在红场和涅瓦大街碰到过两个细节,两个细节完全雷同,都是跟俄国人擦肩而过时手臂轻微地触碰了一下;两个俄国人的做派也完全相同:侧过头,微笑,说"sorry"。俄国人如同不少欧洲国家人一样,反感英语霸权,此刻用上英语是看到我是外国人,同时不无要我明白他道歉了这层意思。我们这类人有点不择场合地进入"思考"的习气,在法兰克福的机场候机厅因此跟一个老外撞个满怀,责任在我,当然连喊两声"sorry",老外先是透着宽和地笑笑,然后竟也来上一声"sorry"。但这是外国的事,不合我们南京的

漂 泊

"城情"。南京人这方面实在粗疏得过分突出，不免让我寻思间有些胡乱想：比如，推测他们是否把道歉跟服软服输乃至投降混为一谈了。历史上在我们这里服了软、认了输、投了降的人和事很多且有几起著名得很，南京人对此极为鄙薄和不齿，难道"这"跟"那"果然有些潜在关系？总之，诸如此类的情况在我们这里碰多了，对什么致歉、互让之事就不存指望。诸如行走间那脚被人不慎踩了，不必一定要去指望那边会打声招呼；公共车上站在端坐着的姑娘小伙子面前，六十开外的老头、老太也别多存人家会让座的念想；斑马线边瞟见公交车、的士驰来，即使估摸来得及穿过行道，还是最好等一等，那样稳当．我们的车是宁愿表演惊险动作也不怎么情愿让人的。南京目下率先试倡以"车让人"为基点的交通措施，大概也包含了"有鉴于此"．并非只为"接轨"。

  这样说感到对不住的士师傅，南京的士师傅其实很棒。车站、码头出租车混乱以及短途拒载、途中宰客的事不能说没有，但整体观之，南京人的实诚包括义气、友善在的士师傅那里有相当集中的表现。警方公布的车主把客人遗物交还以及协助警方破案的统计数字很为惊人；自发义务接送残疾人、老弱者抑或考生们的司机队伍日见扩大；多辆出租车合力穷追截获肇事车的义举也时有出现……这些很见南京人性格的另一侧面。南京人远远算不上强悍，但不畏强权，爱管看不入眼的"闲事"；富于同情，容不得恃强凌弱的行径。所以，到南京悄悄行骗的有，变着法儿用假伪劣牟利的有，也比较容易得手，公开撒泼行凶的则不多见，治安称得上良好；连负责清理道路和地摊菜担的市管人员，商家、厂家、公共场合的保安人员，也得十分注意检点自己的行为方式，弄不好会围上一批市民不依不饶地干预一通，造成群情激愤、舆论哗然的局面。南京人急人危难、帮衬贫弱的品格是让人感动的。追星者、迷球者的热度比较一般化，明星签名售书等活动在南京多会遭遇冷落，市政的举措失当常会引发"说三道四"；而贫困地区的儿童缴不起学费进不了学校、贫困家庭的病人付不出医疗费用上不了手术台，尽管去接触接触媒体，市里的报纸、电视台发布一下求助消息，不作兴不应者云集，在各阶层人士包括下岗者的踊跃捐助下得到圆满解决。

这急人之急好善乐助之所以让人感动，自然更由于实际上这个省会众多工薪阶层的收入跟"经济发达地区"并不相称，生活在工薪阶层水平线下的人更占多数；他们非单远不具备慈善家的实力，消费观念及消费能力还决定了其生活的简单俭朴。虽说"南京人爱吃草"不在此列，对芦蒿、荠菜、马兰头、香椿头、菊花脑、鸡头梗、野葱、野枸杞等等的嗜好，只能说是南京人爱清淡，注重解热消暑，如同注重增热取暖，使"四川火锅"大为风行。但除了冬日数九、一九一只鸡的进补迷信外，南京人的餐桌上一般是简朴的，尚素，开荤也就是去剁点盐水鸭，烧碗骨头汤，谈吃名嘴刘仪伟的从中央台离岗不会让南京人叹惋，南京人不会在吃上劳神也不愿在吃上靡费，菜场上水产部的螃蟹一类贵族通常捆得结结实实，多有从上市摆到罢市的情形。

南京商家的商业策略不注重别的，长盛不衰地集中于一浪一浪的价格战，也是吃准了南京的购物心理，南京人还处于爱买便宜货的阶段。"新潮流"的宣传在这里通常收效甚微，拆迁大拍卖、转行大抛掷、全市最低价、一折起售、亏本价、跳楼价的招徕，不管真假虚实，效应都好。远方人士没到过南京上海的，常会把两个通常并提的城市等量齐观，到过一趟就发觉，两个地方的市民即使仅从穿着看，也大相径庭；连从本省市县到省会来的，说南京人穿着

漂 泊

马虎、土气的也不乏其人。

与此形成对照的，是南京大大小小的饭店、餐馆多得出奇，且常常座无虚席，并非只是外方人、旅游者。商场、超市的礼品柜生意也火爆，逢年过节就更会挤成挨肩擦背，大街小巷、路边车上带着礼包的蔚成大观。这些跟南京人爱热闹、尚往来有很大关系，跟南京人强固的伦理观念分不开。几代人一大家子、亲朋好友一群人，你来我往地到家里、去饭店团聚团聚"嘬"上一顿是常有的事；加薪晋级以及一些算不得什么的喜事也会闹一闹，闹者原不当真，被闹者却一律认真，不肯扫兴也不肯放过热闹的机会。南京人的大家庭观念相当浓厚，说不上长者中心还是幼者中心，但除了极端的例子，孝道的恪守比较自觉，英国那种没人照料的老人多过没人喂养的老动物的情形，在南京人是无法思议的。儿女跟父母发生矛盾，同情和"道理"通常在父母那边。"不要计较"的劝慰常常是对老辈说的，言下之意是怪儿女不太懂事；"你爸妈不容易呵"则是对儿女的提醒，弦外之音便是孝敬不够到位。老人也自觉，尽可能边缘化，不在乎家长式的权威，爱热闹宁可到外面去找，自个去寻。南京的老人因此无论家境宽一点还是紧一点，一般都生活得比较宽松自在，已然"完成任务"似的撂得开担子。健身房、舞场、风光带以及打牌、下棋、搓麻将的场合，差不多是老人的世界。有部分为儿孙继续"当马牛"的，亦多为心甘情愿，心甘情愿间还少不得有些唠叨抱怨、有些自我调侃蹦跳出来。

有来有往是南京人不肯疏忽的信条。得了别人的好处，不回报过去就是个重大心事，并且念兹在兹地搁不得时日。在南京救急济人者就多取不留名的方式，也就多了些心急火燎地寻找恩人的奔走之劳。若有借钱赖账、吞吃工资、虐待打工者之类的行为，舆论讨伐的火力不会下于讨伐杀人犯。反过来，讲究回报就不只视为道德，也还看作必要的体面，有时能够计较得让人难办。我想到妻的一次遭逢，那天她打的回家，车上跟师傅闲聊，偶尔谈到司机的职业病。碰巧这师傅不只血压高，还有心脏上的毛病。出于职业习惯，妻从医学上提醒了些该注意、该预防、该从饮食上调整的要点，说过后又从包里掏出纸笔写上几种药名，告诉他自己已经退休，不好开处方，这些药作为参考，到医院跟在职医生商量着办。这其实说不上什么帮助，至多是人与人之间的一点关心。未料临到要下车，师傅就不肯收车费。君子国中人似的一个说"算了算了，你今天一番指点对我好处大呢"，一个说"不能不能，你们挣点钱不容易"。好一阵推让，师傅便下来打开车门，做了个"请下"的潇洒手势，还是把车资塞回到妻的包里。老伴回到家后还好生不安，说这不等于收了人家的"咨询费"了？

连带想到妻的女友送给我们一座钟的事。她是妻的老病人，妻对她的尽心其实也就是一个医生对一个病人该有的尽职。可她总想"报答"却屡屡为被拒绝感到欠债似的不安。那次终究还是带来只盒子，她儿子在钟表厂，给朋友们分送几只钟不算什么。可她放下钟就说"不好意思"，认真地要妻付给她一元钱，说是通例，送钟（终）不吉利，付上一元便不是"送"了。付一元钱这件事办起来容易，想起来则有些别扭。在我家小住的上海老姨事后就笑，说："南京人好白相，要啥铜钿；上海人也作兴送钟，勿过会得搭仔一本书，有书（始）有钟（终）蛮好哉！"是了，可见南京人的心实，也可见其不活络。

南京人是有些自尊自爱的，也属于慈慈的透着不活络的那种，而且很可以说透着企望受到尊重者骨子里的某种自卑。朋友谈起

漂　泊

过一件趣事，说的是他去配把钥匙。摊位上那位配钥匙的师傅说："放这里，下午来取。"朋友想起没带锁来，说了声"我去拿锁"，师傅仰起头，来了一句"你骂我？"（指怀疑他照钥匙配的钥匙能不能开那把锁）；朋友怕弄不好要多跑一趟，随便加了句"下午我把锁带来吧，配好了我会多给点工钱"。师傅瞪大眼睛没了好气："那你是扇我的耳光！"朋友是老南京，当然明白，这是从技艺水平、人格水准双重意义上触犯了南京师傅脆弱的自尊心。南京人对飘来飘去的"大萝卜"的称谓不甚介意，大约只是无可奈何。若是碰到抓得住的具体人事，自尊自爱之心被触犯就不是能够免于追究的。那年南京部队一位作家策划一部电视连续剧，剧名准备定为《南京二五》。"南京二五"作为南京人的别号之二，不似"大萝卜"那等普及，贬低的意思却更明朗，南京人不能消受是情理中事。只是我参加过关于剧名的一次论证，知道在创作意图上，这位作家很有些"反其意而用之"的构想，性格设计中显见迂拙的主人公"南京二五"，约略类乎我们倡导过的"革命傻子"。这很好，无异为南京性格掘发呼唤出潜隐的光彩。未承想剧本尚没着手，消息就在晚报上发出了，南京人无以循名质实，报社头一天就接到百十个电话，抗议对南京人的侮辱。我想，这件事在说明我们自尊自重爱护桑梓的同时，也正表明确实有些转不过弯来的憨直。江苏历来有"江阴强盗无锡贼"的说法，两个地方的人听起来都会笑眯眯，他们会转弯，能够从中品味出"会抢时机"的厉害和"长于算计"的贼精。推而广之，风行的民谣说"上海人什么衣服都敢穿、广州人什么钱都敢赚"，当地人不见得会动气，说"北京人什么话都敢说"，北京市民不准会引为自豪。说南京人对"二五"过于敏感也不合实际，敏感跟南京人不搭界；否则，邮电部就会对南京来的电话应接不暇——他们为我们设置的电话区号恰恰就是"025"。把"0"读成"零"、读作"洞"都一样，前者有"您二五"之嫌，后者更可意会出"通统二五"。这完全是说笑话了，各方面都莫当真、别见气。

问题恐怕正在这里：前人指出过"北方人爽直，失之于粗；南方人文雅，失之于伪"，于今似乎仍可留作参考。南京跨着视为南北区分标志的长江，就有些南北兼备的中性特质，跟"粗"不如北方、"伪"不如南方一样，"爽直"和"文雅"跟北方人、南方人也是有距离的。小说家戏说过：在徐州，你住三楼昕到一楼两人吵架，急急赶下去拉劝，就会发觉来不及了，迟了，其中一个已经被击倒在地；若在苏州，两人吵相骂，你用不到紧张，去看场电影回来依然平安无事，两位仍在有一搭没一搭地斗着嘴皮。这类小段在南京人这里不好编排，南京人的中和，亦如"萝卜"，有点辣，但不像辣椒；有点甜，但不比苹果。作为审美，这很可自成一格，作为性格呢，我就愿意往"弊端"上说过去。

南京固然已经不是毛主席他老人家于新中国成立初指出的那样，"是个臃肿庞大的特等消费城市"（指出这一点是要地方官员努力向生产城市转化），但消费城市的遗风流韵尚存。这里名副其实的名厂、名公司、名农产品、名店、名经理不好说多，多得厉害的名山、名湖、名洲、名巷、名寺、名园、名楼、名阁、名斋则缺乏资源性开发，还不如人家现造现卖的"古城""洋城"来效益。从精神层面看，消费是联系着守成而对称于创业亦即创造的。南京人对城市的屈辱留下的精神创伤，过远的或许有所淡化，近代的特别是关涉国族的却没齿难忘，几年前一家公司移动了一块小小的纪念碑——日寇大屠杀中殉难者的纪念碑，如同旧时祖坟被刨一样，引起群情激愤的轩然大波，旷日持久的自发声讨聚集过数以千计的群

漂 泊

众。这是十分感人的一面；另一方面，我们的市民对精神需要激发、精神的激发需要借助包括"形式""方式"在内的创造，又似乎不甚介意。在日本当局一直在抵赖历史账目的情况下，我们不只需要取证的实功，也需要压邪的声势，一位知名人士早已倡导过在我们城市的窗口地区多建几处大型纪念牌坊；在大屠杀殉难者的纪念日，全市鸣笛致哀。这个建议当时并没有引起应有的重视，没有得到市民应有的广泛呼应和支持。直到近年建议的后一项才总算付诸实施，但市民的心理上也并不认其为多大的事。作为轰动全球视听的、惨绝人寰的大屠场所在地，一年一度纪念活动的声势反倒不如其他一些城市，这用南京人的崇实抑或愿意"向前看"是解释不了的。看到韩国人抗议美国军人暴行的那种鼎沸场景，我们确实该有些惭愧并自省。

比较起圆通的上海人，精明的广东人来，我们这方土地的主人们要平稳得多也温吞得多，安详得多也慵懒得多。我开头说这地方适宜居住也就不止于人和，还不无在这里日脚可以不紧不慢地自在打发那层意思。南京人懂得"苦钱"的意义，他们不说"挣钱"不说"赚钱"而说"苦钱"，是体味到"钱"与"苦"之间的必然联系。但对于苦钱既短缺自信又缺乏力气和代价的投入，绝少苦钱所需要的那种吃辛受苦、冒风历险的自觉担当。南京商家的转行、歇业就频繁，名驰遐迩的百年老店也多出不来新招甚至开不下去的。"下岗当老板"的美事跟南京人少缘，失业又不愿屈就"下活""苦活"的情形倒算得普遍。我们到特区到外方去求发展的人数不多，去了不久又折回来的却不少。回来以后立即慨叹故乡人连同自己的城市缺活力、没冲劲；但甘愿留下，宁可留下，并非恋乡土，跟上海人的恋上海不在一条线上。

保守跟死板在某种意义上原属同义。老店出不了新的情况，一味依赖"黄金周""季节风"的情形固然，富于特色的观光、餐饮场所不知扬长避短、不长手眼见识的情形也让人着急。我曾陪同几位意大利艺术家去一家有名的"故居"，在那里的餐饮部用饭。环境透着幽静雅致，服务小姐也个个娉娉婷婷。可大约是认了"坚持特色"的死理，竟拿不出一副刀叉，几个老外又死板得紧、笨拙得很，舞弄了半天还是干脆丢开筷子动手抓食。在国外，外国人开的饭店不给我们准备筷子，我们的饭店原没一定得为外国人准备刀叉的义务，但我们毕竟是个外宾云集的城市，我们该想到刀叉难不住我们，筷子却足以让他们一筹莫展。接下来的事就更令人难堪，特色店安排歌舞原是善举，可以佐餐可以展示文化。可这里又偏偏忘了"特色"，不安排民歌、不安排戏曲、不安排古乐，让小姐大大咧咧地在意大利艺术家面前来上几个美声唱法的中外歌曲。意大利人跟维也纳人在音乐修养上差可比拟，而唱歌的远非可以跟我们南艺、南师的歌唱家同日而语，这就用得上那句"班门弄斧"。当下我跟翻译连忙敬酒让菜找话打岔，还是没能岔开，其中的一位或许是受了南京人直性子的影响，忍不住耸耸肩说了声"没训练过"。不思扬长不善避短是我们的粗疏，也是我们创造力生发不开的一个因由。

地灵人杰原是互为因果的，南京人的做派却跟南京厚重的文化底气总是衔接不牢。我们在"守成"上不失应有的坚执，比如维护成就了绿色城市的树木，哪怕委实属"建设需要"，砍几棵树都会引发众议，现场会指责，会上有声讨，为此对有关当局编出的连刺带讽的歌谣也常常不胫而走，传播得家喻户晓。但进取上就缺心眼，少力气，记得"植树节"的人并不多，眼看着绿色的发展落

漂　泊

在了一些新兴城市的后面。历史和现实中那么多诗人、画家、政治家、自然及社会科学家，在这里激扬过无限热忱，实现过不朽创造，天南地北的外方人从这里成就富商大贾、大腕大拿的亦不可胜计，本土人的智慧和创造力却始终闷抑着，难以从古老的石头城下迸发出来。历史的遗留、现实的创造对我们的提供不去说得天独厚也可谓很够意思了，我们还只能巡检自身。我们满足于摆摆地摊、求个温饱的人太多，会做梦的、活泛得起来的太少。不求闻达图个安逸，在很多南京人确实已经秉性化了。百姓说"现在好了"，大体是指"过得去了"；说"过两年就好了"，大体也指再有两年就"过得去了"。在我的认识上，极端言之，没有什么比引导南京人去做出"忆苦思甜"一类的品味更不对劲、更不对路，我们对生活的满足和感激已经足够。南京人需要强化各种情况下的应变能力和多重意义上的创造意识，需要倾心聆听那支军歌，那支旋律透出强烈的动感、乐音在"向前向前向前"中回荡的军歌。

小镇闲话

显赫的人物大体有种追究"我从何处来"似的寻根意识，就像屈灵均宣称"帝高阳之苗裔兮，朕皇考曰伯庸"那样；即或自己并不甚介意，也会被别人翻腾出来。我们普通人若不是要去修家谱什么的，不会那么顶真，不至于那么热衷究根刨底，把系何方人氏、系谁谁几十世孙挂在嘴边。至于"老家在哪里"，总是要说说或者被说说的，这无关乎"寻根"。

通常会自称老家在黄桥，是因为这个颇有名气的小镇是我的出生地，在那里度过了自己的幼、少年时期。前些日偶见有如皋的乡亲在网上说搞错了吧，心里明白质疑者不无根据——再往前推一点，"老家"确实就在如皋西南乡的曹家堡，原先属于马曹，后来属于黄市，当然，原先和如今都属江安；那是祖辈繁衍的地方，是父辈生活过的地方。只是听说打从父亲手造的豪宅被付之一炬以后，他就没再回过故里，如同其诗作中有所描述的那样，"流离且

漂 泊

失所""东西南北人"地四处漂泊。

父亲少年以降多方求学，中年过后屡经战乱，解放之初称其开明绅士，向来不涉政事，早经认同"天地逆旅""光阴过客"，一种随遇而安的散淡已然品格化。最后的定居黄桥，不是"慕名"，不为"谋生"，跟这里千年文脉、斐然古风的历史人文以及"北分淮倭，南接江潮"的区位优越也无多关涉。于此闲居而以诗文终老，大概就是一种偶然的选择，或许是从"宜居"的角度，认定了一个栖息颐养的人生驿站。

按说，凭了家庭当时的经济实力，在小镇建所宅第并非难事；是"曾经沧海"？是"客居情结"？还是过分看淡了身外之物？或者竟就是懒得劳顿？不得而知。反正在小镇上几经搬迁，乃至收获60多岁"晚年得子"的喜悦，都没提起他造屋的兴致，从我能记事起，一家人便在藕池岸的一所院落赁屋居住。

这里的普通民居，固然比不得北京一些著名"四合院"的堂皇，可无论大户小户，都讲究以屋舍并花墙围出或大或小的一方"天井"来。我们几家共住的院子天井极大，中间是大片铺砖的场子，周边有树木田地；竟日可享日照、夏夜可以纳凉，自家屋边想来一点观赏性小品抑或实用性栽植，自可悉听尊便。小伙伴们踢毽子、玩拍球、滚铁环、逮蝴蝶、捉蟋蟀、养小鱼、粘知了一类玩乐，不出院门即能遂意尽兴。后来读到《从"百草园"到"三味书屋"》，很能理解尊师好读的周先生，何以对"书屋"不无贬抑而对"园子"那等神往。至今一直有个难以释怀的"天井"情结，以为有一方天井，实在要比西方一般中下产阶级在其房前屋后种点草坪花木更为惬意、更富情趣。

多有天井，是小镇民居的一个特色；宽宽窄窄的巷道血脉似地纵横密布，则构成小镇地貌的基本格局。我思忖过，黄桥的多巷应该所来有自：一个地方的"四通八达"，大体能够由此及彼地决定百姓的择枝来栖、决定百业的趋向兴旺。居民与商号日渐密集、居所与门面鳞次栉比，加上不少大户人家的屋舍一路排开连片成巷，还不乏由原先私第的家院"内巷"演变过来的公共巷陌，因此，黄桥的多巷道，不只源于人口多、店铺多，跟多有富家大宅也很有关系。

黄桥人早先对"街"与"巷"的区分不怎么严格，东大街、西大街、北街固然是店铺比肩的街市，"南巷""米巷""珠巷""布巷""罗家巷""孙家巷"等等，其实也是商家店铺林立且不乏老店、名店的街市。

我所神往的不是那些作为"街市"的"巷"，而是那些仅仅作为"路道"的小巷。从我们的院子外出，至少有三个门可进入不同的巷道，几个巷道中又不乏开放式庭院，你选择穿越路径，很有些走出"迷宫"的情味。后门外的一条巷道，我在一篇短文中描述过，突出的印象是宁静、安静，别说"车马度"了，想碰上几个行人也不容易。临巷道的几家院门，虽设而常开，不必想到什么"不闭户""不拾遗"上去，可也便是不设防而无须设防了。巷道北首毗连其实是弯弯小河的"藕池"，向南走下去，则可曲曲拐拐地转进小镇的四面八方。你想想，在清涟涟的河边垂钓，在静悄悄的小巷听雨；跟小友随手捡块瓦片在河面打出一串串水漂，于巷间独自大喊一声收获那一缕缕回声，该是有些优哉游哉、心旷神怡的。

小巷的深度记忆，自然不在心神的悠游，一直让我刻骨铭心的，是发生于小巷而定格于心灵的一些生活细节。彼时"生计"问题已然不能不使家庭选择两地分居：我和大姐跟年近古稀的父亲留

漂 泊

居小镇，跟父亲年龄很有悬殊的母亲，带上二姐、三姐和弟弟，回到相隔二十余里的曹家堡老家务农。日子自然窘迫，窘迫的日子里，巷道一年几度传来的"吱吱呀呀"声便成为期盼的福音。那是母亲艰难地推行的小车发出的声响，她是从老家给我们送农产品来了。记得陈毅元帅说过，淮海之捷是靠农民的小车推出来的，我们的生存，一度也就是靠母亲的小车推出来的了。多少年来，偶发对于"生活"的"形上"之思，每以为生活的生息不已，大抵也就是一种"吱吱呀呀"的前行。无法理清那日子是如何挨到了自己去外地求学，记得很清的是那个小巷告别的情形：背负行囊走到长长小巷的拐角处，回头一瞥，见到父亲还纹丝不动地伫立门外远远目送，一任白发在微风中轻轻地飘拂。我知道，默默地送别，没有通常会有的叮咛嘱咐，正是父亲通常的做派。他老人家清末能于科考中式，该是经历过无数"三更灯火"；对后代，却奉行"顺其天性而育"，学业上略无强求，为孩子的生长发展给出了富裕的自主空间和充分的选择自由。这自然是多少年后我在学校任教了，才于此多所领悟。

　　父亲在小镇是受到敬重的老人，自然跟上述近乎"教育思想"的事体无关，小镇人甚至普遍信奉"棒打出孝子，惯养忤逆儿""树木从小驯，到老直撅撅"一类古训；跟"政治地位""经济实力""宗族关系"也大不搭界，都知道他在这地方说不上权势、称得起潦倒又绝少亲朋故旧；唯一贴实的关涉就在于"学问"，这就足够了，小镇人是忒重学问的，对"肚子里有货色"的正直文化人，无论其境遇若何，生活得滋润还是不滋润，差不多会视为圣贤地在内心存一份景仰和爱惜。黄桥公园草创之初，有关人几度登门讨要去父亲的几首诗作，张贴于还算不上诗文书画室的墙壁；门庭冷落之中，不乏为了学诗、和诗的来访者；谁家要写篇祭文、像赞什么的，固然以找到黄家老爹为妥，碰到"文化的疑难杂症"解决不了，诊治的希望往往就带有终极性质地投向他那里。

记得读初中那阵，有位石姓的同学，忽一日拿来一张写着"明月照纱窗孔明诸葛亮"的字条，说这是人家出的上联，他父亲和朋友们一直没对出下联来，其父临终还念兹在兹，释怀不得，希望请我父亲弥补一下这件憾事。父亲颇为感动，第二天就让把他所对的下联带给同学，至今记得是"赤日斜地角子赤公西华"。记下这件事，不无分享一副有趣而刁钻的对联这层意思，更是以为，这很像"故事"，诸如此类的事儿，很能够传达小镇人对文化和文化人近乎了"热"的风尚以及几近至"迂"的态度和追求。无论在战事频仍的年代，还是在高倡革命的岁月，小镇人这点未经泯灭的"文化意识"，也就是一个古镇不沉的"古道""古风"了。

这方土地被称为"古镇"名副其实。"黑松林"的初始称谓，"（牛皋）洗马池"等历史遗址，保存完好的2000多处明清宅院和几处宋代建筑，坐落在哪里的"御史府""孝子坊""将军府"乃至中国地质学之父丁文江、现代独幕喜剧大师丁西林们的故居，大体都为一个古镇播布了斐然的历史文化情韵。我曾经在一篇短文中揶揄过故乡人，以为黄桥的声名不是被这些支撑而是靠了"烧饼"来领衔，实为我们的悲哀。后来反省过，这非议不成道理；"民以食为天"，人不能只活在"精神文化"里，更何况，"饮食"原也是文化造就的题中之意，是地方特质的一个体现方位，周作人先生就说过，写各具特色的食物要比写大同小异的性事更有意味。我于东西南北、国中异域阅地多矣，若说吃在那里，国际比较上绝少异议，连倨傲的高卢人说他们的法国大菜无可比拟时，也不能不赶紧补充

漂 泊

上"除非中国"。国内就有些争相标榜的纷纭，而在我看来，没有说"吃在黄桥"更能靠谱。黄桥烧饼名声的一个负面影响，在于它掩盖了那里的许多美食。我说过黄桥的红烧肉"足令天下红烧肉无颜色"这样的话，其实，那里饭馆的鱼饺、肉圆、蟹黄包，家常的春拌、摊饼、寒食菜，杂货店的寸金糖、蛤蟆酥，熏烧摊铺的牛筋、猪蹄、麻雀，沿巷叫卖的热乎乎的皮卷、油光光的荞面饼、冷飕飕的米凉团——或油而不腻，或淡而有味，或润似玉质，或薄如蝉翼，莫不风味独到，他处即或不缺此类品种，亦远不能望其项背。

若据此说黄桥人独尚饮食文化，那就错了。也许跟梅兰芳先生的故乡相邻有些关系，旧时老老小小的黄桥人差不多都对京剧情有独钟，场合上"吼"一段"大曲"的主动性、自觉性，一如今日去拿起卡拉OK的话筒。外方京剧班前来献艺，每有本地票友上台参演，且出必"担纲"，《风雪山神庙》饰"林教头"，《女起解》则演"苏三"，《追韩信》当然就是萧何。等闲一个戏班来此上演须得"心存小心"，慢了一招、抢了半板，倒彩会喝成一片；如是几场下来十分可意，那就风光了，各界又是献锦旗又是放鞭炮，更有执意挽留其延期加演的盛情之请。当票友"打炮"的多，却鲜见青少年去"下海"从艺的，大概跟黄桥人"唯有读书高"的心志有些关涉。

这就可以接续前面提到的关于"文化意识"的话题。小镇民间历来以"目不识丁"为耻、以"知书达理"为求的心理相当普遍。到了我们这一辈，镇上前清中过举人、进士的固然都已逝去，中过末代秀才的老先生们也硕果仅存。仅存的这一位，就像人们敬奉大成至圣先师那样，倍受镇上人的尊敬，搭着一点关系的活动必得请其出场，一如现今什么活动请到哪一级领导就代表哪一级规格那样。我这样说的时候是排除了我父亲的，他相当决绝地不肯在场面上出头露面。

镇子上哪怕再窘困的家庭，衣食不周、债台高筑也不肯怠慢了孩子的读书。逢上寒假暑假，大街小巷佩戴外地高中、大学校徽的学子就蔚为大观。学业上还有"男工女医"的讲究，单单我妻的几位表姐，当年在各地读医大、医学院的就有五位。差不多的家庭都会出一个、几个大学生至少高中生。你知道，这阵势很"壮观"也很"逼人"，我想说的是，自己就是在未能考取高中那年被"逼"而服毒的，亏了爹娘早有防范抢救及时，方才有幸自裁未遂。

前面用"唯有读书高"说事，应该是姑妄言之，黄桥人也分明信奉"行行出状元"。一位二胡拉得极好的盲人，一位烧饼做得上佳的把式，一位吃食老店掌勺的红锅，一位算盘打得出神入化的账房，一位招徕生意留得住顾客的学徒——地方上各行各业都有那么几位佼佼者，明星似的声名躁动而备受推重。黄桥人看不入眼的，大体是竟日游荡的"滂流尸"，热衷显摆的"甩子"，虚与委蛇的"绕门径"，装模作样的"格式"，不中用的"窝囊废"，不检点的"豁货"，以及行事孟浪的"搂马棒"，怯于担当的"孬种"，想入非非地做"大头戳"，溜须拍马地"贴相"等等。我对老家方言没有研究，写成文字时大概取其音谐，难免以意为之的杜撰。那些方言土语的评说，显见得有些刻毒，显见得在"做人"的要求上偏于苛严。其实，如同期望之深责之也切，也就是恨铁不成钢的善意鞭挞，巴望着大家伙儿规规正正地做人，实实在在地行事，并无什么贵贵、贱贱的人格歧视夹杂其中，更没有怀抱成见把人往坏处看、朝死里说的故意。

漂 泊

事实上，黄桥是个人情味浓酽的土地，这里多能品尝到人际体恤、彼此帮扶的古道侠肠。这样说的时候想到我们的房东，他举家在异地谋生，我们租赁了其分散在院内三处的全部住房。自打知悉我家经济趋于拮据，再也不肯收房租不算，每次回乡探望老母，都要给我们带上不菲的礼物，知道父亲难以心安，还变着法儿使之安心，说"老先生德高望重，帮我后辈看守房子，我们很不过意呢，难得尽点礼数是应该的"。就这样，我们在不收房租的房子里接受"礼数"，直至十多年后因地方上建设需要搬迁。院子里偏居一隅的一位老太太，其子在新四军服职，可以想见，在新中国成立前的小镇，老太太不说何种意义上的"德高望重"了，还注定了难以幸免备受当局的非难，院子里的各家一无例外地对她尽心帮助、尽力接济，这就不能不显见得格外感人。年前读一位作者写的作品，读到书中关于"在民间社会，其实不存在真正的政治选择，唯一能坚守的，是世俗意义上的善良"这样一番话，深以为信哉斯言，能够代表古镇人的世事通明、人情练达，人性的善良和宽厚，原是超越许多社会域界的。

由此联想到小镇多立庙观的现象，儒家、佛家、道家、神仙、阴司、宗亲诸多系统的祭拜场所，差不多一应俱全而皆具一定规模。在我有限的阅历中，除了俄罗斯的那个苏斯达里，还没见哪个小镇拥有偌许教门建筑。我对宗教文化所知甚少，只是想当然地认为，若非"邪教"，其教义大体伴同了人类心灵的愿景，规约了人性的向善、向群。还联想到旧时小镇不只有"义庄"一类的准公共福利机构，还多有"斋孤""迎紫姑"一类"鬼事活动"，鬼事当然实系人事，接济孤魂野鬼，顾念可怜的"紫姑"们，应该也是民间关怀于、资助于无依无靠之"弱势群体"的一种曲折反映。

尽管打从我能记事，沧桑的变迁已然大幅度修改了黄桥的面貌，比如"水改陆"优化了交通的同时，也使一些小河、小桥走进历史，"巷变街"放大了市容的同时，也使喧喧车马取代了昔日的宁静安谧。昔日的小巷多有消逝，小镇的增制已使原先的面貌不复可寻。然而，虽说"人心不古"了，一些积淀为"集体无意识"的精神依然不绝如缕地承传。时代的变迁、社会的变革，诚然要求文化心理的相应演进，只是演进中不能不遭遇种种悖论。比如黄桥传统的"打会"，原本为互济互利、彼此"共赢"的举措，前些年何以竟演化成一场危害广泛的"人祸"？通常倡导的"发扬老区传统"，何以须得被有识之士辅之以"革除老区陋习"？个中原委，理应引发小镇人深长的反思。当然，故往新来是社会运行的普遍法则，文化的发展更表现为有所扬弃有所积累的过程，我们在时代的更迭中能够做出的努力在于自身的心灵守护：莫让那些应该逝去的带走不该逝去的，毋使那些应该到来的挟带上不该到来的。

漂 泊

巷 音

　　幼时所居小镇多巷,巷皆有名号,或雅或俗,或虚指或实称,大体都能传导一点小镇的历史情味,显示一些小镇的文化色彩。唯独我家院门外那条长长的巷子没有名称,人们连"无名巷"这类算不上名目的名目也没剩给它。如果巷子里出过人物,名目原无关紧要,"寻常巷陌"只要"寄奴曾住",固然会巷以人传;即便"陋巷",一经有颜回这等大贤"不改其乐"地住过,也自可追认个上得史传的名目的。我们这没有名目的小巷的寂寞孤独,正在于住着的全是寻常百姓家。

　　然而,这丝毫不妨碍我对它的记忆,反而因为排除了名目可能诱发的遐思冥想,而使"直感"得以强化。比如说,你从我们巷子尽头拐过弯进入那条"陈二房巷",就会想到陈家作为这小镇望族的几度兴衰,空自生出一些个"沧桑感"来;你再从陈二房巷转出去,进入那条窄窄的"银匠巷",就不免有几位能工巧匠的身世，包括那个李银匠的曲折爱情故事浮上脑际，徒然引起一番人生惆怅。我们这条巷子不会给你这类干扰，它当年固然就像自然的存在，像我幼小的生命一样质朴；至今回忆起来，那小巷依然悠远恬适，没有任何撩人神思的史迹和扣人心弦的故事。

巷道古朴，中间是光洁平整的青石板道，两边是一直铺到墙脚的砖地，靠墙的地面乃至墙的底部，朽蚀的砖面上常有些苔藓的绿色泅出。几处高高的花墙上，有绿竹的枝叶从墙头探出，有紫色的藤蔓从墙孔垂挂下来，南头的那家院墙里，还探出两棵高大的桑树。记得每逢结果季节，也并没人采摘桑葚，桑葚便陆陆续续地落到巷道里。格局上自然很普通，算不上特别；若一定要列出特点来，大概就推笼罩这一格局的那种出奇的"静"了。白天、夜晚都宁静着，安静着，寂静着，幽静着，即旧时文章中常称作"万籁俱寂"的光景。

这你就会知道，这寻常巷陌原是今人求之难得的读书做学问的好去处；同时你也就不难理喻，我幼时何以敏感着、渴望着并热衷寻觅着声音，有时竟会自己去制造，站在巷道中高声大叫一番，以收获那颇觉奇妙的回音。有两次还引得人家开门探望，那目光似乎传导着一点怀疑，怀疑这孩子是否失常。其实这很正常的，一如色彩单一最易造成对色彩的感应，"一点红"只缘在"万绿丛中"方更醒目；一如光线暗淡最足以引发对光的倾心，一星灯火只是在夜行人眼里，才更能提神。小巷唯其静谧，每一点音响都会引起有意无意的注意，甚至在心灵上激起某种回声。

记得幼时父亲为我说诗，每及于关涉空山人语、深树鸟鸣、蝉唱犬吠、磬音桨声一类的诗句，特别容易感受真切、亲切，生发联想、浮想，大体也就是得助于这点小巷情境的潜移默化、心领神会

漂 泊

吧。直至今日，每当我梦回童年，首先苏醒的也总是那些平常而清晰的听觉记忆，它们从儿时记忆的库存里释放出来，犹如一曲曲轻婉柔和的无标题音乐，一首首凄清而散漫的谣曲……

"当"一声，过一会又是"当"一声，由远处流来，向远处淌去，那是悠然过巷的算命先生，边摸索前行边敲响着他那很小很小的铜锣……

"笃，笃笃！笃，笃笃！""天旱日久罗——火烛小心啦——"那是巡夜的更夫，一边敲打木梆，一边放声呼喊，提醒着已然入梦或尚在劳作的人们。

这些声音，虽然日复一日地听得惯了，还是让人为之宁神，为之心摇意趋，生发出对生活的依恋和世情的体味。

在农家收获之季的某一天，在逢年过节的当儿，不准就会有一串慢条斯理的"吱吱呀呀"声从小巷传进院来。每当此刻，就知道跟我们分居两地、在乡下务农的母亲来了，便蹦跳着到巷子里迎接。我妈卸车时，总会拿出一小袋为我准备的花生、蚕豆、芋艿之类的农产品。于是，在多梦的春夜里，在夏日午憩的朦胧中，我常会被幻觉中"吱吱呀呀"的声音唤醒……

差不多在告别少年期时，我也就告别了那个小巷，离开了那个小镇，父亲以一首五言律送我"初放建邺船"，沿长江上溯求学去。而随着父亲的去世，弟弟的外出谋生，小镇的家已不复存在。我也就没回过小镇，听说在小镇的几度改造拆建中，那条无名的小巷已消失得旧址也难以辨认了。然而，它将珍藏在我的心扉深处，永远留给我一泓宁静，一脉温馨。

紫金文库

访俄小记

　　莫斯科的地铁蛛网密布四通八达，私人出租车就相当稀少而带点逢场作戏的随机性质，且没有什么标识，得在可以停车的路边寻找，大不如国内那么方便。
　　接待我们的刘涯夫妇为让大家第二天及早赶到200多公里之外的托尔斯泰庄园，傍晚就在我们下榻的宾馆附近谈妥正巧停在那里的一辆中巴，说好次晨7点在原地等候。车费倒是不算贵，只是在这人生地疏的异国，这种没有任何契约关系的"说好"，总让我们有点不踏实，何况那车主过于年轻，"嘴上没毛"。
　　第二天7时整，"原地"果然没见那辆车，只是有位似乎守在那里等人的老太凑上来跟我们说话，自我介绍说她叫柳芭，是车主的母亲。我把这位很有风度的母亲称作老太显然是姑妄言之，或许她并不算老，在莫斯科，很难判断已婚妇女的年龄跟很容易碰到漂亮姑娘同属普遍的事实。这位俄罗斯的柳芭跟我们的同胞刘涯喊起

漂泊

来很顺口，先谐音而后切韵，两人一下子就显得很为热乎。柳芭向我们表示歉意，说不巧儿子的车坏了，立马修不好，由她乘上地铁到这里来负责说明情况，并说已经由她负责帮我们找了一辆车，只是车主去办件日前约好的事，一个小时后才能到达这里。当下我们都为柳芭的负责精神所感动。刘涯则皱了皱眉头，说等一个小时也罢了，万一一小时后车子又碰上什么情况呢？你们的日程表上活动可是一个个紧挨着的，耽误不起呀。

她把这层意思跟柳芭说了，柳芭瞪大眼睛愣了愣神，跟刘涯叽咕了一阵便匆匆向远处一个电话亭跑去……刘涯告诉我们，柳芭说了，这一层她没考虑到，不能绝对排除担心的事情发生的可能，为了保险，由她负责去重新要辆熟人的车来。

不到20分钟，一辆中巴开到这里停下了，柳芭一边高兴地忙着招呼我们上车，一边笑着跟刘涯说了一串话，刘涯不知是为了节省时间还是动了感情，原原本本地向我们同声翻译过来，说柳芭感到可惜，她原打算跟着我们一起去托尔斯泰庄园，过去几次想去都因临时变故而作罢，这次又不能成行了，因为她必须待在这儿到8点，等候原先约好的那辆车，由她负责向车主说明情况并表示歉意。还匆匆让刘涯记下她的住址，要我们有机会到她家作客，她一定负责招待好中国朋友。

车子发动时，我们不约而同地向柳芭挥手频频，向这位"负责"的莫斯科老太用生硬俄语喊着"谢谢"。

柳芭因此成为我们到达莫斯科后"民间接触"的第一人。也许我们平时都过多地遭逢过"不负责任"带来的尴尬和无奈，跟我们素昧平生的柳芭那一连串的"负责"，显然特别突出地、先入为主地造成了我们对莫斯科人的良好印象，并使这种印象在10多天的访问中，成为一直影响着我们的观感乃至我们的眼光的一种因素。

在"庄园"

　　雅斯纳亚·波良纳离古城图拉 10 多公里，是托尔斯泰当年掌管的庄园，是他的衣胞之地和安葬处所。作为吸引世界各地拜谒者的圣地，这里远远近近、内内外外没有任何指示、说明抑或防范性的标识和设施；且极目远眺，也并不会发现什么属于"后来"的痕迹。仿佛人们怀着由衷敬畏，小心翼翼地让一切保留原模原样；也仿佛人们充满信念：普遍的景仰和深深的理解，使托尔斯泰用不到"保护"也无须"阐释"。这种敬畏和信念的力量，应该是超过任何"命令"的。

　　如果不是公路一侧的开阔地上，树立着一对淡绿色拱顶的白色圆形立柱，你会认定这里只是一片郁郁葱葱的天然林区。托尔斯泰生前居住的古老宅邸掩映在白桦林中，那是一字排开的两层白色楼屋，大不类我们想象中的领主的华堂，没有高耸的屋顶和显赫的门楼，没有俄罗斯十分崇尚而随处可见的建筑雕饰，跟周遭很能融为一体，简朴着一派乡村风味。

　　低低的门廊下，参观者默默地套上鞋套，悄悄地相继入室，唯恐惊扰了那一份肃穆。廊下碰上的一位俄罗斯青年跟我们热情招呼的声音就不免显得过于突出而引得周围目光投注。他在北京大学留学，见到一行中国作家有些忘情的兴奋。我们原以为这下巧逢一位"解说员"了，不想进门之后，他便不再作声。是了，这里的宁静是逼人的。在不失宽敞而不尚浮华的客厅，在诞生了《战争与和平》《安娜·卡琳尼娜》的微型写作间，在立满 28 架各种文字典籍

漂　泊

的书房，在陈放着主人使用过的农具的工具室……我们都沉浸在宁静之中，屏气敛息地倾听，倾听历史的真切叙说。

我们自然听到了"风暴"，那是绵延托尔斯泰一生近于迷狂的思想风暴。他说过，"平静是心灵的堕落"，他说过，"当一个人平安而自满的时候，便是一种恶了"。这个在向善、向着"完善"之路上愈来愈紧张地自我作战的痛苦灵魂，其全部魅力正在于竭尽全力超脱地狱，正在于如罗曼·罗兰所称，他总是直逼那些"普通人所共有的"而"为我们不敢在自己心中加以正视"的部位。此时此地，无比真实的肃穆该是缘自无比深切的愧疚，我们的"隐蔽"面临了逼视，面对了这位留着大胡子、穿着粗布长衫的老人"深入人的灵魂的目光"。

离开这个主人逝世前愤而出走的寓所，我无法平静，在庄园林间空地的小道上信步，似乎并没有什么预期。不曾意识到已经在走向托尔斯泰的墓冢之前。这个被茨威格称之为"世界最美的坟墓"，只是绿草地上稍稍突起的长方形。坟头没有十字架，没有墓碑，没有塑像，也没有护栏。托尔斯泰并没有在自己的领地上事先选择葬所，逝世时表达埋骨于此的愿望，仅仅是在那一刻，他想起了无忧无虑的童年，想起儿时跟哥哥在这里栽植过几株树木。如今，荫蔽这个沉寂坟墓的，也就是这几棵高高挺立的大树了。

在莫斯科和彼得堡的几处名人公墓里，大师们的墓群都以各具一格的构筑诱人遐思；没有疑问，这里的素朴、平淡却分外让人刻骨铭心，更能使人感动莫名。我想，这或许是托尔斯泰"平民化"夙愿乃至其生命意识的最后的偿还和展现，如同他所说，"当一个人死后，他便到自然中去"。

在这自然的葱郁间，那个"长方形"上的一束红玫瑰显得万分娇艳，目送刚刚置放这花束默默离去的两位少女，不禁浮现出墓中人在那个无名小城弥留的情景，我指的是他在病床上号啕痛哭时说过的话："大地上千百万的生灵在受苦；你们为何大家都在这里只照顾一个列夫·托尔斯泰？"我想，对于人类的博大温情和挚爱，这就是一个痛苦心灵的伟大所在。比较起唤醒了我们欣赏史诗的能力来，唤起人类崇高良知和不息追寻，是托尔斯泰留给我们的更有价值、更及于普遍和永恒的教益。

皇村漫步

彼得堡近郊的皇村，"村味"自不如远离莫斯科的雅斯纳亚·波良纳那样古朴"纯正"。外方人的购买欲在这里可以得到满足，俄罗斯、乌克兰的各式小工艺品在摊位上摆得琳琅满目，愈近皇村花园愈为密集。

没曾想一到花园入口处便遭逢一次"仪式"——排列在那里的由全副古礼服的俄罗斯民间艺人组成的一支西乐队，凭着他们准确无误的判断，适时地冲我们奏起了《义勇军进行曲》。我们十分乐意地解囊，当今俄罗斯人的"商业行为"中，这做派可谓雅致而别出心裁，说成是"诗化"也实不为过。乐曲声似乎也在无意间唤起我们一些遥远而真切的记忆，包括某些沉重的历史意绪和深厚的文化系结。

事实上，我们早就知道且心仪皇村，并非缘自这里坐落着叶卡捷琳娜女皇金碧辉煌的夏宫，只是因了有所偏居宫殿侧翼的皇村学校；我们知道皇村学校，也非因其为19世纪皇家着意经营的最好的学校之一，只是因了普希金的履历上，从12岁开始，于此有过6

漂 泊

年的攻读岁月。

恰值为迎接普希金诞生200周年学校封闭大修，我们无法进入校内去登堂入室。但这并不妨碍我穿越历史、走近这位以"建立语言和创造文学"（屠格涅夫语）为己任的"俄罗斯文学的始祖"（高尔基语）的风华少年。在学校宏伟的古典建筑旁驻足，仿佛能够听到当年升班考试的大厅里，少年诗人正用童音未脱的嗓子，高诵他的《皇村回忆》，仿佛于这激情诗篇震惊四座的赞叹中，听到应邀贵宾席上那位18世纪俄国最有才华的前辈诗人杰尔查文满含热泪的自语："这就是那接替杰尔查文的人。"

皇村学校处于皇村花园的中心。在公园秀丽的湖山中流连，在丛林环抱、鲜花簇拥的金铜像前伫立，在饱和历史沧桑和梦幻色彩的大理石群雕间徘徊，我到处与诗的精灵相遇。在这广袤的花园里，无法具体判定诗人当年的确定行止：他在何处"隐隐听到溪水，潺潺地流进了林荫"，他在何处感受"轻轻的呼吸，是叶子上沉睡的风"；他在何处跟后来成为12月党人的好友恰阿达耶夫促膝畅谈；他婚后来皇村小住，在园中的何处巧逢沙皇尼古拉，对皇上关于供职的"垂询"，做出了"除文学职务外什么都不懂"这一著名的应对。但我知道，正是在这诗人曾以"整个心灵"生活过的"迷人的地方"，他接受了自然并幻想的爱抚，勃发过悲壮的史思，孕育了家园之恋的情怀和质朴而执傲的自由心灵。也正是在这里，我对诗人的《皇村回忆》《皇村》《皇村的雕像》《皇村中学的周年庆祝》等等篇章，才经由临场的感受，达成生命形式和灵魂内情的理解和悟彻。

比较起他在"波尔金诺的秋季"思如泉涌的创造，比较起他的开创"当代英雄""多余人""小人物"这些俄罗斯文学中不绝如缕的形象先河来,皇村也许只是一个起点。皇村的吟咏也许只是诗人心灵中一缕涓涓细流,但毫无疑问,这是一个坚实的起点,一缕汇成大波汇向大海的细流。我深深有所领悟:何以并非诗人生地亦非其死所的皇村花园,仅仅因为诗人曾就读于此就被更名为普希金花园,乃至皇村也更名为普希金城——如果普希金堪称俄国"诗歌的太阳"(克拉耶夫斯基悼普希金语)那么皇村很可以说是这轮太阳冉冉起升的地方。

离开皇村前,再度走到普希金像前默然致礼。抬头间忽然联想到莫斯科普希金广场那巍然屹立的塑像,两者一坐一立,却惊人相似地传导出诗人心事浩茫的内在韵致,一种低头——沉思的栩栩神态。我不禁浮想不已起来:他在死而不已地关注这多难土地上底层的生民么?他在不息不止地寻求当年就无法释怀的变革之路么?这塑像说明着俄罗斯雕塑艺术家乃至斯拉夫民族对自己的诗魂贴实的体察和真切的理解么?这应该是一定的。每在广场、大街频频遭遇众多艺术家的像座和浮雕,我都会像此刻一样感动:一个产生过伟大艺术家并深深懂得爱戴他们的民族,理应是富有精神而充满希望的民族,理应是能够战胜困厄和险阻而拥有未来的民族。

走进彼得堡

了解俄罗斯必去彼得堡是一种普遍的认定。年前曾由长春的朋友安排去海参崴观光,翻译小姐的着意推荐更强化了这座城市的诱惑,想不到便有了机会,应俄国作协并世界文学所之邀随团去那里访问。

莫斯科开往彼得堡的列车在夜色中北驰,我躺在铺位上努力想

漂 泊

象着这"北方的巴尔米拉"。这"努力"自然不得其果：知道这座城市的开创者彼得大帝，知道发生于此的著名的"一声炮响"，乃至知道当年被"包围"的高尔基须得"走出"的某种环境，实在还无助于想象，无助于感受一个作为历史存在的名城。身临其境之前，它只能如同夜色那样隐蔽和朦胧。

然而，一旦进入彼得堡，情形便一下子了然起来，盖因这座文化遗产丰富无比的城市，其主要财富亦即建筑艺术群体是充分裸露的，城市的独特风姿差不多可以从每一组楼群中透露出来。

走进临近市中心的彼得堡罗要塞，无异走进了城市的历史源头。1703年5月16日是它和整个城市的奠基日，它是当年彼得大帝为跟瑞典进行北方战争而亲自选择、亲自监造的前哨阵地，彼得堡正是在它的护卫下得以诞生发展。这里保存了18世纪初原样的建筑物虽不多见，却很能帮助人们领略一种出手不凡。

彼得大帝并非仅仅是这座城市的奠基人和订购者，市内的许多"第一"都跟他紧相关联。彼得堡第一座花园的首道设计方案由他本人提出，俄国第一家公共博物馆、第一家公共图书馆、第一家天文台以及作为俄国科学摇篮的科学院、后来转交给彼得堡大学的"12部大楼"等等，都是由彼得大帝确定、设立和创办的。这些"第一"的深远影响，只要排列一下先后在此学习、工作过的大师名单就足以令人叹为观止，他们包括了俄国第一位院士罗蒙诺索夫、彼得堡数学学派的创建者切具舍夫、化学元素周期表的创造者门捷列夫、现代生理学的奠基人谢切诺夫；代表俄国科学与文化骄傲与光荣的梅契尼科夫、巴甫洛夫、季米里亚泽夫、屠格涅夫、涅克拉索夫、勃洛克……他们都从这里毕业，列宁也正是在这里通过了法律系的考试。

尤其突出的是，很难碰到什么城市，像彼得堡这样，跟那么多建筑大师的名字联系在一起，他们或为彼得大帝从国外聘请而来，或为派送国外学成归来，在彼得大帝的生前死后，他们代代承传，为彼得堡发展方向的规划，充分发挥了自己的智慧和才华。

如今，彼得堡的基本格局和主要建筑群体的确立，自然已经是经过几代人跨越两个世纪的成果。令人赞叹不已的，不仅仅在于它的每一座建筑（无论是原先的宫殿、教堂、塞堡还是后起的学校、医院、商场、机关、兵营乃至仓库和墓地），都以不相雷同的构体和效果强烈的饰物，成就各自的特色，更在于风格各异的独立建筑在构成群体时，彼此之间以及跟周围环境惊人的融合和谐。这种从建筑艺术的角度组织好大片面积的要求是十分较真的，18世纪晚期，由夸伦吉这样的著名大师建成的交易所大楼，也因为跟周围环境不够协调而尽行拆除易手重建。如今闲步涅瓦大街，驻足冬宫广场，在亚历山大——涅夫斯基大修道院极目四眺，在跨越涅瓦河的特色鲜明的一道道桥梁下架舟穿行……处处领略到当年城市建设主要倾向，体味出把单独建筑组合出严肃系统和整体关联的构思匠心，怦然心动于巴洛克、古典主义以及俄罗斯传统建筑艺术相统一、相协调的内在情韵。

我们规定于彼得堡的时间只有4天，而事实上单单要走遍埃尔米塔日博物馆收藏着250多万件稀世之珍的全部展厅，一个月的时间也难以说是充裕的。我们注定了只能走马看花，注定了在这座城市留下过多的悬念。但一种观感却已经十分深切：何以只有不到300年历史的彼得堡，明显地比拥有850多年城市史的莫斯科更富于历史的辉煌感和文化的厚重感？这自然不能归结成包括彼得大帝在内的个人的力量，但应该说，彼得堡成为艺术城，不能不凸显出跟许多"个人"的关联,它从一个侧面显示了历史主体可以长足发挥的能动作用,显示了人类创造的无限可能和不朽伟力。

阿尔巴特街印象

　　知道莫斯科有条阿尔巴特街,仅仅因为雷巴科夫有部《阿尔巴特街的儿女》;如同了解彼得堡的涅瓦大街,只缘读过果戈理的一篇《涅瓦大街》。文传地事而地以文名,旅俄期间自然少不得专程踏访。小说里描述到的两条街道如今皆增其旧制有所延伸,通常以"老街""新街"加以区分。一来"老街"几经变迁已经难以"按图索骥",二来或许就出于"喜新厌旧"的习性,更能吸引我们逗留的便是新街。

　　涅瓦大街离冬宫甚近,修远而坦直,怪不得革命家列宁拿它打过比方,说革命不能像涅瓦大街那样笔直那样平坦。街道两边的建筑呈典型的欧式风格,在这里,古典的、现代的以及巴洛克建筑艺术称得上统一和谐。只是街面上商店、饭馆、咖啡厅单调比排,无甚特色而感觉平平。阿尔巴特街却另是一番光景。兴致勃勃转悠间竟是如行山阴流连忘返,害得同伴们疑我走失,在街头等待足足半个小时后又返回寻找……

　　阿尔巴特街通常被称为商业区,但是,我宁愿把它看作是一条耐得品味的俄罗斯文化长廊。小石砖铺设的路面,街心货亭的布设,为繁华的大街带来些许古意;步行街的规约和售、购者的自在从容,给热闹的市场添得几分轻松悠闲;格局和节奏上接通着古朴的东方文化心理。

　　对一条商业街产生"文化长廊"的印象,主要当然因为"卖品"的关系，阿尔巴特街上的商品陈列，有序地构成三道风景线：其一可谓内景，指需得一一登堂入室的商场之内。为数不多的服装店不如国内堂皇丰富，光顾者也寥若晨星；吸引众多游客的是占了压倒位置的艺术品商号，最为令人神往的当推各式彩绘套娃、琥珀串缀的项链手镯、多种材料制作的瑰丽锦盒以及造型奇异的手表怀表等等。精美的工艺和鲜明的特色很能调动购买的欲望，屡屡给欲望以抑制的大体是价格，比如一个高度在两尺左右的套娃，售价折合人民币往往达千上万。好在一饱眼福是免费的，让营业员拿过来摩挲有顷复扬长而去亦不妨事，既无殷勤相劝带来的尴尬，也没人对你显露烦厌之类的嘴脸颜色，整个儿落落大方、心平气和得很。其二可谓外景，指商店门墙外一字铺排、绵延不绝的绘画美工作品：或为油画水彩，或为桦树皮材料的美工创制，或为以树根、木段因材施艺的塑雕镂刻。一个地段一个中心，一个中心一两位卖主，许多卖主便是创制的艺术家，档次较高的构件上则留有体现价值的签名，且构思各异，少见如法炮制的批量产品。其三便是街心的景观，隔上二三十米就有一个琳琅满目的敞开式售货摊亭，摆设着各类小件工艺品：角制、木制、漆制、布制、玉制、铜制应有尽有；动物、植物、自然景物乃至童话寓言、宗教传说中的人物造型造像，或写实，或变形，或精巧，或粗放，傅色揣称，各逞其妙。加上街心和墙边的空阔处，多有画师、艺人为旅人图貌、献艺，整个一条街凸显出一泓诗情画意，一派艺术博览的气象。漫步阿尔巴特街，也就无异于在俄罗斯民间艺术大观园徜徉穿行。

这条商业街的文化意味，不仅从"卖品"上也可以从"卖相"上有所领略。偌大街市、偌多人众竟是没有什么嘈杂的喧嚷，没有什么兜揽的叫卖，没有流行音乐的肆虐，也没有大声地招呼诉告，

漂 泊

倒是安详中不时有抑扬顿挫的器乐声此伏彼起，那是操小提琴、萨克斯、吉他之类的售货者抑或献艺人在演奏古朴的、民族的乐曲，示人以亲切也示人以幽远。

若论煞风景，便是这条距红场不远的阿尔巴特街上并不乏乞讨者。这跟街道上明显可感的购买力低下，一起透露着俄罗斯经济萧索的一面和许多俄罗斯人尚没摆脱生活困窘的事实。对此我们在国内大体有所了解，无须多说。我想说的倒是另一种感触，即在这个国度里，似乎乞讨方式也是颇上"档次"的。没有死乞活赖，没有穷行恶状，阿尔巴特街上如此，其他地方亦如此。街头触景生情之下，我曾联想到在莫斯科几次碰上乞讨者的情形。一次在跳蚤市场外，一位体弱的幼女盘坐在地上，凝神地拉着一把旧提琴，不是看到她面前放了一个盛有些硬币的小篓，几乎很难判断小朋友意欲何为。另一次是在一个地铁的入口过道上，一位穿着洁净的残疾人，无声无息地守在一个小木箱旁边，偶或腼腆着轻声向投币者道声谢谢。再一次是在地铁的列车上，有位一手抱着孩子一手拎个敞口小包的老人站在车厢一端，演讲似地一阵诉说之后，便默默向车厢另一端走去，行走中一任坐着、站着的乘客随意向包内投点钱币，绝对不在人前驻步停留。阿尔巴特街上的这一联想跟阿尔巴特街上的整体氛围和总体感受诚然很不协调，然而，这联想不是没有来由的，那不妨称作"文明乞讨"的做派，跟为阿尔巴特街传导了的那种俄罗斯的文化气息，那种俄罗斯人的文化心理，应该并非全无干涉，比照国内相关情形，让人无法仅仅止于"居高临下"的悲悯。

访巴偶拾

我辈凡俗,绝少礼仪经验,加之礼仪在我们的历史上发生过由"坐而论道"而"立而上言"而"跪而奏事"之类的演化,作为不胜繁缛又总忘不了"自我"的文人,难免形成某种"排拒礼仪"的传统心理习气。或许正因为如此,这次随中国作家代表团访问巴基斯坦,遭逢礼仪竟成了突出的感受之一。我要说的自然不是行前巴国大使的设宴饯行、抵达后中国大使的设宴接风这类事,虽说这在礼仪上也算得上"超规格"了。我要说的是一些相当特殊的异常遭逢。

从卡拉奇真纳国际机场下机出来,便见不少装备整齐的持枪警员,原先并不以为这跟我们有什么关涉,待到上路去下榻的珍珠大陆饭店,就看到前后各有一辆敞篷吉普,六名警员分别登车,且有一名端着卡宾枪立定车上,一派"前呼后拥"的架势。更没想到的是,连日来去各文化、教育、新闻、出版单位访问,乃至去主要街

漂　泊

市观光购物，都有武装警员护送并伴随左右。尽管事后谈起何以取消了原先安排的信德省（卡拉奇所在省）行政长官接待仪式时，我们才知道，当时因恐怖分子活动，总理已据宪法宣布卡拉奇进入"紧急状态"，停止了省长、议会以及有关机构的职能；可我们到拉合尔、白沙瓦、奎塔等城市，当地的做法亦复如斯；同时，到达拉瓦尔品地和首都伊斯兰堡，迎接并一直随同我们的国宾车队虽没安排那样的敞篷车，仍然有通常见到的"警车开道"。可见那种做派非独应急，亦属殊遇，是把"礼仪"跟"安全"结合起来考虑的了。

在巴基斯坦，鲜花是迎接贵宾的必备之物。每到一个城市，前往机场、车站欢迎的主人们，都要把一个个长长的花环套上每个客人的脖子。花环多由几十朵红玫瑰串缀，也有用玫瑰和巴国国花（茉莉花）组合而成。到访问的机关单位，有敬献花束和礼品的仪式。在宾馆的房间里，也会有热情的服务生为中国朋友送上几朵插瓶。

代表团的成员，大概都不乏赴宴的经历，但，可以断言，访巴的半个月里，该是大家有生以来赴宴最密集的日子。国家和地方包括议会、省督、省长、教育部、宣传部、文化部、文学院、高校、报社以及有关团体和私人的宴请一个个紧挨着。巴国97%的公民信奉伊斯兰教，宴会上禁酒一如禁毒，但其他饮料丰富多样，石榴汁等饮品尤具特色而备受欢迎。我们国家虽有"友来有好酒"的传统，也流行"客来茶当酒"的说法，且饮者向来注重"精神"，讲究的是"饮人""饮地""饮候""饮趣""饮禁""饮阑"……热烈而雅致的气氛中，平素好酒的两位诗人也略无遗憾，可谓只要情致有、饮料亦胜酒了。很多有趣的话题和有益的交流都在宴间及宴前必有的西式茶会中一次次推出热潮。素来被视为"内向"的我,也禁不住屡屡忘情地为即席赋诗的诗人们"哇、哇(乌尔都语'好、好'的意思)"大叫,还几次情动于衷地跟席间为我们演奏的民间艺人一起放声歌唱。

我这里没有谈到一些大关目,比如,集会前皆有的诵读《古兰经》,我们参加的由总理谢里夫出席的一次盛会,也是由阿訇诵读《古兰经》开始的。再比如,我们到达一处,第二天即有主人们买些乌尔都语和英语的报纸送我们,因为那上面登载着团里各个人的"标准照"和简历。又如,在卡拉奇拜谒他们的国父真纳墓,在拉合尔拜谒巴国诗圣伊克巴尔墓,都由威严的三军仪仗并古朴的乐队导引,严格的程序和隆重的礼式令人肃然起敬而怦然心动。尤其是参拜诗人跟参拜国父取了同样的规格,使我们深深体验着一个民族对于艺术的景仰和崇尚。我想,我们这些在国内常以"贬值"自嘲自叹的作家受到如此礼遇,除了中巴的特殊友情外,也可掂量出文学艺术在这一"诗国"、在巴基斯坦人民心目中的分量。

"超规格"的接待诚然令我们不安,却也分明让人领略到"以礼相待"的伟力,对于人的自爱、自尊、自律、自重,它实在是一种有效的催发和有力的激扬。

驱车白沙瓦

从伊斯兰堡驰车去西北边境省省会白沙瓦的路上,我们不时为一种历史的悠远感和神秘感所牵动。这一带是佛教文化的策源地,多有传说和遗址保留。

车行30多公里,即在位于白沙瓦平原上的古城塔克西拉小驻。

漂　泊

小城名称的梵文原意为"断头"。佛家传说，作为菩萨的前世佛祖，在这里砍下自己的头颅，就是为众生献祭的意思了，他本人也因此功德，才转世为佛祖。我们在这里参观了塔克西拉博物馆。其实，很可以说，整个塔克西拉地区就是一座古文化的博物馆。伊斯兰教不尚偶像，各地清真寺内一片清净空明无一偶像，真主只在朝拜者的心中。只是在这里，我们才看到包括佛祖生平系列在内的雕塑，看到了佛塔、经堂以及佛学院等等胜迹。示人以亲切的，是坐落此处的我国唐代名僧玄奘讲经台遗址，建筑物虽已不存，却并不妨碍思绪的飞扬，想到《大唐西域记》中对这片土地"气序和畅""花果繁茂"的描述，想见当年此地作为佛教中心，各国高僧、学者云集、学术活动频仍的盛况。事实上，这块土地跟华夏的友好系结还可以追溯到更远，早在两千多年前，这里的贵霜王朝就跟中国友好互通，至今这里称桃为"支那你"（中国来的）、称梨为"支那罗安弗罗"（中国王子带来的）便可见一斑。

离开塔克西拉前去白沙瓦的路上，神秘感愈益浓重起来。关于白沙瓦的名称本身就有些捉摸不定。一说"白沙瓦"在当地语中就是"花的城市"，一说就是（当年阿富汗进攻过来的）"第一站"的意思，还有说"白沙瓦"即"各行各业人集居的地方"，正如白沙瓦人的面孔汇集着亚洲人、阿拉伯人和欧洲人的不同形态那样，这个地名也因多重文化、多种语言的汇聚和沿革，不复可确凿辨识了。

我想到在伊斯兰堡语言学院时，曾得到几份巴基斯坦唯一的华文报纸《南亚通讯》，其中有些关于白沙瓦这个可进行3500多年历史追溯的城市记载，可惜也不能从那里敲定其名称的由来，倒是记载有一些引人入胜的传说，增添着这座两千年前就被佛教徒看作第二故乡的城市的神秘色彩。相传当年"菩萨"曾走在白沙瓦的大街上，忽然对众追随者说，一个伟大的国王将来到这里，他将皈依佛教，并将建立一座佛塔，且该塔将屡建屡焚，直到建立七次。许多年之后，这些居然均由"库山王"——应验……

正出神间，同车的巴国陪同连连一边高喊一边指向远处，原来那里便是卡布尔河与印度河相汇处，清楚可见卡布尔河黄色的水和印度河蓝色的水流淌在同一个河道构成的奇观，如同我们的"泾渭分明"。印度河是发源于我国冈底斯山斯琴河的，难怪伊斯兰堡的一位学者在一次会议上说过这样的话：巴基斯坦之黄与中国之蓝紧紧融汇在一起……车近白沙瓦，忽然看到路边绵延不已着许多杂乱破落的"棚户"，陪同告诉我们，这是阿富汗难民营。此时此地，面对这一煞风景的人类景观，不能不怅然于佛家关于苦、集、灭、道的"四谛"教义，于历史的深邃、辉煌感受中，平添一缕沉重的悲悯情怀。

到达白沙瓦，才知道这里虽在公元二世纪就成为当地佛教王国的首府，设过印度国王的行宫，如今却已是沧海桑田。1913年，此地就建起了最早的伊斯兰学院，男人崇尚勇武，女人头上盖着一种叫作"肚巴带"的头巾，他们严格按照伊斯兰教徒的规约办事，从思想信仰到行为方式，历经过一番文化变迁的历史。当年英国殖民统治者建成的白沙瓦大学，如今已成为巴基斯坦最好的、为中国政府承认的四所大学之一，不少中国留学生在此研修。在其经学院主楼前，我们发觉这座典型的巴基斯坦二十年代风格的建筑好生眼熟，有人掏出一张100卢比的钞票来对照，原来上面印着的图案正是这座主楼的全景。

白沙瓦以经贸发达著称，工厂、商业区星罗棋布。只是新旧城

漂泊

区对照鲜明，传统仍被保留着，街上走着骆驼拉的车，市民也总是穿着传统服装。每逢春日庆典，人们便聚集于山边空地，拨动四合尔琴，敲响塔普拉鼓，载歌载舞，热闹非常。许多年以前，著名西方旅行家托马斯爵士曾把白沙瓦称作是"波斯的巴黎"，现在大体仍可作如斯观。

拉合尔就是拉合尔

拉合尔是代表团访巴所到的第四座城市。它虽不似我们先期访问过的卡拉奇、拉瓦尔品第、伊斯兰堡，或曾为首府或为现时国都，却被称作"巴基斯坦的心脏"。

这座城市无愧于这一称号，不能不首先归结到两个人物：一是巴基斯坦国父穆罕默德·阿里·真纳，在他领导下，曾于此通过了闻名于世的巴基斯坦决议，诞生了《拉合尔宣言》；另一位便是诗圣伊克巴尔，是他在这里率先提出自尊自强自立并创建伊斯兰自己的国家这一思想。如果说真纳是巴基斯坦伊斯兰共和国的缔造者，那么，伊克巴尔无疑正是共和国的思想前驱。如同我们历史上曾以"子曰""诗云"来引经据典一样，巴国知识界至今说到"先贤说过"就是"伊克巴尔教导我们说"的意思了。

"拉合尔就是拉合尔"成为拉合尔人不无矜持的口头禅，更因为这块土地是拥有"创世纪"以来2000年历史的文化名城。这里有比我们北京大学历史更久远的旁遮普大学等教育科学文化机构，还保存有17世纪莫卧儿王朝的许多名胜古迹。我们参观皇家清真寺、麦利玛宫、古堡镜子宫、伊斯兰博物馆等处，莫不为伊斯兰文化精髓以及典范的伊斯兰建筑艺术深深感动而慨叹不已。

留下最深刻印象的，要数博物馆陈列的 30 巨册《古兰经》，那是当年由 10 名少女以 10 年时间亦即三万六千多个"劳动日"用金钱精心绣制而成。我对这部经典素无研究，只是不能不由眼前一本本光彩夺目的经册，想见当年的浩大工程的经营，想见一种属于宗教的圣洁虔诚和属于文化的辉煌灿烂。同样不能忘怀的是镜子宫内一处穹隆式高大建筑，顶部嵌有无数不易察觉的镜片，管理人员听说来的是中国作家，破例为我们点燃起一支小小的火炬，随着火炬的移动，头顶顿时呈现群星闪烁变幻不已的缈远景观，神秘运转的天体和亘古不息的生命皆若出其里、如寓个中，不胜日居月诸、浮生若梦之思。我们一一踏访拉合尔的名胜，确实如同置身沧桑演进、源远流长的历史巨川。难怪巴基斯坦人中间，流行着格言谶语似的话语：没到拉合尔等于没出生。

历史文化的熏染和现代文明的激活，造就了拉合尔人彬彬的气质并好客的秉性。所谓的"快乐的拉合尔人"，说的是拉合尔人的幽默感，大体也指向着他们雍容的生活方式和自在的临世态度。在拉合尔，我们才真正完全消弭了通常享受至高礼遇时多少会流露的谨慎，以充分自由的心灵参与他们安排的几乎全面开放的活动。包括应邀到省督官邸做客，去王朝中国美食节饮宴，包括在茶会上与社会名流畅叙，于研讨中跟著名诗人唱和；也包括去议会大厦旁听热烈进行的论辩，去边境参观奇特的降旗仪式，以及乘上别致的马车去大街上悠然自得地兜风……

拉合尔的三天，我们一直沐浴在友谊的温馨中，徜徉在历史文化的浓郁意绪里。拉合尔作为高贵典雅的"诗之城"和热忱奔放的"花之城"给我们留下的忆念是独特的，跟主人依依惜别时，我在道一声"苏格里亚"时，不禁由衷添上一句"拉合尔就是拉合尔"。

漂 泊

巴印边界的降旗仪式

拉合尔距巴印边界只有二十多公里，但活动日程上没有去边境的安排——那里通常不向外国客人开放。我们不免心向往之，就像现时的作家们热衷在"边缘"行走。更况这国界意义上的边缘，往往是更足以反观"中心"的。

偶然的机缘发生在旁遮普省行政长官接待并宴请代表团的时刻。当省长询问我们有什么希望和要求需他办理时，我自然想到大家议论过的去边境看看的愿望。只是我们来巴后一直奉行"客随主便"的中国式原则。同时，也吃不准提出这样的要求会不会让主人为难，便试探着问：这里离边境有多少路？不料主人立即神会，爽快地说去那里看看吧，我来打个招呼。

确定下午三点半前往，正是为了赶上边界的降旗仪式。到达后，早就迎候在路边的防务官给我们介绍说，这里在1947年巴基斯坦建国后成为边界。边界云者，没有任何自然屏障，只是以一条小路作为临界。边境的标志，是双方在不到十米宽的路边建起的门楼，就是名副其实的"国门"了。各自的门楼间有不到两米高的宽宽的铁门，彼此门楼间路道的中线上一边有一根旗杆竖着，分别飘扬着巴印两国的国旗。沿门楼立柱向远处看去，蜿蜒的铁丝网明灭可见，防务官说，那里远远近近有十多个可开的门，好让土地在这边的印方农民过来种地，实在也见不出什么"戒备森严"。

说话间双方已陆续集拢来许多穿戴整洁的边民，妇女们还有抱着孩子的，都秩序井然地排列在各自沿门楼外侧划定的白线外。约四时半，巴方的高音喇叭猛然响起，传出诵读《古兰经》的浑厚男中音。降旗仪式就此开始了。随着喇叭里一声口令，便见一位着黑色主调军礼服、个头足有两米以上的魁伟军人，从人群夹道的路中疾步向铁门走去，步伐夸张，非一般"正步走"可比，伸直的腿踢出的高度仿佛练功时的踢腿，前进的频率和速度又"急急风"似地快得惊人，这无疑非经高难度的长期训练不可为，我们跟边民们一起雷动掌声，并禁不住"哇、哇"的高喊——仿照巴国诗人朗诵诗作时听众不时发出的赞美声。

如此，或一人，或数人，反复几度往来，气氛臻于高潮时，两名急趋大门的军人以强有力的动作铿然有声地打开两扇门。印方的军人以类似的方式彼此同步进行。只是印方的戎装主色调为土黄，军人的个头、身块普遍较巴方军人显小。打开门各自降旗前，双方四名军人列队相向立定。握手以后复向对站立有顷，此刻，我们还远远听到他们类若重重呼气地从鼻子里发出两声"哼"，这大概也是仪式中的既定程式，当然带有以示气概并威武的性质。

整个降旗仪式历半小时。这样的仪式每天有两次，只是傍晚的降旗较之早晨升旗时间更长也更为隆重，我们算是躬逢其盛了。

仪式完毕，防务官在哨所以茶会招待我们。大家都兴奋不已地议论开刚刚看到的场景，以为实在是一次艺术的享受。在巴基斯坦，"主随客意"乃至破例的活动安排有过好几次，而这一次，无疑是最为难能、最开眼界、最难忘怀的一次了。

语言学院的"汉语日"

伊斯兰堡语言学院主要为军警方培养出国留学人员，院内各

漂 泊

语系每月一度举办"外语日",以培训学员在实践中使用外语说话、书写的能力。代表团在我驻巴使馆王、杜两位参赞陪同下前往访问的那一天,正值中文系的汉语日。在院长室听过介绍学校概况后,即赶往中文系。刚进入一个大教室,全场师生就起立欢迎我们参加。

不知是否因了有我们出席的缘故,每位上台演说的学生都选择一个专题用相当纯正的汉语讲述,有的介绍自己最喜爱的中国歌曲、中国格言,有的介绍巴基斯坦的历史、地理人文,有的则表达自己想当出色汉语译员的愿望。

最有趣的,是那些自编自演语言笑话和文艺节目的练习形式。其中有个小话剧叫《老师和学生》,由五位男生扮演"学生",一位女生扮演"老师"。"老师"讲课时,调皮的"学生"们不断发生许多诙谐的"捣乱"行为。如"老师"让一名"学生"在黑板上写字,说,"你写中国",本是要他写"中国"两个字,"学生"却在黑板上写下了"你写中国"四个字,"老师"纠正说"我说——你写中国","学生"又"噢"一声,恍然大悟似地在"你写中国"前加上了"我说"两个字,引出哄堂大笑……诸如此类的节目妙趣横生。我不禁想,寓教于乐这一思想,原是可以在教学中得到无穷的创造和发挥的。中方和巴方的老师们也参加演出,中文系副主任是位巴基斯坦的女学者和诗人,在中国待过6年,她用我们的普通话朗诵了自己的诗作《我的两个祖国》,朗诵到愿为巴基斯坦奉献生命,也愿为中国而献身时,我们由衷地起立鼓掌,向这位自称她也是"中国的女儿"的诗人致意。活动在"我们都有一个家名字叫中国"的合唱中结束,中方的系主任老师应学生之邀担任了指挥。

院长、王参赞以及我们代表团的团长给参演者和年度成绩最优秀的学生颁发了奖品，院长还给代表团每人赠送了一枚台式院徽。我们也纷纷取出从国内带来的小礼品馈赠师生。我在跟几位表演出色的学生一一握手时，一句"你们的汉语讲得比我还好"的话脱口而出。我解释说，你们讲的汉语我们全听懂了，我来自中国南方，方言很重，很多话说上几遍，团里的几位女士先生还瞪着眼睛不懂呢。我一字一顿地说出的这几句话，中巴人士倒显然都听懂了，因为大家都很开心地大笑起来。

漂 泊

欧行杂识（十一题）

罗马纪事

　　客机还在法兰克福通往罗马的航线上飞行，那座位处台伯河畔的"世界之都"已然连同一个同名的古老帝国向我奔突而来。我指的是在平稳的机座上，思情正沿着时间隧道上溯，接通了欧洲历史悠远的震颤：耳边轰鸣起"罗马军团"进军的鼓点，呼啸起土耳其士兵入侵的呐喊；未经谋面而并不陌生的竞技场、万圣殿、恺撒庙、君士坦丁大帝凯旋门、多米提拉地下坟场……也纷至沓来浮现于眼前。那里记载了"无边帝国"的辉煌，记载了帝国雄鹰的坠落，记载了欧洲"人文史诗"的开端和罗马文艺的"黄金时代"，记载了古老文明的劫难和文艺复兴的发祥……

　　等到在这遗址遍布、古迹随处可见的城市落定，领略过千姿百态的残垣断壁,深厚庄重的座座教堂,林林总总的雕刻艺术,各逞其妙的喷泉构筑物以及历代门柱、诸多古市场及现代广场的姿彩,获得的自然就是一种缈远的情韵和真切的感受,一种历史意绪并精神震撼。对于古罗马纯朴的民间情怀,对于早期基督徒留下的不平静的古典精神,都从这里提供着无言的解说和真切的况味。

到达有两千多年历史的圆形罗马竞技场那一刻,我曾从比照的意义上,生发过对于先期在梵蒂冈瞻仰过的圣彼得教堂的联想。后者作为许多教皇的埋葬地,是寄寓"理想"的超尘圣殿,从十字形的堂基以及附近的"瑞士卫队",可以充分领略对于神性的虔诚和膜拜;竞技场则是"现实"的世俗游乐场所,这里播布着的是人性的真切叙说。从贺拉斯宣扬尚武、公正的罗马颂歌直到莫拉维亚传导下层哀音的《罗马故事》,大体都可以从这里得到实在的见证和感悟的契机。在这座规模巨大、设计至今堪称先进的剧场流连,我们在想见当年于此上演许多希腊悲剧、拉丁喜剧盛况的同时,无法不想到乔万尼奥的杰作《斯巴达克思》,进而想到从这里拖出的无数野兽以及奴隶们、战士战俘们的尸体,想到座位席上看客们拇指向下的动作以及那阵阵呼叫展示出的人性的狂暴酷烈。但如同我们看待长城,经由汗水、血泪与智慧浇灌的竞技场本身,已作为历史的祭奠和确证,成了古老文明的象征。文明的创造是要付出代价的,而文明历史的记载对于代价总是忽略不计。

比较起雕刻有各种主题故事的君士坦丁大帝凯旋门和充满戏剧效果并梦幻色彩的许愿泉一类构筑来、竞技场在罗马显然更具代表性质和象征意义,我想,除了其他原因外,就在于竞技场的抽象价值,当屹立于正中高墙上的奥古斯丁大帝石像已经断缺左前臂,当剧场围墙下已然留下残损的缺口,当岁月已经使一幕幕历史场景淡

漂 泊

出，竞技场就足以相当纯粹地抽象出一种古老、雄强的勇猛搏击精神，足以历史地写照这片崇尚神武、拒绝平庸的土地。

这种对于博大勇毅的感悟，常常使我对在罗马不难碰上的某些煞风景的细节不甚介意。比如街巷里冷不丁会出现一阕猫屎，同行者理所当然地会摇一摇头，叹一口气，我却以为这不过就是罗马人宠猫的癖性所导致的一种"不胜防范"罢了。罗马除了闻名于世的教堂多、神职人员多、喷泉多、水多、桥多、壁画多、摩托多之外，还有一项同样著称于世的猫多。罗马人宠猫类乎崇神，管"吃喝"比我们更尽心的同时，管"拉撒"就有些更放任的毛病。

不能不介意的是罗马的另一项"多"——小偷多。中国旅人惯于背个小包，且不惯刷卡消费，现金连同护照多在包中，这就给云集罗马的偷儿带来兴趣和方便。起先我们以为，地导小姐S的告诫有些危言耸听，特别是一行人刚登上公共汽车时，她竟然像上了战场似的一再呐喊："注意，小偷上车了……中门、中门！小偷到了中门！"当时弄不清是玩笑话还是真话，到得下车后，站在中门处的一位上海小姐和一位南京先生几乎同时用不同的方言惊叫起来，盖因小姐的包已被划了个大口子，先生的裤袋也被划破了，只是大约那呐喊起了作用，小偷未及取走钱物。真亏了S，想不到这位温文尔雅的女同胞，非独介绍罗马如数家珍，识别小偷也有付好眼力。

包被划破的小姐恨恨地哩咕说"罗马人真勿要面皮！"S纠正道："不能这样说"——大概是客人的护照、现金未遭损失促成了她的幽默——"谁让罗马是'世界之都'呢，世界的扒林高手也在这里集结呢！"我想，这应该是贴近实际的，小偷未见得尽是这里的土产。同时，虽说罗马故事里那篇《教堂里的小偷》把小偷的境

305

遇写得颇为辛酸，但罗马并非一个纵容小偷的地方，不是么，追溯到但丁的笔下，那惩罚邪恶的九层地狱中，"窃贼"是被十分严厉地处置在第八层的一条"恶沟"中接受惩治的呢。

佛罗伦萨行

徐志摩有首写于"翡冷翠山中"的《翡冷翠的一夜》，中学时代读得不甚了然，却牢牢记住了一个城市美艳的名称。至今以为，当年据意大利文译为"翡冷翠"，实在要比据英文通译的"佛罗伦萨"多些可以意会的味道，不仅仅因为这座古城恰巧有著名的"翡翠画廊"，有"玉簪之城"的美誉。佛罗伦萨作为文艺复兴策源地的中心，整个城市就是一座遍布文化遗产的艺术馆，难怪人们把它跟罗马之前的西方文化之都联系起来，称其为"新雅典"。

追溯这个直到公元一千年还只是个农业小镇的城市历史，我们会想到许多生于斯抑或集结于斯的开创世纪风采的人物，举其要者，有发扬光大了佛罗伦萨语言的但丁，发起绘画领域一场划时代革命的乔托，开创西方小说先河的薄伽丘，堪称文艺复兴先驱的诗圣彼特拉克，后来出现的包括米开朗琪罗、达·芬奇在内的众多画家、建筑家、雕刻家，都曾于此留下过不朽的巨制。他们先后实际地参与了我们如今面对的这座文化资产无与伦比的城市的物质与精神创造，而这个城市在向人类世界奉献了璀璨文明的同时，也成了众多艺术家的生命摇篮和精神故乡。至于十九、二十世纪，雄领过"真实主义"流派的小说家维尔加，"以巨大的艺术敏感性和排除谬误和幻想的生活洞察力，阐明了人的价值"而获得诺贝尔奖的诗人蒙塔莱等人，都在这里接受过艺术的熏染和生活的激发。在但丁故

漂 泊

居前徘徊，于阿尔诺河上的古桥边驻足，从大卫广场俯瞰全城，乃至在佛罗伦萨的街巷信步，你会深深感受到处处是注脚——注解着我们常用的"人杰地灵"那四个字。

有人从一个角度把西方古城之旅归结为看教堂，一如我们把进藏观光的要点落定在看庙宇。然而只是在佛罗伦萨，你才会真正地体味到看教堂跟进入历史、进入艺术原本同义。佛罗伦萨最重要的地标，是位于市中心的主座教堂，亦即圣母百花大教堂。它不是世界上最大的教堂，却被公认为世界上最美的教堂。驱车前往时．远远即可看到异常显眼的橘红色巨大穹顶，据说巧妙的建筑技艺当初参照过罗马万圣殿的圆顶，但显然独树一帜地比万圣殿的圆顶别致得多，八角形的穹顶以流畅的拱肋跟顶端灯笼式天窗连接得层次清晰又天衣无缝。

大堂的正面高大开阔，墙面造型繁复而明快，凹凸分明，错落有致，层层叠叠的门柱、花窗，精美绝伦的雕塑、浮刻，彼此呼应，组合为恰到好处的整体。以白色和绿色为主调的大理石墙面透出一派清雅明净，于庄重中平添几多亮丽。尤显别致的是，大殿的所有窗户均为十三、十四世纪名贵的彩色玻璃装饰而成，雍容华贵而不失凝重，称其为世界上外观最美的教堂确乎当之无愧。

圣母百花大教堂始建于1289年，形成现今的格局规模，历经过几个世纪，它是五世纪就建成的圣洗堂（原主座教堂）的扩建工程。较之圣母百花大教堂，圣洗堂的规模自然要小得多，但它的几个大门至今声名显赫，南门、北门和天堂之门上的铜铸浮雕分别刻着圣洗、新约、旧约故事的系列图画；最著名的自然是文艺复兴时的杰作"天堂之门"，门前常为世界各地游人围得水泄不通，我们终究无法走近，只是从簇拥的人头上领受了那一派金碧辉煌。

成为百花大教堂组成部分的乔托钟楼是乔托于1334年开始兴建的，由后来的两位弟子接手完成。这座由两代人相继建造起来的钟楼，非独保持了自身外在、内在的统一，也跟主座教堂乃至周围的建筑融为一体，那哥特式轮廓、独特的平顶露台以及塔身精致的雕饰和绿与白相映生辉的大理石包裹，皆与主座教堂连体合璧。但丁在《神曲》中提到它时称其为"比过去的艺术更完美"，如今身临其境，才真切地理解到此言不虚。

佛罗伦萨的广场和画廊跟教堂同样众多，不类我们在国内城市多见的是广厦和发廊。我们重点观赏了米开朗琪罗广场和市政广场。前者的中心部位建有米氏的杰作，高高的基座上耸立着巨型的《大卫像》；后者系十三世纪以来佛罗伦萨政治活动中心，广场边的古宫即为彼时建造。最引人注目的是坐落广场一侧的由三个巨大拱门组成的凉廊，其中抢劫沙比少女、希腊英雄白塞俄、力士神埃克勒制服人首马身怪等等雕像令人叹为观止、浮想联翩。古宫几个入口处分别挺立着埃克勒、加果和大卫的巨大塑像。算起来我们在佛罗伦萨至少三次看到名作大卫像了，可惜都是复制品。米开朗琪罗的原作安放在艺术学院画廊，我们未能有时间前往，不免叹惋跟传世真迹"擦肩而过"。

其实，非独大卫像的原件，对照密密麻麻的一份景点图，我们在佛罗伦萨错过的委实太多，用挂一漏万也并不算夸饰。聊可自慰的是，匆匆之旅注定会错过许多原系预料中的必然之事，而已然领略过的却足令心存感激，离开佛罗伦萨时，我不禁在妻面前如斯感叹："此次出游即是仅仅于这'新雅典'如此走马一、二，也可算不虚此行。"

漂 泊

威尼斯写意

  罗马、佛罗伦萨给我留下一种"重量"的回味，身体离开了，心绪却被绊住，久久绕不出那沉重的历史、庄重的法制、厚重的文化和纷至沓来的凝重岁月……进入威尼斯，则顿觉轻快爽朗。

  并非这里缺少分量，不是，这里同样古意盎然，处处可见历史长河淤积的特定印记。只是当我们从亚得里亚海与潟湖交汇处的码头开始威尼斯之旅，便被一种力量托举得飘然怡然起来。乘坐汽船在宽阔的水面上向本岛缓驰，宛若置身公共汽车穿越街市，旖旎的两岸差不多跟湖水在一个平面上，各种风格的建筑鳞次栉比地临水屹立，在微波荡漾中摇曳生姿。这座别号"海上新娘"的城市，确乎以其轻盈盈而清莹莹、水淋淋而水灵灵的姿色，勾引出人们几分倾慕、几分迷离，凭生几多浪漫、优雅的情调。

  半个小时左右的航行让人目不暇接，威尼斯的许多精华部分一一呈现。我们不免想到久闻其名的名胜古迹，一一列数着赤脚之桥、利阿托桥、学院桥，以及包括大宫殿在内的裴撒罗、罗雷丹、佛斯卡里、雷左尼克、歌拉西等威尼斯众多的王室宫殿。导游说这些都在大运河一线，除了小广场的督纪王宫，我们多去不了，不过，有几处登岸后沿途可以远眺。说话间我们已经过了健康圣母教堂和海关大楼，到达圣玛尔谷广场的堤岸。下船后顺右手边往下走，率先看到的是绿成一片的圣马可花园和白得耀眼的金币制造厂；左转后经过一座富丽的图书馆，就步入堪称威尼斯标志和轴心的圣玛尔谷广场。

圣玛尔谷广场亦译成圣马可广场，面积阔大，由新、旧公署等雄伟建筑围成。整个广场人群和鸽群密集，酷似一个露天大客厅，管弦乐演奏、古典咖啡座、各式精品和特色工艺品商店密集，又使人产生置身大舞台的感觉。我自然立即想到"嘉年华"这个名称，如今我们南京商务活动场所中，也有赫然标上"嘉年华"招牌的，现在算是见到了真神，这里正是威尼斯嘉年华观光活动的主场地。追溯起来，该是三四个世纪沿袭下来的传统，威尼斯人的社交庆典、纵情欢娱也真是历史悠久、长盛不衰了。

圣马可教堂（亦称圣玛尔谷大殿）占据了广场的一面，在我看来，它跟佛罗伦萨那称作世界上最美的圣母百花教堂各有千秋、莫须相下。导游钱先生一再提醒并指点我们仰望正中拱门上方的青铜驷马和入口拱门上描述圣马可事迹的四幅镶嵌画，这是该教堂特有的景观，也是威尼斯的先人们信仰和战绩的象征。教堂主要部分完成于十一世纪至十五世纪，大殿外观给人突出的感觉就是它广罗博采造成的姿彩繁富，拜占庭式的金饰、哥特色的小尖顶、罗马式的弯拱、伊斯兰式的圆顶加之整体呈现出的希腊式十字形设计，可谓集建筑艺术之大成，让人联想到威尼斯的几经沧桑、多方吸纳和兼容开放，联想到它的国际倾向和包举精神。对于一个商城来说，这应该是十分自然的。威尼斯没有经历过封建统治和城市国家时期，作为一个"贵族共和国"，它的丰富收藏和建筑瑰宝都应归功于那些勇敢倔强的商人，包括当初足迹几乎遍布半个中国的那位马可·波罗，这次我们在小游船"拱朵拉"上看到了他颇为堂皇的故居，一行人都拍下了它的照片。时至今日，历史的劫难、商运的流转加之频遭水淹和人口的老龄化等等因素，威尼斯早已减却昔日的辉煌，但商业的神韵犹存，这在一个水晶玻璃制品厂里也领略到

漂 泊

了。从作坊到卖部，一位道地的威尼斯中年汉子大显了身手，他先在作坊做讲座演示，然后到小卖部从容兜售。虽然像许多粗通汉语的外国人一样，汉字字音多不恰当地读成第四声，但讲得幽默得体风趣频生，且很多为熟悉我们的时尚和流行用语，连"二奶""老公""盖了""没门"……都熟悉得脱口而出。我跟妻此次西欧之行最大的一次购物消费就发生在这里，回想起来，多半跟他"循循善诱"的魅力有关。不用说，会做生意不仅仅利在自己，有力的证明是威尼斯至今为意大利税收最高的地区。

尽管我们被告知，连圣马可广场都常被水浸漫，拱朵拉也一度驰入广场和廊柱间游逸过；尽管我们乘上拱朵拉在流贯大街小巷的水道上转悠足足四十分钟，充分感受到水城到处是水的名副其实；我们还是无法想象这个城市实际上建筑在上百个以无法数计的木桩固定的小岛上，无法想象小小本岛上的运河竟多达一百五十条。我佩服威尼斯人真能折腾，对于威尼斯近年"下沉速度加快"的记载反倒不甚介意了，除深信威尼斯人如同水的精灵那样对付水忒有办法以外，大概还源自于一个信念：美是不会沉没的。

威尼斯是否为"世界上举世无双的美丽城市"，如同他们标榜的那样？这当然会有些见仁见智，但威尼斯人对自己家乡美的信念和美的留恋是没有疑问的。我要说到的著称于世的叹息桥这一桥的名称便是佐证之一。

叹息桥是连接总督府和旁边的地牢的一座古桥。该桥为严密的全封闭式，但桥身特地设计了几个布满花纹的漏窗。重罪犯人在督府内的法院宣判后送进一河之隔的监狱石门时，必经过这座桥。桥上的小小窗户供犯人再看一眼自由的蓝天、澄碧的大海和城市的美景。这桥实际就成了让犯人面对美景吐露一声叹息的处所。私下以为这很人性，且不失一种促成反省邪恶、眷顾美好的方式。面对这座小桥，我不禁良久陷入人生严峻与人道温馨之思。回过神来发觉同行的伙伴们已远远离去，匆忙间就跌坏了急急取出的相机。凡想拍照的地方都留过影，唯独在这最想拍张照的地方留下了遗憾。

海岸小记

我们此行可以算历经三海：北海、地中海以及与之相通的亚得里亚海。在地中海一角盘桓较久，印象最深。

巴士从亚得里亚海滨的威尼斯横穿意大利北部，就到达地中海北岸的热那亚。意大利人称威尼斯为"海上新娘"，并无热那亚系"海边新郎"之说，依我看，其实差可比拟。这个港口城市不以"妩媚"取胜，那向海里伸展的犄角上高高耸立的近一百二十米的灯塔；那背山面海层层叠叠的楼群，却多有几分现代阳刚之气。它跟米兰、都灵鼎足而立，构成意大利波河平原西部发达的工业三角区。原计划在这里观赏特色鲜明的建筑和别具一格的市容风情，由于到达时已是傍黑，第二天日程排得更满，对这位"新郎"匆匆一瞥后，便又驱车兼程。车上频频回眸那海天间的万家灯火，不免心存惋惜。

车行几小时，到达计划中下榻的宾馆，我们立即感到这样的安排亦很得宜。宾馆无异一座海边别墅，正前方就是地中海的热那亚湾。第二天一行人不约而同地黎明即起，到美不胜收的海边观光，名副其实的观"光"：从晨光曦微到红日初升，海面波光粼粼几经变幻，海上泊船初醒，海鸥凌空贴水地悠然飞翔；岸边长长的护栏和宾馆宽阔的门楼沐浴在旭日的光辉里，原来的粉色抹上淡淡的金

漂　泊

黄。彼此看上一眼，都像新浴后化过淡妆，光鲜亮丽而气韵生动。我们尽情地录像拍照，招呼上车时，差不多异口同声说，真想在这里住上几天呢。

巴士沿着地中海疾驰，用得上我们那句如行"山阴道上"。不觉间早进入法兰西地界，从车上已能鸟瞰与之接壤的摩纳哥。在我的感受中，摩纳哥大体可以看作一座城市。远眺过去，山坡上密集的建筑物高低错落浑然一体，林木屋宇皆若刚淋过春雨，山明水秀一派清朗，摩纳哥人好生有福。不过听说这里的三万人口中，本土人只占六分之一左右，居民多来自法、意，大概跟低税率不无干系，摩纳哥还是一个不征个人所得税的国家。

王宫和蒙特卡罗赌城是摩纳哥主要的游览胜地。王宫规模不大，更像塞堡。事实上这里曾是十三世纪初热那亚人盖的一座军事要塞，至今这所王宫被誉为摩纳哥百年传统守护神。王宫周围还陈列着路易十四时期铸造的炮台，除一门门古老的座炮外，还有足球大小的黑球沉重着垒成几堆，应该是炮弹抑或炮弹的造型了。王宫的正门和一个边门前设了岗，跟其他地方不同的是，全身着白得耀眼的军帽、军服、手套的卫士不是"站岗"，而可以说成是"走岗"。荷着长枪不停地走过来再走过去，后转的动作严谨而优美，一条手臂大幅度地甩动得柔和而自如。护卫性不甚严密，表演性却很诱人，很能引发游人驻足观赏的兴致。

比较起王宫来，闻名于世的"赌城"蒙特卡罗要气派得多，气象上古色古香而巍峨华贵。若不做介绍而让我猜测，必以为这里才是皇家宫室。令人陶然的是门阶前由花圃构成的广场，大片草木经过精心修整，路边的一株仙人掌叠床架屋地长出了足足三米左右的高度，整个赌城就在树木花草的簇拥之中。按规定，本国人是不可以入内参赌的，我们自可凭护照交点费以"一日会员"的身份拾级而上进入赌城。只是知道场内以轮盘赌为主，其他赌具也跟别处无异，既无意参与，不进入也罢，不如省下点时间去尼斯和戛纳多些逗留。

尼斯、戛纳都在法国地界，跟摩纳哥连成一片海岸风光。海中艘艘游轮和点点船帆远近可见，海滩上、浴场边不似我们北戴河等处人群密布，更显见稀稀落落的泳装男女悠然的浪漫情调。以电影节闻名的戛纳，有临海屹立的电影节主会场等建筑群，建筑物跟海滩间一字排开的旗杆上飘拂着世界各国的国旗。主会场近旁一条土黄色大道上，清晰地铸有一个个国际影星们的手印。我们一行人没有一个影迷，自然就没有去寻觅、辨认的兴致，不似在翡冷翠但丁故居前的地面上，对那方显隐着但丁头像的地砖注目良久、反复抚摸。

台湾籍的随团导游大概也渐次明白了我们这一拔人的心路，抓紧上车后赶到天使湾作了较长时间的停留。天使湾是个小小的海湾，旁边的天使广场似乎也带上了仙境的幽雅，恰到好处的几处白色构筑物，绿成一片的树木草坪，缀以一块块淡黄雪白的花丛，让我们顿觉远离尘嚣而置身世外。沿着伸向海中的许多巨石往前走到尽头，我落座在一块岩石上，极目湛蓝得如同油画色泽的海面，聆听富于节拍的涛声，不觉走了神，以至被同伴喊回头时，才发觉背后已被海浪打湿了一大片。天使湾、天使湾，是"天"使成"湾"还是"天使"居留过的海湾呢？人们往往把得天独厚、难以名状的佳妙之境，跟造物主的行踪联系起来，这该是东西方各民族对大自然共通的感恩之情了。

离开天使湾，我们便差不多结束了地中海北岸之行；也愈来愈强烈地萌生出对于东北、东南岸的憧憬,我们向往,我们相约来日到希腊、土耳其去,到埃及去,去完成一次地中海的环海之旅。

走过瑞士

　　巴士由南向北穿越法国地界驰向瑞士,地势渐高,长达一千二百公里的阿尔卑斯山脉已在望中,它绵延于欧洲好几个国家,却把最秀美、最雄伟的一段留在了瑞士。这个被称作"世界屋顶花园"的国度,跟"高"字的关涉不只在自然地势,也在于人们生活的高福利、高水准,公民人均收入在世界高居榜首;还在于国际关系中一直高标的中立;同时,虽说才经过全民公决加入联合国不久,对国际组织却历来有高度贡献,被称作万国宫的联合国欧洲总部、国际红十字会总会、国际奥委会总部都设在瑞士,日内瓦便因二百多个国际组织及人道主义机构于此设立而以"和平之都"著称于世;至于经济生活中的银行业、保险业、钟表业,更以高信用、高质量赢得全球各地的青睐。

　　瑞士多山也多水,全国面积仅四万多平方米,湖泊就有1484个之多。最大的莱芒湖(日内瓦湖)三面环山,傍湖城市日内瓦被罗纳河一分为二。我们在湖畔河边远眺近瞻,自难窥其"新月形"的湖身全貌,市中心一处宽阔码头高达数百上千米的喷泉景观也因迟到片时而无缘赏识;但荡漾的澄碧湖水、散落湖边的景点,敞开的众多花园和巨型花钟、断腿高椅等特色景观足可称胜,加之远处苍山滴翠而白雪覆盖,湖光山色移步换景间见出"海"的规模并"海市"般的迷人。当年走过瑞士的拜伦对这个国度的天地大美一见钟情,心醉神迷间也没了词,只说:"这实在是个仙境!"

"仙境"是造物主的赐予，也是土地主人的创造。瑞士人天性爱花爱美，路边、护栏、桥身、墙面、阳台，都有精心点缀的各式鲜花；街市纷红骇绿，屋宇吐秀喷香，里里外外、角角落落莫不似刚刚经过美容，优雅中透出热烈，让人感受画意的浓酽和诗情的酣畅。到达瑞士那天下榻的NOVOTEL，跟我们在其他国家住过的旅店相比，规模不算最大，但无疑是最明净、最安谧、最富情调的一所。童话般的瑰丽、甘醇般的清冽使人顺心遂意如沐春风，虽经五百多公里的行车之劳仍不忍马上就寝，我们先去户外漫步，欣赏天空高悬的圆月和近野迷蒙的夜色，又与妻应约到作家杨旭、医师董惠兰夫妇的客房小坐，举杯小饮而意犹未尽，年过六旬的老人意趣激扬间发作起少年狂，在没有伴奏却又似乎播布着无声韵律的房间里，跳上几步疏阔多年的"慢四"……

瑞士的许多小镇也是百态千姿风情万种，登临铁力士山必经的基地英格堡尤为宜人。环镇皆山，冰峰鹤立，皑皑白雪银光闪耀，跟蔚蓝天幕、缭绕白云相拥相吻，自然怀抱的圣洁博大，雪国之秋的苍茫辽阔，于此尽可领略。作为世界旅游胜地，小镇的商业气息原本不浓，那天又巧逢瑞士商家一周一度的休假日，店铺门扉一律关闭。此情此景下，与其说失去购物的机会，毋宁说成全了充裕的时间，去品味小镇一派古雅之风，一泓宁泊之情。我与妻沿着一条乡村小道走去，远方一所教堂的哥特式尖顶吸引了我们。走着走着眼前出现了几条岔道，无"松下童子"可问，好不容易等到一位行人却不通英语，所幸一阵比画很快弄懂了意思、指明了道路。绿树环抱的乡镇教堂跟乡村一般幽静朴实，跟高高的白朗峰遥遥相望，在清寂的教堂前伫立良久，心灵果如经受着洗礼净化，倍感远离尘嚣的慰藉和纵身大化的飘然。我不禁再次默诵起拜伦的那句赞叹。

漂 泊

是的,人的肉体不能不在"社会"上辗转,而"精神"得其所哉的寓所,却正是宗教布就的幻境和大自然敞开的怀抱。

次日我们去到卢塞恩,亦即琉森湖边的琉森。琉森湖是瑞士唯一不结冰的湖,做过瑞士首都的琉森被誉为"世界上最美的蚌壳中的一颗明珠"。我们在那里没能去观赏欧洲最大的莱茵瀑布,岁月之思却得到了深度的触发。触发点在那座路易士河上二百米长的卡卑尔木桥,那是欧洲最古老的廊桥。桥身悬挂着鲜红与雪白的花丛,紧挨桥的中部,高高的古堡在水中矗立,跟岸边的双塔教堂一起,构成悠然的古意,确是撩人寻梦追远的去处。城北山麓石岩上,那闻名世界的石刻"悲伤的狮子"(亦称"垂死的狮子"),更是牵动神思的艺术杰作,它为纪念法国大革命时期图勒利保卫战中战死的数百名瑞士雇佣军人而立,是对悲壮历史岁月的祭奠和追挽。背上插有一把标枪的雄狮显然受了致命的重创,俯卧的身躯、紧锁的眉头、微张的嘴巴、蜷缩的后肢及垂挂的前腿,叙说着它无限的哀伤和无言的痛楚。如同马克·吐温所说,这确乎是"世上最悲哀最令人怜悯的石刻"。不知怎的,在这石刻面前,一下子联想到梵蒂冈圣彼得教堂附近的"瑞士卫队",两者原不相干,或许是心动于它们以不同的方式共同传导了守诚立信的瑞士人对于神性的虔诚、对于人性的悲悯以及对于人道的忧伤。

我们再度登上巴士准备离境的那一刻,凭窗远望中忽觉到在瑞士最让我铭心动情的,其实更在于几度境内行车中的窗外所见,那是瑞士沁人心脾的乡村。若说欧洲美最美是农村,那么,说乡村之美首推瑞士之乡应该没错。从广袤的原野到远处的山坡,没有一块裸露的土地,一望无际的碧绿黛青上时现华盖般亭立的树木,皆若经过艺师精心的修整。万绿丛中,偶有白身红顶的小屋隐现,示人以几多牧歌的恬适并家园的温馨，天地一尘不染，寰中天朗气清，一缕忘言的陶醉忘机的惬意油然而生。以红与白为主调的乡村建筑（城市亦如此），既跟这个国家国旗的色彩配置互应，也遇合着瑞士人性格中淡雅平和与热忱友善这一普遍具备的特质。精于理财、苛于律己的瑞士人没有富裕者通常脱不尽的倨傲和奢侈，连去饭店吃顿饭也是件大事。我想到那次途中午餐时，一对孤独的老年夫妇，打开车子后盖就着自备食品安详用餐的自在神色；想起瑞士人酷爱养狗，却少见我们这里牵条狗招摇过市的；想起那个对每个进店者馈赠精致小礼品的商店；想起旅馆厅堂里几个嬉戏的孩子，跟我们作家海笑先生学习用汉语问候的烂漫纯真；想起在英格堡为我们指点迷津者彬彬有礼的微笑和不厌其烦的耐心……想到瑞士条理井然的一切，深羡这花园之国真是天时、地利、人和占全了。

　　若说欧陆是个富于美质的整体，瑞士则无疑是它的精华部位，是经典的欧罗巴、欧罗巴的经典。这样看来，希腊古老神话中那位绝色公主欧罗巴，当初远涉重洋把她强行劫掠过来的宙斯还真没亏待她；欧洲即或仅仅有个瑞士，也就无愧于以她的名字来为之命名。

在法兰克福

　　到弗莱堡享受过黑森林、滴滴湖景区的休闲情趣，我们便驱车沿莱茵河浪漫之路去法兰克福。法兰克福是欧洲大陆最大的航空站，是我们从上海起飞后的落脚点。记得那天在候机大厅，匆忙间没留神，跟一位边走边思考着什么的德国人撞了个满怀，互道歉意后私下调笑过："怪不得德国是个出思想的地方。"

漂　泊

再度来到这个城市，不禁又情意翩跹联想到以它的名字命名的一个学派，想到作为"西马"中坚力量的法兰克福学派的几代思想家群体。我对这个学派没有研究，也无法踏访思想家们留下的行踪。倒是有幸没错过一位伟大人杰的故居，从十八世纪七十年代到19世纪30年代，对文学做出不朽贡献的诗圣歌德，就诞生在这里。

位于市中心地带的歌德故居，是一座建有人字形拱顶的七开间四层楼屋，楼体着淡淡的橘红色，黑色的大门和六扇大窗户临小街街面一字排开，窗台鲜花拥垂，墙角藤萝攀缘，雍容热烈气派阔大，朴实庄重古意沛然。这"大宅门"里的主人在哲学、历史学、造型艺术和自然科学领域均成就卓著，只是我辈囿于一隅，大哉歌德，仅以文学示我以辉煌。我们自然已无缘"访谈"而只可"想见"，想见那个"狂飙突进"的年代，诗人于书案前该有过无数灯下疾书的不眠之夜，从"少年维特"到"老博士浮士德"，正是从这所房子走向世界，走进无数躁动不安、期待慰藉的心灵。

恩格斯称歌德时代的德国"在政治和社会方面是可耻的"，但在"文学方面却是伟大的"。无独有偶，富于激情和活力的法兰克福学派诞生之际，恰恰是德国法西斯上台之时。这个民族谜团似的"两面神"现象，不容易捉摸，大约擅长推理演绎的德国人自己也难以去条分缕析。灾难痛楚的历史沿革和思想文化的创建承传，铸就了他们的抑郁深沉、执着求索，也使对于权力和意志的崇拜深深植根于民族的灵魂。当然，权力的崇拜，又分明跟他们对于权力的希冀同在。我想到罗马贝格广场上的一座特别的雕塑，如果说法兰克福的园圃、歌剧院以及圣保罗教堂等等不至于引起我们多大兴致，那座雕像则不能不给我留下深刻的记忆和亲切的回味。身姿婀娜的女神手持一杆"天平"，树立在高高的花坛基座之上。它是精美的艺术展示，也是直白的艺术告诫，时时提醒着出入市政大厦的握权者公正持平的良知。这固然从普遍意义上启示了为官之道。也因其建立在称作"罗马贝格"的广场而显得很为切题：切合着"罗马"与"法学"的古典题义，象征了支撑欧洲的三大精神之一的罗马法学精神。我想，那杆秤悬在法兰克福市政厅的门前，其实也高悬在这个民族的心头。众所周知的事实即可证明：德国从当局政府到民间公众普遍着公正律己的自觉，他们对给它族带来伤害的历史账目真诚忏悔，并以不同的方式包括至为感人的个人方式做出应有的清偿。

或许不能说，这就是他们能够屡屡从废墟中升腾起来乃至成为欧洲第一大经济实体的原因；但它所体现的重事实、尚理性、尊规约、守信誉的优秀品格，无疑关乎一个民族的图强振兴，它在国际生活包括经济生活中的意义是不言而喻的。这大概就是远隔重洋的我们总有个"德国情结"的因由之一。如同德国人和德国文化较其他欧洲国家更能引发我们的兴趣那样，德国的商品连同其商业意识也一直为我们国人所垂青。早年一句"德国货"差不多就是一种可靠的质量许诺，如今来到"德国的曼哈顿"——曾被评为世界十佳商业城市的法兰克福，自然不能不萌生购物欲。好在穿过罗马贝格广场前面的大街，就到了繁华的商业区，一行人分散转悠良久，再聚拢来就多了些照相机、望远镜、木制品、陶制品，还相约去科隆再购买4711古龙香水。午间去"紫园"，敞亮透明的内厅布满高达数十米的热带树木，我们在"林中"用餐，一起品尝了驰名的德国黑啤。

稍事休憩便乘兴登上游艇，驰行在被称作父亲河的莱茵河。四十分钟的航程，饱览了澄明的水光和泼墨似的山色。山脚或有寂静的临水街市，或有缓缓驰过的红色列车；山腰之间、山顶之上，多有各色闲置的古城堡、小教堂，俨然隔开着山下的现实世界。极目绵延的山峦，时光被推向缈远，神思被牵入岁月变迁的苍凉和如梦似幻的幽秘，城堡中仿佛有往昔的故事在那里显隐，有众多的精灵在那里出没，耳边也恍惚着贝多芬的《命运》《英雄》交响乐章……后来，在古城科隆的薄暮里，跟那黑黝黝的科隆大教堂对视，仰望直刺苍穹的两个高达161米的大尖塔，我的思绪曾再度回到这条莱茵河，回到那座神秘莫测的古堡。沉静而沉郁、深邃而深长的意境，拓示出历史人文与地理人文的隐秘联系，连同日耳曼民族情性的某些深层部位。我是说我想到他们的诗人海涅的话："法国与俄罗斯人拥有土地，英国人拥有海洋，而我们则无可争辩地控制了梦想王国。"德国人的梦做得深沉，做得实诚，做得有条有理而有声有色。有人如斯描述过德国，说一年有多少天，德意志就有多少个国家。这自然是历史的回眸，它提示着噩梦该成不复返的过去，提示了人类的前行该追寻无上的光荣，怀抱永远的梦想。

阿姆斯特丹印象

Amster 指阿姆斯特河，dam 即大坝，阿姆斯特丹（Amsterdam）也就是阿姆斯特河上的大坝的意思。资料记载，阿姆斯特丹有市属岛屿一百多个，运河一百六十五条，桥梁一千二百九十二座，历来有北方威尼斯之称，可见是水城；若以市区大部分低于海平面一至五米而论，该称为"水下都城"了。民谚说："上帝造人，荷兰人造地"（一说"上帝造海，荷兰人造岸"）。仅从阿姆斯特丹看，就不难想见荷兰是个一直与大海抗争的国家。据登月的宇航员说，从月球回望地球，能见的人工建筑只两件：一是中国长城，再一个便是荷兰造田的围海堤坝了。

风车、木鞋、奶酪、郁金香号称荷兰四宝，原计划先去参观这几项，没曾想一到这里就去了机场，只因途中导游被电告，诗人路桦航程中丢失的一个旅行箱已送抵阿姆斯特丹机场。路先生跟导游都为让大家一起绕道表示歉意，游伴们则连声说："其实叨光了呢。"阿姆斯特丹机场在欧洲排名第三，去观光一下原是美事。

风车村、木鞋厂、奶酪厂都在郊野，我们进入市区前率先领略了田园风光。这里的乡镇完全园林化了，小路小河皆若花径花溪；尤为醒目的是那些小屋的色彩，红或黑的房顶，灰或绿的屋身，门窗四周跟房檐墙山，都勾勒出整齐的雪白线纹，一如舞台上的布景简朴而鲜亮，屋旁大片的绿草地上，散落着黑白抑或棕白色的牛群，构成明洁的童话般的情韵。

木鞋厂就坐落在这个童话世界里。厂区没有围栏，只在进厂的路边有只大木鞋的模型，小船似地横在一台风车下。木鞋成为荷兰的特产，和光照期短、地势低洼有关。全年晴好天气不足七十天，这使荷兰人的爱阳光一如他们的画家梵高笔下的"向日葵"，也使他们不得不穿上敦实的木鞋对付潮湿的地面，下地干活、庭院劳作乃至室内打扫，脚下都会穿上不同样式的白杨木鞋。后来，精明的荷兰人把它发展成一门半机械操作的工艺，成为特色产品和旅游纪念物。一位技艺娴熟的工人给我们边讲解边操作，演示了木鞋制作的全过程。陈列室琳琅满目，家常用、工作用、婚礼用、宴会用的木鞋形制各异，雕有各种花纹、漆成不同色彩的图案，把玩间很想买上一套，只是自度不堪重负，选购了一批微缩的带回做做摆饰并赠送亲友。

漂　泊

　　风车原为荷兰人首创，适应着水力利用和磨坊工业的需要。如今虽然仍为荷兰的"国家商标"，实际运用上却不多见了。我们在扎达姆参观的风车村，该属观赏性的保留。唯其如此，大大小小的风车从车台到风叶更显建制的精美，在蓝天、碧野、木桥、流水的映照下，显现摇曳的生机和幽雅的情趣。奶酪厂就在风车村的附近。讲解员是一位敦实的妇女，白色的上衣镶着红领和飘带，红色的裙子上系一条蓝、绿竖纹的围腰，质朴、亮丽而干练，让我一下子想起荷兰画家维米尔的名作《倒牛奶的女佣》，以为画中的形象跟眼前的形象略无二致。我们饶有兴味地听了她从容不迫的讲述，还品尝了她削成薄片的奶酪，味道确实纯正，微微的酸与甜都恰到好处，当得起荷兰奶酪的名声。

　　参观过几个工厂，我们便告别都市的村庄，进入早就闻名的繁华市区。阿姆斯特丹的闹市呈现黄金时代的辉煌，街面特别能给人五颜六色的花哨感，几经琢磨，才明白了这感觉跟这里临街楼群的门面普遍狭窄有关。荷兰的税制按房屋占街的面积计算，会算计的荷兰人便尽量缩小门面，屋子往深处盖。这造成商号挨挨挤挤的密集和市面杂沓纷呈的繁复；也造成建筑上一个富于特色的细部——每间房顶墙面一无例外地设有一个铁钩。各路导游至此大体会千篇一律地就这个铁钩的用场提出问题供游人猜想，很少有人能把它跟门窄联系起来，不会想到大件家具进不了门，得靠这铁钩从窗户吊进屋内。

　　跟威尼斯居民的老龄化相反，这北方的威尼斯二十至二十五岁的青年人占了一半左右；没有结婚的跟结婚的比例近于二比一，不知是否跟同性恋多有关。同性恋不是荷兰独有的现象，只是这里早就合法化，更为大模大样。"1"跟"0"号的服饰、着派跟欧洲其他地方有些差别，如男同性恋者"1"号多为光头、留胡子，不同于其他地方多为小平头而不留胡须……

　　荷兰人早就有句人生格言："坚强地活下去，也要让别人活下去"，这固然显见了民族的宽容开放以及对个人意志的强调，也不能不使导游对我们多些唠叨：经过那些"鸭店"、那些"鸡窝"门前别拍照啦，要喝咖啡别走错地方啦等等。我们记住了一些要点，比如，招牌上标明"Coffeetea"的可以进去，若是"Coffeeshow"，则是带有吸毒性质的场所了，吸毒可以合法，全世界大概就数这里了吧。

　　参观过考斯特钻石厂，匆匆浏览几条大街小巷，我们赶到了阿姆斯特丹市中心的达姆广场。广场中心高耸着一座圆柱形纪念碑，是为纪念两次世界大战中牺牲的无名英雄而立。广场对面是富丽的荷兰王宫，为十七世纪中期的巴洛克式建筑，原为市政厅，现在成了王室迎宾馆。广场上的鸽子要比人多过许多，它们跟人毫无隔阂的和睦亲热让我感动。足见以"也要让别人活下去"作为信条的荷兰人，对动物的善待并不亚于款待同类。不是么，他们热情却也不无一点自私的小气，"AA制"的平均分摊较其他西方国家更不含糊，但买来食物招待鸽们的则不乏其人。

　　"博物馆运河畅游"原是阿姆斯特丹的一条重要景线，可惜赶到时没能买上船票，沿线的许多博物馆和道道桥梁都成为悬念。特别遗憾的是既没见到大哲斯宾诺莎在故乡的遗迹，也没见着梵高至爱的那座桥，它以何种姿态凌驾运河之上，惹得梵高神魂缠绕地常常梦见它呢？

漂　泊

布鲁塞尔一瞥

进入比利时首都布鲁塞尔地界，一如从香港到达澳门近郊，房子有些零乱陈旧，灰蒙蒙的缺少生气，最初的印象不佳，难以与其工业化程度居欧洲之首的地位联系起来。这或许跟比利时地扼欧洲交通要道并处于拉丁、日耳曼两大文化交汇处有些关系；既为"西欧的十字路口"，就不免有些外来者滞居、诸方人杂处的情形，听说跟罗马一样，布鲁塞尔也有许多中东人来这里谋生。

这个城市的精华部位自是另一种情景。从地图上看，它跟巴黎、波恩、卢森堡、阿姆斯特丹、伦敦差不多等距离，称为"欧洲首都"，成为欧洲重要国际活动的中心很为自然。大西洋公约组织、驻欧洲盟军指挥部、欧洲经济同盟组织的总部等几百个国际组织或办事处设立于此。这个古来兵家必争之地的国度，其中古风貌与神秘色彩跟经济发展与现代进步的并呈，在首都表现得很为突出。

首先留下良好感觉的，是城北那座形似原子核与外层电子结构的原子球塔，九个银光闪耀的巨大铝合金球被连接杆凌空支撑着，宛若一轮轮皓月聚集在广场中央，是该城现代化标志之一。塔前有美丽的喷泉，广场两边是人行道和车行道，坦直而开阔；路道外沿密植着整齐而高大的树林，放眼望去，修远畅达，一下子改变了我们初到这个城市的印象。

布鲁塞尔的证券交易所则跟原子塔的现代色彩迥异其调，不似一般纷繁的商业活动场所，伟岸的门楼、敦实的屋基、巨型的廊柱以及门前和楼顶的雕像，墙面和窗沿的浮刻，外观上更像一座古老的文化机构和纪念馆所。

比利时素有美食王国之称，对饮食的重视在欧洲大概仅次于法国。布鲁塞尔的海鲜街历来享有盛名。只是我们进入街区没有被光怪陆离的盘中海味吸引，倒是像进入了一个大可观赏的艺术世界。无论是走过露天摆设花哨桌椅的街巷，还是走进被透明穹顶封闭的宽敞廊街，都仿佛置身富于艺术韵味的展厅，体验到某种历史的源流和现实的底蕴，远远不止于品味一种独特的饮食文化。

真正堪称欧洲旧大陆完美缩影的，是布鲁塞尔的黄金广场，亦即市政广场，雨果誉之为"世界上独一无二的最美的广场"。广场不算很大，艺术氛围却十分浓重，常有音乐会、展览会一类活动在此举办。广场地面由一块块花岗石铺成，磨得发亮，说明着岁月之深、游客之众。仰观周围分别完成于十三世纪至十七世纪的建筑群如同置身中世纪的沉郁和繁华。楼群建筑风格各异，哥特式、文艺复兴式、路易十四式兼备；市政厅最为壮观，系典型的古代弗拉芒哥特式建筑，其钟塔高91米，塔顶有5米高的守护神圣·米歇尔铜像，法国文学史上最重要作家维克多·雨果的旧居，马克思曾居住过的天鹅餐厅立于广场侧位……《悲惨世界》是路易·波拿巴政变后雨果流亡国外期间的杰作，它产生于此还是大西洋中的杰西岛或盖纳岛？未经查阅年谱；而马克思、恩格斯二位以"一个怪影在欧洲上空徘徊"开篇的《共产党宣言》，却正是在天鹅厅里起草的华章。

从广场拐进一条小巷，走向尽头处，我们就看到了那位被誉为布鲁塞尔第一公民的于连。这个撒着尿的小童塑像之于比利时，如同风车之于荷兰，是可以称作"国标"的。以前看图片或影视，总认定它建在广场的开阔地，不意竟"偏安"于一所民居的墙边。传

漂　泊

说正是他情急智生，以一泡尿浇灭了嗤嗤作响的炸药导火线，使全城免除了一场灭顶之灾。塑像为铜质，系比利时雕塑大师捷罗姆·杜克思诺精心创制。走近细看，形象异常生动：卷曲的头发下一张稚气未脱的脸庞透着诙谐，翘翘的小鼻子加上嘴角诡秘的笑意显见灵慧和从容，身体稍挺、腿部微屈，一派逼真的撒尿情态。跟我们记忆中不同的是，小童不是裸着身躯，上身穿件白色圆领衫，下身着条靛蓝色裤子，较之赤身减却许多情致，有点煞风景；不过，也可见人们对他的爱护——早在1698年，不忍其光身暴露风雪中的巴伐利亚总督赐给了金丝礼服，后来，国外贵宾参观时便屡有馈赠，如今小于连已积有六百多套服装，有专馆收藏、专人为之换装了。

转出小巷便是街市，市面上比利时特产蔚成大观。最多的也是最能吸引人的是大大小小的于连铜像和形形色色的巧克力。营业员们忙着的、闲着的都很热情和蔼，记得比利时作家高斯特十九世纪中叶曾跟一群青年人组织过"快乐社"，这个民族确乎崇尚一种乐观态度，类乎我在巴基斯坦接触过的"快乐的拉合尔人"。在商店人员的积极导引下，我顾不得行囊已沉，选购了一批特色地产：于连铜像真切可爱，比利时的巧克力润滑细腻，想来孙儿、孙女和亲朋的孩子们一定喜欢。

布鲁塞尔远郊还有一处胜迹，那就是一代枭雄"百日皇帝"拿破仑战败的古战场遗址。滑铁卢离市区也只30千米的行程，但不在我们计划的线路上，只能据介绍，凭想象去感受那50米高的纪念碑、铸有铜狮子的坟顶、埋葬着7万具尸体的土地，从而深味那"一将成名万骨枯"的惨烈战况和严酷史实了。

以"欧洲立场"名世的比利时，有一次次从铁蹄蹂躏下顽强崛起的历史,屡屡成功地实践着朝向中立的政经中心的转移;愿比利时人如同他们的诗人维尔哈伦早年号召的那样"勇敢地生存","每天创造奇迹";愿布鲁塞尔魅力绽放、吸引更多的旅人游子。

卢森堡掠影

中学时代有"世界地理"这门课程,不怎么喜欢它是因为许多地名、国名不大好记,同学间常常比赛似地成串背诵那些佶屈聱牙的名称,我还是会弄出差错弄出笑话。卢森堡是个例外,它是欧洲最小的国家,大凡占个"最"字的便不容易忘记,甚至还能记住我们国家的面积是它的3712倍。

通常认可"大有大的难处",并不去强调小有小的好处。卢森堡原来钢铁业了得,人均产量占据了世界第一,这排名大概也是讨了地小人少的好处。现在其钢铁业不再兴盛了,但工业"多样化"政策所带来的发展,特别是金融、旅游等"无烟工业"的发达,使之成为国际金融中心之一。国人普遍富裕,人均收入仅次瑞士,达到3580美元,这恐怕就不能仅仅归结到人少日子好过的原因,至少有些素质之类的因由在。富裕了消费水平自然就高,包括住房和物价的昂贵,这对游人来说当然不利,连法国人、德国人于此营生而每天回国去住的也多有其人。好在它小,我们无须在此耽搁时日。

卢森堡是"千堡之国",全国城堡林立,盖因地处德法通道,曾历经多国统治,后来被规定为"永久中立"也无济于事,地形险要决定了它一直是西欧必争的军事要塞。适应战争需要,首都卢森堡曾经有过三道护城墙,数十座坚固城堡,地道和暗堡长达23千米,算得攻守有据,人称"北方直布罗陀"。不过,虽说首都便是

漂　泊

一座最大的城堡,我们却觉察不到多么明显的"城堡感",大概是"只缘身在此城中"吧。

该城建于公元936年,被阿尔泽河与佩特罗斯河分为新、老城区两个部分。我们的巴士径直来到老城区,直抵这座历史悠久的城市中心。市区多古建筑和文化遗迹,街道不宽而不显逼仄,建筑分散却不觉零乱,观赏的重点之一大公馆就在这里。大公馆始建于1572年,历两载而建成,看上去规模不大,主体为三层,中部有六角形门厅,楼顶中部春笋般参差着高低不等的尖顶,外观上展现出西班牙文艺复兴式建筑的韵致。正门前设有两个岗亭,亭前有卫士抱枪肃立,再前面是低低的铁索护栏,整体上给人庄重静默的感受。据说原先规模还要小一点,十八世纪已扩建过一次,现仍为这个大公国受尊重的大公家庭寓所。

在欧洲,中国人开的饭店我们见识过多处,这里的一所却最为中国化,最能引发我们的家园之思。饭店的拐角处有个豆腐块大小的外文标牌,占据左首墙体的则是两个竖排的铜铸大字:"汉宫"。门口立着中国风格的狮子,墙柱的壁灯亦为中国宫廷式;室内的陈设,室外的露天桌椅以及藤蔓悬垂的屋角,都亲切着中国气派,构成一个富于观赏价值的景点。一行汉人在这里用餐,真正有种"如归"的感受了。小憩间大家没有放过在"汉宫"字牌下留影的机会。

饭后去预定的广场观光。广场正中突现一座长方形的石碑,碑身的浮雕分出三个层次,皆为公国的历史象征物。骑在马上的大公造像雄踞碑顶;马头低昂、右前腿抬起,富于动感;马上的人物全副紧身戎装,英气勃勃雄视前方,一副沉稳威武的神态。构成奇观的是碑前一路耀眼的屏风式建筑,百十个透亮的球形镜面,整齐地排列于弧形的大理石框架中，每个镜面都从不同的角度映现出前方的景物，形成一幅幅倒立的图像，看上去清晰而幽深，拓展了广场的境界，可谓匠心独具、心裁别出的佳构。

另一个观赏重点是登上高原峭壁处俯瞰壮丽的峡谷。大峡谷的真面目其实难详，这跟谷中树木极其繁盛有关。居高临下望不到谷底，满眼是从深处向上长出的茂密树林，层层叠叠的葱郁青翠示人恬适幽静。从不同方位眺望远处，绿海中或升起城堡的堡顶，或浮出古色古香的民居，一如连天碧色间的天造地设，又似巨匠巧夺天工的着意点染。站在古城堡上，好几座桥都在望中，桥头隐没于夹岸的林木，桥身便仿佛飞架凌空。最为醒目的当推阿尔道夫桥和夏洛特大公桥，前者是连拱式，桥身灰黑，悠远着古意；后者的桥身为大红色，简洁明快而坦直修长。

想见小小一座城市有一百多座各式桥梁架设河川，以为很可以称之为"桥都"，不知缘何素来以"花都"名世。依我看，说是花都，并不止于"花"之多，更该在于"都"之美。而且，这小国之都非但城美，人们的仪态也足以称美。我想到两个细节，一次是在路边录像，刚刚学步的两个花朵似的幼童嬉笑着走到路中向镜头挥手，年轻的父母则站在一旁跟我微笑着点头致意。另一次是在临谷大道，遇上几个放学的中学生向我们注目颔首，不无腼腆却落落大方，引得海笑先生拿出纸笔跟他们"画谈"了好一阵。少年人似乎都具备有成人的文静稳健，举止间彬彬有礼，常驻的笑容里透着平和与友善，我不免窥豹一斑地推想到这个城市的历史人文：确如世所公认的那样，卢森堡乃是欧洲最重礼仪的城市。

漂 泊

感受巴黎

　　进入巴黎市区，已是下午六时整，车窗外掠过的老城区建筑，固然透出几分富于根底的历史感，也不免留下古老陈旧的最初印象。路边盛垃圾杂物的小小装置却很新鲜，是些简易金属支架撑起的透明塑料袋，据说这透明的效果旨在防范恐怖分子投放爆炸物。

　　约半小时后，我们按计划登上了游船，在穿城而过的塞纳河上将开始为期三日的巴黎之旅。经巴黎流入英吉利海峡的塞纳河沿线，是巴黎精华凝集的部位，市区河段上架有36座桥，从阿斯人字桥、亚历山大三世桥等风格各别、姿势殊异、色彩亮丽、装饰华贵的桥下驰过，放眼夹岸历历在目的法兰西学院、奥赛博物馆、国会大厦、研究院、伤残院、图书馆、卢浮宫、大小皇宫、自由女神像以及位于西岱岛上的巴黎圣母院等著名建筑，你会深深领略法国人以艺术化来营造、享用生活的意趣是无所不在的。被视为这座城市地标之一的埃菲尔铁塔也在望中。这当年被斥之为钢铁怪物的建筑如今已获得"云中牧女"的艳称，起先觉得这称谓未免名实相悖，等到返航时，再一次呈现眼前的塔体已是上下灯火齐明，五彩缤纷的塔身显见出一脉柔媚，确乎酷似一位花枝招展的女郎亭立空中。听说正计划更新塔上灯具，大概也是为了强化这一效果。仅仅是塞纳河中的一段航程，便开始体味出雨果缘何用了"集美、真实、伟大于一体"来评价巴黎。若把巴黎主要胜迹喻为一册巨著，塞纳河之行就让你先行阅读了一篇"绪论"，为一一登堂入室进入"专章"做出了启示和铺垫。

巴黎另一条主动脉是世人称为地球上最美的林荫大道的香榭丽舍大街。这名称在法文中是"田园乐土"的意思，长1800米、宽120米的街市，其东段确有都市村庄的风味，排排梧桐、块块草坪、花坛构成宜人的园林风光；西段则是豪华的商业区，时装商店、百货公司、银行、影院、咖啡馆、夜总会、航空公司一应具备，大体是富有者购物消费的天堂。跟东端相连的是法国最美的广场路易十五广场（即协和广场），其中央是埃及卢克索神庙的方尖碑，碑前有高大的多层雕塑喷泉，广场四周有12条大道向外辐射，名副其实的交通枢纽；加上各守一方的8尊法国大城市的保护神塑像，更显见悠远的底蕴和阔大的气派。大街西端则紧接戴高乐广场，闻名于世的凯旋门即在广场中央。这座50米高45米宽的建筑物，系拿破仑为纪念1805年在奥斯特利茨战役中击溃奥俄联军而建，在现今世界保存的二十多座凯旋门中最为雄伟而最负盛名；作为"功德碑"，拱门内外布满历史人物和事件的浮塑以及英雄们的名字。后来兴建的长方形无名烈士墓正对拱门中央，这方纪念一战中牺牲者的墓前，昼夜燃烧着一束长明火。几年前，我在莫斯科红场近旁看到差不多同样的一缕火苗，那是对二战死难者的追念。它们是对历史对精神的凭吊和缅怀，其实也是对于国族、对于生命饱含感伤而挟带苦涩的祭奠。

法国人有调侃现实中大人物的习惯，却很崇拜自己历史上的英杰，是个民族优越感、自豪感很强的国度。为民族做出贡献的历史人物普遍受到敬重和景仰。巴黎人对拿破仑、路易十四以及1848年前后的一位市长贝伦欧斯曼心存感激，正是因为他们对巴黎的建设做出过重大奉献。我们在这座古城多处接触到一个叫圣女贞德的名字及其造像，也是因为这个少女乃是为拯救国人而在烈火中献身的英雄。

巴黎留给我最为突出的感受，自然还是其对于艺术的崇尚。历史上受到在凯旋门前举行葬礼这一至高礼遇的只有两人，一是拿破仑，另一个便是大文豪雨果。法国的许多大作家、艺术家倍受故土的尊崇，巴士底狱一类历史旧址多被改造成艺术活动的处所，就连包括饮食、服饰、礼节在内的诸多日常生活亦经过艺术处置而"艺术化"了。在我的感触中，视觉艺术在这块土地上更得青睐而更为耀目，尤其是其中的建筑艺术。美轮美奂、极尽豪华的凡尔赛宫、如同"巨大石头交响乐"的巴黎圣母院，都让我为一种艺术铺排的气势和艺术综合的力度震撼不已。主持了这一宫一院以及许多城堡改建和扩建工程的维奥莱·勒·杜克说过：建筑是第一艺术，它应该包括所有艺术种类。私下以为诚然。世界各大城市乃至各个国家不都是以建筑物为地标和象征么？巴黎的地标可以推出很多，这是巴黎建筑艺术的成就和骄傲，他们可以自豪的还有曾为别国营造过国家标志，如美国的那一座自由女神塑像，即为建国时法国所赠。

巴黎的蒙马特区是文化人及其艺术活动比较集中的地区，巴黎风味极浓的圣心大教堂就在这里，附近的"画家村"则可谓一所常年的露天展览馆，许多艺人在这里边作画、边卖画，给艺术接通了世俗和民间的意趣。不过，巴黎人大体对艺术的传统性和高雅性相当执着，要不然，坐落在蒙马特区的"红磨坊"一带，就不至于被他们戏称为"巴黎之癌"或"巴黎之瘤"。

在我的印象中，巴黎人的自我意识跟怀旧是多有系结的。圣母院所在的西岱岛，是巴黎的诞生地，为永志不忘城市的摇篮，圣母院广场上就有个标明为0公里的里程碑，很有为巴黎的生成、发展寻根的意味。这所堪称世界名气最响的天主教堂被他们称作"历史教科书",当然也是对于历史印迹的寻念,雄主路易十四和拿破仑均在此加冕称帝,庆祝二战胜利的大典乃至戴高乐将军、蓬皮杜总统的葬礼亦于此举行。如同一切传统根基深厚、艺术发展臻于极致的国度一样,对美好旧物的眷恋往往伴随对新生事物的怀疑和排拒,对埃菲尔铁塔当初讨伐的就包括了许多高层文化人士;卢浮宫前由华人设计的金字塔,更是受到了多方的指责和非议。当然,怀旧的法国人毕竟不是守旧的,性格上的自由开放和艺术上的多样包容原可以说是他们的一种特质,贝聿铭先生的杰作或许将来有一天不仅会被法国人喜爱,而且会被称作卢浮宫的第四宝亦未可知。

作为中国人在巴黎不能不想到两国之间的历史系结。比如想到早年我们一批留法的精英,包括政治家和一批大师级的艺术家;会想到二战期间埋葬于这块土地下的八百多名华工;会想到他们的"公社"和我们的"公社";想到我们的"文化大革命"竟在这个国家引发过某些相似的反响;你甚至会想到有倨傲的"高卢公鸡"之称的法兰西民族跟我们自大自贵的传统很有些共同之处。只是历史使我们短缺了些"资本",使我们多少发生了些逆向转化而失却几多自持、自重、自爱——我这样说是因为眼前不禁又浮现出那个令人难堪的糟糕镜头:巴黎一家超大百货商场门前,七八个中国汉子落座于门前台阶上歇息着,高谈阔论着……等到他们立起身扬长而去时,几级台阶上面,已被许多烟头和两个空烟壳点缀出一片狼藉。

大概是有鉴于我们的历史文化包括食文化比崇尚文化的他们更为悠久、更为优越的缘故,"高卢公鸡"对中国还是有些另眼垂青的,连开设中文课的学校也在不断增多,我们实在不该"不拘小节"地作践自己并及于别人。

漂 泊

维也纳随想

维也纳成为国际名城，该跟其系"古都"有关，它曾是罗马帝国、奥匈帝国的首府；跟其地理优势也有关，它既为联结东西欧的交通枢纽，又是亚得里亚海与波罗的海的重要通道；当然，更重要的因素还有两点，一是它以其精美而独特的建筑驰誉全球，再一个便是它是公认的世界级"音乐之城"了。到达这座城市内心会产生敬重，主要正缘于它是圣地，是十八世纪欧洲古典音乐"维也纳派"的活动中心，并于十九世纪因优美圆舞曲的伴奏而成就为舞蹈音乐发祥地。众所周知，这里如同音乐的磁场和温床，声名满世的海顿、莫扎特、贝多芬、舒伯特、勃拉姆斯、约翰·施特劳斯等古典音乐大师都曾为之吸引，于此聚集和栖居。显赫的维也纳歌剧院悠久地屹立于城中，至今长盛不衰着一年九个月的演出季节。维也纳的诗乐化，与其广罗万方的艺术气度有关，包括一些大师的音乐语言对中国古诗、民间花鼓的吸纳融通；也为这方土地的神貌所注定，南边的阿尔卑斯山脉，西郊的茂密森林以及贯城的多瑙河，不只直接孕育了《蓝色多瑙河》《维也纳森林的故事》诸多乐章，也从普通层面上构成音乐灵感的源泉；山川草木似流淌不绝如缕的琴韵，内城外城的许多精美的建筑，亦蕴藉"音响运动的形式"（汉斯力克语）和呼之欲出的音符。在这里，逢上包括政府会议在内的集会庆典前后，演奏古典乐曲已沿袭为一定不移的例规，如同伊斯兰国家仪式化了的诵读古兰经；街市、河畔、山下、园中固然时有协奏曲、圆舞曲飘来，连我们用餐餐馆的老板娘们，出言吐语也不时扯上音乐的话题，饭后为我们送上水果盘时还平添上一句："请慢用，这可是听音乐长大的苹果。"

我们在克莱斯勒那支《维也纳随想曲》悠远的演奏声中，走近被称作欧洲第二大宫的雄布朗宫。如果说文艺复兴式的法国凡尔赛宫极尽富丽堂皇，那么眼前这洛可可式的雄布朗宫则以其淡雅的外观和精致的内饰洋溢着隽永的艺术情韵。尤为沁人心脾的是开朗阔大的后花园，流露着巧合天工的自然倾向。在这里，我们遭逢欧行以来第一次飘落的细雨，确是"一番洗清秋"，给眼前的景致平添上几许清灵，几多情趣。撑开小伞，在树木搭成拱顶的长长绿廊下漫步，在水盈盈的鲜红、雪白的花圃间转悠，不觉想到了那位位居皇后又一生坎坷的希茜公主。遥想当年，花园虽大显然容纳不了她那颗善良惆怅、向往自由的心。她的服务精神、世俗情怀曾唤起过国人的良知，赢得了广泛的爱戴。为我们开巴士的奥地利司机显然也是希茜的崇拜者，车上一直为我们放映有关希茜的影视片。记得20世纪80年代中期，《希茜公主》《年轻的皇后》《皇后的命运》等系列影片倾倒过大批中国观众，这其实该是跟希茜颇为神似的演员施耐德的明星效应，历史上的希茜其实并不如那等活泼幸福，也许正是她的抑郁、她的心志注定了她在美丽的日内瓦莫名遇刺，注定了她的生命宛若一支未跳完的华尔兹。浮想间，便觉当下打在小伞上淅沥有声的雨水所来有因，心理上附会出天公对红颜薄命的哀婉。

坐落在音乐之城的国家歌剧院是名副其实的"世界歌剧中心"，外观雄伟而秀拔，附设乐园、合唱园和芭蕾舞园。想见世界许多顶级作曲家、指挥家都以在此担任过总监为荣，想见古代、近代乃至现代众多作曲家的歌剧均在此各领风骚地荟萃上演，深深的景仰和

漂 泊

向往之情油然而生且久久于胸中鼓荡。在附近的小施特劳斯金色的立像下面，我凝神于他正在演奏的那把小提琴，幻觉中便传来优美的旋律，那是《春的声息》，是《艺术家的生涯》，是《蓝色多瑙河》……直到呼唤上车去英雄广场、国会大厦等处参观，仍流连着不忍离去。要不是导游提醒还要增加一个多瑙河的景点，该还有一番倾心的逗留。

因为那首名曲，我们想象中的多瑙河是一片蔚蓝。来到流经维也纳的一处河段，方知不然。不知是岁月变迁还是特定流域的关系，这里的河水显见为微黄淡绿的色调，河面甚宽，河水浩渺，一座大桥飞架，对岸远远可见几座高楼连成一片，那是规模庞大的联合国城，联合国几个组织机构设置于此。

我们正在此岸宽阔的沿河大道上漫步，远远看见一群天鹅游趋过来，鹅身呈淡褐色，一个个高昂曲颈，隐约可见双掌在水下拨动着流水。看到我们站在岸边呼唤招呼，便鸣叫着纷纷游向身边来，几个人赶紧在小包里搜寻食物，兴致勃勃地把撕开的面包、蛋糕抛向水面，有的干脆拿在手上，让天鹅们伸长脖子啄食。它们既不怕人，没有对异类的戒备之心，相互间也绅士得很，悠悠然略无争食之举。这意外的场景，在我们此行结束时引发出一次小小的高潮，大家孩童般欢呼着跟天鹅举手拜拜，不约而同地说："可爱的天鹅们是来为我们送行呢！"我始终举着录像机，为这别致的"告别式"录下长长一组难得的镜头。

旅澳小记（二题）

澳大利亚絮话

到过悉尼，感到它不是自己想象的那个样子。

虽说几年前悉尼的作家朋友寄来他的一本《悉尼写真》，读过后对其有所向往。可这里"流刑殖民"的陈年旧貌总是在想象中膨胀，以为早年的一个流放囚犯之地，少不了有些遗风流韵；纵然如何发达了，高福利了，能不于繁荣中有些繁杂？于生气中有点邪气？

事实上，在悉尼走上几天，没有什么形迹会让你去触发那种思古之幽情。悉尼是个平和、宁静的城市；这里其实不该只以海中歌剧院、海港大桥以及把市中心几个火车站都吞在腹中的购物大厦等建筑著称，其田园风光与都市风情的交融，文明的生活环境，井然的秩序，良好的治安，尤其是恬适的居住区，都很可以上得世界排行榜。悉尼人看上去不见什么标异求怪、装冷扮酷的做派，大体本色，比英国人少一点矜持，比德国人多一点随顺，怡和礼让而乐善好施；就连在赌场里博彩，也镇定安详得很，看出外方人想押注没了筹码而来不及去买，不准就会笑眯眯地推过几枚来相借。在几个赌场溜达都留意到，澳人参赌多抱"游戏"态度，是赢是输都显见不甚介意的坦然。

比较起悉尼来，评上过世界三大最宜居城市的墨尔本，号称"大洋洲花园"的堪培拉，有"阳光之城"美誉的布里斯班以及"主题公园之都"黄金海岸，也许更能以自然景观、文化情韵，以沿河抑或海滨的特色吸引异国的旅人。私下想过，我们的学子和移居者们，选择大洋洲成批量之势，驱动力也非止一端，至少不仅仅缘于地广人稀给这个国度留下了生存空间以及广为接纳的传统敞开了方便之门。

澳大利亚城市的特点和高光地带不在中心而在边缘，中心是商业区，由中心辐射至周边，才是住宅区。格局各异的民居呈别墅式和花园型，疏疏朗朗地散落在林荫大道两侧的浓绿、鲜红、雪白之中。由于所到之处，堪培拉之外皆滨海，市民的寓所多见车库毗连着船库的，船库内停放了游艇，一般要比我们在黄金海岸的船坞里有泊位的船体要小些。我们知道，那些食宿玩乐设施齐备的游艇很为昂贵；如按现时我国的社会学家为中产阶级界定的年收入下限（跟旧时"一任清知府"的进项在数字上差可比拟）计，那么，一个中产者要买艘豪华游艇，也需得一辈子乃至预支上下辈子的努力。在宁静安谧的住宅区大道上信步，你在远离尘嚣的阒寂中会想：澳大利亚人真可谓双重"隔绝"地栖居；一则，生存的岛国隔离世界，自成"世外桃源"；再则，各自的住地略无城市的喧闹，融入大自然的怀抱。这该就是一种"诗意地栖居"了。

　　澳大利亚的城市是美丽的。虽说作为行旅匆匆的游客，"景点"上你难免会有些计较，比如"情人港"闹猛了点，"袋鼠角"没有袋鼠可看，"故事桥"并无故事可叙，格里芬湖也透出人工的呆板……可就凭澳大利亚视绿化为城市建设的生命，首都更严格执行建市之初就法定的"不设非植物墙"，也就很值得现代人去享用一下属于城市的绿之清新和绿之妩媚。

　　当然，偏执于寻究历史根底和文化特质者，对欧美化程度很高的澳大利亚的城市捕获不会太多——澳大利亚的城市都很年轻。年轻虽必美丽，却也注定碍难调动更多的记忆。那些被称为"人种、民族、语言的博物馆"的城市，总体上是欧美城市的翻版，是白人的世界。我们应邀赴澳的公务活动，包括在澳都堪培拉跟首府华文文协的作家交流。原以为协会会有个"办公地点"，没想到他们的聚会历来只是在一些会员开设的小商店之类的处所。热心文艺的精诚感人，交流就讲究不起了，大体沾着了一点"移民文学"的边儿。无所谓"失望"，原未存奢望。在悉尼，我曾拨通过一位国内移居过来的作家朋友的电话，知道一些文人的困境。在经济发达的澳岛，文学原跟文学人的生活一样寡薄，更何论华文文学。然而，他们在繁忙的谋生中动人地努力着，坚守着不肯放弃。如同澳大利亚人认为对体育运动不感兴趣是一种颓废的标志，他们一定认为离开精神性劳作的人生是一种不健全的人生了。

　　在我的突出感受上，这个多国度、多民族、多习俗、多宗教信仰的移民社会，绝少国别、人种、尊卑、贫富带来的"问题"，难能可贵。公平和合理体现为国人的追求，也体现于政府的施政。社

漂 泊

会福利、众多的慈善机构和频繁的慈善活动自然也指向困苦者。难怪一位华人学子说，本土同学对我们的一些不解中，就包括了何以我们"有工作的"有"公费医疗"，没工作的反倒没有一类问题。澳岛的报纸曾对华人购物、交际时忽略说 please 有过微词，应该是出于尊重"人"的意识。我想到那天悉尼圣母教堂前所见的地下游泳池。原先这游泳池就建在广场的地面，不偏不倚对着了教堂的大门，成日价有光着身子的人们在圣母门前翻腾，确实"亵渎神灵"；可众所周知，游泳池不是别的，乃澳岛大陆人精神赖以激扬的场所。后来不是采取撤除而用了在原地把游泳池改建入地下的办法，归根结底，该是对人的需求的尊重。澳大利亚人对为这块土地做出过贡献的人，敬重之心更不难触摸。在一些公共场所，在公园、国会、博物院乃至街市商号，我们差不多到处可遇那个库克船长的名字和身影；若跟一座塑像在我住的城市里东搬西挪，似乎总也落不下脚的中山先生比较起来，这位殖民先驱真是幸福得多了。

澳人对自己城市的环境和形象十分爱护。不去说那等绿化、美化、整体化、园林化上的经心经意，单就街市上见到的警察而言，就大非别国比得，个个模特儿似地高大英俊，站有站姿，走有走相，风纪整肃而不失悠闲，气度轩昂而不失和善。

在澳岛，善于爬树的树袋熊、跳跃行走的大袋鼠、掘洞高手鸭嘴兽以及"飞毛腿"鸸鹋、"口技大师"琴鸟等等珍禽异兽未有缘面识，风物领略上最富情味的当推观赏最小企鹅归巢。黄昏前我们便驰达菲利普岛西北方的夏地半岛，这里是世界上体积最小的"神仙企鹅"最大的栖息地。沿曲折的长长木板道走上看台，便听到音响里播放不可拍照一类注意事项，英语之后用了华语；同样的内容还在高耸一旁的标示牌上写着，英文之外有中文；心里很为受用，以为表征了华人的国际地位。移时,就见阵阵白浪过处,一群群小企鹅游上海滩,摇摇摆摆地断续登岸,回到它们在灌木丛中筑就的巢穴。回程中,走在木板步道上,两边一片啾啾,三五成群的小企鹅从板道下穿过,进入附近的丛林。不料,暮色里接连两度亮过相机的闪光灯,我看得分明,周围投来的讶异、不满的目光,不偏不倚落定于我们两位同胞的脸庞;我不禁一下子联想起,那年目睹几位同胞于巴黎一家商场门前台阶落座间,留下烟尘、烟头、空烟盒的狼藉情形;自觉到一阵阵脸上发烫。真想吼它几嗓子,又只能压抑成内心的一声感慨:莫非这竟然就是那公示牌上需要外加中文的原因?窘急间不禁用了最坏的恶意、想入非非地胡乱推测:倘若这小小生灵移居我们历史悠久的文化之邦,那么,情形将会怎样?需得调集一个团队的武装人员加以保护么?

不完整的新西兰之旅

跟旅行社去任何国度奔走一通,原不存在地域意义上的"完整之旅";这里说"不完整",并非说我们的目标既限于北岛,就无缘面识南岛的"新西兰屋脊"以及蜿蜒于山岭之间的许多温带冰川等等,而是指"风情""风物"领略上的重大欠缺。

尤其是,选择去以自然风光取胜的新西兰,原本出于对自然造化、包括独异造化之物的憧憬;可如同日前澳大利亚之行只在公路上看到一只被汽车撞死的袋鼠;在新西兰,我们竟没能看到哪怕是一只作为自然生命的几维鸟。

这鸟儿是新西兰独有的生灵,我在匆匆闪烁的电视屏幕上见过一面。以为人们称它"奇异鸟"是对头的。长相就奇,羽毛如毛

漂　泊

发披体，脸上纷披的长毛就像连鬓胡子；脾气也怪，不能飞天怕也是不愿上天，明摆着有翅却落下个"无翼之鸟"的称谓；更兼有个奇特的心脏，稍有惊吓便足令损伤而毙命。这样的鸟儿不去打搅也罢，然而人总会有些不自量力的探究欲，越是见不到真身，越会痴想：何以新西兰人如斯推重它，非独尊为国鸟，登上国徽，且成为新西兰人的自称自谓呢？

对于新西兰的预期，几维鸟之外，就是地热现象和毛利人种了。我们选择去罗托鲁阿，便缘自这样的神往。这个地热观光城市其实跟乡村略无界限，最能够见出这个国度自然风光、自然保护的水准。这里又是土著毛利族最集中的聚居地，足以从一个独异的层面传导新西兰的历史人文和地理人文。"没有去罗托鲁阿，不算到过新西兰"的说法，该是有鉴于此。

不知道萧伯纳先生当年何以把这里称作"地狱之门"？若是带有些贬义，该是不甚喜欢城中多不胜数的热泉和泥浆，不甚受用那到处弥散的浓浓的蒸汽和硫黄气味，或许他站在一个可以煮熟食物的水塘边，还想到当年火山频频喷发、火山口湖炙热难当的恐怖情景。其实，在我看来，置身清凉的气候，放眼辽阔的空寂，那远远近近的缭绕雾霭，高高低低的澄澈湖泊，分明如同我们舞台画面上布控的仙境，很能够让人生发超绝万丈红尘、腾驾天庭胜境的感受。依了我，毋宁把这方天地称作"天堂之门"。

这里人口稀少，可谓"少似仙"。事实上整个新西兰人口密度仅仅相当于世界人口密度的三分之一，罗托鲁阿自然比例要更低，乃至需得用了不菲的补贴来鼓励生育。新西兰土著中最富特质的一支——唯一非欧籍成分的毛利人，可算占住了一块福地。

毛利人外形跟中国人区别不大，只是肤色偏黑，接近印度人。

成年男女看上去多显得粗壮而孔武有力,这一感受在同行的那个瘦型伙伴邀请一位毛利中年妇女合影时凸显出来——只觉得那位妇女搭在合影者肩上的一只手,倘若稍一使劲,对方准会不胜负荷地趴倒。都说毛利人尚勇好斗,我们接触到的,性格上却一律纯和温良。妇女善编织,男子多为雕刻好手,工艺品商店的物品特别是有几维鸟造型的,很能吸引外方人掏腰包。广场、园地、路边、房舍近旁随处可见大大小小的木质或金属雕像。人像居多,一律现代派似的造型奇异,性别特征夸张突出,男性一律呈现张目伸舌、龇牙咧嘴状,一如毛利人现今还保留了的习俗——在正式迎宾待客时爱做出的种种怪样鬼脸。大概他们的想象中,其祖先该是这等威风凛凛的模样。

也许是新西兰历来"走兽"稀有而"飞禽"繁多,毛利人自觉不自觉的"仿生"也偏向鸟类;在一泓火山口湖中,我们饶有兴味地观赏了一个壮实的毛利小伙子的精彩表演。他模仿着鱼鹰、水鸟,一次又一次地用嘴从水底叼出围观者陆续投下的硬币,钻出水面时还虚拟出鸟类的吞咽状。其实,毛利人迎宾的最高礼节"碰鼻礼",也该是模拟鸟类之间交喙磨鼻的亲昵,大体是取了"息息相通"的寓意吧。

原先以为,天下的土著多少会跟贫穷、落后沾上点边,毛利人却绝非如此,总体上显见得生活比较宽裕,尤其是住宅,不同于我们的密集建居,各自的宅第拥有可观的占地面积,且一律花园般漂亮。这该是得益于早年毛利人艰苦的斗争促成了政府明智的"让步",在土地、生育、社会福利诸方面给予优惠和保障。顽强的毛利人因此跟白种移民之间早经由当年的对立拼杀转化为和睦相处。生活方式也已向以英裔为主的白种人同化过去。兴许还跟我们只是

漂　泊

在"文化村"一带活动有关，未曾深入更多原始保留的部落，所到之处已感觉不到毛利人有什么特异的习性，更未能从他们那里享受到挥矛奔跑、欢呼雀跃以及"哈卡舞""碰鼻礼"一类的传统礼遇，行止上虽可不必在入乡问俗上费神，内心却不能不有些未能尽兴的欠缺感。

入夜，一行人在毛利人之乡入住一所旧日的贵族度假之地。浓浓酽酽的绿荫中，稀稀落落散布了几座各自独立、格局不同的组合居所，均系欧式建筑。异于毛利人的装饰花哨的大屋顶结构，木身的房子外面着黑白色，素洁大方，给人安静恬适的感受。沿两边有护栏鲜花的八九级铺了绿地毯的台阶拾级而上，便可在廊下开门入室。两个卧室之间有宽敞的客厅，室内墙壁上得体地挂着画框讲究的油画，装饰架上陈设着书籍和各种工艺品；古朴典雅，大非一般五星级宾馆的房舍可比。房间有边门通向后院，后院云者，实系密密匝匝的丛林围成。每个房间的院中都砌有一个圆形露天浴池，池中系天然温泉水，配备了放水和调温的装置。

在后院的浴池美美地泡上半小时，连日来的劳累顿消，神清气爽、略无睡意，一起到大门外的一条公路边漫步。其时圆月悬空，夜色姣好，天幕瓦蓝，树影婆娑，无边澄碧隐约可见。此刻，万籁俱寂，连几辆驰过的轿车也悄无声息。陶然中不禁想到，那远方丛林间，一定有无数的几维鸟在入眠，资料有载：它"在死寂的黑夜里遍栖于森林"。路边极目远眺，久久不忍离去。直到约莫是第四辆轿车静静驰过，我才觉察到每辆车在快到我们面前时都一度停歇。起先不知原委，后来才醒悟：驾车人都以为我们要穿马路，"车让人"，让我们先过呢。这对从国内都市去的我辈，无异于未经受用过的"礼遇"了。Sorry！四位驾车者，我们添乱了。赶紧离开，就有些如临方外，只觉得天、地、人混沌成一泓和美。

　　新西兰，人说她是一个"与世隔绝"的天地，她能够自珍而需要自珍。难怪她的主人们对其领地的爱护是那么超乎寻常地顶真——我想到从奥克兰入关时近乎苛刻的规定和检查，不但外方的食品、草木、种子、土壤禁止带入，连我们同行者的一双沾了泥巴的旅游鞋，也被检查员拿进去代为洗净了然后交付放行。新西兰人保护自然其情殷殷，而大自然也默默地温润着这方人的性灵。这该就是土地与人内在着的美丽和谐。难怪新西兰人要以几维鸟自谓了。我想，遍栖丛林的"无翼之鸟"，是岛国的特产，实在也正是土地依恋的绝好象征；事实上也只有自然造化的这方洁净、安谧的土地，才是这"奇异鸟"适宜生存的国度，才是它不能离异的情境；不是么，在那些到处跟自然较劲的地方，几维鸟注定是无法生存的。

漂 泊

日常美国（十二题）

在美国买东西

在美国要买美国本土生产的商品，大概跟寻购一件古董差可比拟；要买几样并非中国产的东西，则须费点时间刻意寻找。你嘲笑中国旅美的游客买回了"中国制造"，那就不太明白事理，至少那游客在货品的质与价上都讨得了便宜。

如果并不想在精品中心一类的地方寻求"全市最高价"而有意价廉物美，在美国确实可以如愿以偿。一般商市搞各种"活动"，常会有大幅度的降价，日前我到超市去买菜，看到一块全瘦的鲜猪肉，标价才 50 多美分一磅，怀了证实是否搞错的心理一起带上，结账时果然就是如此，被称为"经理特定价"。Ross 一类商店，一律以便宜的价格卖库存的物品，清仓、换季、缺码等等的折扣，不乏实实在在地打到对折乃至一折的。逢上私家小农场收获的季节，有交上 10 美元即可尽其能力背走一大袋农产品的卖法。还碰到过不少人家开办的 Yard Sale，就是周末在门前开的"院子商店"了，用不到的东西拿出来低价出售，不失一种交流的方式。至于 Thrift Store，有些搞不清的地方，这类商店接受和低价出售"二手"是知道的，不清楚的是供货者和购物者如何体现并实施慈善性质的捐助要求。

在美国买东西享受的服务堪称一流。那次想到该去买个生日蛋糕时天色已晚。为了瞒过碰巧一同过生日的家人，我和孙儿只说骑车去遛遛，不料遛到那超市已近打烊，柜上的女士说："哦，生日派对，准备得太迟了呀！"原来在蛋糕上写字的人已下班，写字的家什都放进了冰柜。

正以为没了戏，女士拿起了电话，真没想到她会把下班回了家的人叫了过来。被叫回的小伙子全无怨色，边热情招呼、边忙不迭地从冰柜里拿出彩色奶油管，把要用的两支放在手心反复揉搓，直至解冻。接着拿出一个本子让我们写上过生日者的名字，在蛋糕上比画一番，写在了适宜的位置。不料忙里出错，写错了一个字母，小伙子连连表示歉意，精雕细刻般地重新改正，直至我们表示了满意。包装好以后，听说我们是要用单车带回，又拆开重新包装，为了便于挂在车龙头上携带。一切就绪时，我瞄了一眼表，时间已过去了一个多小时。

偌大卖场的许多收款处已经只剩一处还亮着灯，显然是在等着我们。在静悄悄的店堂里，我跟孙儿异口同声说谢谢，按例回答过来的是"you are welcome"。是了，多次经过如此这般的购物，深深以为：在美国，你要体味被服务的愉快和方便、体味"你是受欢迎的"，不妨去买买东西。

若是以为这只是留客的生意经，那就错了。在美国到商场退货同样会被善待，甚至会"不分青红皂白"照退不误。我们刚买的一座挂衣架，被风刮倒跌断一根杆，去商场如实说了情况，商家二话没说便问要换一座还是要退款；孙儿买的一只表不慎跌坏了，这情况反映到公司，那边便让把表和发票寄过去，两个礼拜后打电话去查询，说没法修了，已经免费寄出一个新的，后天应该可以收到。

到美国探亲的人看待在这里买东西往往跟看待一切事那样，喜欢比照国内。两次退货的情形也曾让我联想到几年前在国内去那家大商场的一次交涉，所购的一双皮拖鞋的质变问题是明明白白的，可人家硬是推三阻四、搞七粘三，让你后悔不该不懂得将就而自寻烦恼。当然，联想归联想，丝毫没有要我们的商家向人家学习的意思。知道非独学不来，也还学不得。这样说时自然又联想了回来，联想到我们有些在美国的同胞退货的做派——那两位同胞都有过几度"退床"的经历，每逢亲朋要来小住，就去买张床，来人一走立马去退了。设若我们退货也那么方便起来，商场会出现何种景象呢。

在美国卖房子

在美国买房子的时候就得想到卖房子。这话不难理解是因为大家至少明白：住房往往得随就业的地区迁变。儿子在D市的E地买了套房子，在当地算不上高档，可在一般住宅中已相当不错：楼上的主卧室宽敞明亮，相通的卫生间梳妆台、大浴池一应俱全，还有两个边门分别通向淋浴室和挂衣房，一门之隔是婴儿室，再过来并列着的是另一个卧室和卫生间；楼下是客厅、书房和大小两个活动室以及另一个房间并一个卫生间；厨房和饭厅则在需要上八级台阶的"错层"上。两层看上去就成了"三层"，加上地下室就成了"四层"。地下室包括了乒乓球室、洗衣房、小卫生间以及一个小阅览室。一个木结构的露天阳台称得上这座房屋的看点，二三十人的派对完全可在阳台上举办。

如此详尽地述说这套房子，自然因为我和孩子们都很喜欢它，以为只花四十多万美元就搞定真是讨得便宜了，不能设想要把它卖了。然而天下多的是想不到发生的事——不到一年，儿子服务的那家银行倒闭了，两三个月后才重新就业于一家公司，那家公司却在上千里之外的S城，要到那里重新购房力不能逮，只能把这房子卖了。

这当然不是一件容易的事。美国的购房者大概不会忽略房子的档案，可似乎更倚重自己的直觉。从房屋的结构、内外的装点修饰以及光线、色彩、气味……哪一点都足以成为影响交易的因素。这里说的"影响"不是指价格，在这里，漫天要价、落地还钱的事通常不会发生，这里指的是上述哪一点都足以决定是否购买的意愿。比如，敏感的大鼻子在房子的某处闻出某种不习惯的气味，大体就会因此而免谈。

我想过，这或许跟美国二手房买卖频繁、房源充足有关——有充分挑挑拣拣的余地；或许跟美国劳力昂贵、整治耗资大有关——不必修饰即可入住等于降低了房价；或许还有更多这样那样的相干亦未可知；反正若想快快出手，你就得在来人看房前早早把房子里里外外往"完美无缺"的标准上整。

中国移民要卖房因而多了些忙碌：美国人似乎忌房室通明，墙

漂 泊

壁多有分别涂成蓝、绿、棕、黑诸般颜色的,卧室更是只用台灯;我们通常讲究屋内敞亮,白成一片当然是基本色调;你得在看房者到来前赶紧借助于恰到好处地关窗、拉帘一类手段来"暗化空间"。我们讲究五味调和的煎炒,美国人未必不赞赏中国菜肴,可看房时闻到油、鲜味跟嗅到毒气差可比拟,卖房期间你最好不过禁绝在家烧煮。卫生间纵然略无异味了,你最好再点上支粗粗的蜡烛来圣洁空气;墙壁上张挂得体了,可你不能强化"中国特色"而需要顾及彼国彼地的情调。中介L是同胞,一次次在整整齐齐、光光洁洁上提出过建议和要求,迟迟不能成交你就得在不断改进上多所揣摩而不辞辛劳。

你以为卖房可以坐家等客那就搞错了。看房时家里不可留人,中介们无须房主告知,因为有SUPRA KEY,一种房地产业的电子装置,中介可以查到打开此装置的密码,从而取得钥匙。由中介开门陪同买主登堂入室、细致查察是通行的法则。每逢一个电话来说几时几刻有人来看房,就得赶紧收拾停当,于来人到来时"离家出走",无论烈日当空还是风雪交加,一天有几次看房人来就要出走几次。这种被我戏称为"逃难"的事体实在不堪其烦。然而既想卖房,当然巴望多来几次逃难。

几十次看房而多进入不到议价程序的原委,中介向我们反馈过:或以为结构层级多了,或以为房室光线亮了,或在宽大的露天阳台上觉到有点什么气味飘来,或于雪白的墙壁上发现些许色差,或因为有些抽屉、橱柜开关不够活络……真不知道美国的父老兄弟是买房子呢还是买"感觉"。

此间有位亲戚来访,他在国内是经营房地产的,也许是职业习惯使然,下车伊始便对房子称羡不已,并按国内市场估价说大致要值一千多万人民币，较之四十几万美元，不就硬是一翻再翻了吗？就现时看，美国一般地区的房价确实要比我们国内便宜不少，可不至于如此悬殊，怎么两三个月过去硬是出不了手呢？

不能再等，孙儿开学在即，他要转到 S 城的一所中学就读。权宜之计是把这房租出去，再到那边赁屋居住。临行前好心的 L 还帮助谋划：将来花点钱把厨房等处改造一下，按现时要求将"吧台"拓宽一倍，再把……是了，讲求观瞻上入时的美国人在划算上确实有点"智障"，这是不乏其例的，切近的便有我们的一位邻居，他们的房子卖不动，花三四万美元修葺了一下，不到一个礼拜便以高出原价近十万美元成交。

在美国看病

在美国的日常生活中，若要列出两项重要的事，不妨说其一是小心驾驶，其二呢，就是尽可能防止生病了。

生了病要就医，先自碰到的就是"看病难"，国内如此，美国亦然。情况当然不同：我们在国内对于看病难的抱怨，通常包括病人多不胜计，所谓看病几分钟，排队得几小时。加之挤挤轧轧、碰碰撞撞，三度长长行列的队伍站下来，会把你推到耐受力的极限。就这一点说，美国的情形就优越了，那些顶级医院，诸如 Johns Hopkins Hospital，诸如 Mayo Clinic 以及 Cleveland Clinic 等等，候诊者虽说不免会略多一些，可一来多不到哪里去，二来各类窗口、诊室极多，再则，在那五星级宾馆似的宜人环境里面，稍有等待也就如同稍事休憩了。至于分布在社区的一些小医院，一些比我们一个区医院的一座小楼还小的医院，那就用得上"门可罗雀"，

漂　泊

我几次去过几家医院，就没有一次碰上过两个以上的候诊病人。你当然不用因此而为医院的生计担心，这跟看病需得提早预约有关。各个约定的时间留有余地，"前客"与"后客"便不会照面。可弊端也就从这预约制上发生：那里看病的一个难处正在于如果不是急病而挂昂贵的急诊，别指望生了病就随时能去看，无论看大病还是看小病，都必得提前电话预约，让你何日何时去需要记牢，去早了固然看不成，去晚了只能重新约定。预约的时间是个变数，医生一个工作日处理几个病人是常数，约到一两个礼拜之后是常事，你好不容易就约定安排出时间，碰巧医生本人遭遇灾变还不能不取消约定。在一般医院就医者若需化验、放射检测什么的，则需到专门的、相应的医疗单位去，又得另约时间，这看病的过程就成了马拉松。

在美国看病用不到像国内这样担心医生乱开上许多药，过度治疗的情况绝不会发生，纵然想要"大处方"也不成。相反，"开药难"是中国移民普遍的感受。侨居美国的同胞常会让国内的家人抑或亲朋买点药物寄来，多不是经济上的考虑，而是图方便，美国医生确实吝于用药，特别是抗生素类。滥用抗生素固属有害，至于相当绝对地排拒，也不免误事。一个孩子呼吸道感染，病病歪歪几个月，引发肺炎了，到头来还是找了一位熟识的华籍医生，用抗生素几天便解决了问题。说美国的医生没水平那是无稽之谈，比较起各门科学的学子来，学医的往往投入最高资质也最优秀。医疗态度和认真负责的精诚无可挑剔，只是美国的医生特别讲究一切医疗行为按规范去做，像教科书上那样规范，难免规范得有些"古板"。有位我们国内来的医生陪同妻子上了一次手术台，事后陈述："止一个出血点看来看去、几度擦拭要花几分钟，缝扎间打个结要比来划去用上国内医生好几倍的时间",只恨不能推开主刀夺过器械来自己动手。也许不能一概而论,说美国医生"操作水平差",可依我的体验,"按部就班"到近乎"折腾"确乎是相当普遍的风格。

说在美国要"尽可能防止生病",主要当然是因为看病费用昂贵。通常单单一次挂号费用就够我们在国内挂上百次号,如果不能等待预约而需挂急诊,那挂号费不准就得花费上千美元。有条件加入医疗保险的,自己负担的部分也很可观,没医疗保险的贫寒者,看上几次病说不定就会影响及于基本的衣食类费用。都说我们看一次牙、做一次什么检测费用太高,比较起美国来,那可真是小巫见大巫了。一位薪金不算太菲薄的亲属,那痛苦不堪的牙病也一直拖了几年,直到有了医疗保险才去就医。

平常如此,遇上金融危机、失业率大增就更不难想见。早在华尔街风暴乃至次贷危机急剧演变之前,美国有关方面就有过统计:全美有4600万人未参加医保,超过五分之二的成人无钱看病,医疗上的信贷危机也十分堪忧,医院寄发的费用通知书得不到回应的比率一路飙升,未被偿还的账单已经达到600亿美元。据此,"看病难"的发展趋向以及解决的途径都还在未可知之数。"医疗旅游"是个办法吗?到亚洲?到中国?充其量只是尚有条件作洲际旅游者的事,对于陷入生计困境者,即便勉力为之,也无异于割肉补疮。人无法指望"永远健康",然而在当下,我们似乎只能衷心祝愿并虔诚祈祷:有什么也别有病,缺什么也别缺了健康。

在美国走路

除了杀人放火、打架骂街一类恶事,我最厌烦的情景大概就要

漂 泊

数我们闹市的"熙熙攘攘""摩肩接踵"了。在国内，每每为走路、排队间被那种"零距离接触"、被那种"碰撞没商量"弄得很为恶嫌而啼笑皆非。比较之下，到美国来小住，外出走路倒也成为一件轻松自在、称心如意的事了。

这自然跟这里在路上步行的人极少有关。美国被称为"装在轮子上的国家"，应该并不能说明美国人不愿走路。无论在寒风里还是烈日下，你都不会见不到在路边运动员似的骑车的、跑步的，有的还牵条狗一起跑，也有的带着孩子跑、推着婴儿车跑；美国的家庭一般都备有几辆车，与其说是"拥有"，不如说是"必备"，这里市区分散的布局，决定了没车就无法过日子。私人车多成全了步行人稀少，也致使公交不如我们那样便捷。或许有鉴于此，区域性的电话叫车成为一种主要面对老人和孩子的交通方式：在家可以打电话把车要来，送到要去的地方再约好把你接回的时间，价格低廉且高度负责，那次家里的车都外出了，为了陪孙子去游泳，我们要来一辆。去的游泳馆出了我们所在的区域，驾驶员不说去不了，打了好一阵电话，帮助联系上那个区域的同行，让他们到区域边界接，就这样两边衔接了起来，来去每人才 1.75 美元，真可谓"超值"而超常的服务了。私下想过：这车无疑是面对行动不便的老人孩子或病残者的一项公益，自度年岁虽说够老，可行路尚略无困难，这样一想，后来竟就没好意思再"电话叫车"，路远一点踏踏单车，路近一点就慢步当车也很自在。

还是应了行人少的缘故吧，在美国走路便有了"讲究"的条件。比如，彼此走得近了一点便是一种忌讳，"保持距离"成了一种无形的约法。在公共场合碰上空间偏窄，后面的人通常不会从旁边走到前边去；前面的人一旦发觉没给后边的人留下足够的行走空间，会忙不迭转过身来边打招呼边让路。在公共场合排队，绝对不会像国内那样如同"人盯人"似的一个紧挨一个，有时你会忽略那排在前面的人后面还远远地站着几个，你得留神辨识那站得稀稀拉拉的行列的"来龙去脉"，不介意插进了其间便有煞风景。

跟"保持身体距离"相映成趣的是，你在这里走路，不断碰上的陌生人多会有"拉近心理距离"的愿望，我说的是美国人那种习惯于打招呼的热忱，老人、青年与牙牙学语的孩子多数如此。对面走来的行人往往会问好，开着车的人多会冲你扬扬手或投来颔首微笑，在房前收拾劳作的人也会跟你"自来熟"似地打声招呼。一次经过一家小咖啡店前，远远隔了窗户跟一位老者的目光相遇，对方马上做了一个友好招呼的动作，当下有些不安，是否是自己注意了因而"打搅"了别人，一度走路有意不朝别人看去，不料还是有问好从前面、旁边有时还从后面传来。后来干脆化被动为主动，也就是入乡随俗了。要说这就仅仅是行人少养成的习惯，也不尽然，记得年轻那阵多有在人烟稀少的乡村行路的机会，不准一个半个小时才碰上个人，也没见有陌生人彼此打声招呼的。可见还是有些地理人文上的关涉。

在美国车行、人行当然都得看路灯。只是对行车的限制比较多一点，比如较多出现的限速（Speed limit）和限停（Stop），"车让人"是名副其实而十分顶真的。看到行人要拐弯、要穿马路或者不知其意向，驾车人会自觉停下等待，有时会做出让你先行的示意，行人最好不要犹豫、不必客气，多所礼让只会耽搁双方的时间。有几次在路边散步，每停步观望，差不多都会引起路上的行车停下或放慢速度，后来不再没事在路边信步，大体是怕给人家开车的添乱。

漂 泊

在美国说话

美国作为移民国家的性质,在一定程度上决定了操"外国英语"的人数较之一般英语系统的国家为多。应该说,这在促成美式英语优越感的同时,也造就了生活在美国的公民听取"外国英语"的能力,私下以为,这多少能给粗通英语的人在美国大胆说英语以鼓励。

到了美国,孙儿自然成为我们学点日常用语的小老师,他很认真,不时提醒我们的功课,还给我们准备好一个厚厚的笔记本。我早年在学校学过三年英语,后来改学了俄语,老伴倒是从中学到大学一直学的英语,可你不难明了,我们"这代人"在普通"学校"学的那点英语是怎么回事,加之年深日久,非独说不上粗通,很可以说早回到"零"的水平。

有趣的是,小老师一方面鼓励我们"要大胆说""你不说永远不会"。有一回在一家超市还善意地笑着逼着我勉为其难,事实上,在一些场合说上刚学得的几句——当然就是"外国英语"——人家还就能大体听懂而做出回应;另一方面,在某些场面想多说上几句,"小老师"在一旁又赶紧拉拉衣角,说"你别说英语",不一定是顾忌学生给老师丢面子,怕爷爷被人家笑话的意思则明白无误。是了,小伙子自尊心强,可怜见那点不难理喻而极为正常的矛盾心理。当下,联想到有一次小小年纪的他,像自语又像诉告地幽幽念叨:"别看美国人很客气,骨子里傲慢着呢。"我有些惊心动魄,有种莫名的酸楚伴同深深的歉意涌动起来,这大概能够折射出中国几代移民泯灭不了、美国人也不会让你泯灭的阴影。虽说我国当代移民跟早年去圣弗朗西斯科（San Francisco）的煤矿华工已不可同日而语，虽说历史的进程已经给这块土地注入过巨大的魅力，但是，即或日子过得美气了，社会很为和顺了，那点"阴影"并不因此而消弭，这跟民主意识、自由精神的体感不是一档子事。

移民国家的性质也决定了移民法规因时、因势的多所更迭。远的不说，就20世纪80年代与90年代之交，移民规定中就日趋严格地增加了"英语能力"的条件，这显然无异于限制了亚洲（还包括中南美洲）国家的移民。我国年龄较大才赴美的人员，多有因这层限制而不能不面对就业困境的。至于时下金融状况，对于就业以及连带而来的领卡、入籍的影响更是不言自明。

无意移居，只是去美探望探望子女的父、祖辈人，自不存在因语言而起的此类干碍。在我看来，如果说不懂英语的人在使用英语的国家也不能不掌握几句英语，那么，最重要的一句应该就是"I can't speak English"或者就是"I no English"。你还"急用先学"得别的若干句话，最好别说了，不说，人家还可用肢体语言有效地给出指点帮助；说上几句又说不了、说不准更多的话，"误导"了人家，下面可能发生的麻烦就多。

虽然，有些时候撇头盖脸就声称"不懂英语"未免太不得体。比如，在美国进入商店、超市，大体会有售货员向你打招呼，你不至于不会说声"Hi"，可人家讲究规范的还会多说几句，无非是"我能给你什么帮助吗"一类，回以不懂英语差不多等于不懂礼貌，一声不吭呢，不是显见得有点呆头呆脑吗？如果学会说上句"I'm just looking"，那就够了，你看你的，他忙他的，彼此安心，不必有下文了。在美国，随时可以碰到的、使用频率最高的，莫过于

漂　泊

"对不起""谢谢",人家如此招呼过来你当然不妨"欣然领受、不打收条",如果要好,就该回应一下,好在"Not at all""Take it easy"之类说起来很为简便易学。有了"不懂英语"的声明辅助以不失礼貌的用语,你在保持"形象"上就会有点"良好的自我感觉"。至于开诚布公的美国人说话却多有婉转,譬如不说你那样不好,只说你如果这样就更好等等,除了礼貌,还涉及语言的习惯和技巧,已经不是我辈文盲级别的旅人所能周全考虑并顺当运用的了。

必要的礼貌不能代替解决实际的问题。几个月时间住下来,不能不碰到实际问题,家里可以充当翻译的不能总是跟随你。一个人出去迷了路,碰到紧要的情况要报警,你总该备好几句应急的话。我在拉斯维加斯旅游,晚上闲逛间被那五光十色的街景延误了回宾馆的时间,不想突然内急,且"愈演愈烈",万万等不得回去了。所好这里赌场比比皆是,看到一家大门前一位黑人朋友斜倚门框嗑瓜子,快步上前"Excuse me"之后,先自声明不懂英语,然后用上句平时备好的请告诉我卫生间在哪里。黑人兄弟善解人意,一边用手势向里、向左、向右比画一番,一边说着"One—Two—Three"知道是转三个弯的意思;不料,赌场里上千台老虎机间的路形同迷阵,两个弯一转就迷了向,不得不再问迎面过来的一位白人老者,老人微笑不语,却一直把我领到那所"Rest Room"门前。事后自嘲:一次如厕,需得借助于"两个民族"的帮助。当然,还亏了自己备有两句,特别是备有一句"我不懂英语"。

在美国读书

参观过哈佛、麻省理工等名校，还在儿子赴美读研的 C 校有过一天逗留，走马观花，能留下较深印象的除了校门一律不似国内大学那么壮观外，就是师资力量的壮观了，一所在全美综合大学排名很为靠后的 C 大学，单单在历届诺贝尔奖评奖中获奖的各科教授就有好几位。大学的许多事说不出很多也不想去多说，这里仅仅就孙子的"在美国读书"而言。

孙儿去美国时赶上读小学五年级。与其说"赶上"，不如换个角度说成是"逃过"——逃过了国内六年级学生通常会遭遇的"劫难"。美国不是没有难办的事，可入学的事略无碍难，一个外国来的孩子，父亲还在读书期间，母亲则带上他去陪读，没想到达的第三天，孩子便坐进了 B 小学的教室。鉴于语言上存在的困难，学校设置了专门的班级配备了辅导的老师。孙儿进入学校的感受有两个要点，用他的话来说就是"这里的老师很客气""这里的功课很简单"。上课时学生问题回答得特别好，老师不准会从口袋里摸出两块糖来奖励。课外不存在作业的海洋，没有什么毕业考试、升学考试的关卡和比拼，进入初中亦复如此。"寓教于乐"的活动则不少，包括装束规范地学当服务生、走家串户地学当推销员、乘飞机坐火车登海轮上雪山一条龙地实地旅行考察……形形色色不一而足，大体是求得知识积累跟能力培养在实际体验中的结合。

在美国说孩子读中学了，一般是指读"初中"，高中分别部居，称谓上必冠以"高级"。这或许因为高中不只是一种"学校层级"

的区别,也关涉"社会教育"上的一个分野。美国也有学区之分,孙儿就将读高中时,家里决定买房,选择购房的第一考虑,就是位置要在那所有名高中的学区之内。D市的C校是孙儿进入的第一所高中,称全美排名第五。学校规模很大,免费接送学生的大巴校车就有四十辆左右。我想这是因为当地属富庶地区,美国中小学的经费,跟所在地纳税人的纳税直接相关;也应有学生居住分散面广的缘由,在美国,公共设施不会有"需要"之外随意摆谱的情况。学校条件比初中大幅度提高了,学习上也比在初中时吃重了不少,家长特别是中国去的家长,期望和要求上的增进也可以想见。好在高中的作业仍是不多,学校在下午三点之前便准时放学,加之各种假日多,一年长假就有三次,最长的达三个月,课余时间充裕。随着阅读能力的提高,原先便喜爱阅览的孙子得以广泛接触许多中英文书刊以及网上的知识信息。我们在孙子读完高一放暑假前夕到达美国,感觉上他就是一个有问必答的小"博士"。父母以为他有点"夸夸其谈",计较着闲聊间孩子每有"数据不准确"以及"认识片面性"一类情况,高标准地培养严格的科学精神、周密的思维方式很为需要,只是大体不离谱的"夸夸其谈"也不是不需得"具备条件"。不同于美国东、西海岸的城市,他栖居的区域几乎没有华人更鲜见大陆去的孩子,在一种普遍崇尚"生活文明"而淡漠"书本知识"的异域少年世界里,我们更愿意先自肯定那些难能可贵的"具备"。

他读过《华盛顿传》《毛泽东传》等一系列人物传记,读过不少并非普及读本的天文学著作、气象学著作,读过许多世界各地的方土风物志……在美国中学的同学间,他就是个"博学"者了。然而,他曾说过一句让我琢磨不透的话:"知识多在我们这里是不受欢迎的。"不能说这在多大程度上透露了其落落寡合的因由，但在他那里，"自然"与"社会"、"理想"与"现实"之间的关注和兴趣确实存在了反差。他吐露过内心的苦恼，明显地多了些情绪、多了些"叛逆"，遇上刺激性的反复唠叨会有"冲动控制障碍"似的发作。学医的同胞正确地指出过他缺少同龄的朋友，其实，何尝不缺少大龄的、老龄的"朋友"呢？在学校，在家庭，在社会，孩子们不会缺失狭义上的"教育"者，缺欠的通常是能够细心理喻、体察苦衷、顺势利导而能够反躬自省并先行纠正自身的引领人。在普遍的层面上，于中国读过书的孩子，随同父辈去美国居家，在美国读书，无异走向了中西文化"短兵相接"的冲突前沿，到得十五六岁上，读了书而还没能读更多的书，了解了社会而还未能更多地了解社会，本就不能不面对更多的、因人而异的心理矛盾和精神烦恼。

　　要随父母迁居S城了，孩子对就读过一年的学校不无离情却也不甚介意，那里于他不那么亲切，不是他心目中的家园。移居前父母去租定住宅，当然也是锁定于那里的一所名校S。跨州的转学极为方便，按约定的时间带上住房租约、原校的成绩单和平时的体检证书、防疫记载，当即便可办好入学手续。比较起来，这所学校的规模设施不如原先那所学校了，可拥有看台的露天大运动场，室内橄榄球场并体操房、游泳池，图书馆并各类实验室，活动场所也配置良好一应俱全。学校外观上明显不同于国内的，是一般高中除了校区的开放式之外，必有一到两处阔大的停车场，美国读高中的学生自己开车的多。因为家里选定的住房跟学校相距不过二百米左右，孙儿上学既不用自己开车也无须家里接送，每天负重步行两次，倒也算是一种锻炼。

漂　泊

说"负重"，当然是指背上沉沉的大书包。我们国内学生的书包重量往往让家长心疼，可比较起来，还是轻多了。主要是那里的教科书一律用重磅道林纸，加之精装，图表插页忒多，又大又厚又重，精良的印刷装帧保证着一届届学子传递使用，也一届届地延续着日复一日的"负重"。碰到烹饪课上要学煎烤烧煮，还得另备口袋，装上组内分派要带的食物。各类用具带得比较齐全的一次，我称过书包的重量，记得有四十多磅。学校没有固定的班级，上课也是换一门课换一个教室，有的还相距老远，这课间就要比课上繁忙许多，"负重"就远不止于只在去校、回家的路上。学校原本给每个学生都分派有一个柜子，不是回家要用的书本都可以放进去，可孙子感到整理起来费事，奔来奔去、开锁上锁麻烦，一周两三次游泳课上使用的游泳裤或会挂进去，书本文具就宁可"负重"也不去"讨巧"了。

每天清晨七点一刻，准时站在客厅的窗前，看孙儿一步步向学校走去，屡屡生发在美国读书也苦的感慨。我很赞赏美国的教育思路、教育体制、教育方法，却不能认同在美国读书有多轻松的看法。读书哪能不苦呢，至少读到高中是如此。问题只在于不同的苦处、不同的苦法那结果是不会相同的。

美国学生考大学不是靠"一考定终身"，高中时期的每种记载都将有可能影响着进大学。包括体育状况、社会实践状况……假如有些门类等级记载为C或B的，那么，进哈佛、耶鲁一类的顶级大学的可能就已然丧失。缘此，有志于上乘大学的高中生，在报考之前的三年或四年高中的学习中，不说"如履薄冰"，也会是小心翼翼的。

前面的路还长，国外的劳顿和国内的牵挂还多，名校之梦其实无关紧要，平常之心才是不可或缺的人生态度。唯愿天道酬勤，于自我实现的努力中有所收获有所结果。

在美国感受治安

没有去过美国而想到美国去的人，有时会问起那边的治安情况。打听的本身已经包含了顾虑，顾虑并非没来由：那里发生过举世震惊的恐怖袭击，发生过令人发指的校园伤害；移民国家居住的杂沓，普通公民备枪的合法，媒体关涉治安的事件报道，乃至影视对于暴力的渲染，都足以参与到人们的想象中来。

暂居或久留美国的人虽有亲身体验，回答起这个提问来也不会众口一词，武断结论者说法上便有说"很好"跟说"很糟"的径庭。

这并不奇怪，不能责备人家不负责任、无根无据，问题只在于原本不能一概而论，对美国治安情况的评估如果不是做定量分析而只是说说感受，就至少得区分开来说事：是谁和谁的感受，是在什么时候、什么地方、哪一方面的感受。两位分别去了美国的青年朋友，刚去没几天就碰上事儿，一位夜晚在巷道里被人扒了皮衣，一位白天在大街上被人摸去钱包，比较起在美半载平平安安的我来，这两位朋友的感受是会有些不同的；住在拉斯维加斯的人跟住在洛杉矶的人感受不会一样；同是去纽约也会因所去地区不同而感受各异，我去纽约前，好心的友人关照说治安不好，什么、什么和什么地方不能去，而事后竟感到他不免有点"治安过敏"，那其实是因为自己一直只在曼哈顿等地转悠，去的只不过是一些"街"与"道"，一些纪念堂、博物馆、大厦与广场……

漂 泊

除了"区别开来说",还有个"弄清了再说"的必要。即如美国公民多备有枪支,听起来有点吓人兮兮。我并不一般地认同公民的可以备枪,并不否认美国在枪支管理上存在疏漏,然而你如果以为那里男男女女都怀里揣了枪、手上掂着枪招摇过市地玩儿,这想象就过于浪漫。枪也不是可以随便携带的,更无论掏枪用枪。我在美半载,大小城市和近郊远乡到过几十处,还从未有缘见识到公民的枪。听说过我们有访问者在美国警察、保安那里吃了苦头,起先一律愤慨,到美国后感到也需弄清情况,我是指有些言行举止,在我们国内属于正常,在彼可能就反了常甚或违了法,转换法律意识因之成了入境之先的要务之一。有些差别不能不"入境问俗",比如,在我们,"私闯民宅"当然犯法,在那里,不用入"宅",闯进了人家界内的草地花园你就违了法。要命的是人家不是有枪吗,他不一定就开枪却是完全可以合法开枪的。你有幸没送命只是负了伤、受了惊,还去说"治安",说什么说呢。

说到这里,只是说了"不能一概而论"。若一定要就自己"局部"的体验说说"总体"感受,我愿意认同美国治安情况良好的看法,而且不妨说"很好"。或许可以认为,这感觉跟我去许多大都会只是去了些治安良好的地区有关,也可以认为,我常住的D市和S城,原都算得治安最为良好的地区之一。但,这"很好"的实在性和真切感本身让我确信述说的意义和价值,同时,没有理由否认其一个方面的代表性。

"夜不闭户"是我们古人对治安理想的描述,当今之世,没有夜间包括白天故意不关大门的,很为讲究私人空间私密性的美国人当然全会"闭户"。我说的是那里固属没有防盗门一说,我们分别居住过的两处房子门上也很少上锁,全家外出了,带上门便上车,知道别人要想开门只需拧动一下门上的手把,却成天在外也略无门户的记挂。把这归结到美国人家里通常不存多少现金细软是片面的,更有寄达邮件的情形能说明问题,不准何时,你从外边回来或者从里边打开门,会发现一个邮包——家里有人没人、邮件内的物品贵重不贵重,不用有人签收,往台阶上一放了事成了美国邮件投递的通则。

  美国在治安上大概也是不免有些"头痛医头、脚痛医脚"的。我们在入境时明显地多了些境检上的项目,有条件的中小学多了点治保人员,大概不能不跟防恐、防校园事件有些关联。路面街道上则看不到什么警察,让人会想到"警力不足"上去。这没有影响到治安力度的完善,出警的频率也相当高,警车的呼啸声不时可闻,一方面,报警制度趋于成熟,公民报警意识日见增高;另一方面,警方事无巨细,有报必应,用他们的话来说,"有人报称谁撞死一只鸟我们也会出动"。比较起国内来,美警的"权力"要大得多,"反抗"的后果会很严重,而所谓反抗,包括了不按他说的去做。我戏称过,即是我们一句英语不懂,也不能不懂得警察喊的那一声"Hands up! Freeze!"你弄不懂,又自说自话忙于去掏证件什么的,就有危险,须知美警有个信条是"不做'墓碑英雄'!"这样是"好"呢还是"不好",自然也不能仅作一面观。不过在我,因为于国内多听了一些犯规公民跟警员的纠缠不清,多读了一些警察兄弟殉职的数据,向来以为我们赋予的执法权力不很到位,有必要作一些调整,因为这"权力"的赋予不意味别的,关系的是治安保障的可能与力度。

在美国感受环卫

从不同角度对"人"做出的"定义"中，近乎戏说的便有一种称之为"制造垃圾的动物"。美国人也不能不"制造垃圾"，在公共的、私人的空间你看不到垃圾物，是因为它们都不越雷池一步地安居在垃圾箱里。我所看到的美国家庭，至少都备有统一配发的两个装有轮子的大垃圾筒，分装可回收垃圾与餐厨、庭院垃圾，一周两度分别将其推到路边，让装置有机械设备的垃圾车及时收取；逢上修整庭院树木，剪伐下来的枝枝干干可堆在一旁，车到时会就地用粉碎机处理之后运走……城市垃圾的分类清运、分流处置，形成了不断提升的综合处理体系，既有效防治污染，又有利开发再生资源；国内去美国考察的相关人员多赞羡其对于环保部门的投入。其实，我觉得很可以说，美国的一个家庭，差不多也就是一个"环保部门"。

美国家庭的装修陈设或不尽然富丽堂皇，对于室内外环境打理，却一律不肯含糊。我在不少社区漫步，固然看不到什么裸露的土地，看不到什么无树无花的人家，那"绿化"也多不满足于家前屋后地毯似的绿草遍布，草地上或有形态各异的观赏石，或有构成不同图案的花木丛，活泼有趣的动物造型，情味盎然的组合小品，常会令我流连驻足；更有一些屋顶花园，一些精心修整、一字排开于屋前、屋后的高高的"绿屏风"，水源丰富的地区，不乏引水增色的巧构。一次踏单车闲逛迷了路，竟"武陵人"似地碰到路边一处"大森林"，远近小楼显隐其间，山泉细流潺潺可闻，那"绿"，真就是全方位而立体化了。

　　值得称道的还不在于美国人园林般的家居经营，更在于环境卫生上的公共意识。每个人都不会漠然于社区的整体环境，谁家将房屋的外观修葺一新了，不准会有邻里对你说声感谢，是以为你给大家都添了光彩的意思；或有谁家的草坪多日未曾修剪了，不准会有人在你门上贴上一张小纸条来做出善意的提醒。我在家中一度每逢十天八日就听到一位少年抑扬有致的歌声，山歌似的情韵往往唤起我悠远的思念和世事的遐想，有时会不自禁地走到阳台观望倾听。那歌声来自一位漂亮的金发少年，他在公路那边一边推动修草机一边歌唱。原来房主全家长时间外出，时值学校放暑假，他是受雇定期来帮助管理草坪的学生。管理云者当然不是浇灌，草坪都有自动洒水的设备，他只是负责整修，主人考虑的显然就是不让自家的草地有碍社区的观瞻。为此，每当歌声传来，我在品味中总会伴同了几许义生题外的感动。

　　说美国少有环境污染的问题是不客观的，说美国没有卫生死角只不过你未经碰到，特别是因为你没到过有些公共管理经费相对拮据的区域。只是在一般和通常的意义上，美国环卫堪称优越。公共场所、公共场合，在演出、比赛激起了狂欢的情势下，我见到过抛掷气球或纸燕的热烈情景；而在路道、公园、各种堂室乃至山地、水中，绝不会看到什么抛弃物，更不用说污痕痰迹。成天在外不会看到打扫人员，而地面的清洁却一如刚经过认真的打扫。难怪爱穿皮鞋的人成年累月无需擦拭，着旅行运动鞋的想到要洗涤一番，就径直放进洗衣机。

　　美国人多爱狗，不养狗的家庭较少，有的还养两条或两条以上，在路边、公园遛狗的不时可见。然而，狗常有而狗屎难见，遛

漂　泊

狗或不一定一律系上牵引带，而一个供随即装入粪便的小袋却是必备的；狗们准入的公园、景区，进门首先碰上的设施，便是供你扯下塑料袋的路边小箱，我看到过一位携了狗的女士，走了好远又回过来，为了那忘记摘取的专用袋。美国人养狗跟"看家"没有关系，狗们如大声叫起来，主人的第一反应常常就是"扰邻"。对狗别说责打，不加节制的呵斥也有违文明，这形成狗与人之间普遍的友善关系。碰到它们向你扑来，不用惊慌，它们只是想跟你亲热一番。这也就是人跟动物和谐相处的情形了，一如我们后院和阳台上屡屡看到的那些鸟儿们、松鼠们，其不知避人的"大胆"，是缘自素来的经验，缘自对于安全的信赖。

在国内说到环境的治理，通常也会注意到噪音的污染，只是管这管那很难管理到人们发声说话的分贝；在公共场所气呼呼地争执也好，热乎乎地寒暄也好，多有旁若无人的任情纵意；几次在医院候诊，都被高谈阔论的大嗓门弄得心跳加快、头脑发胀。美国自然也管不到人们说话声音的高低，其实也无须去管，那里的公共场合，没有多少人去说多少话，有之，也就跟"耳语"相去无几。在商场机场，在餐厅展厅，在那些人员稀少抑或众多的地方，都并不妨碍你享用那种安静、宁静和寂静。前些年到欧洲走了几个国家，已然对此有所感触，彼时曾归结向民族习性，到了美国这个差不多杂居了世界各民族的国家，不能不多了些"环境使然"的考虑。

当然可以由此去想到"公共意识""社会契约"，想到"内心律令""文明自觉"等等，而在我的感受上，美国人的环境意识已然"潜意识"化为种种"习惯"。习惯是内在化了的自然品格，习惯的力量是超越外部"约束"和外在"管理"的。

在美国家庭做客

儿子在 C 大学读研时，一位教授对他关怀备至，从在校就读到毕业以后，一直保持每年请这个"得意门生"全家吃饭的惯例，同时被请的还有位早年毕业于该校的校友 H 及其夫人。

今年夏天，儿子要移居 Y 州了，自然有些告别、答谢当地亲朋的安排，其中便有在 D 市一家饭馆宴请教授和 H 夫妇。接下来便有了 H 的送行，邀请他们并教授夫妇，知道我们正来美探亲，便让带父母一起去他家做客。美国人做事认真，明摆着是好友间的普通聚会，不是什么庆典，仍然"行礼如仪"，邀请函上还是注明了"便装"一类事项。

到美国家庭去做客，通常以给孩子带件玩具一类的小礼品为好，可 H 的孩子已是到外地就了业的成人，权衡之下我们决定"发挥优势"，炒上两盘中式菜带去。

到家庭做客不宜早早到达，却没想到车子开岔路误了点时间。向主人和教授夫妇致歉后，便被让到后院聊天。女主人热情张罗好饮料和茶点后即行告退，说去做一道墨西哥名点请大家品尝，H 在一边介绍："那是她的一项特长呢。"儿媳便表示要学学，跟女主人一起进了厨房。

听说在美国客人一味"高谈阔论"是不相宜的，可"沉默不语"也应该并不得体而有失礼貌。好在儿、媳和孙儿皆可兼现场翻译，不会影响彼此间的交谈。我用了那句简单英语先自声称不会说英语，教授当即接上话，"我在北京一所大学还教过半年书呢，可

漂 泊

一句汉语也不会说"。言下之意显然有安慰的意思了——在"外语"的能力上，他还不如我、我还比他强，这就一下子拉近了心理距离。教授到底在中国待过，很了解中国父母的特性，知道中国父母最想听、最爱听的话是什么，我是指他接下来就抚住儿子的肩向我们说：你们不在美国的时候，我们会照应好他……感动之下，一句老话滑向嘴边，示意儿子翻译过去："中国有句古语说，'一日为师终身为父'，您也是他的父亲，夫人也是他的母亲，中国父母在此感谢美国父母了……"

说话间 H 不时颇为得意地向我们解说他院子里的一些栽植和小品，这些活计在美国都是自己动手的；他还几度到室内取来几样收藏品供我们观赏。美国人喜爱收集些藏品，收集标准多不高，往往五六十年前的东西就视为"古玩"。不过，他拿出来"显摆"的两枚琥珀，其形成倒是少不了几万、几十万年的岁月，有一枚十分澄明，正中一只蜜蜂似的昆虫形象生动，虽说早年我在彼得堡见过形形色色的琥珀，所谓"曾经沧海"，当下还是少不了会有些夸赞的言辞让主人享用。

进餐时，大家按例入座。"按例"云者，是女主人、男主人分别坐在长桌的两头，客人则分坐于两边，比较起国内来，座次的"上、下首"无须专门识别、无须执意逊让，应该知道的是，把靠近女主人的座位留给主要的客人。我跟妻想当然地选择了紧挨男主人落座。坐下的那一刻，一旁的孙儿悄悄告知："别用餐巾擦餐具。"是了，我想到有人谈起过用餐巾擦拭的遭遇，那结果是主人认为你嫌餐具不够洁净，立马过来为你换上盘子连同一副刀叉和汤匙，那在我们民族的心理习惯上会有些尴尬。

美国人没有"让菜""劝酒"一类习惯，吃什么不吃什么、吃多吃少完全"悉听尊便"。除了糕点果品一类放在桌上供各自取用，就是各人面前的一个盘子和一个酒杯了，主人用托盘把一道菜点送到你左手边时，取上一份或示意不要，都无不可，这种奉行"各自为政"而"各取所需"的做派，体现出跟国内的区别：如果说我们的餐桌上讲究"和""合"的气氛，那么，他们更注重对于个体及其好恶的尊重。

跟我们一样，主妇总希望其作品能受到欢迎。出于让主人高兴的考虑，你不妨吃得"主动"一点，可女主人的行动是"指挥一切"的，女主人尚未"启动"，你不要抢先；你也不妨吃得"足量"一点，可必得注意不要端起面前的盘子，盘中的食物用刀切成小块然后用叉送入口中。大口撕咬不雅观，咀嚼出声、咳嗽打嗝就大煞风景；万一忍不住打个喷嚏，及早转过身去捂住口鼻，同时不要忘了表示歉意。席间的谈谈往往只在邻座间进行，想就餐厅张挂的画幅、室内播放的乐章做些即兴评议会受到响应，张长李短、涉及私密的打探则可谓大忌。

有鉴于逗留时间不好拖得太久的潜规则，也因为系初次做客，我在女主人光景上要离席时，不失时机地站起来致谢，同时发出邀请："盼望诸位到中国做客，为了更好地接待，我们回去后准备加速多学一点美式日常英语。"心里自然明白，在做事顶真的美国人面前，这邀请不免礼节性的空洞，好在大家不介意，还是报之以得体的笑声。

饭后不宜立即离开也是一项不成文的通则。尽管因为另有所约，我们不能不破了年长位高者先行告辞的规矩，可还是应邀参观过 H 自己设计、安装的室内制冷系统，然后向教授夫妇表过歉意才跟主人告别。

漂 泊

在美国餐馆用餐

出于"体验"的目的和实际的"需要",在美国去过西餐馆也去过中餐馆,去过日本料理也去过韩国烧烤,酒店、饼店、咖啡店、快餐、简餐、自助餐都有所领略。总体印象不坏,以为口味不同的人可以"各得其所",如果够不上挑剔的"美食家"级别,担心去美国"吃不惯"不是很有道理。

这样说自然是就国人的习性而言,我们是吃物大国,有资格傲视别国饭菜,连拥有"法国大菜"的高卢公鸡们声称"世界上我们的菜首屈一指"的时分,也不能不赶紧补上一句"如果没有中国菜的话"。

没有中国菜的地方已经不是很多,美国犹然。不是指像纽约的华人街、皇后区的法拉盛那些中餐馆遍布的地方,即便华人较少抑或稀有的一些内地的州、市,也都不会缺少华人开设的中餐馆。那里的服务生或有"外聘",可掌勺的大体是中国师傅,我们去过的几家中餐馆,有一家的大师傅就是川菜名厨,是在中华得过银奖的人物。美国的中餐馆水平不一,总体上还像模像样地是那么回事。自问味觉不算迟钝,在几家餐馆并没吃出糖醋排骨、扬州炒饭……比国内的差多少。那里缺少河鱼、河虾、草鸡、野鸭一类,专好这一口的深深抱怨会令人久久同情。可要说那里的猪肉什么的没有国内的好吃,那该是在国内吃惯父母的手艺而自己没习得那手艺的缘故。到中餐馆吃上几次、多看几眼,大体不难在家里用美国的肉烧出中国的味来。

我不赞成开在美国的中餐馆迁就美国人的口味，那只能导致中餐的异化，事实上日见其多地到中餐馆来的老美本就是冲"中餐"来的，据称英文中也新添了"杂碎""烧卖"一类名词，足见在吃物上人家得向我们靠拢。然而，在无伤特色的前提下，兼顾到不同民族的处事方式、习惯喜好、情致要求却是必要而有益的。比如付小费，比如提供冰水，提供分食的餐具等等；我很为赞赏不少中国餐馆餐后的签语饼"Fortune cookie"，就是包有一张小字条的小小甜脆面卷，服务生让每人拿上一枚，打开来就可收到小字条上的一句祝福语，真可谓是既甜了嘴，又甜了心。

美国人有假喜好旅行，有暇则乐意去餐馆。报称时下金融危机使得去饭馆的人日见其少了，在我看来，从一个方面去说也并非不是好事，至少可缓解订餐的难度。这里说的订餐是指"订位"，那里没有什么"雅座""房间"的说法，订几个座位就有订到个把月以后的事。

西餐馆里的格局大同小异。餐前就有冰水和开胃菜，主菜自然是各人点各人的，同样的菜也会有些制作的区别，比如牛排，是带血的还是不带血的，各取所好是了。我和老伴跟孩子们一起点菜时，多取各不相同的点法，以便"交流"品尝。其实一般西餐馆的西菜品种有限，如此吃上几次，大概就能"吃遍"，吃遍之后就有些兴致索然。据说拉斯维加斯希尔顿大酒店的自助餐很为了得，单单汤、色拉、甜点三项就分别有40、100、150道之多，可惜在旖旎的拉斯维加斯行色匆匆，这儿动人的地方太多，对这家著名酒店不说进去博彩，用餐，竟然就取了"过门"而"不入"的态度。"擦肩而过"并不知后悔，是有些凭了一己经验而以偏概全地想当然的：私下以为，美国的"汤"们一律名副其实地"清汤寡水"，"色拉"们怎么离经也离不了生的蔬菜和腻的奶油,至于美国人酷爱的"甜点"们,固属变不出多少滋味,且那里随处可见的离奇的胖男肥女,不就是被那些"甜点"们造就出来的吗?

"杯盘狼藉"的情况不会出现,盖因往往"算不过账"来的美国人却很能计度自己的肚量,除非头脑有问题,不会点到吃不了的份上。万一待客的桌上"吃不了",那就无须顾忌地"兜着走"。美国人的做事认真、服务周到在饭店的打包上也体现出来,打好包会贴上"启示"的字条,告诉你这个包里是什么乃至如何存放怎生食用等等,有时还另外放些相应的餐具、调料。汤可以打包吗?当然,人家备有可密封的塑料杯。

除了在简便餐店的柜上买个汉堡包、买杯可免费续水的饮料,一般餐馆用餐别忘了付小费,凡涉"购买"之外的"服务",都该给小费。虽然付不付、付多少,人家不会讲究讨要,不像有些国家,送上壶水也会站在一边"等小费"。然而,按消费额的20%左右给小费是约定俗成,或于埋单、找零时自己计算在内,或于离开时放在桌上。我们当然不是"阔人"不去"摆阔气",可也不愿不知自爱地"抠门",不仅是知道那里的侍者多没有工资而只靠小费,更关系到他们会以此感受人们怎样看待他们的劳动和评价他们的服务。

在美国着装

在美国所到之处留意过行人的装束,总的印象是不事刻意,看上去自在、得体。公共场所偶尔可见"不修边幅"的拉拉瓜瓜者,大概属于有意为之的"嬉皮士"或者无可奈何的"流浪汉";到洛杉矶那里去，或可见男士衣帽特别、女士着了高跟鞋走路，让人疑心是否受到好莱坞的影响。而从普遍层面说事，突出的感觉就是很为"大众"，人们平时穿着随意，最常见的是T恤、羽绒服、牛仔裤或过膝短裤，男女老少脚下的旅游鞋各具特色，型、色划一的衣装也不很多见。说他们讲究整齐清洁、喜爱自由宽松、恪守通常习惯又偏好体现个性，那是很为切合实际情形。

从东方去美国旅居者，无论是执着于民族服饰的印、巴、中东人，是早经"西化"的日、韩、和港台同胞，还是正热衷于"跟国际接轨"的我们大陆人，很可以带点随身衣物，不必去特意置装。人们不会没有自己的几套衣裳，我们给"因公出国"者发点置装费实在无大必要。现时可能有些改变了，先前人家所以能判别出大陆去的旅人，还就是依凭了总爱着套地道抑或不地道的西装。

这当然是对普通人而言，普通人大体在"平时"过"平常"日子，没有那些出席授勋仪式、参加重大庆典和隆重宴会之类的事，不必有晨礼服、大礼服、小礼服的讲究和准备。至于参加孩子们的毕业典礼等等活动，西装、领带、皮鞋也大可不必用，穿得规矩一点、朴素大方一点就够了。我们去美国时衣服占去一个标准的托运箱，当然包括了一套西服，结果是原封不动地带了回来，连脚上的一双大头皮鞋也后悔不该穿去。这样说时不能不担心有所误导，因为有些场所也有些讲究，比如，记忆中可能是纽约的一家鸡尾酒吧，门口分明就有从头管到脚的告示牌称：恕不接待戴棒球帽、穿T恤衫和运动鞋者。

有机会观察过一些在读学生的着装，没见到过有什么"校服"，也没见过穿西装皮鞋的，更无论打领结，男女生穿戴一般且偏于保守。比较而言，发觉原先略无讲究的孙儿倒是多了一点追求，不一定追求入时，但愿意鲜明一些、个性化一些；不一定是名品，但希望多样一点、宽裕一点。这不难理解，一方面，可以体察到这是一个要好的华裔学生某种必然心理的曲折反应；另一方面，在美国天天换衣原本已经不只是清洁卫生的要求，也是一种公共形成的习惯。在国内看多了学生有把那些浪里浪亢的校服穿得邋里邋遢的，就以为人家那习惯堪称良好。在那里的学校里，如果该校有着装规定，切切不可疏忽大意，因违反学校着装规定而被"停课一天"的就不乏其例。

打从"商务休闲"兴起，上班着装的要求日见宽松，要求每天穿西装的公司已然鲜见。儿子有一次被告知第二天着正装上班，那是因为这一天纽约总部的大老板要前来视察。其实，说公司的雇员平时穿着可以随便一些，不等于可以漠视个人仪表，每天换衬衫、每天早晨洗澡、剃须还是必要的功课，衣装上也会有些潜在的讲究，不是有人说过吗：不要为你现在做的工作穿衣，要为你想要做的工作穿衣。不一定要求参照大老板、小老板的穿衣去投其所好，不一定如何穿衣会关乎"前程"，却不可以认为人家完全不会因为穿衣而影响对你的看法。毕竟衣装不独体现个人爱好，也是职业精神和尊重别人的题中之意，一如西方人在场面上见客，往往会有为了没有来得及化妆而表白歉意的事。

在美国，化妆云者也就是画眉目、涂口红一类的淡妆了，出入公共场所不可浓妆艳抹，更不可当着别人补妆，那会被人视为轻佻，视为缺乏基本的素质、起码的教养，弄不好会怀疑你的"身份"亦未可知。当然，人家不会对你侧目，不会有兴致对你说三道四，媒体上有对我们国内去的大影星的"奇装异服"多所揶揄，还有娱乐杂志去评定"最佳着装名单""最差着装奖"，那是针对了公众人物，跟我们普通人的日常生活没有多少关系。

跟我们相关的仍在于日常的礼仪，比如，什么场合不宜穿短裤，什么场合不可露腿，什么情况下不要穿牛仔裤，什么情况下不要穿高跟鞋，什么时候要脱去外套，什么时候该摘下帽子、墨镜等等。事关起码的文明礼节和公众契约，奉行"我行我素"的"名士派头"，无异于尴尬了自己又作践了环境。

在美国遭遇"意外"

美国一切照规矩过日子，日常生活"按部就班"得让人觉得刻板、单调。除了邻家学前的幼童们，心血来潮按动门铃，问一问是否可以跟你家的狗玩一会儿，除了万圣节有一批接一批的孩子上门讨糖，不速之客是不会有的。

美国家庭如果只有一个孩子，那孩子的寂寞可想而知。因而有了在校学生之间的约定串串门儿，有了"没在家里住过算不了好朋友"的说法，家长一般也会乐意孩子到同学家住上一晚。时值暑假，孙儿到同学家住过，也两次邀请同学 A 来家住上一晚。这是好事，我们本就巴不得孩子能多交几个同龄小朋友呢。没有想到，会引发出那件意想不到的事情。

A 第一次来住，第二天就发现书房桌上三张面值百元的现钞少了一张，当时寻找了一阵，并不曾跟什么联系起来想；第二回来住，当然不会想到去防范。碰巧的是，老伴准备好早餐，跟 A 一起睡在书房的孙儿还正在起床，A 已经到楼上孙儿的卧室去了。上楼去让 A 下来吃早饭的那一刻，我听到一个熟悉的声音，那是平时孙儿关上柜门时的"咔嗒"声。到得房间门口，见到 A 正拿起一本

漂 泊

书站在那柜前不经意地翻看。这情景自然肯定不了什么,只是我知道,那柜子里有孙儿存放现金的一个储蓄盒,不免就"前思后想"起来。等到让他去查看一下,有情况了——一些小票还在,四张一百元的大票不翼而飞,孙儿着急地说:"昨天我把奶奶给的零花钱放进去时,看到四百元还在呢……"

孩子的妈妈已去上班,爸爸则远在外地工作。我们虽然心里也咯噔了一下,还是让孩子别急,想想有没有什么线索可寻。平时从不知对别人设防的他,似乎也敏感起来:"A说他爸爸给了他一千元,约好今天跟我一起去买衣服,怎么刚才说了句家里来电话要他回去,就急匆匆提前走了呢?""对了,前些天他还问过我'存有多少钱''放在哪里'呢!"……当下随即拿起电话,跟他妈妈"通报"了情况。

虽然不能说事情已是"昭然若揭","嫌疑人"却基本可以锁定。等到儿媳下班回来,我们便被告知,她已跟同事商量过、也在电话里跟孩子他爸乃至几位亲友商量过,这事该怎么处理为好。谁也想不出万全之策,有的说可以"报警",有的说"算了"吧,有的则以为不妨跟那孩子的家长说说。我们赞成她决定跟家长联系一下的办法。如其所说,几百元事小,可这里有些不小的关涉:为这点事报警,给一个成长中的孩子留下记录于本人、于家长都不太好;不了了之,也大不利于孩子的健康成长;同时,几百元对生活在美国的孩子来说,就不是个微不足道的数目,不明不白地被剥夺,孙儿难免会有些心理失衡,并可能导致同学、朋友间的某种不能释怀的怨怼。然而,跟家长通一下气不是不存在可能发生的情况,毕竟没有在现场握住那证据呀。只是比较起前二者来,用联系一下的方法是较好的也是对孩子们负责的选择。

把这说成"意外",是因为家里从未发生过、也没想到会发生这样的事。更没想到的是 A 的家长做出的反应。

儿媳当天就会见了 A 的母亲,其时正好只她一个人在家。这位母亲很为坦率,听说孩子讲父亲给了他一千元,又听说不止一次丢了钱,不禁讶异连声,当即表示会过问,会尽快过问,会过问出结果来。第二天,A 的母亲的电话来了,说孩子的父亲想过来说一些情况,问是否可以登门、是否可以安排在下午五点?

我们不知道"结果"是什么,不知道那孩子的父亲是怎样的人、怎样一种性格。按照坏的估计,不是没有以"污人清白"前来加以责难的可能。当下虽有所准备,还是考虑到这情况下对方通常会有的心理干碍,决定由儿媳在客厅单独接待,我们则在屋内远远地待着。

门铃声响过,来人站在门外征询是否可以进来说话。进门后就是日本人才会常用的深深地一鞠躬,然后在客厅落座。我们不在客厅,不知所谈的具体内容,只是事后知道,A 在父亲的询问下,当即承认先前桌上的钱和后来柜中的钱确实是他拿的。父亲严厉地批评了儿子的不良行为,指责其拿别人的钱、拿好朋友的钱是不道德也是有失道义的。这位父亲像"递交国书"似地奉上儿子交出的五百元时,一再表示歉意,也对用这样的方式处理这件事表示感戴,并且说,本来应该把 A 带来,由他自己当面认错赔礼,考虑到少年人面子上的难堪,没有勉强他同来,希望允许由自己来代替他⋯⋯

事情意外地得到迅捷而完满的解决。起先很为愤慨的孙儿也让我们很感到有些意外地说:"唉,不知道 A 会不会不好意思再看到我了呀,我还可以打电话邀请他来家里玩吗?"显然是不愿友情因

漂 泊

一次不愉快的意外而一笔勾销。我们当然宽慰说不只是可以的，还是应该的，既为朋友，而且是未成年的小朋友，彼此之间的关系就不该那么脆弱。只是如同 A 的父亲所顾及的，接着就打邀请电话，会不会给他带来难堪呢。处置上的两难只好等待时日了。

时日往往不容人等待。没几天，孙儿就随家迁居去了另一个州，他和 A 不可能在一个学校了，在新的学校已经结识了许多新同学，他还会想到这个昔日要好的同学吗？他们还有见面的机会吗？